Das Buch

Ein junger schwedischer Tourist wird in einem Hotelzimmer im Londoner Süden brutal ermordet. Kurz darauf geschieht ein weiterer Mord auf dieselbe sadistische Weise in Göteborg. Diesmal ist ein junger Engländer das Opfer. Besteht eine Verbindung zwischen den beiden Verbrechen? Und warum fand an beiden Tatorten eine Art Ritualtanz statt? Spuren eines Kamerastativs deuten auf eine Verbindung zur Real-Hardcore-Pornoszene hin.

Der erfolgsverwöhnte Erik Winter, durchgestylter und zigarillorauchender Göteborger Hauptkommissar, arbeitet zusammen mit seinem Londoner Kollegen Macdonald an der Aufklärung der grausamen Verbrechen. Sehr bald muß er feststellen, daß der Mann, der den tödlichen Tanz mit dem Engel perfekt beherrscht, ihm viel nähersteht, als erwartet.

Der Autor

Der schwedische Autor Åke Edwardson, Jahrgang 1953, lebt in Göteborg. Bevor er sich dem Schreiben von Romanen widmete, arbeitete er als erfolgreicher Journalist und Sachbuchautor und war im Auftrag der UNO im Mittleren Osten tätig. Außerdem ist Edwardson Professor an der Universität von Göteborg. Zwei seiner Kriminalromane wurden mit dem Crime Writer's Award der Schwedischen Akademie ausgezeichnet.

Åke Edwardson

Tanz mit dem Engel

Roman

Aus dem Schwedischen von
Wolfdietrich Müller

Ullstein

Ullstein Taschenbuchverlag 2001
Der Ullstein Taschenbuchverlag ist ein Unternehmen der
Econ Ullstein List Verlag GmbH & Co. KG, München
© 2000 für die deutsche Ausgabe by
Econ Ullstein List Verlag GmbH & Co. KG, München
© 1999 by Verlagshaus Goethestraße, München
© 1997 by Åke Edwardson
Titel der schwedischen Originalausgabe:
Dans med en Ängel (Norstedts Förlag, Stockholm)
Übersetzung: Wolfdietrich Müller
Redaktion: Ulrike Strerath-Bolz
Umschlagkonzept: Lohmüller Werbeagentur GmbH & Co. KG, Berlin
Umschlaggestaltung: DYADEsign, Düsseldorf
Titelabbildung: AKG, Berlin
Druck und Bindearbeiten: Ebner Ulm
Printed in Germany
ISBN 3-548-25221-4

Meinen Brüdern

*Dank an Bendix, Rita,
Dan, Tulle, Anders
Lasse, Göran, Bengt
und Cliff*

Diese Bewegung, die der Junge nicht mehr machen konnte. Er erinnerte sich nicht, wann es schlimmer geworden war. Nun war die Bewegung wie ein Schatten.

Der Junge verstand. Er versuchte, auf die Südwand zuzugehen, aber seine Bewegung war vor allem eine Richtung in seinem Kopf, und als er das Kinn hob, um dorthin blicken zu können, woher der Laut kam...

Es wurde wieder kalt am Rücken, zwischen den Schultern und abwärts wurde es so kalt und dann wieder warm, und er glitt auf dem Boden aus und schlug mit der Hüfte auf, als er fiel. Er rutschte auf dem Boden. Sein Körper fand keinen Halt.

Er hörte eine Stimme.

In mir gibt es eine Stimme, die ruft mir zu, und das bin ich, dachte er. Ich verstehe. Jetzt entferne ich mich von der Wand, und wenn ich es leise und vorsichtig tu', dann geschieht mir nichts.

Mama. Mama!

Ein Ton summte, als wäre Pause, und es geschähe nichts vor den Augen. Er kam nicht von dem Ton los. Er wußte, was es war.

Geh weg.

Geh weg von hier.

Ich verstehe. Jetzt spüre ich wieder Kälte, und ich blicke auf mein eigenes Bein hinunter, aber ich kann nicht sagen, welches es ist. Ich sehe es. Das Licht hier drinnen ist grell. Das war es vorher nicht, aber als die Kälte begann, wurde das Licht angemacht, und es ist so grell, daß es draußen vor den Fenstern Nacht wurde.

Ich kann ein Auto hören, aber es fährt von hier weg. Draußen hält nichts an.

Geh weg von mir. Geh weg!

Er konnte sich noch immer selbst helfen, und wenn er allein wäre, könnte er sich im Zimmer bewegen und die Tür erreichen. Er war dort hereingekommen, und der Mann war wieder hinausgegangen und hatte die Sachen geholt, dann war er zurückgekehrt und hatte die Tür geschlossen, und dann war die Nacht gekommen.

Noch immer hörte er die Musik, aber sie konnte von ihm selbst kommen, von innen heraus. Sie hatten Morrissey gespielt, und er wußte, der Name der Platte kam von dem Teil der Stadt, der auf dieser Seite des Flusses lag.

Es war nicht weit weg. Er wußte viele solche Dinge. Das war eine der Ursachen.

Er hörte die Musik wieder, lauter jetzt, und das Summen hörte er im Moment nicht.

Das Licht war noch an. Eigentlich müßte es ihm weh tun, im Körper.

Ich spüre nicht, daß es weh tut, dachte er. Ich bin nicht müde. Ich kann weggehen, wenn ich aufstehen kann. Ich versuche, etwas zu sagen. Jetzt ist eine Weile vergangen. Jetzt ist es, als wäre man im Einschlafen und zuckte plötzlich zusammen, und es ist, als würde man sich selbst aus einem tiefen Loch herausholen, und das ist das einzig Wichtige. Nachher hat man Angst, es fällt schwer, wieder einzuschlafen. Wenn man daliegt, kann man sich fast nicht bewegen, ja, genau, man will sich bewegen, aber es geht nicht.

Dann dachte er nicht soviel. Es war, als wäre das, was die Gedanken weiterleitete, die Kabel oder Leitungen, als wären sie abgeschnitten worden, als wären die Gedanken durch die Schnittflächen ausgeströmt und ohne Halt im Kopf verbreitet worden und nach nur einer kleinen Weile mit dem Blut ausgelaufen.

Ich weiß, daß es Blut ist und daß es mein eigenes ist. Ich verstehe. Nun fühle ich dieses Kalte nicht mehr, und vielleicht ist es vorbei. Ich denke an zukünftige Dinge.

Ich weiß, daß ich mich aufgerichtet habe, ein Knie in der Luft, das andere auf dem Boden. Ich blicke direkt ins Licht, und auf diese Weise schiebe ich meinen Körper fort, zur Wand und in die Schatten.

Währenddessen kommt etwas von der Seite, und ich bewege mich davon weg. Vielleicht werde ich damit fertig.

Er versuchte, sich in den Schutz zu retten, der irgendwo wartete, und die Musik wurde lauter. Es gab mehrere Bewegungen um ihn herum, in verschiedene Richtungen, und er fiel und wurde aufgefangen, und er spürte, daß er hinauf und zur Seite getragen wurde. Er sah die Decke und die Wände auf sich zukommen, und es ließ sich nicht feststellen, wo das eine endete und das andere anfing. Danach gab es keine Musik mehr.

Der letzte Faden, der die Gedanken zusammenhielt, zerriß und wurde von Träumen und einigen Erinnerungsresten ersetzt, die er mit sich nahm, als es vorbei war und still geworden war. Danach waren Geräusche von Schritten zu hören, die sich von der Stelle entfernten, wo er mit seinem mageren Körper an einen Hocker gelehnt saß.

1

Es war ein Jahr gewesen, das nicht lockerlassen wollte. Es hatte sich im Kreis gedreht, sich selbst in den Schwanz gebissen wie ein tollwütiger Satanshund. Wochen und Monate waren doppelt lang gewesen.

Von Erik Winters Standort aus schien der Sarg in der Luft zu schweben. Von links brach die Sonne durch ein Fenster, und das Licht hob den Sarg von der Bank dort auf dem Steinboden.

Alles verwandelte sich in ein Rechteck aus Sonne, und das war das einzige, was er sah.

Er hörte die Lieder über den Tod, aber er bewegte die Lippen nicht. Ein Kreis aus Stille umgab ihn. Es war nicht die Fremdheit. Es war auch nicht die unmittelbare Trauer, wenigstens noch nicht. Es war ein anderes Gefühl; es gehörte zum Alleinsein und zu jenem Zwischenraum, der entsteht, wenn die Finger loslassen.

Die Wärme, die vom Blut kommt, gibt es nicht mehr, dachte er. Wie wenn ein Weg zurück zugewachsen wäre.

Erik Winter erhob sich mit den andern, verließ die Kirche und trat hinaus ins Licht, um dem Sarg zum Grab zu folgen. Als die Erde auf dem Holz landete, war es zu Ende, und er stand eine kleine Weile still, und dann spürte er die Wintersonne im Gesicht. Wie eine Hand, die man in lauwarmes Wasser taucht.

Er ging langsam durch die Straßen nach Westen, zur Anlegestelle der Fähre. Jetzt ist ein Krieg im Leib eines Menschen vorbei, und er findet Frieden. Alles ist Geschichte, und ich empfinde allmählich große Trauer. Am liebsten möchte ich mich über längere Zeit mit dem großen Nichts befassen, und dann möchte ich das Unkraut auf den Pfaden der Zukunft jäten, dachte er und richtete so etwas wie ein Lächeln zu dem niedrigen Himmel.

Er ging an Bord und die Treppen hinauf und stellte sich auf das Autodeck. Mit schwarzem Schnee bedeckte Autos fuhren herauf. Es polterte höllisch, und er hielt sich das linke Ohr zu. Die Sonne schien noch, deutlich, aber kraftlos über dem Meer. Er hatte die Lederhandschuhe abgestreift, als der Sarg in die Erde gesenkt wurde, und nun zog er sie wieder an. Es war kälter denn je.

Er stand allein an Deck. Die Fähre schob sich langsam von der Insel hinaus, und als sie einen Wellenbrecher passierte, dachte Winter kurz an den Tod und daran, daß das Leben weitergeht, lange nachdem der Sinn des Lebens aufgehört hat.

Die Bewegungen sind die gleichen, aber der eigentliche Sinn bleibt zurück.

Er blieb stehen, bis die Häuser achteraus so klein wurden, daß er sie in der hohlen Hand unterbringen konnte.

In dem kleinen Lokal saßen Leute. Die Gesellschaft zu seiner Rechten sah aus, als wollte sie in ein Freiheitslied ausbrechen, aber statt dessen wanderte sie hinüber zu den großen Fenstern.

Winter trank zunächst nichts. Er beugte sich über den Tisch und wartete, daß die Kirchenlieder in seinem Kopf verstummten, und dann bestellte er eine Tasse Kaffee. Ein Mann setzte sich ihm gegenüber, und Winter reckte seinen langen Körper.

»Darf ich Sie zu einer Tasse Kaffee einladen?« fragte er.

»Selbstverständlich«, antwortete der Mann.

Winter machte ein Zeichen in Richtung Theke.

»Man muß es wohl selbst holen«, sagte der Mann.

»Nein. Sie kommt her.«

Die Frau nahm Winters Bestellung wortlos entgegen. Ihr Gesicht wirkte im Licht der tiefstehenden Sonne durchsichtig. Winter konnte nicht sehen, ob sie auf ihn blickte oder auf den Kirchturm in dem Dorf, das sie hinter sich gelassen hatten. Er fragte sich, ob man die Glocken auf der anderen Seite hörte oder auf der Fähre, wenn sie auf dem Weg zur Insel war.

»Sie kommen mir bekannt vor.« Er drehte sich auf dem Stuhl, so daß er dem Mann zugewandt saß.

»Ich muß in der Tat das gleiche sagen«, erwiderte der Mann.

Er hält die Beine in einer eigenartigen Stellung, dachte der Besucher. An solchen Kaffeetischen ist es nicht gut, groß zu sein. Es sieht aus, als hätte er Schmerzen, und ich glaube nicht, daß es am Licht auf seinem Gesicht liegt.

»Unsere Wege haben sich mehr als einmal gekreuzt«, sagte Winter.

»Ja.«

»Es hört nie auf.«

»Nein.«

»Hier kommt der Kaffee.« Winter betrachtete die Kellnerin, als sie die Tasse vor Kriminalkommissar Bertil Ringmar stellte. Es dampfte aus der Tasse, und der Dampf stieg vor Ringmars Gesicht auf, verdünnte sich auf Stirnhöhe und breitete sich in einem Kreis um seinen Kopf aus. Der Bursche sieht wie ein Engel aus, dachte Winter.

»Was machst du hier?« fragte er.

»Ich fahre mit einer Fähre und trinke Kaffee.«

»Warum achten wir immer auf unsere Worte, wenn wir miteinander sprechen?« sagte Winter.

Bertil Ringmar nahm einen Schluck Kaffee.

»Ich glaube, daß wir sehr empfänglich für die Farbtöne der Worte sind«, sagte er und stellte die Tasse auf die Tischplatte. Winter konnte sein Gesicht in der Platte gespiegelt sehen, verkehrt herum. Vorteilhaft für ihn, dachte er.

»Hast du Mats besucht?« fragte Ringmar.

»In gewisser Hinsicht.«

Ringmar sagte nichts.

»Er ist tot«, sagte Winter.

Bertil Ringmar umklammerte die Tasse. Er spürte eine Mischung aus Kälte und Wärme, aber er ließ nicht los.

»Es war eine schöne Feier«, erzählte Winter. »Ich wußte gar nicht, daß er so viele Freunde hatte. Er hatte nur einen Verwandten, aber er hatte viele Freunde.«

Ringmar sagte nichts.

»Ich hatte erwartet, vor allem Männer in der Kirche zu sehen, aber es waren auch viele Frauen da«, sagte Winter. »Es waren wohl sogar vor allem Frauen.«

Ringmar blickte durch das Fenster auf etwas hinter Winter, und er riet, daß es der Kirchturm war.

»Es ist eine verfluchte Krankheit«, sagte Ringmar und sah Winter an. »Du hättest anrufen können, wenn du gewollt hättest.«

»Mitten in deinem Gran-Canaria-Urlaub? Mats war ein guter Freund, aber ich habe die Trauerarbeit selbst bewältigt. Oder fange jetzt damit an«, sagte Winter.

Sie saßen stumm da und lauschten den Maschinengeräuschen.

»Es sind mehrere Krankheiten«, sagte Winter nach einer Weile. »Am Ende war es die Lungenentzündung, an der Mats gestorben ist.«

»Du weißt, was ich meine.«

»Ja.«

»Er hatte den Scheiß schon lange.«

»Ja.«

»Verdammt.«

»Einen Moment glaubte ich, daß er glaubte, er könne es schaffen.«

»Hat er das zu dir gesagt?«

»Nein. Aber ich habe es so aufgefaßt, daß er es einen Moment lang dachte. Der Wille kann genügen, wenn alles andere sich verabschiedet hat. Ein paar Minuten glaubte ich auch daran.«

»Ja.«

»Dann nahm er die kollektive Schuld auf sich. Danach war Schluß.«

»Hast du nicht gesagt, er hätte davon gesprochen, daß er Polizist werden wollte? Als er jung war?«

»Hab' ich das gesagt?«

»Ich glaube schon.«

Winter strich sich das Haar aus der Stirn. Er hielt in der Bewegung inne, die Hand um die dicken Strähnen im Nacken gelegt.

»Vielleicht damals, als ich mit der Polizeischule anfing«, sagte er. »Oder als ich davon sprach, es zu versuchen.«

»Vielleicht.«

»Das ist ein Weilchen her.«

»Ja.«

Es rüttelte im Schiffsrumpf, als wäre er im Sund eingeschlafen und nun in seiner Ruhe gestört worden. Die Leute sammelten ihre Habseligkeiten ein und schlossen die Mäntel fester vor dem Aussteigen.

»Er wäre ja willkommen gewesen«, sagte Ringmar und blickte auf Winters Ellenbogen. Winter ließ seine Haare los und legte die Hände auf die Tischplatte.

»Ich habe gelesen, daß sie in England per Annonce homosexuelle Polizisten suchen«, sagte Ringmar.

»Sind das homosexuelle Polizisten, die sie für neue Stellen haben wollen, oder sind es Schwule, die sie zu Polizisten ausbilden wollen?« fragte Winter.

»Spielt das eine Rolle?«

»Entschuldigung.«

»Die kulturelle Vielfalt ist in England weiter entwickelt«, fuhr Ringmar fort. »Es ist eine rassistische und sexistische Gesellschaft, aber man sieht ein, daß man auch bei der Polizei verschiedene Sorten von Menschen braucht.«

»Ja.«

»Vielleicht bekommen wir auch bei uns einen Schwulen.«

»Meinst du nicht, daß wir den schon haben?«

»Einen, der es wagt, dazu zu stehen.«

»Wäre ich schwul, würde ich dazu stehen, nach dem, was ich heute erlebt habe«, sagte Winter.

»Mhm.«

»Vielleicht auch vorher. Ja, das glaube ich.«

»Ja.«

»Es ist falsch, sich herauszuhalten. Es ist nichts anderes, als an einer verdammten gemeinsamen Schuld zu tragen. Auch du trägst eine Schuld«, sagte Winter und sah den Kollegen an.

»Ja«, sagte Ringmar, »ich bin voller Schuld.«

Die Gesellschaft an den großen Fenstern sah wieder aus, als wolle sie ein kleines Lied an die Freiheit anstimmen, wenn sie nur nicht so vom Dasein bedrückt gewesen wäre. Die Fähre passierte einen Leuchtturm. Winter schaute durchs Fenster.

»Was hältst du davon, an Deck zu gehen und die Stadt zu begrüßen«, sagte er.

»Draußen ist es kalt«, sagte Ringmar.

»Ich glaube, ich brauche das.«

»Ich verstehe.«

»Wirklich?«

»Stell meine Geduld nicht auf die Probe, Erik.«

Der Tag war ältlich und grau. Das Autodeck schimmerte stumpf wie Kohle. Die Felsen um den Schiffsrumpf hatten die gleiche Farbe wie der Himmel. Es ist gar nicht leicht zu sagen, wo das eine aufhört und das andere anfängt, dachte Winter. Plötzlich ist man im Himmel, ohne es zu wissen. Ein Sprung von der Klippe, und schon ist man da.

Als sie unter der Brücke durchfuhren, war es Abend geworden. Die Lichter der Stadt waren überall. Weihnachten war vorbei, der Schnee stellenweise verschwunden. Die strenge Kälte hielt die Häßlichkeit wie auf einer Fotografie erstarrt fest.

»Wenn einen einer fragt, sagt man, Ende Januar sei die scheußlichste Zeit des Jahres, aber wenn es dann soweit ist, dann ist es auch nicht schlimmer als sonst«, sagte Ringmar.

»Nein.«

»Das bedeutet, daß es einem entweder das ganze Jahr über furchtbar schlechtgeht oder daß man sich die ganze Zeit wie ein Prinz fühlt«, sagte Ringmar.

»Ja.«

»Ich wäre gern ein Prinz.«

»So schlimm bist du doch wohl nicht dran?«

»Vor langer Zeit habe ich für einen Moment geglaubt, ich wäre ein Kronprinz, aber dem ist nicht so.«

Winter kommentierte es nicht.

»Der Kronprinz bist du«, sagte Ringmar.

Winter schwieg.

»Wie alt bist du? Siebenunddreißig? Kriminalkommissar und siebenunddreißig, oder fünfunddreißig, als du es geworden bist. Das ist doch nicht normal.«

Die Geräusche der Stadt waren jetzt deutlicher.

»Das ist gut, Erik«, fuhr Ringmar fort, »das ist gut. Aber wenn ich selbst eine Hoffnung hatte, dann verflüchtigte sie sich auf dieser kleinen Konferenz.«

»Was für einer Konferenz?«

»Auf der Konferenz für alle, die immer noch weiterkommen wollen.«

»Ach so, da«, sagte Winter.

»Du brauchtest ja nicht mehr hinzugehen.«

»Ja.«

Winter reihte sich in den Verkehr zur Autostraße hinunter ein. Die Bewegungen der Autos ließen ihn an ein gewundenes, lautes Glühwürmchen denken.

»Ich bin eigentlich kein Karrierist«, sagte Ringmar.

»Warum redest du dann soviel davon?«

»Ich verarbeite meine Enttäuschung. Das ist manchmal ganz natürlich, auch bei denen, die mit ihrem kleinen Los zufrieden sind.«

»Du bist doch auch Kriminalkommissar.«

Ringmar antwortete nicht.

»In deiner Rolle als Öffentlichkeitsreferent hast du doch einen hohen Posten«, sagte Winter. »Du bist kein Prinz, sondern ein Held«, fuhr er fort und sog die Abendluft durch die Nasenlöcher ein. Der Wind war wie grobes Salz auf seinem Gesicht. Die Fähre prallte gegen den Kai.

2

Er ging langsam die St. John's Hill nach Osten, rings umgeben von den Geräuschen von Clapham Junction, aber er hörte fast nichts. Die Züge waren größer und schneller geworden, aber die Geräusche eher geringer, dachte er.

Er trat in ein Café, bestellte eine Kanne Tee und setzte sich dann ans Fenster. Er hörte die Stimmen der Bauarbeiter in der Ecke, die Männer nahmen lärmend ihr Frühstück zu sich, aber er lauschte nicht. Draußen gingen viele Leute vorbei, die meisten auf dem Weg nach Osten zur Lavender Hill und zum Kaufhaus. Arding and Hobbs ist immer ein Fest, dachte er. Das ist Harrods für die kleinen Leute, das wir hier geschaffen haben. Es sind die Einfachen und Armen, die südlich vom Fluß wohnen.

Draußen hatten alle gerötete Wangen. Auch drinnen spürte er den Winter, am Geruch der Kleider und am Zug von der Tür, wenn sie geöffnet und geschlossen wurde. Die Nordwinde fegten über Südlondon hinweg, und wie immer traf es die Menschen unvorbereitet.

Auf der ganzen Welt sind wir die Schlechtesten, wenn es gilt, vorbereitet zu sein. Uns hat die ganze Welt gehört, und wir haben nie etwas über Wind und Wetter gelernt. Wir glauben noch immer, daß das Wetter der Welt sich an britische Kleidung anpassen sollte, und wir werden uns nie ändern. Wir frieren uns blau.

Kriminalkommissar Steve Macdonald versuchte, den Tee zu trinken, aber der war zu stark geworden. Wir trinken den meisten Tee auf der Welt, aber wir können ihn nicht zubereiten. Am Anfang ist er immer zu schwach und am Schluß zu stark, und dazwischen ist er zu heiß zum Trinken, und heute habe ich eine scheußliche Laune, und da kommen solche schwarzen Gedanken.

»...und da hab' ich gesagt, das kostet dich ein Bier, du Schuft«, sagte einer der Bauarbeiter als Schlußeffekt einer Geschichte.

Das ganze Café roch nach Fett, die Luft bestand aus Fett. Wenn Leute hereinkamen oder vom einen Ende zum andern gingen, hinterließen sie einen Abdruck. Das ist wie in Sibirien, dachte Steve Macdonald. Es ist nicht ganz so kalt, aber im übrigen ist der Widerstand in der Luft der gleiche.

Er ging hinaus auf die Straße und zog das Telefon aus der Innentasche seines Sakkos. Er tippte eine Nummer und wartete, die Augen auf dem kleinen Display des Apparats. Er hob den Blick und sah Reisende aus dem Steinportal des Bahnhofs kommen.

»Hallo«, war eine Stimme aus dem Telefon zu hören.
»Ich bin jetzt hier oben.«
»Ja?«
»Ich bleibe noch den ganzen Tag.«
»Du meinst den ganzen Winter.«
»Ist das ein Versprechen?«
Macdonald bekam keine Antwort.
»Ich fange oben in der Muncaster Road an.«
»Bist du um den Teich herumgegangen?«
»Ja.«
»Und?«
»Es ist möglich. Mehr kann ich im Moment nicht sagen.«
»Gut.«
»Ich glaube, ich gehe im *Dudley* vorbei.«
»Wenn du es schaffst.«
»Ich will eine Weile dort bleiben.«
»Wir müssen später darüber sprechen«, sagte die Stimme, und dann war die Leitung tot.

Macdonald steckte das Telefon wieder in die Innentasche und bog nach Süden in die St. John's Road ein, wartete auf eine Lücke im Verkehr auf der Battersea Rise und ging auf der Northcote Road weiter nach Süden.

Dann ging er die Chatto Road nach Osten und betrachtete sehnsüchtig die Fassade des Pubs *The Eagle*. Später. Vielleicht viel später.

Er ging dreihundert Meter und bog in die Muncaster Road ein. Die Reihenhäuser glühten matt in der Januarsonne, Backstein und Putz flossen mit den Gehsteigplatten zu einer winterlichen Unfarbe zusammen. Der Kontrast wurde stark, als der Briefträger auftauchte, die Posttasche auf dem Wägelchen, eine rote Farbe, die in die Augen stach. Er sah ihn an einer Tür klingeln. Der Postmann klingelt immer mindestens zweimal, und Macdonald bog unter einen niedrigen Torweg ein, als er das Gittertor geöffnet hatte. Er griff den Türklopfer und hämmerte gegen die Tür. Eine brutale Art und Weise, seine Ankunft anzukündigen, dachte er.

Die Tür wurde so weit geöffnet, wie es die Sicherheitskette zuließ, und er ahnte ein Gesicht drinnen im Dunkeln.

»Ja?«

»Bin ich hier richtig bei John Anderton?« fragte Macdonald und suchte in der Innentasche nach seinem Ausweis.

»Wer bitte sind Sie?«

»Polizei«, sagte er und hielt seine Karte hin, »ich habe vorhin angerufen.«

»John ist beim Frühstück«, sagte die Frau, als ob dies den Besuch unmöglich machte. Sie will, daß ich gehe, damit sie ihre Kippers fertigbraten kann. Er roch den scharfen Duft von verkohltem Hering durch den Türspalt.

»Es dauert nicht lang«, sagte er.

»Aber...«

»Es dauert nicht lang«, wiederholte er und steckte den Ausweis weg. Er hörte Geklapper von innen, als die Frau die Sicherheitsvorrichtung abnahm. Er wartete. Das mußte ein Vermögen gekostet haben, dachte er. Da blieb kein Geld übrig, um die Tür selbst zu erhalten. Bald kracht die Tür unter dem Gewicht des ganzen Eisens da drinnen ein.

Sie machte auf, und sie war jünger, als er geglaubt hatte. Sie war nicht hübsch, aber sie war jung, und bald würde sie auch ihre Jugend verlieren. Vielleicht grämt es sie schon, dachte er.

»Bitte«, sagte sie und machte eine Bewegung ins Haus. »John kommt gleich.«

»Führ ihn herein, zum Kuckuck«, war eine Stimme über den Flur zu hören. Sie klang undeutlich und unnötig laut. Er hat den Mund voll Ei, dachte Macdonald. Oder es ist Speck.

Die Küche erinnerte an *K & M's Café* in der St. John's Hill, die Luft war dick vor Fett vom Hering in der Bratpfanne.

Der Mann war kräftig und rot im Gesicht.

Hoffentlich stirbt er nicht, während ich hier sitze, dachte Macdonald.

»Darf man die Staatsgewalt zu einem Heringsschwanz einladen?« sagte der Mann und zeigte auf seine Frau und zum Herd, als habe der Besucher die Wahl zwischen beiden.

»Nein, danke«, sagte Macdonald, »ich habe gefrühstückt.«

»Er ist mit Curry gebraten«, sagte John Anderton.

»Trotzdem.«

»Was wollen Sie dann haben?« fragte er, als ob der Polizist gekommen wäre, um seinen Hunger zu stillen. »Wollen Sie keinen Hamburger?« fuhr er fort und lachte mit Zähnen, die giftig und gelb glänzten. »Einen Big Mac?«

»Ich nehme gern einen Tee«, sagte Macdonald.

»Die Milch ist alle«, sagte die Frau.

»Das geht auch so.«

»Wir haben keinen Zucker«, sagte die Frau und sah ihren Mann an.

Wenn es überhaupt ihr Mann ist, dachte Macdonald.

Der Mann sagte nichts. Kritisch betrachtete er den Besucher. Ob die mich auf den Arm nehmen, dachte Macdonald. Ich kann sie bitten, mir ein bißchen Curry reinzutun.

»Bitte«, sagte die Frau und stellte ein Tasse vor ihn hin. Macdonald hob sie hoch und trank. Der Tee war gut, gerade richtig stark, nicht zu heiß.

»Wir hatten doch noch ein bißchen Zucker«, sagte die Frau.

»Es ist eine Ehre, Besuch von der Polizei zu bekommen«, sagte der Mann. »Ich hätte nicht gedacht, daß Sie Hausbesuche machen, ich dachte, man wird mitten in der Nacht zum Yard geholt, auch wenn es nur um die Bestätigung geht, daß man seinen Hamster als vermißt gemeldet hat.«

Macdonald schwieg. Unser guter John ist nervös wie alle andern, dachte er. Geplapper ist die Mutter der Nervosität. Vielleicht ißt er diese grotesken Portionen, um mit der Aufregung fertig zu werden.

»Wir wissen es zu schätzen, daß Sie Kontakt zu uns aufgenommen haben, Herr Anderton«, sagte er und holte einen Notizblock und einen Stift aus der rechten Sakkotasche. Er hatte den Mantel in den Flur gehängt und nachgesehen, daß das Handy im Sakko und nicht im Mantel war.

»Ich bin ein verantwortungsbewußter Mitbürger wie alle andern«, sagte der Mann und breitete die Arme aus, als posierte er für eine Statue in *The Common*.

»Wir wissen es zu schätzen«, wiederholte Macdonald.

»Obwohl es nicht viel ist, was man liefern kann«, sagte der Mann mit einer Bescheidenheit, die nicht zu seiner Art paßte.

»Sie haben einen Mann gesehen«, begann Macdonald.

»Sagen Sie doch John.«

»Sie haben einen Mann gesehen, der einen Jungen ansprach, John.«

»Es war in der Dämmerung, und ich war unten im *The Windmill* gewesen, und als wir ein paar Glas getrunken hatten, sagte einer, daß der Abend...«

»Ich interessiere mich vor allem dafür, was am Mount Pond passiert ist«, ließ Macdonald einfließen.

»Wie ich gesagt habe«, fuhr der Man nach einer kurzen Pause fort. »Es war in der Dämmerung, und ich ging allein vom Pub am Windmill Drive weg und bog zum Teich ab.«

»Warum?«

»Ich verstehe die Frage nicht.«

»Wäre es nicht natürlicher gewesen, geradeaus über die Avenue zu gehen?«

»Spielt das eine Rolle?«

Macdonald sagte nichts.

»Wenn es so furchtbar wichtig ist: Ich mußte pissen«, sagte der Mann mit einem komischen Blick auf die Frau.

Die Frau war mit ihrem Gepussel am Herd fertig und blieb mit einem Handtuch in der Hand da. Sie stand am Fenster, das auf die Straße ging.

»Es gibt eine gute Stelle zwischen dem Teich und dem Bandstand, wenn man auf dem Weg vom Pub nach Hause in Verlegenheit kommt«, sagte Anderton.

»Sie standen am Teich.«

»Ich stand ziemlich nah am Teich, und als ich fertig war, sah ich diesen Typen da, mit dem Arm um den Jungen.«

»Er hielt ihn?«

»Der Typ hatte den Arm um den Jungen gelegt, ja.«

»Warum bezeichnen Sie ihn als Typ?«

»Er sah aus wie ein Typ.«

»Wie sehen die aus?«

»Wenn ich richtig ehrlich sein soll, sehen die ungefähr wie Sie aus«, sagte Anderton und grinste.

»Wie ich«, kam es von Macdonald.

»Haar, das geschnitten werden müßte, Lederjacke, groß und zäh mit einer Art dunkelhäutiger Fiesheit, die einem eine Heidenangst einjagen kann«, erklärte John Anderton.

»Mit andern Worten, wie ich«, sagte Macdonald.

»Ja.«

Dieser Mann ist ein Schnäppchen, dachte Macdonald. Sieht aus, als würde er in Cholesterin ertrinken, hat aber einen scharfen Blick.

»Sie standen still da und haben die beiden beobachtet?« fragte er.

»Ja.«

»Berichten Sie in Ihren eigenen Worten, was Sie sahen.«
»Was für Worte sollte ich sonst verwenden?«
»Berichten Sie nur.«
Der Mann kippte die Tasse vor sich, blickte hinein und reckte sich nach der Teekanne, um die Tasse mit einer Flüssigkeit zu füllen, die in der Zeit, die sie schon dasaßen, dunkel geworden war. Er trank und verzog das Gesicht. Er strich sich über die Glatze. Die Haut straffte sich und wurde leicht rot, und die Rötung blieb mehrere Sekunden zurück.
»Ich stand gewissermaßen einfach da und war nicht besonders neugierig. Außer den beiden gab es nichts zu sehen. Aber ich dachte, daß dieser Typ doppelt so groß und doppelt so alt wie der Junge ist und daß ich da nicht Vater und Sohn vor mir sehe.«
»Aber der Mann hatte den Arm um den Jungen gelegt?«
»Ja. Aber es ging mehr von ihm aus als von dem Jungen.«
»Wieso?«
»Wieso? Man sah, wer am meisten interessiert war.«
Macdonald blickte auf seinen Block. Er hatte noch nichts aufgeschrieben.
Je weniger ich schreibe, desto weniger brauche ich mich später während der Untersuchung darum zu kümmern, dachte er.
»Sah es irgendwie nach Gewalt aus?«
»Was ist Gewalt und was ist nicht Gewalt«, bemerkte Anderton, als hielte er eine Vorlesung an der London University.
»Kam es zu Gewaltanwendung von Ihrer Definition her?« fragte Macdonald.
»Er zerrte nicht an dem Jungen.«
»Haben Sie etwas gehört?«
»Ich habe halt die Stimmen gehört, aber sie waren zu weit weg, um etwas aufzuschnappen.« Anderton stand auf.
»Wohin wollen Sie?« fragte Macdonald.
»Ich stelle noch ein bißchen Wasser auf, wenn ich darf.«
Macdonald antwortete nicht.
»Darf ich?«

»Selbstverständlich.«

»Sie haben nie überlegt, in welcher Sprache sie sich unterhielten?« fragte Macdonald, als der Mann vom Küchenherd zurückgekommen war und sich wieder gesetzt hatte.

»Nein. Ich habe einfach vorausgesetzt, daß es Englisch war. War es denn nicht Englisch?«

»Wir wissen es nicht«

»Warum sollte es nicht Englisch sein?«

»Schienen sie dieselbe Sprache zu sprechen?«

»Es schien mir, als hätte meist der Große gesprochen, aber doch, sie schienen sich zu verstehen. Aber es dauerte nicht lange, daß sie dastanden.«

»Nein.«

Es pfiff vom Herd, und Anderton ging hin und beschäftigte sich mit dem Tee, während er Macdonald den Rücken kehrte.

»Ich wollte gerade aus dem Gebüsch steigen, als sie fortgingen«, sagte Anderton, als er zurückkam.

»Haben die beiden Sie nicht gesehen?«

»Ich weiß nicht. Der Junge drehte sich um, vielleicht hat er mich gesehen, aber das ist jetzt nicht mehr wichtig, oder?«

Macdonald antwortete nicht.

»Er ist ja tot, oder?«

»Wie lange haben Sie den beiden nachgesehen?«

»Ich blieb nicht stehen, bis der Horizont sie verschluckte, ich wollte heim und *Eastenders* sehen. Aber es wurde schnell dunkel, während ich dort stand.«

»In welche Richtung gingen sie?«

»Süden. Genau nach Süden über den Windmill Drive.«

»Wir werden Ihre Hilfe brauchen, um ein gutes Bild von diesem Mann zu bekommen.«

»Ein *gutes* Bild? Ich kann doch nicht lügen, so wenig wie ich gesehen hab'.«

Macdonald seufzte.

»Okay, okay, ich kann manchmal ein bißchen zu viele Witze machen.«

Macdonald schrieb etwas auf seinen Block.

»Klar, ich helfe mit, soviel ich kann. Es ist ja nicht so, daß ich den Ernst nicht einsehe. Verdammt armer Junge. Und seine Eltern.«

Macdonald sagte nichts.

»Ich habe doch angerufen, oder?« fuhr Anderton fort. »Gleich nachdem ich davon in der *South London Press* gelesen hatte.«

»Das wissen wir zu schätzen.«

»Ich hoffe, ihr locht den Teufel bald ein. Wir stehen alle hinter euch«, sagte John Anderton, und Macdonald bekam den Eindruck, daß er auch die Menschen in den ehemaligen Kolonien einbezog.

Der Tag war angenehm auf dem Gesicht, als er auf die Muncaster hinauskam. Er ist so klar, wie es in Südlondon werden kann, dachte er. Ich brauche etwas nach dem ganzen verfluchten Tee. Der Hals fühlt sich pelzig an.

Er wanderte wieder nach Süden bis zur Chatto Road und ging in *The Eagle*. Es war eine halbe Stunde vor dem Lunchansturm. Der Barkeeper sah angespannt aus und beäugte Macdonald, wie man einen Gast betrachtet, der nicht bis zur verabredeten Zeit warten kann.

Macdonald ging zur Theke vor und bestellte ein Young's Special. Der Barkeeper entspannte sich, als er merkte, daß der lange Kerl nicht essen wollte. Ich kann nicht dauernd die Nierenpastete aus dem Ofen holen und wieder reinschieben, dachte er. Wie stellen die Leute sich das vor?

Macdonald wartete, bis die Trübe im Glas klar geworden war. Das ist, wie wenn man einem winterlichen Weg südlich vom Fluß folgt. Alles klärt sich für den, der Geduld hat zu warten.

Er trank wie ein Verdurstender.

Alles hellt sich auf und wird klar, so daß man am Ende hindurchsehen kann, dachte er.

Er sah einige zeitige Gäste von der Straße hereinstiefeln. Der Barkeeper wurde noch steifer in seinen Bewegungen. Er mußte drei Sekunden länger auf ein zweites Pint warten.

Macdonald hatte es schließlich geschafft, trotz des Verkehrs auf die Südseite der Avenue zu kommen, und war ins Dudley Hotel an der Ecke der Cauley Avenue gegangen. 25 Pfund die Nacht. Im voraus bezahlt.

Er hatte die Versiegelung aufgebrochen und stand nun mitten im Zimmer. Der widerliche Geruch nach Blut war unverkennbar. Blutgeruch ist für uns nichts Fremdes, aber der hier ist der scheußlichste, den ich je gerochen habe, dachte er.

Ich bin auf einem Bauernhof aufgewachsen und habe gesehen, wie tausend Schweine geschlachtet wurden, aber es roch nicht so wie das hier. Es ist die Süße im Menschenblut, die einen schwindeln läßt.

Hierher waren sie gegangen. Es könnte unmittelbar, nachdem John Anderton sie gesehen hatte, geschehen sein, dachte er. Wenn es die beiden waren. Das hier war das Zimmer des Jungen. Hier hatte er zwei Tage gewohnt. Warum hatte er hier gewohnt? Warum wohnte ein junger Mann, der London besuchte, unten in Clapham? Clapham war schon in Ordnung, aber ein junger Besucher sollte eigentlich in einem der billigen Häuser in Bayswater absteigen. Oder rund um Paddington. Dort gab es andere junge Fremde. Die konnten Schutz geben.

Die Tapeten hatten einen unbestimmten gelblichen Ton gehabt, als der Junge das Zimmer bezog. Jetzt hatten sie eine andere Farbe.

Steve Macdonald schloß die Augen und versuchte, auf das zu lauschen, was an den Wänden hängengeblieben war. Nach einigen Minuten hörte er einen Schrei, der abgeschnitten wurde, und das furchtbare Rutschen eines menschlichen Körpers über den Fußboden.

Macdonald spürte einen stechenden Kopfschmerz unter dem rechten Auge, der ihn daran erinnerte, daß er am Leben war.

Was hatte den Jungen veranlaßt, den Mann mit heraufzunehmen? War es nur Sex? War es das Versprechen von Sex, oder war es etwas ganz anderes? Ging es um Drogen? Was zum Teufel war es, dachte Macdonald. Es würde entweder eine lange Ermittlung geben oder eine ganz kurze.

Warum hier? Kannte der Junge Leute in Clapham oder oben in Battersea? Oder drüben in Brixton?

Der Junge war ausgeraubt worden, aber das war kein Raubüberfall. Das alles war später passiert.

Er hatte keinerlei Identitätsnachweise mehr außer seinen Zähnen, und die waren nicht britisch, dachte Macdonald.

Der Junge hatte seinen Namen und seine Heimatstadt in das Gästebuch eingetragen, als er sich in diesem schäbigen Bed & Breakfast im südlichen Teil der Mitte der Welt anmeldete. Das waren die einzigen Anhaltspunkte. Er hieß Per Malmström, und er hatte angegeben, daß er aus Göteborg kam.

Das ist an der schwedischen Westküste, dachte Macdonald. Der Junge war blond wie alle andern aus Schweden. Warum sind die Briten nicht so blond? Es ist der gleiche harte Himmel, es sind die gleichen scharfen Winde.

Inzwischen hat die Nachricht die Polizei in Göteborg erreicht, dachte er. Wenn Interpol ihre Arbeit macht.

Er schloß wieder die Augen, lauschte auf das Heulen der Wände, auf den Ruf des Bodens.

3

Das Treffen hatte im Zentrum stattgefunden. Den genauen Ort festzustellen war nicht möglich, aber der Junge und der Mann waren im Brunnsparken gesehen worden. Niemand hatte ausgesagt, sie vorher zusammen gesehen zu haben. Noch hatte niemand darüber etwas ausgesagt.

Es waren vielleicht drei Personen, die sie nach dem Brunnsparken gesehen hatten, und das war unendlich viel, dem man nachgehen konnte. Vielleicht waren es mehr als drei.

Die zwei waren auf jeden Fall zusammengewesen, hatten aber nicht wie Vater und Sohn ausgesehen.

Das Haar des Jungen war dunkel gewesen und zu einem »eckigen Pony« geschnitten, das hatten zwei Personen beobachtet, und da Kriminalkommissar Erik Winter wußte, wie Zeugenaussagen im Verhältnis zur Wahrheit variieren konnten, notierte er, daß es hier einen Anhaltspunkt gab.

Es gibt immer einen Anhaltspunkt, dachte er, als er am Sportplatz Mossen vorbeiging. Es mag scheinen, daß man keinen Millimeter weiterkommt, aber das ist eine Frage der Erwartung.

Die Fußballplätze aus Schotter warteten unterhalb von ihm, sie brüteten über der Erinnerung an Bewegung; in drei Monaten würden die Spieler des Frühjahrs sich über den Platz scheuchen, und der gefrorene Schotter, der nun wie Stahl schimmerte, würde dann weich sein und duften und dampfen vor Lauge und Liniment.

Fußball ist kein Sport, dachte Winter. Das ist ein Knieschaden, und mir fehlt dieses Gefühl loser Knochensplitter in meinen Knien. Ich hätte etwas werden können, aber ich kam nicht oft genug zu Schaden.

Niemand erinnerte sich, wie der Mann aussah. Aber die Zeugen hatten ein sehr klares Bild von ihm. Er war groß gewesen, mittelgroß oder eher kurz. »Im Verhältnis zu dem Jungen?« hatte Winter gefragt. »Nee, im Verhältnis zur Straßenbahn«, hatte einer gesagt, und Winter hatte die Augen geschlossen, als würde dann alles Böse und Wichtigtuerische verschwinden.

Das Haar des Mannes war blond, schwarz und braun gewesen. Er war mit Anzug, Lederjacke und Tweedsakko bekleidet gewesen. Er trug eine Brille, er trug keine Brille, und er trug eine Sonnenbrille. Er ging mit krummem Rücken, er hielt sich gerade, er war O-beinig und hatte gerade, lange Beine.

Wie sähe die Welt aus, wenn alle dasselbe glaubten, alles auf dieselbe Weise sähen, hatte Winter gedacht.

Das Haar des Jungen war dunkel, das hatte Winter selbst sehen können. Ob zum »eckigen Pony« geschnitten, war nicht mehr zu erkennen. Auf dem zweiten Stock im vierten Zimmer links, vom Treppenhaus des *Chalmers Studenthem* gerechnet, war der Kriminalpolizist geblieben, nachdem die Techniker und der Gerichtsmediziner mit der ersten und unmittelbaren Arbeit fertig waren. Das war, nachdem die Leiche weggetragen worden war.

Er roch den Duft des Blutes auf den Wänden. Nein, es ist kein Duft, dachte er, es ist ein Gestank, der eher in der Vorstellung existiert als im wirklich Erlebten. Es ist die Farbe, die vor allem. Die verblaßte Farbe des Lebens, über diese pißgelben Wände verteilt.

Die Sonne fiel nach rechts herein und warf ein karges Licht auf die Wand vor ihm. Wenn er blinzelte, verschwanden alle Farben, und die Wand wurde mehr zu einem erleuchteten Rechteck. Er blinzelte. Er schloß die Augen und hörte, wie das Blut sich durch die kalte Wärme der Sonne auflöste und wie die Wand zu rufen begann, was hier vor weniger als zwölf Stunden geschehen war.

Die Rufe wurden allmählich stärker, und Winter hielt sich die Ohren zu und ging quer durchs Zimmer und öffnete die Tür zum Korridor. Als er die Tür hinter sich schloß, hörte er das

Gebrüll drinnen, und er begriff, daß die Stille genauso ohrenbetäubend gewesen war, als es geschah.

Er war vorbeigegangen und umgekehrt und zurückgegangen. Es war Samstag. Der Nachmittag hatte keine Farben und bildete einen Kontrast zur Einrichtung in der Bar und dem Restaurant dahinter. Dort waren die Farben schwach und gedämpft, aber stark im Verhältnis zum Winter draußen. Im Sommer spendeten sie den Gästen Kühle. Nun boten sie Wärme an. Da hat Johan mit einem guten Innenarchitekten zusammengearbeitet, dachte Winter und setzte sich an einen der beiden Tische am Fenster. Ein Mädchen kam zu ihm, und er bestellte ein Glas Maltwhisky.

»Mit Eis?« fragte das Mädchen.
»Wie bitte?«
»Möchten Sie Eis im Whisky?« fragte sie noch einmal.
»Ich habe doch einen Lagavulin bestellt«, sagte er.

Das Mädchen sah ihn mit verständnislosen Augen an. Sie ist ganz neu, und sie ist nicht schuld, dachte er. Bolger ist nicht dazu gekommen, sie auszubilden. Ich sage nichts.

»Kein Eis«, sagte er, und das Mädchen entfernte sich vom Tisch und ging zur Theke. Nach fünf Minuten war sie mit dem Alkohol in einem breiten, dicken Glas zurück. Winter blickte hinaus auf die Bewegung in der Fußgängerstraße. Sie spielte sich im Zeitlupentempo ab, nicht eingefroren, aber auch nicht richtig frei, um ohne Leine zu gehen. Winter blickte vorwärts: Bald kommt das Frühjahr, und dann gehe ich ohne Socken und Schuhe.

»Es ist eine Weile her«, sagte Bolger, der zum Tisch gekommen war und gegenüber von Winter Platz nahm.

»Ja.«

Johan Bolger warf einen Blick auf Winters Whiskyglas.

»Hat sie gefragt, ob du Eis willst?«

»Nein«, sagte Winter.

»Nicht?«

»Soweit ich sehe, kann sie ihre Arbeit«, sagte Winter.

»Du lügst, du barmherziger Teufel, aber das spielt keine Rolle. Es ist eigentlich nicht ihr Fehler. Es gibt viele Gäste, die Eis im Maltwhisky wollen. Es sind nicht alle solche Snobs wie du.« Bolger lächelte Winter schief an.

»Probier es mit Schwenkern.«

»Ich hab' sie im Schrank, aber es braucht etwas Zeit, bis das Routine wird«, erklärte Bolger.

»Maltwhisky kann in den neuen Whiskyschwenkern serviert werden«, sagte Winter. »Manche meinen vielleicht, es wäre albern, aber es ist eine Möglichkeit.«

»Ich weiß, ich weiß.«

»Dann löst du gleichzeitig das Problem mit dem Eis.«

»Das ist genial.«

Draußen rutschte eine ältere Frau auf dem vereisten Straßenpflaster aus. Sie glitt aus, ein Bein vom Körper abgewinkelt, und schrie, als etwas knackte. Sie verlor ihren Hut, und ihr Mantel verrutschte. Die Ledertasche, die sie in der Hand getragen hatte, sprang über mehrere Steine, riß auf und verbreitete ihren Inhalt in einem Halbkreis.

Sie konnten die Hilferufe der Frau von draußen hören. Ein Mann und eine Frau hatten sich neben sie gehockt, und Winter sah den Mann ins Handy sprechen. Ich könnte auch nichts anderes tun, dachte er. Wäre ich in Uniform, könnte ich die Neugierigen verscheuchen, aber so bin ich nicht dazu befugt.

Bolger und Winter schwiegen. Nach einer kleinen Weile fuhr ein Krankenwagen rückwärts von der Västra Hamngatan herein, die Frau wurde auf eine Trage gehoben, und das Auto fuhr los. Ohne Sirenen.

»Es wird schon wieder dunkel«, begann Winter.

Bolger sagte nichts.

»Und dabei hat sich das Blatt gewendet. Genau dann, wenn

man sich allmählich an die Dunkelheit gewöhnt, wendet sich das Blatt«, sagte Winter.

»Macht dich das traurig?«

»Es macht mich hoffnungsvoll.«

»Das ist gut.«

»Ich glaube, daß etwas Grauenhaftes passieren wird und ich mittendrin lande«, sagte Winter. »Es wird wieder so kommen.«

»Das klingt wirklich hoffnungsvoll.«

»Es macht mich traurig.«

Bolger sagte nichts.

»Ich habe das hier gebraucht ... den Glauben an das Gute ... aber nun ist mir, als brauchte ich es nicht mehr«, sagte Winter.

»Das ist deine Therapie gewesen.«

»Hört sich das merkwürdig an?«

»Ja.«

»Dann habe ich wohl das Richtige getan.« Winter lächelte.

»Willst du als Ombudsmann aufhören?«

»Das habe ich nicht gesagt. Ich habe gesagt, ich glaube, daß ich mit Glaubensfragen Schluß mache.«

»Ist das ein Unterschied?«

»Ein Polizist braucht nicht nur daran zu denken, die Schuldfrage zu untersuchen, wenn die Leute einander betrügen und schaden«, sagte Winter.

»Wer soll dann diese schmutzige, aber notwendige Arbeit tun?« fragte Bolger und machte ein Zeichen zur Theke.

Winter antwortete nicht. Das Mädchen kam zum Tisch, und Bolger bat um einen Knockando ohne Eis, in einem von den neuen länglichen Gläsern serviert.

»Sie hat diese Bestellung entgegengenommen, als wäre es die natürlichste Sache der Welt«, sagte Winter.

»Es gibt noch Hoffnung«, meinte Bolger, »außer für den, der das schmutzige Handwerk nach dir oder neben dir machen soll.«

»Nennst du das Handwerk?«

»Du weißt, was ich meine.« Bolger nahm das Glas, mit dem das Mädchen kam.

»Ich habe einen neuen Trauerfall«, begann Winter zu berichten.

Bolger hörte zu.

»Trauer endet und wird zu etwas anderem«, sagte er, als Winter schwieg. »Du hättest mich bitten können, mit auf die Beerdigung zu gehen. Ich habe Mats auch ein wenig gekannt.«

»Ja.«

»Ich fühle mich fast... übergangen.«

»Das war nicht meine Sache, Johan. Vielleicht habe ich geglaubt, wir würden uns dort draußen treffen.«

»Das ist so schrecklich...«

»Was sagst du?«

»Nichts.«

»Was murmelst du vor dich hin?«

Bolger antwortete nicht. Er beugte sich vor, beschäftigte sich mit dem Glas. Von irgendwo im Lokal waren Stimmen zu hören.

Winter schwieg. Hatte er genug, wenigstens für den Moment? Was bedeutete das? Das bedeutete, daß er nicht mehr hineingezogen werden wollte, wenn Menschen verschwanden, gleich wie es zuging. Aber es war ein kurzer Gedanke. Er trank selten Alkohol, beinahe nie. Es lag am Schnaps. Der erzeugte die Gedanken hier in Bolgers Bar. Dabei hatte er noch gar nicht getrunken. Er sollte es lieber nicht tun. Er ließ das Glas los und stand auf, um zu gehen.

»Bis bald, Johan.«

»Wo gehst du hin?«

»Ins Büro.«

»Samstagabend?«

»Ich weiß nicht, ob ich vom Verschwinden die Nase voll habe«, sagte Winter. »Vielleicht ist dort jemand, der mich braucht.«

Die Mitteilung von Interpol wartete auf ihn. Das ist ein Englisch, das ich verstehe, dachte er, während er las. Hol's der Teufel, nimmt das denn nie ein Ende. Er wußte, daß das eine naive Frage für einen fast 40jährigen Kriminalkommissar war. Er war jung, aber nicht so jung.

Er las. Es waren keine Details angegeben, und er hatte auch keine erwartet. Die Information genügte.

Per Malmström.

Was zum Kuckuck hattest du dort zu suchen?

Er hörte den eigenen schweren Atem und nahm den Telefonhörer ab. Einer würde gezwungen sein, es den Angehörigen mitzuteilen, die eventuell in der Stadt wohnten, und er wußte, daß er es war, Erik Winter, der den Auftrag auf sich nähme. Es war keine Selbstverständlichkeit, daß ein Fahndungsleiter den Hinterbliebenen die schwere Nachricht überbrachte. Wichtig war, daß es ein erfahrener Polizist machte. Winter nahm die Aufgabe auf sich wie einer, der einen schweren Mantel überzieht, wenn es draußen schüttet. Aber es mußte sein.

In der Polizeiarbeit gibt es so gut wie nichts, das glatt und sanft ist, und das hier ist das Schlimmste in dem Haufen Scheiße, dachte er.

Ich komme mit einer Nachricht.

Er bekam die Adresse von der Stimme am Telefon. Er kannte sie schon, er hätte sie nicht nachzuprüfen brauchen, aber es war wie ein Reflex, wie um ein wenig Zeit zu gewinnen.

Später würde er mit Hanne sprechen müssen. Er glaubt, daß er sie nun brauchte.

Drei Wohnungen durchgekämmt. Nicht die eigentliche Tat war es, was das Adrenalin im Körper so heftig brausen ließ. Er spürte den Sturm in sich, als das Schloß knackte, aber daran lag es trotzdem nicht.

Es war das ganze schreckliche Warten. Sich unsichtbar zu

machen und gleichzeitig dazusein, ganz außerhalb, die Augen überall.

Jetzt ging er.

Jetzt ging sie.

Und dann das lange Warten. Die Gewohnheiten. Wann kamen die Leute zurück? Wer ging zur Arbeit und wer nur einmal um den Häuserblock? Wer glaubte, er hätte vergessen, den Herd auszumachen? Wer war sich sicher, daß das Licht in der Wohnung brannte, so daß er umkehren und nachsehen mußte, jeden Tag?

Über das alles mußte man als Profi Bescheid wissen. Er war kein richtiger Profi, aber auf dem besten Weg dahin. Er arbeitete allein, und das war von Vorteil. Die Jungs, die mit Autos arbeiteten, waren immer zu zweit, aber er wollte auf niemanden angewiesen sein.

Er verließ das Treppenhaus auf dem Stockwerk darunter, ging die halbe Treppe hoch und bekam die Tür in drei Sekunden auf und war drinnen. Er verstand es, keine Spuren auf dem Türrahmen zu hinterlassen.

Er spürte den warmen Druck im Körper. Er wartete im Flur und hörte den Puls langsamer werden.

Er wußte, daß die Stille hier ein Freund war und gleichzeitig ein Feind. Er machte nie Krach. Lag einer mit Grippe im Stock darüber, dann wollte er nicht stören.

Er begann mit dem Wohnzimmer, da es beim erstenmal so gewesen war, und dann hatte er weiter nach dieser Routine gearbeitet. Nach diesen vier Monaten kannte er sich mit den Wohnzimmern der Leute aus. Was für ein Glück, daß man nicht darauf aus ist, Bücher zu stehlen, dachte er. Die Leute haben nicht viele Bücher zu Hause. Ich bin Einbrecher, aber ich habe Bücher zu Hause. Ich bin Einbrecher, aber ich bin auch Ehemann und Vater.

Er hatte einmal eine andere Arbeit gehabt oder zwei, aber daran dachte er nicht mehr. Manche schaffen es, und andere schaffen es nicht, und er hatte seine Wahl getroffen.

Der Mann, der hier wohnte, besaß Bücher. Er wußte, daß der Mann las, aber nicht, welche Literatur. Sein Aussehen ist nicht einzigartig, aber man vergißt es auch nicht, dachte er.

Hätte ich mehr Zeit, würde ich gern die Titel durchsehen. Er ist gegangen und kommt lange nicht zurück, aber auf Risiken lasse ich mich nur zu meinen Bedingungen ein.

Er suchte in Schubladen und an den Wänden entlang, fand aber nichts, was mit seiner Arbeit zu tun hatte. Er ging auf den Flur zurück und quer hinüber in einen Raum, der das Schlafzimmer war.

Das Bett war nicht gemacht, und daneben, zwei Meter von der Tür, lag ein schwarzer Müllsack. Er war nicht leer. Er befühlte ihn von außen, und er faßte sich weich an. Er packte den Sack unten und leerte den Inhalt vorsichtig aus. Es waren ein Hemd und eine Hose, und die Kleidung war zum Teil mit etwas getränkt, das getrocknet war, und es sah aus, als wäre sie in ziegelrote Farbe getaucht.

Zu Hause war er zerstreut. Es mußte über etwas nachdenken, und so war er nach Hause gegangen, ohne weiter in der Wohnung zu suchen.

Draußen vor den Scheiben fiel Schnee, und er spürte einen Zug durch den Spalt im Fenster. Von seinem Platz aus konnte er einige Kinder sehen, die auf der Erde Schnee zusammenkratzten, bevor er sich richtig legen konnte. Er sah seinen Sohn mit einer Möhre in der Hand. Eine Nase sucht ihren Schneemann, dachte er. Da muß ich an Michael Jackson denken.

»Woran denkst du?« fragte sie.

»Was?«

»Du siehst aus, als wärst du tief in Gedanken.«

»Ich dachte an Michael Jackson.«

»Den Sänger?«

Er blickte weiter aus dem Fenster. Der Körper des Schneemanns nahm allmählich Form an. Er hatte einen Rumpf bekommen. Die Kinder hatten einen Unterleib gerollt, aber der Schneemann bekam keine Beine. Auf der ganzen Welt gibt es keine Schneemänner, die Beine haben, dachte er.

»Ist es der Sänger Michael Jackson, an den du gedacht hast?« fragte sie.

»Was?«

»Nee, jetzt bist du dran.«

Er wandte den Blick und sah sie an.

»Ja, der Michael Jackson. Ich sehe Kalle draußen mit der Möhre in der Hand, und er steht da und wartet, daß der Schneemann, den sie bauen, einen Kopf bekommt, damit er die Nase einsetzen kann«, sagte er und blickte wieder aus dem Fenster.

»Michael Jackson hatte doch vor ein paar Jahren Probleme mit der Nase«, fuhr er fort.

»Da weißt du mehr als ich.«

»Es stimmt. Hast du noch Kaffee?«

Sie stand auf und holte den Kaffee vom Spültisch neben dem Herd.

»Wie war es heute eigentlich?« fragte sie, als er Milch und dann Kaffee in die Tasse gegossen und getrunken hatte.

»Wieso?«

»Du warst so komisch, als du heimgekommen bist.«

»Aha?«

»Du warst nicht wie sonst.«

Er antwortete nicht. Draußen war der Kopf aufgesetzt worden, und Kalle hatte die Nase dorthin gesteckt, wo mit Steinen als Augen und Kies als Mund ein Gesicht entstehen sollte.

»Ist es schlimmer als sonst?«

»Nein.«

»Du hast sonst in letzter Zeit... munterer gewirkt.«

»Man gewöhnt sich schließlich an die Arbeitslosigkeit, und da wird man munterer.«

»Ich bin froh, daß du darüber Späße machen kannst.«

»Ich mache keinen Spaß.«

»Ich freue mich trotzdem«, sagte sie und lächelte.

»Bei der Arbeitsvermittlung sehen sie immer an mir vorbei«, sagte er nach zwei Minuten Schweigen.

»An dir vorbei?«

»Ich sitze da bei der Beamtin, und sie sieht mich nie an, wir führen eine Art Gespräch, aber sie blickt immer auf etwas hinter mir. Als ob hinter mir plötzlich ein verdammter Job angestiefelt käme. Oder sie sehnt sich von dort fort und durchs Fenster hinaus.«

»Es kommt bald ein Job angestiefelt«, sagte sie. »Ich spüre es in mir.«

Sie kennt mich gut, dachte er. Aber sie kann noch nichts ahnen. Wenn etwas mehr Geld kommt, ahnt sie vielleicht etwas, aber bis dahin ist noch lang.

Vielleicht bekomme ich vorher eine ordentliche Stelle. Es hat schon Wunder gegeben. Aber wenn es angestiefelt kommt, will ich es vielleicht nicht haben.

Er sah Blut vor sich. Als er mit den Kleidungsstücken vor sich dastand, war ihm, als bewegten sie sich, als schrien sie ihm zu.

So war es, verdammt noch mal. Daran dachte er jetzt, und so war es gewesen.

Er wußte nicht, wie er die Sachen wieder in den Sack bekommen hatte, aber es war gegangen, und als er das Schlafzimmer verließ, konnte er nur hoffen, daß es aussah wie zuvor. Warum hatte der Teufel sie nicht verbrannt? Ich habe nichts gesehen. Nichts habe ich gesehen.

4

Sonntag morgen, und Erik Winter starrte in den Spiegel. Er beugte sich vor und suchte nach Falten um die Augen.

Ich bin ein eitler Mann. Oder grüble ich deshalb über mein Alter nach, weil ich immer so jung gewesen bin? Ich passe auf mich auf, weil ich für die Frauen schön sein will, so lange es geht.

Er hörte nichts vom Vasaplatsen, der fünf Stockwerke tiefer lag. Er wandte das Gesicht vom Spiegel ab und ging aus dem Bad. Die Wohnung war 136 Quadratmeter groß, bestand aus drei Zimmern und einer großen Küche, und er bezahlte dafür eine hohe Miete. Er lebte allein, und er hatte Geld. Jetzt war die Wohnung sehr hell vom Wintertag. Die Sonne hing draußen vorm Fenster. Er könnte die Tür zum Balkon öffnen und hinausgehen und sie anfassen.

Er war gerade zurückgekommen. Es war ein langer Morgen im Dienst gewesen.

Er ging zum Fenster und blickte nach Westen. Beinahe konnte er das Meer sehen. Er entschied sich, nachdem er schnell zu Mittag gegessen und gleichzeitig John Coltrane zugehört hatte.

Sie war aus dem Schlafzimmer gekommen, aber er wollte allein sein, und so war sie zur Spüle gegangen, hatte ein Glas Wasser getrunken und war wieder ins Schlafzimmer gegangen, um sich anzuziehen und nach Hause zu fahren.

»Ich habe ziemlich lange gewartet heute nacht«, hatte sie gesagt, bevor sie ging.

Er fuhr am Fluß entlang. Die Farben krochen in die Erde zurück, als die Abenddämmerung sich allmählich herabsenkte.

Es war, als führe man durch Ruß, der nicht haftete.

Plötzlich brannte die Sonne im Westen, und er setzte die Sonnenbrille auf. Die Kräne auf der anderen Seite des Flusses wurden schwarz in seinem rechten Augenwinkel. Die Häuser um ihn herum bekamen einen Farbton wie geschmolzenes Zinn.

Er fuhr, so lange es möglich war, so nah ans Meer, wie es ging, dann stieg er auf die Klippen. Das Meer bewegte sich träge. Er folgte dem letzten Neigen einer Welle hinaus zur offenen See und sah, wie das Eis in das lebendige Wasser stieß.

Das Eis hatte sich über die Buchten gelegt. Er sah Bewegung draußen auf den Flächen, Menschen, die auf dem gefrorenen Wasser spazierengingen. Zwei Gruppen mit einem Kilometer zwischen sich versuchten, einander etwas zuzurufen, aber die Worte stießen irgendwo in der Mitte zusammen und fielen mit sprödem Klang aufs Eis hinunter.

Das Telefon in seiner Brusttasche klingelte. Der Laut wurde vom Stoff und vom weißen Wind ringsum gedämpft.

»Ja«, sagte er ins Mikrofon.

»Hier ist Lotta.«

»Ja?«

»Wo bist du, Erik?«

»Spielt das eine Rolle?« fragte er und bereute es.

»Ich frage, weil ich dich gern treffen möchte.«

»Jetzt?«

»So schnell wie möglich«, sagte sie mit einer Stimme, die schwer zu erkennen war. Seine Schwester. Eine Beziehung, die inniger hätte sein können. Jetzt wurde er unruhig.

»Ist irgendwas passiert?«

»Nein.«

»Worum geht es dann?«

»Wo bist du, Erik?« fragte sie noch einmal.

»Ich stehe draußen auf Amundön und schaue aufs Meer.«

»Kannst du kom...«

Die Stimme verschwand. Der Wind um ihn herum hatte zugenommen, er riß ihre Stimme vom Telefon und trug sie weg über die Eisflächen.

»Ich höre nicht, was du sagst.« Er zog die Jacke über die Ohren und kuschelte sich hinein.

»Kannst du hereinkommen?«

»Hereinkommen? Wohin?«

»Nach Hause«, sagte sie. »Hierher.«

Wieder packte der Wind ihre Stimme.

»Was?«

»... will, daß du kommst«, hörte er.
»Okay. Ich bin in einer halben Stunde da.«

Er drückte auf den roten Knopf am Apparat, und es wurde still. Die Sonne hatte sich durch die hundert Schichten Himmel hindurchgewunden, und ein neues Licht spritzte herab, wo er stand und schaute, bis hinüber zum Horizont.

Weit weg sah er ein Schiff über die letzte Linie biegen und dort im Unbekannten verschwinden.

Im Schein des Himmels bekamen Land und Meer plötzlich die gleiche Farbe, und als er sich umwandte und am gefrorenen Ufersaum entlang zurückwanderte, spürte er einen Stich in den Augen und setzte die Sonnenbrille auf. Das Licht sank um eine halbe Oktave.

Sie saßen in dem Zimmer, das auf den Garten ging. Die Balkontür stand drei Zentimeter auf, und Winter spürte einen schwachen Duft von der Kälte draußen.

Hier drinnen ist nicht viel geschehen. Es ist beinahe so, als wäre ich nur über den Vormittag fortgewesen, dachte er. Es ist nichts geschehen, als daß einige Bücher ausgetauscht sind und daß eine Schleife weißer Kälte in der Luft hängt, die es nicht gab, als ich zum letztenmal hier war. Ich komme so selten zu Besuch.

Lotta hatte das Haar zu einem Zopfkringel gelegt, und sie war schön, aber die Augen waren müde, und der Schock hatte ihr Gesicht hart gemacht. Es schimmerte im Weiß ihrer Augen. Sie trug schwarze Jeans und eine weiche Strickjacke über einem karierten Hemd, und sie würde bald vierzig sein. Es bereitete ihr keinen Kummer. Und das alles war nun bedeutungslos geworden, dachte er.

»Was hat er dort gemacht?« sagte er, aber mehr zu sich selbst.

»Er hatte es ›eine kurze Bildungsreise‹ genannt, es war ein plötzlicher Einfall«, sagte sie und legte das eine Bein über das andere, und er sah, wie der Stoff um die Hüften spannte.

Er sagte nichts. Er hatte es gewußt und war schon auf dem Weg gewesen.

»Sie sind völlig verstört«, sagte sie.

»Ja.«

»Ich fühle mich genauso.«

»Ja.«

Sie schaute ihn an.

»Dieser kleine Junge«, sagte er und bereute es zu spät.

Lotta begann zu weinen, leise und weich wie der gestrige Schneefall. Die Balkontür glitt auf, und ein scharfer Wind fuhr ins Zimmer. Winter stand auf, ging durchs Zimmer und schloß die Tür.

Sie hatte erzählt, und er hatte zugehört, wie es einer tut, der nichts hören will, aber keine andere Wahl hat. Der Junge im Nachbarhaus war 19 geworden, nach London gereist und ermordet worden. Er war ein Nachbar gewesen und etwas mehr.

Als Winter die Straße und das Leben hier verließ, war Per Malmström ein paar Jahre alt gewesen. Jetzt hatte er gerade das Gymnasium abgeschlossen. Winter hatte ihn hin und wieder gesehen, und der Junge hatte den Babyspeck abgeschüttelt, und sein Gesicht hatte die richtigen Kanten bekommen.

Das hier ist die Wirklichkeit, dachte Winter.

»Du hast also mit Lasse und Karin gesprochen«, sagte er.

»Ich bin sofort rübergegangen.«

»Gut.«

Er glaubte nicht, daß jemand anderes sich getraut hätte. Er wußte, daß sie sich traute.

»Bist du dort gewesen?« fragte sie.

»Ja.«

Das war das einzige, was ihm zu sagen, zu antworten einfiel. Er war dort gewesen, und das änderte nichts, aber vielleicht hielt es für eine Weile die wahnsinnigen Gefühle auf, ließ sie nicht zur Tür herein.

»Wir haben nicht über irgendwelche ... Einzelheiten gesprochen«, sagte sie. »Also ich und Lasse und Karin.«

Winter spürte einen Schmerz in der Handfläche, öffnete die Hand und blickte nach unten. Er sah, daß er seine stumpfen Nägel ins Fleisch gegraben hatte, und die Spur glühte, als er sie betrachtete.

Er wußte nicht, was er sagen sollte.

»Ich werde noch einmal mit ihnen sprechen«, sagte er nach einer Weile.

»Karin sagt, sie wird es sich nie verzeihen.«

»Daß er fahren durfte?«

»Ja.«

»Er war 19, er war erwachsen.«

Lotta sah ihn an.

»Ich gehe noch mal rüber«, sagte er.

»Warte«, sagte sie. »Als ich dort war ... hinterher dachte ich darüber nach, ob es einen Unterschied in den Gefühlen gibt, ob es auf ... wenn es auf diese Weise geschieht oder ob es ein Unglück ist ... oder eine Krankheit.«

»Der Schock ist stärker, aber der Verlust ist doch der gleiche«, sagte er. »Manchmal kann es umgekehrt sein ... wenn jemand von Gewalt betroffen wird, bewirkt das Unfaßbare der Tat, daß der Trauernde eigentlich nicht versteht, was geschehen ist. Es ist, als wäre es nicht geschehen ... noch nicht, als wäre das Ganze nur eine Warnung.«

»Daran sind Lasse und Karin ja dann vorbeigekommen.«

»Ja.«

»Ich gehe«, sagte er noch einmal.

5

Die gedämpften Laute des Winters folgten den Polizisten ins Haus und hielten sich in den Kleidern im Fahrstuhl hinauf zum dritten Stock des Fahndungsdezernats.

Die Flure waren mit Fliesen verkleidet, und während der anderen Jahreszeiten prallten die Geräusche, die hereinkamen, hart gegen die Wände. Im Winter glitten sie nur vorbei wie weiche Schneebälle. Im Winter gibt es einen Kreis aus Stille rund um alles und alle, dachte Erik Winter, als er aus dem Fahrstuhl stieg und um die Ecke bog. Vielleicht ist der Januar ohnehin mein Monat.

Gerüche steckten in den Kleidern, als die Fahndungsgruppe im Sitzungsraum zusammenkam. Der massive Einsatz der ersten Tage ließ allmählich nach. Wie immer.

Noch immer waren fünfzehn Polizisten im Einsatz. Die meisten saßen nun hier. Es war eng. Es roch nach kalter Nässe und nach den Verbrennungsmotoren der Autos.

Bertil Ringmar war zweiter Fahndungsleiter, und er hatte nicht nur selbst nicht geschlafen, sondern dafür gesorgt, daß es auch kein anderer tat. Ringmar hatte sich vor der Sitzung nicht gekämmt, und das zeigte den Ernst der Lage. Wenn Krieg wäre und ich Zugführer wäre, würde ich Bertil als Stellvertreter anfordern, andernfalls würde ich in der Kantine sitzen bleiben, dachte Winter und nahm die Mappe entgegen, die der Registrator herüberreichte.

Wenn es ein anderer Krieg wäre, dachte er.

Der Registrator war ziemlich neu als Kriminalpolizist und ziemlich jung, und er hatte sich bei einigen früheren schwierigen Ermittlungen ausgezeichnet geschlagen. Deshalb hatte Fahndungsleiter Erik Winter sich für ihn entschieden.

Janne Möllerström wußte über alles Bescheid. Er schien nichts zu vergessen. Er hütete die Datenbank des Ermittlungsverfahrens wie sein Eigentum. Er konnte lesen, und er konnte schreiben.

Manchmal waren sie zu zweit, aber mit Janne kamen sie mit einem Registrator aus. Winter schluckte und spürte eine Reizung im Hals, die er schon am Morgen bemerkt hatte.

»Ich bitte um Wortmeldungen«, sagte er.

Sie schauten sich gegenseitig an. Winter war ein strenger Hund, und wenn er nun diesen Satz in den Raum warf, bedeutete das, daß Kreativität gefragt war, was diesen Mord anging. Oder die Morde.

Keiner sagte etwas.

»Lars?«

Der Kriminalinspektor kam in Bewegung. Es ist, als hätten seine Gesichtszüge Charakter bekommen, seit er Inspektor wurde, dachte Winter. Manchmal sind sogar unsinnige Reformen von Nutzen.

»Ich habe die Angaben aus London gelesen«, sagte Lars Bergenhem.

Sein Gesicht *hatte* Charakter bekommen. Er fühlte sich nun mehr wie ein richtiger Ermittler, da die Assistenten in der neuen Provinzialkriminalbehörde automatisch Kriminalinspektoren geworden waren. Inspektor. *Inspector. I am an inspector. What are you? Are you talking to me? Shut up and listen when I'm talking.*

»Ja?« sagte Winter.

»Da ist dieser Handschuh.«

»Wir hören«, sagte Winter.

»Die Kollegen in London fanden einen Abdruck von einem Handschuh in diesem Bed- and Breakfast-Zimmer, und soviel ich weiß, hat Fröberg einen ähnlichen in dem Studentenzimmer hier gefunden«, sagte Bergenhem.

»Das stimmt«, sagte Winter.

»Der Abdruck findet sich in beiden Zimmern an der gleichen Stelle.«

»Ja.«

»Das war's«, sagte Bergenhem und sah aus, als ob er sich entspannte.

Das war's, dachte Winter. Das war's, ein schwedischer Junge ist in London ermordet worden, und fast gleichzeitig ist ein englischer Junge in Klein-London ermordet worden, der herkam, um Schwedisch und Wassertechnik zu studieren, und es ist auf ähnliche Weise geschehen, und vielleicht stelle ich bald fest, daß es auf die *gleiche* Weise geschehen ist, und dann setze ich mich eine Weile in die Kantine und zeichne Kreise in den Kaffee, der auf der Tischplatte verschüttet ist. Nur bis ich mich beruhigt habe.

Das wird eine merkwürdige Ermittlung.

»Es gibt noch was anderes«, meldete sich Ringmar aus seiner Lieblingsecke. Da stand er immer, die Finger in ewiger Bewegung über dem Schnäuzer; es sah aus wie eine Art Maniküre, aber es waren seine Gedanken, die sich in den Fingern regten.

»Die Abdrücke«, sagte er.

Keiner sagte etwas. Winter sah Ringmar an, wartete, schluckte und spürte wieder etwas unten links im Hals.

»Steht im letzten Bericht von Interpol oder aus England etwas über Abdrücke?« fragte Ringmar.

»Nein«, sagte Möllerström, »aber sie sagen, daß sie noch nicht einmal mit dem halben Zimmer fertig sind.«

»Das bedeutet, daß wir schneller sind«, bemerkte einer der Fahnder, der bald einer von denen sein würde, die die Kerngruppe verließen.

»Das bedeutet verdammt noch mal überhaupt nichts«, sagte Ringmar, »solange wir hier nicht die genauen Zeitpunkte festgestellt haben.«

»Ich möchte lieber nicht, daß das ein Wettkampf zwischen London und Göteborg wird«, sagte Winter.

»Genau«, meinte Ringmar. »Wo war ich?«

»Die Abdrücke«, sagte Möllerström.

»Ja«, fuhr Ringmar fort. »Die Techniker haben diese kleinen Abdrücke fast mitten im Zimmer gefunden, und jetzt glauben sie zu wissen, was es ist.«

»Sie sind sich ziemlich sicher«, ergänzte Winter.

»Sie sind sich einigermaßen sicher. Sie sind in diesem Moment mit den Vergleichen beschäftigt«, sagte Ringmar. »Ich habe gerade mit ihnen gesprochen. Oder mit Interpol.«

»Es wird Zeit, direkten Kontakt aufzunehmen«, sagte Winter.

»Sollen wir morgen herkommen, um den Rest zu hören?« war eine weibliche Stimme zu vernehmen; sie klang eisig, doch die Ironie war bei Ringmar vergeudet. Aber aus ihr kann etwas werden, dachte er.

Aneta Djanali war eine der wenigen Frauen im Fahndungsdezernat, und sie würde in Ringmars Nähe bleiben, wenn die Spur kalt zu werden begann. Sie war neu, und sie bat selten um Entschuldigung dafür, und Winter und Ringmar hatten darüber gesprochen. Sie blieb. Sie ist auch hübsch, hatte Ringmar gesagt.

»Es ist ein Stativ«, sagte Ringmar.

Die Stille lag schwer und spürbar im Zimmer.

»Es ist ein Stativ für eine Filmkamera oder eine normale Kamera oder auch für ein Fernglas, aber es ist ein Stativ.«

»Wie zum Kuckuck können wir das wissen?« fragte einer mitten im Zimmer.

»Wie bitte?«

»Wie können wir uns sicher sein, daß es ein Stativ ist?«

»Wir sind uns *nicht* sicher, wie wir gerade gesagt haben«, warf Erik Winter ein. »Aber das Labor ist dabei, alles andere auszuschließen.«

»Der Teufel hat es gefilmt«, sagte ein Ermittler an der Tür und blickte in die Runde.

»Darüber wissen wir nichts«, bemerkte Winter.

»Wir wissen nur, daß es im Blut Abdrücke eines Stativs gibt«, sagte Ringmar.

»Wissen wir, wann die dorthin gekommen sind?« fragte Bergenhem.

»Wie bitte?« sagte Aneta Djanali.

»Hat er das Stativ davor oder danach aufgestellt?« fragte Bergenhem.

»Das ist eine gute Frage«, sagte Ringmar, »und ich habe gerade Bescheid bekommen.«

»Ja?«

»Man glaubt, daß jemand ein Stativ aufstellte, bevor... bevor es geschah«, erklärte Ringmar.

»Das Blut ist also danach hingekommen«, sagte Bergenhem.

Niemand im Zimmer sagte etwas.

»Es wurde also ein Film gedreht«, sagte Aneta Djanali und stand auf, ging aus dem Zimmer und über den Flur weiter bis zur Toilette. Eine ganze Weile stand sie dort, den Kopf schwer über das Waschbecken gebeugt. Wo sind die Burschen, dachte sie. Warum stehe ich allein hier?

Winter saß da und hielt die Hände der Trauernden. Er hätte viel sagen können, aber zunächst war er ganz still. Hier drinnen gab es fast nur Schatten. Nichts schien noch aus sich selbst zu leben, es war, als ob die Trauer gesiegt hätte und bei Lasse und Karin Malmström die Schatten aus ihrem Dunkel aufgestiegen wären.

So dachte er.

»Schrecklich, sein Kind zu überleben«, sagte Lasse Malmström.

Winter stand auf und ging quer durchs Zimmer, hinaus auf den Flur und nach links in die Küche. Er war seit einigen Jahren nicht mehr hier gewesen, aber früher um so häufiger. Die Tage stürmen wie wilde Pferde über die Hügel, dachte er und öffnete drei Schranktüren, bis er die Büchse mit Pulverkaffee gefunden hatte. Er füllte Wasser in den Schnellkocher und steckte den Stecker in die Steckdose unter der Leuchtröhre über dem Spültisch. Dann gab er Kaffeepulver und etwas Milch in drei Tassen und goß das Wasser auf, nachdem es gekocht hatte. Er fand ein

Tablett in der Klappe, wo eigentlich ein Knetbrett liegen sollte, und stellte die Tassen aufs Tablett.

Das hier greift mich mehr an, macht mich aber auch feinfühliger, und das kann von Vorteil sein, dachte er. Kann ich die Dinge auseinanderhalten, kann mich das zu einem besseren Ermittler machen... wenn das denn soviel ausmacht.

Die Sonne brach durch das Fenster über der Arbeitsfläche, und das Licht stieß in der Mitte der Küche mit dem schwachen Lampenlicht aus dem Flur zusammen. Die Lichter vermischten sich zu einem leeren Nichts, dem man nicht die Führung für einen abnehmen konnte, der irgendwohin unterwegs war. Hier drinnen ist niemand irgendwohin unterwegs, dachte er. Ich frage mich, ob diese Menschen in der nächsten Zeit mit sich selbst zurechtkommen.

Er trug den Kaffee durchs Haus und setzte sich auf einen Sessel im Wohnzimmer. Karin Malmström war es geglückt, eine der Jalousien hochzubekommen. Die Sonne malte ein senkrechtes Rechteck auf die Nordwand. Das ganze Licht wurde dorthin gesogen.

»Er war also zwei Tage fortgewesen«, begann Winter.

Lasse Malmström nickte.

»Wußte er, wo er wohnen würde?«

Die Eltern blickten einander an. Keiner sagte etwas.

»Hatte er im voraus ein Zimmer bestellt?« fragte Winter.

»Das wollte er nicht«, antwortete Karin.

»Warum?«

»Er verreiste nicht zum erstenmal... allein«, sagte sie. »Es war das erstemal allein in London, aber er ist nicht unerfahren.«

Bei ihr war er noch immer da. Winter war das unter solchen Umständen so oft begegnet.

»Er wollte nicht so viele Vorbereitungen treffen«, fuhr sie fort.

Winter blickte auf das Rechteck aus Licht an der Wand. Es

war weitergewandert, und das bedeutete, daß das Licht die Frau vor ihm erreichte. Sie saß mit vorgebeugtem Kopf da, was ihrem Gesicht Schatten und Dunkel gab. Er sah etwas blitzen, wie von einem Widerschein im rechten Auge, aber das war auch alles. Sie trug verwaschene Jeans und eine dicke Strickjacke: das, was man als erstes zur Hand hat, wenn man nach einer schlaflosen Nacht aus dem Bett aufsteht.

»Junge Leute wollen nicht soviel planen«, sagte sie.

»Er hat nicht gesagt, an welchen Stadtteil er dachte?« fragte Winter.

»Ich glaube, er hat von Kensington gesprochen«, sagte Lasse Malmström.

Winter wartete.

»Er war ja einige Male mit uns dort gewesen, und da hatten wir in Kensington gewohnt, sogar in derselben Straße, aber er wollte nicht, daß ich in dem kleinen Hotel anrufe und ein Zimmer für ihn buche. Dann habe ich es trotzdem getan, und da wurde er sauer, aber... tja, wir haben es nicht abbestellt, und ich dachte wohl, er würde auf jeden Fall dort absteigen«, sagte Lasse Malmström.

Er trug einen Anzug mit weißem Hemd und Schlips und bildete einen merkwürdigen Kontrast zu seiner Frau. Wir reagieren unterschiedlich auf Trauer, dachte Winter. Lasse hier wird noch einen oder zwei Tage ins Büro gehen, und am Ende des letzten Tages oder vielleicht schon an dessen Anfang... wird er über den Schreibtisch fallen oder über den Kunden, der auf der anderen Seite sitzt, und dann wird es für lange Zeit vorbei sein mit den Anzügen.

»Aber er ist nicht hingegangen.«

Draußen zog eine Wolke über den Himmel, und das helle Rechteck an der Wand verschwand. Karin Malmström hatte den Blick fest darauf geheftet, und als es verschwand, sah Winter, wie sich ihr Blick trübte.

Ich glaube nicht, daß sie noch zuhört, dachte er.

»Seid ihr südlich vom Fluß gewesen?«
»Was?«
»Unten in Südlondon. Wart ihr einmal dort... mit Per?«
»Nein«, sagte Lasse Malmström.
»Ihr habt nicht mal von diesen Gegenden gesprochen?«
»Nein. Warum sollten wir?«
»Er hat nichts gesagt, daß er dorthin fahren wollte?«
»Nein. Soviel ich gehört habe, nein. Karin?«
Die Frau hatte das Gesicht wieder gehoben, nachdem das Licht zurückgekommen war.
»Karin?«
»Was?«
Sie antwortete, ohne den Kopf zu wenden.
»Hat Per davon gesprochen, welche Orte er in London besuchen wollte?« fragte Lasse Malmström.
»Was?«
Er wandte sich mit einer resignierten Geste an Winter.
»Warum zum Teufel ist er runtergefahren?« sagte Lasse Malmström.
»Hatte er dort jemanden, den er kannte?« fragte Winter.
»Nicht daß ich wüßte.«
»Ich glaube, dann hätte er es gesagt«, fuhr Lasse Malmström fort. »Er hätte es gesagt. Glaubst du, daß er jemanden traf?«
»So sieht es aus.«
»Ich meine... vorher, einen, der... der ihn da runter in diese schlimme Gegend lockte.«
»Ich weiß nicht«, sagte Winter.
»Ich frage, was du verdammt noch mal *glaubst*, Erik«, sagte Lasse Malmström mit lauterer Stimme, aber seine Frau reagierte immer noch nicht.
Winter wollte gerade etwas Kaffee trinken, stellte die Tasse aber wieder hin. Wenn man schon so lange wie ich Polizist ist, hat man seinen Glauben an das meiste verloren, und während einer Mordermittlung *glaubt* man schon gar nichts, das

Schlimmste, was man tun kann, ist herumzugehen und an etwas zu glauben, was völlig verkehrt ist, sich als völlig verkehrt erweist. Aber das kann ich hier, in diesem Zusammenhang, nicht sagen. Für diese Menschen hier handelt es sich um einen Glauben an etwas, einen Glauben an eine Erklärung dessen, was nicht zu erklären ist.

»Ich glaube nicht, daß er jemanden getroffen hat, der ihn verleitete, in diesem Zimmer abzusteigen, aber ich weiß, daß er jemanden traf, als er schon dort war«, sagte er. »Als er in der Gegend war.«

»Danke.«

»Es war etwas anderes, was ihn bewogen hat runterzufahren.«

Er bekam keine Antwort.

Durchs Fenster drangen Stimmen. Die Schule unterhalb der Biegung hatte für den Tag Schluß gemacht, und die Kinder gingen nach Hause. Beginn der Februarferien. Karin Malmström stand auf und ging aus dem Zimmer.

Im Auto grübelte er darüber nach, warum er Per Malmströms Eltern nicht die zwei oder drei selbstverständlichen Fragen gestellt hatte. Sie waren wichtig, und ohne die Antworten würde man nicht arbeiten können. Vielleicht wissen sie nichts, aber die Fragen mußten gestellt werden, und es ist besser, ich tue es jetzt, so schnell wie möglich. Ein Weilchen zum Ausruhen, und dann muß ich noch mal hin.

Es gab kurze Augenblicke im zeitigen Februar, da der Frühling ein Wörtchen flüsterte und sich danach zurückzog. Dies war ein solcher Nachmittag. Winter fuhr die Eklandagatan hinunter, und die Stadt dröhnte unter ihm. Der Himmel packte das Hochhaus des Hotels Gothia, und das Licht drehte sich von dort im Kreis und blitzte ihm in die Augen, als er in den Verkehrskreisel am Korsvägen einbog. Plötzlich wußte er nicht mehr, wohin er unterwegs war.

Er hörte einen Hupton vom Auto hinter sich und lenkte nach rechts, am stillen Liseberg vorbei und weiter nach Osten. Er fuhr bei Grün über den Sankt Sigfrids Plan und bog auf den Parkplatz am Funkhaus ein.

Er bugsierte das Auto in eine Parklücke und beugte sich über das Lenkrad. Das alles nimmt mich mit, dachte er, ich schaffe es, die Maske bis zum Sankt Sigfrids Plan zu tragen, aber dann fällt sie zusammen.

Man ist auch nur ein Mensch. Ich muß mit Hanne sprechen. Ich bleibe hier sitzen, bis es draußen ein Licht von oben gibt, und dann fahre ich zurück. Jetzt stecke ich tröstende Musik in den Rekorder und bringe mein Gesicht im Rückspiegel in Ordnung.

6

Es hatte geschneit, und dank der Kälte blieben die Äste weiß, eine Last, die die Umgebung für einige wenige Stunden schön machte. Von der Stelle, wo sie stand, konnte Hanne Östergaard Fußgänger sehen, die sich vier Stockwerke tiefer bewegten, die auf der Unterlage gleichsam dahinglitten, den Atem wie eine Tüte vorm Gesicht. Entsetzlich neugierig: Sie fuhr mit dem linken Zeigefinger über die Fensterscheibe, um besser sehen zu können. Der Beschlag wurde zum klaren, aber feuchten Glanz. Der Finger wurde kalt. Sie wandte sich zu Winter um.

»Zu viele Dinge auf einmal«, sagte er.

»Ja.«

»Tja... es muß wohl mal sein, daß man mit jemandem spricht«, sagte er.

»Sogar du?« fragte sie und setzte sich auf den Stuhl hinter dem Schreibtisch.

Es war ein schwerer, breiter Schreibtisch. Er gefiel ihr nicht.

Sie hatte um einen anderen Schreibtisch gebeten und dann um ein anderes Zimmer, aber sie mußte so lange da sitzen bleiben, bis die Frage entschieden war.

Es würde nichts geschehen. Sie arbeitete halbtags, und deshalb konnte sie keinen anderen Schreibtisch bekommen. Als sie sagte, es sei vom ersten Tag an mehr als halbtags gewesen, hatte die Frau in der Verwaltung sie angeguckt, als hätte sie eine lustige Geschichte erzählt, die alle schon seit der Vorkriegszeit kannten. Aber sie kannte keine lustigen Geschichten. Sie war Pfarrerin, und Pfarrer kennen keine lustigen Geschichten außer denen, die in die Freudenzeiten des Kirchenjahres fallen. Und soweit war es noch nicht.

»Sogar ich«, sagte Winter und schlug mit Mühe ein Bein über.

Ich mag diesen Mann, dachte Hanne Östergaard. Er ist zu jung für seine Arbeit, er sieht gut aus, und er ist ein Snob in seinen Baldessarini- oder Gianni-Versace-Anzügen. Er verzieht allzu selten das Gesicht. Aber er hat Gefühle, und deshalb ist er hier. Er wird nicht zusammenbrechen, aber er hat darüber nachgedacht.

»Ich werde nicht zusammenbrechen«, sagte Winter.

»Ich weiß.«

»Du verstehst es.«

»Ich höre zu.«

»Ich habe gehört, daß du gut zuhören kannst.«

Hanne antwortete nicht. Zuzuhören war für einen Pfarrer eine Selbstverständlichkeit, und seit sie ihren Dienst zwischen der Gemeinde und dem Polizeipräsidium teilte, hatte sie viele Stimmen in den Ohren gehabt. Ältere, aber vor allem die jungen Assistenten draußen in der Stadt oder die jungen Kriminalinspektoren, die direkt von der Polizeihochschule kamen und in ständiger Bewegung auf der Ringstraße um das Göteborg der Gewalt eingesetzt wurden: Nach einem unangenehmen Erlebnis konnten einige wenige für den Rest der Streife freinehmen, aber das reichte nicht, das reichte bei weitem nicht. Sie befanden sich mitten in der Hölle, waren Zeugen und Beteiligte, wenn die Gesellschaft die eigenen Kinder fraß. Verachtung fegte über die Straßen. Es gab keinen Platz mehr für Schwachheit, für die Andersartigen. Keinen Platz für Ehre, dachte sie plötzlich.

Die Polizisten sprachen mit Hanne Östergaard. Sie saßen auch in ihren eigenen Gruppen zusammen und unterhielten sich. Gerade Winter verstand sich darauf, seine Polizisten dazu zu bringen, über die entsetzlichen Erlebnisse zu sprechen, aber das genügte nicht. Sie überlegte, ob sie hier mehr als drei Tage in der Woche arbeiten sollte. Die hier arbeiten, haben so oft mit Toten zu tun, dachte sie. Verbrannte, Opfer von Verkehrsunfällen, Totgeschlagene, Ermordete. Indirekt werden es meine Erlebnisse. Die Fäden bekommen mich zu packen.

»Ich fühle mich von diesem Mord an dem Jungen in London emotional so betroffen, daß ich mich frage, ob ich der richtige Mann als Ermittlungsleiter bin«, sagte Winter.

»Mhm.«

»Ich hatte geglaubt, ich könnte mit der Trauer um meinen toten Freund fertig werden, aber das wird auch Zeit brauchen.«

»Natürlich.«

»Vielleicht brauche ich eine Familie.«

Hanne Östergaard blickte Winter direkt an, als studierte sie seine blauen Augen oder das, was sich hinter ihnen befinden mochte.

»Dir fehlt eine Familie?«

»Nein.«

»Du sagst, du brauchst vielleicht eine Familie.«

»Das ist nicht das gleiche.«

Sie erwiderte nichts, wartete ab.

»Ich lebe ein Leben in selbstgewählter Einsamkeit, und es ist angenehm, die Gelegenheiten selbst zu wählen, wann man sich unterhalten will, aber dann kommen Momente... wie jetzt...«

Er sah sie an.

»Wie jetzt, wo du hier sitzt«, sagte sie.
»Ja.«
Winter schlug wieder ein Bein über. Ihm tat immer noch der Hals weh, ein millimetergroßer Schmerz, ganz unten, wo man nicht hinkam.
»Es kommt nicht so oft vor, daß man länger nachdenkt, wie man sich hinterher fühlt«, sagte Winter. »Als ich gerade fertig und draußen auf der Straße war und die wirkliche Gewalt sah, dachte ich eine Weile daran, Schluß zu machen, aber dann wurde es besser.«
»Was wurde besser?«
»Was?«
»Waren es die Gefühle, die sich veränderten? Sahst du die Dinge mit nebligerem Blick?«
»Nebligerer Blick? Ja, vielleicht. Das ist vielleicht ein gutes Bild.«
»Dann bist du von der Straße weggegangen?«
»In gewisser Hinsicht. Aber dieses... Entsetzliche gibt es ja noch, auf andere Art.«
Hanne Östergaard antwortete nicht. Sie sah die zwei Jungen auf der anderen Seite des Schreibtischs vor sich, 25 Jahre alt, kaum zehn Jahre jünger als sie selbst, aber sie hätten genausogut 100 Jahre oder älter sein können, die jungen Polizisten, die als erste in die Wohnung gekommen waren, nach dem Alarm von den Nachbarn, und über dem Körper des zehnjährigen Mädchens gezögert hatten, und tiefer im Wohnzimmer hatte die Mutter gelegen, die noch drei Stunden leben sollte, und der Mann lag da, der danach versucht hatte, sich die Kehle durchzuschneiden. Das Schwein war zu feige, hatte einer der Jungen gesagt. Sie hatten die Tür drei Minuten nach Beginn des neuen Jahres aus den Angeln gehoben. Danach hatten sie da gesessen. Gerade erst vor kurzem.
Sie wußte, daß Winter jetzt an genau das dachte. Und an etwas anderes.

»Als ich im Studentenzimmer dieses Satans in Mossen stand, war es, als ob die Gedanken sich schärften, während sie gleichzeitig entfliehen wollten«, sagte Winter, »und das ist ein Erlebnis, das ich früher nicht hatte. Als ob ich mehrere Mitteilungen zugleich bekäme. Dinge, die aus verschiedenen Richtungen an mir zerrten.«

»Ja.«

»Du verstehst? Als ob ich meine Arbeit noch besser als früher machen könnte, während es gleichzeitig diesmal schwerer denn je scheint.«

»Ich verstehe.«

»Du verstehst? Wie kannst du das verstehen, Hanne?«

Sie antwortete nicht.

»Wie kannst du das verstehen?« wiederholte er.

»Mit wie vielen Angehörigen haben wir zusammen gesprochen?« fragte sie. »Siehst du, daß es draußen schneit, während gleichzeitig vielleicht die Sonne scheint, siehst du, daß es kalt in der Luft ist, während es gleichzeitig ein wenig heller ist als gestern um die gleiche Zeit?«

»Ich verstehe.«

Es gab immer ein Licht. Es würde wärmer werden. Was auch immer geschah, es waren immer noch Wahrheiten da. Vielleicht war das eine Erklärung in sich.

Er hatte aus dem Fenster geblickt und nur ein graues Licht gesehen, und wenn sie sagte, daß es schneie, dann war es so.

»Glaubst du, daß es eine Grenze gibt?« fragte er nach einer halben Minute.

»Ob man an eine Grenze gelangt?«

»Ja.«

»Das ist schwer zu sagen. Mir ist es immer schwergefallen, Grenzen zu sehen, einen Teil davon auf jeden Fall.«

»Weißt du, was das Schwerste bei diesem Job ist? Daß man in Gewohnheiten und Routine verfällt, so schnell es nur geht, und daß man dann so hart wie möglich daran arbeitet, die Gewohnheiten und die Routine außen vor zu lassen. Daß alles neu ist, daß es zum erstenmal geschieht.«

»Ich verstehe.«

»Daß dieses Blut zum erstenmal fließt. Daß es meines oder deines sein könnte, Hanne. Oder wie es jetzt gewesen ist, daß man die Leiche gesehen hat, als sie in Bewegung war. Als der Geist noch im Körper war. Da liegt der Ausgangspunkt.«

»Und was machst du jetzt?«

»Ich gehe in mein Zimmer und lese Möllerströms Reinschriften.«

Der Dieb war zurückgegangen. Eine Sekunde lang hatte er gehofft, daß die Wohnung oder das Haus nicht mehr da wäre, daß es ein kurzer Traum gewesen war, ein von der Spannung erzeugter Blackout; im Bemühen um handwerkliche Tüchtigkeit nimmt die Spannung manchmal überhand.

Er hatte es wie früher gemacht und die Zeit abgepaßt und die Leute aus dem Haus gehen sehen. Die Frauen und Männer und einige Kinder, aber ihn hatte er nicht gesehen. Er war nicht ins Haus gegangen. Er wußte, daß es gefährlich sein konnte, sich draußen herumzudrücken.

Am nächsten Morgen war er wieder hingegangen, und da sah er ihn um zehn weggehen, und er folgte ihm und sah ihn über den Weg zum Parkplatz gehen und einen Opel anlassen, der ziemlich neu aussah. Er verfolgte das Auto mit dem Blick, bis es verschwand. Und nun? Hatte er so weit gedacht? Wie hatte er es sich gedacht?

Er fror nach eineinhalb Stunden im Freien, und er betrat das Treppenhaus und stand plötzlich vor der Wohnung und lauschte, und dann war er drinnen. Er ging schnell über den Flur, hinein ins Schlafzimmer, und der Puls klopfte wie eine Ramme zwischen den Ohren. Auf dem Fußboden war nichts, keine neuen schwarzen Müllsäcke, kein Ziegelrot, nichts.

Nichts Neues zu stehlen, und als er ein Geräusch aus dem Flur hörte, sah er ein, daß es Grenzen für die menschliche Neugier gibt oder für die Unschlüssigkeit oder was zum Teufel ihn hergetrieben hatte.

Daran ist die Presse schuld, dachte er. Hätten die verfluchten Zeitungen nicht über den verfluchten, scheußlichen Mord geschrieben, wäre ich nicht hierher zurückgekommen und hätte nicht die verfluchte, scheußliche, *scheußliche* Tür draußen im Flur aufgehen gehört.

Er fiel auf die Knie und glitt unters Bett. Was soll ich nur machen? dachte er. Das ist die aufgelaufene Strafe für meine gesammelten Sünden.

Unter dem breiten Bett gab es eine feine Staubschicht und Bälle aus dem gleichen Staub, und er rutschte tiefer darunter, während er gleichzeitig versuchte, ein Niesen zu unterdrücken. Er hielt eine Hand vor den Mund und die Nase und die andere um den Nacken, um den Reiz abzustellen. Das habe ich mir einmal ausgemalt, dachte er, daran habe ich einmal gedacht. Die Juden liegen im Versteck und warten, und die deutschen Soldaten durchsuchen das Haus, und plötzlich muß einer niesen.

Er sah das Licht im Flur angehen und ein Paar Stiefel, die ins Schlafzimmer kamen. Die Furcht sorgte dafür, daß der Niesreiz in der Nase sich verzog.

Er glaubte, daß er den Atem anhielt. Irgendwo wurde eine Lampe eingeschaltet. Er erriet, daß es am Kopfende des Bettes war. Er drehte vorsichtig den Kopf, um nachzusehen, ob sein Körper einen Schatten auf den Fußboden neben dem Bett warf.

Ich kann mich nicht vorrobben und ihn überraschen, dachte er. Bevor es mir gelingt hinauszukommen, hat er mir den Kopf abgeschlagen.

Es rasselte über ihm. Er hörte eine Reihe Töne, die er wiedererkannte.

»Ich bin etwas spät dran.«

Was für ein unheimliches Erlebnis das ist, hier zu liegen und dieser Stimme zu lauschen, dachte er.

»Ja.«
»Ja...«
»Nein.«
»Deshalb bin ich zurückgegangen.«
»Ja.«
»Zehn Minuten.«
»Nein.«
»Ich habe mit ihm gesprochen.«
»Zelluloid.«
»Mhm.«
»Mhm.«
»Nein.«
»Mhm.«
»Ja.«
»Zehn Minuten.«

Es rasselte wieder stumm, und er sah, wie die Stiefel mit den Spitzen auf ihn gerichtet still standen.

Jetzt kommt es, dachte er.

Es war so still, wie es am Vormittag in einer Wohnung sein kann, wenn die Leute von zu Hause fort sind. Er hörte ein weiches *Swiiisch* vom Verkehr draußen. Sonst nichts.

Überlegt er oder schaut er direkt unters Bett? Entfernen sich die Stiefel allzu schnell, rolle ich auf der anderen Seite hinaus, und dann müssen wir es von dort ausfechten.

Er machte sich bereit, den Körper zu einem steifen Bogen gespannt.

Jetzt: Die Schuhe bewegten sich auf den Flur zu. Sie gingen hinaus, das Licht wurde gelöscht, und die Tür schlug zu.

Er lag zwanzig Minuten regungslos da, und der Schweiß rann ihm unaufhörlich vom Leib.

Wenn er unter dem Bett saubermacht, schiebt er wohl die Staubsaugerdüse darunter, ohne nachzusehen, oder ist das bloß Wunschdenken? Spielt es eine Rolle, ob er sieht, daß jemand unter seinem Bett gelegen hat? Eine Rolle für mich? Was ist nun das Beste, was ich tun kann? Abgesehen davon, daß ich nie nie nie mehr herkomme, wenn ich es mir aussuchen kann. Aber wenn er nun die Tür von innen zugeschlagen hat? Er wartet draußen im Flur... wie lange kann ich hier noch liegen... ich lausche noch eine Weile... ich habe eine Weile gelauscht... nein, ich rolle mich hinaus.

Er wälzte sich hinaus und richtete sich auf, den Staub wie eine Schicht aus schmutzigem Stadtschnee über dem Körper. Er ging so vorsichtig er konnte aus dem Zimmer, nahm Staub mit, der auf den Boden rieselte. Er öffnete die Tür zum Treppenhaus und horchte, atmete durch, trat hinaus und ging die Treppe hinunter.

Es zog von der Balkontür, und Winter stand vom Schreibtisch auf, um sie zu schließen. Zuerst machte er die Tür ganz auf und trat hinaus auf den Balkon. Ihn fröstelte, und er spürte von unten den Geruch der Großstadt. Die Straßenbahnen kreischten schwach und in immer größeren Abständen. Ein Nebel vom Kanal wälzte sich durch den Park und über die Allén. Als er die Feuchtigkeit des Nebels spürte, ging er ins Zimmer zurück und schloß die Balkontür hinter sich.

Er hatte eine Weile über dem kurzgefaßten Obduktionsbericht der englischen Polizei gesessen. Es gab eine merkwürdige Ähnlichkeit zwischen den beiden Morden. So etwas war noch nie vorgekommen. Außerdem gab es Eigenartiges in der Vorgehensweise. Die Kollegen in Südlondon hatten die kleinen Abdrücke im geronnenen Blut gefunden. Nicht »*die* kleinen Abdrücke«, verdammt, Winter, dachte er. Sie hatten kleine Abdrücke gefunden, die an die Abdrücke in dem Zimmer im Studentenheim *erinnerten* oder erinnern konnten.

Winter war nach Hause gekommen und hatte sich sofort ins Netz eingeschaltet und nach anderen Fällen gesucht. Es gab Konkretes von draußen zu bearbeiten, aber das war meist eine Vorstellung von etwas, eine Illusion: Er sah Bilder, aber die hätten ebensogut aus einem Traum geholt sein können. Er suchte nach Zeichen weit draußen in der elektronischen Nacht und blätterte eine Reihe amerikanischer Datenbanken durch. Erstaunlich viele hatten ihren Ursprung und ihre Heimat in Kalifornien und Texas. Die Sonne und der Sand, das ist es, was die Menschen verrückt macht, dachte Winter, als das Handy auf dem Tisch läutete. Er zog die Antenne aus und hielt den Apparat ans Ohr.

»Erik!«

Eine Stimme, die knirschte.

»Hallo, Mutter. Gerade habe ich an dich gedacht.«

»Oh...«

»Ich habe an Sonne und Sand gedacht und was die aus den Menschen machen können.«

»Ja, ist das nicht herrlich, Erik. Aber...«

»Du sollst nicht auf dem Handy anrufen, Mutter. Das wird zu teuer für euch.«

»Haha. Aber ich...«

»Ich habe ein Wandtelefon in der Küche.«

Er hörte Gemurmel aus dem Hörer. Er sah sie vor sich, wie sie sich in der kleinen Einbauküche umwandte, um sich den vierten Martini Dry des Abends zu genehmigen und gleichzeitig das Profil im Barspiegel zu kontrollieren. Kleine Mama.

»Wie ist es heute auf dem Green gelaufen?« fragte er.

»Wir sind nicht weggekommen, Bub«, sagte sie.

»Oh...«

»Es hat den ganzen Tag geregnet, aber jetzt muß...«

»Das ist ja bedauerlich. Habt ihr das Haus nicht gekauft, um dem zu entgehen?«

Sie seufzte im Hörer, ein nasses Seufzen, das einen in Alkohol getränkten Nachklang hatte.

»Eigentlich ist es gut, es wird dann nur grüner auf dem Green, Bub.«

Sie lachte, und er dachte an Bremsbacken, die gegeneinander schaben, ohne Schmieröl.

»Warte, Papa sagt etwas«, sagte sie, und er lauschte in das Rauschen und Schweigen hinein, den ganzen Weg hinunter nach Marbella. Die Stimme kam zurück, schriller als zuvor, als wäre in der Leitung etwas zerbrochen.

»Erik?«

»Ich bin noch da.«

»Papa sagt, daß du zum Geburtstag hier unten willkommen bist.«

»Der ist doch im März.«

»Wir wissen, wieviel du zu tun hast. Planung, weißt du. Wir planen. Papa sagt, er spendiert alles. Aber das war nicht...«

Er sah seinen Vater an dem dünnen kleinen Stahlrohrtisch auf der Terrasse. Ein großer Mann mit schwerem Kopf und starkem grauem Haar, eine hübsch geäderte Nase, rote Gesichtshaut, die nicht braun werden wollte, und mit einem ständig lauernden, böswilligen kleinen Gedanken im Kopf: War es das, was herauskam, wenn Geld zum Lebenssinn wurde?

»Das kann ich nicht annehmen«, unterbrach er sie.

»Was?«

»Hättest du mich zu der Reise eingeladen, wäre es etwas anderes gewesen. Aber nicht unser verarmter Vater.«

»Haha. Erik, jetzt muß...«

»Ich glaube nicht, daß es geht. Wir haben einen Fall be...«

»Wir haben davon gelesen. Ist das nicht furchtbar? Der arme Junge und unsere Nachbarn und alles. Ich habe es während des ganzen Gesprächs sagen wollen, aber du hast mir ja keine Gelegenheit gegeben. Wir haben die Zeitungen gerade heute bekommen, da ist etwas falsch...«

»Ja. Das ist wirklich grauenhaft.«

»Lotta hatte auf den Anrufbeantworter gesprochen, aber wir waren einige Tage nicht zu Hause. Papa hat immer von Gibraltar geredet, und so sind wir hingefahren.«

»Ja.«

»Wir haben eben mit Lotta gesprochen.«

Winter antwortete nicht. Er dachte an einen warmen Wind. Er hörte, wie seine Mutter Rauch schräg nach oben blies, und das Klirren von zwei Eiswürfeln.

»Es ist ja in London passiert. London ist eine schreckliche Stadt«, sagte sie.

»Die spanischen Großstädte sind viel sicherer.«

Sie antwortete nicht. Er wußte, daß sie nicht zuhörte.

»Ich finde, daß du in den Zeitungen gut geantwortet hast.«

»Ich habe absolut nichts gesagt.«

»Aber das war gut«, sagte sie.

Er blickte auf den Bildschirm. Ohne daß ihm richtig bewußt war, was er gemacht hatte, war er von der amerikanischen Westküste nach Europa und an die spanische Sonnenküste gesurft. Es war, wie wenn man nebenbei kritzelt, wie während eines anderen Telefongesprächs.

Nun hatte er den Stadtplan von Marbella vor sich, und der Schirm begann an den Rändern schwach zu flimmern. Ein Hinweis auf die Wärme in der Stadt. Er tippte sich nach Südosten und setzte den Cursor ungefähr auf den Punkt, von dem die Stimme nun im Handy zurückkam:

»Erik?«

»Ja, Mutter?«

»Ich hatte vor, Lasse und Karin anzurufen.«

»Jetzt?«

»So spät ist es doch noch nicht?«

Es ist ungefähr vier trockene Martini und eine halbe Flasche weißen Rioja zu spät, dachte er. Vielleicht *mañana*.

»Es ist sehr viel für sie gewesen. Heute abend würde ich es lieber sein lassen.«

»Du hast wohl recht. Du bist gescheit.«

»Für einen Bullen...«

»Wir haben uns daran gewöhnt.« Er hörte das Geräusch eines Mixers in ihrer rechten Hand. »Du bist doch der jüngste Kommissar des Landes.«

»Ich muß hier noch bißchen weiterarbeiten«, sagte er und klickte die Costa del Sol vom Schirm.

»Wir rufen bald wieder an.«

»Ja. Tschüs und Grüße an Papa.«

»Denk über das Angebot nach ...«, sagte sie, aber das Telefon lag schon auf dem Tisch.

Winter stand auf und ging in die Küche. Er goß Wasser in den Schnellkocher, steckte den Stecker in die Wand und drückte auf den Knopf. Während das Wasser im Apparat zischte, machte er ein Tee-Ei fertig und legte es in einen Porzellanbecher. Er goß ein wenig Milch ein und dann das Wasser, als es fertig war. Als die Teeblätter genügend Farbe gegeben hatten, nahm er das Ei heraus, legte es in die Spüle und nahm den Teebecher mit ins Wohnzimmer. Er schaltete Coltrane auf dem CD-Player ein und nippte am Tee und ließ den Abend zur Nacht werden. Eine Bodenlampe vor einem der Bücherregale war die einzige Lichtquelle. Er stellte sich ans Fenster und versuchte, hinaus auf die Stadt zu blicken, sah aber nur das eigene Spiegelbild.

7

Es war Samstag. Hilliers wohnte südlich vom Fluß, und Steve Macdonald hielt den ganzen Weg auf der A 236 Richtung Westen Abstand. Im großen und ganzen war er darin der einzige, ein Alter mit Hut bin ich, tralala tralala, unter allen, die sich mit Schwung und Glück hier tummeln, dachte er und reizte einen Vauxhall hinter sich zur Weißglut. Der Fahrer hatte ihm schon den Vogel gezeigt, bevor sie Nord-Croydon verließen.

Überhol, überhol mit Schwung und Glück, murmelte Macdonald und wartete auf den Verrückten hinter sich. Ich bin heute auch nicht heiter, überhol, überhol, damit ich deine Nummer durchtelefonieren kann, Kumpel. Weiter vorn sah er die Straße sich gabeln: Er würde nach links abbiegen und zusehen müssen, wie der andere huuupend und heueueulend nach rechts vorbeifuhr und triumphierend den Finger zum Himmel reckte.

Wir sind eine Nation von Hooligans, dachte Macdonald, wir flegeln uns zum nächsten Match durch, indem wir mit unseren Fingern auf den Großen Coach im Himmel zeigen. Der Kerl eben war bestimmt auf dem Weg zum Spiel in Brentford. Griffin Park. Der Ort, wohin man ging an einem Tag wie diesem im wilden jungen Februar. Ein paar Stunden in Gesellschaft fröhlicher Freunde.

Er kam in Tulse Hill an und parkte vor dem Haus in der Palace Road. Die Farbe an der Fassade sah frisch aus. Die Bevölkerung war alte Mittelschicht, die sich dafür entschieden hatte dazubleiben, als in der Umgebung die Kriegszonen eingerichtet wurden. Als Macdonald aus dem Auto stieg, konnte er oben im Brockwell Park die Explosionen hören. Die Fenster waren schwarz, aber er wußte, daß die Eltern drinnen warteten. Gott sei Dank, daß ich nicht der erste mit der Nachricht bin, dachte er. Oder ist das vielleicht ein Nachteil, weil der Schock jetzt nachgelassen haben kann?

Er schlug den Türklopfer an, und sofort wurde die Tür geöffnet, als hätte die Frau hinter der Tür gestanden und den ganzen Vormittag gewartet. Trotz aller mentalen Vorbereitung sieht sie aus, als wäre ich gerade in ihr Haus eingebrochen, dachte Macdonald.

»Mrs. Hillier?«

»Ja. Kriminalkommissar Macdonald?«

Er antwortete bejahend und zeigte seinen Ausweis. Sie warf keinen Blick darauf. Mit einer Geste bat sie ihn ins Haus.

»Kommen Sie herein.«

Diese Hausbesuche, dachte er. Davon träumen wir in unseren Alpträumen. Das bin ich. Es sind solche wie ich, von denen man in seinen angsterfüllten Träumen träumt.

Der gerade Flur führte zum Wohnzimmer. Am anderen Ende

des Zimmers fiel Licht auf den Mann, der in der Mitte eines ausladenden Sofas saß. Macdonald hörte ein fernes Quietschen und sah den Zug der British Rail südwärts vorbeischaukeln, 100 Meter unterhalb eines kahlen Abhangs.

»Wir fahren nie Zug«, sagte der Mann auf dem Sofa.

Macdonald stellte sich vor. Der Mann machte den Eindruck, taub zu sein.

»Das hier ist ein Teil von London, der von Eisenbahngleisen entstellt ist, das ist sogar schlimmer als der Schnellstraßenbau«, sagte der Mann.

Macdonald fielen die Flaschen auf dem Tisch rechts von dem Mann auf, und das Glas, das vor den Flaschen stand. Der Mann griff danach und hielt es ans Kinn. Er guckte den Besucher an. Macdonald trat einen Schritt vor. Er sah, daß die Augen des Mannes trüb und weißlich waren, an der Grenze zur Blindheit. Er konnte nicht entscheiden, ob es an einer Krankheit oder am Alkohol lag.

»Nein, ich bin nicht blind«, sagte der Mann, der seine Gedanken gelesen hatte. »Ich bin bloß besoffen. Seit Punkt elf heute vormittag.«

»Darf ich Platz nehmen?« fragte Macdonald.

»Nehmen Sie Platz und platzen Sie meinetwegen«, sagte der Mann, der Geoff Hilliers Vater war. Winston Hillier raspelte ein Lachen, das aus seinem Mund zischte, aber nicht bis zu den Nasenlöchern reichte.

»Ich habe zu Geoff gesagt, daß das eine gute Idee war«, sagte er nun und stand auf, um ein sauberes Glas aus dem Regal an der Wand hinter ihm zu holen.

»Gin oder Whisky?« fragte er und drohte gewissermaßen mit dem Glas in Macdonalds Richtung.

»Einen halben Tropfen Whisky«, sagte Macdonald.

»Schotte?«

»Ja.«

»Von wo?«

»Ein wenig außerhalb von Inverness.«

»Am See?«

»Nach der anderen Seite hin.« Macdonald nahm das bis zum Rand gefüllte Glas und roch am Alkohol.

»Ich hoffe, ein Blend tut's auch«, sagte Winston und stellte die Flasche auf den Tisch.

»Aber ja.«

»Schotten sollten wohl eigentlich Malt bekommen.«

»Es gibt so gut wie keine Schotten, die sich Maltwhisky leisten können«, sagte Macdonald und hob sein Glas. Er stellte es ab, ohne zu trinken. Winston Hillier blickte zum Fenster hinaus.

»Ich fand, es hörte sich spannend an«, sagte er, ohne auf irgendeine Frage zu antworten, sondern mit dem Blick auf einem neuen Zug, der unten vorwärtsstampfte, unterhalb des Abhangs, der im Dämmerlicht immer grauer und älter wurde. »Ein neues Land für einen jungen Mann, für längere Zeit. Eine internationale Ausbildung in dieser schönen neuen Welt.«

Er nahm einen großen Schluck aus seinem Glas mit Gin Tonic.

»Warum gerade... Schweden?« fragte Macdonald.

»Warum nicht?«

»Gab es einen besonderen Grund?«

Macdonald hörte ein Geräusch hinter sich und drehte sich um. Die Frau kam mit dem Nachmittagstee. Es duftete nach warmen Scones, und er schob das Whiskyglas vorsichtig aus der Tischmitte.

»Gab es keinen besonderen Grund dafür, daß er Schweden wählte?« wiederholte er.

»Keinen andern, als daß er seit langem eine Brieffreundin in Göteborg hatte«, sagte die Frau und setzte sich neben ihren Mann. Sie stellte Tassen und Kuchenteller hin.

»Deshalb fuhr er nach Göteborg«, sagte Winston Hillier.

»Wie hat er von der Ausbildung gehört?«

»Durch die hiesige Schule«, antwortete die Frau, die, wie Macdonald wußte, Karen hieß.

»Geoff hat immer In-ge-ni-eur werden wollen, und er hat sich für diese Schule da in-ter-es-siert«, erklärte Winston Hillier mit leicht verschwommener Aussprache.

»Dann hatte sie auch einen englischen Namen«, fügte er hinzu. »Chandlers oder so.«

»Chalmers«, sagte die Frau.

»Chalmers«, wiederholte er.

»Er bekam auch einen Brief«, sagte die Frau und wandte sich an Macdonald.

»Von der Schule?«

»Nein. Er bekam einen Brief von jemandem in Göteborg, und der schien schließlich den Ausschlag zu geben, daß er diese Ausbildung probieren wollte. Diese Schu ... Schule.«

Macdonald merkte, wie schwer es für sie gewesen war, so lange zu sprechen, in einem Zug.

»Einen privaten Brief?«

»Was sonst?« fragte Winston Hillier.

»War der von der alten Brieffreundin?«

»Wir wissen es nicht«, sagte die Frau.

Macdonald wartete, sagte nichts.

»Er hat ihn uns nie gezeigt«, sagte Winston Hillier, »und das war ja nicht so merkwürdig, aber er wollte uns auch nicht sagen, von wem er war.«

»Nur, daß er ihn bekommen hatte«, sagte die Frau.

»Aus Schweden?«

»Göteborg«, sagte Winston Hillier.

Macdonald hörte noch einen Zug in der Ferne rasseln. Nach einer Weile klang er schärfer und blecherner, als ob sich das Geräusch nach und nach innen im Haus verstärkte.

»Und er schrieb oder erwähnte nichts davon, nachdem er ... dort angekommen und in das Zimmer eingezogen war?«

»Nein.«

»Etwas von anderen, die er getroffen hatte?«
»Nein.«
»Nichts?«
»ER WAR JA VERDAMMT NOCH MAL GERADE ERST EINGEZOGEN, ALS ER ERMORDET WURDE, VERDAMMT«, schrie Winston Hillier und starrte Macdonald mit roten Augen an.

Dann warf er sich vom Sofa und blieb mit dem Gesicht zum Fußboden liegen.

»Verschwinden Sie«, hörte man seine Stimme, gedämpft vom Teppichboden.

Die Frau sah Macdonald mit einem Blick an, als bäte sie um Entschuldigung für ihrer beider Trauer.

Hier sind verdammt keine Entschuldigungen nötig, dachte Macdonald. Hier bin ich es, der um Entschuldigung bittet.

»Ver-schwin-den Sie«, wiederholte der Mann auf dem Boden, und Macdonald machte der Frau ein Zeichen, und sie gingen in die Küche. Er stellte einige kurze Fragen und bekam einen Namen und eine Adresse und rief dann einen guten Arzt an, den er kannte und der ihm einen Gefallen schuldete.

»Hauen Sie ab zu Ihrem verdammten SEEUNGEHEUER!« hörte man die Stimme des Mannes von der anderen Seite des Hauses. Sie war deutlicher. Er hatte den Kopf gehoben.

»Soll ich bleiben, bis mein Freund kommt?«
»Nein nein. Es besteht keine Gefahr.«
»Bestimmt nicht?«
»Winston trinkt sonst nicht so viel. Er ist es nicht gewohnt. Ehe Sie durch die Tür sind, ist er eingeschlafen.«

Mit jeder Minute, die sich ihr Mann der Bewußtlosigkeit nähert, wirkt sie stärker, dachte Macdonald. Das ist mehr, als man von mir sagen kann.

Er sagte guten Abend und ging hinaus in das Nachmittagslicht. Nach Westen hin hingen die Wolken wie in Fransen. In einer Stunde würde es dunkel sein. Er ließ den Wagen an, wendete auf der Straße und fuhr hoch bis Station Rise, unter den kleinen Bahnhof, von dem aus die Züge auf das Haus der Familie Hillier zielten. Er parkte an der Grenze des erlaubten Bereichs, betrat *The Railway*, bestellte einen Young's Winterwarmer und wartete, bis das Bier klar geworden war, aber keine Sekunde länger.

8

Winter las. Er gönnte sich zwei Zigarillos. Der Vormittag im Dienstzimmer bekam einen Spritzer Blau vom Fenster hinter ihm. Der Hals fühlte sich besser an, vielleicht war es das Nikotin, der weiche Rauch.

Die Zeugenprotokolle waren strikt wörtlich, und er mußte hin und wieder ein wenig über die Formulierungen schmunzeln. Er machte regelmäßig Notizen in ein kleines Buch mit schwarzem Wachstucheinband.

Was jetzt trivial wirkte, bekam immer eine Bedeutung.

Sie hatten mit allen gesprochen, die um Mossen lebten, das heißt, was davon noch übrig war, nachdem Chalmers sich in der Gegend ausgedehnt hatte. Ein bißchen mehr, und es hätte kein Studentenwohnheim mehr gegeben, dachte Winter und klopfte vorsichtig die Asche über der schweren Glasschale vor ihm aus; weniger Leute, mit denen man sprechen konnte, weniger Studenten, die gerade aus diesem Korridor flohen. Das Leben geht weiter, aber anderswo.

Der Dienstapparat läutete.

»Ja«, antwortete er rasch.

Die neue Frau in der Zentrale. Winter erkannte die Stimme wieder, vielleicht weil sie so hübsch war, daß er den Blick eine Winzigkeit länger auf ihr hatte ruhen lassen, als er beim erstenmal nickend vorbeigegangen war.

»Hier ist einer von der Presse, GT. Er sagt...«

»Sag ihm, er soll sich zum Teufel scheren«, sagte Winter kurz, »aber drück es anders aus.«

Er hörte, wie sie vielleicht den Mund zu einem Lächeln verzog.

»Ich glaube, ich habe gesagt, ich will nicht gestört werden«, fuhr er fort, aber mit milder Stimme.

»Ich bitte um Entschuldigung, aber er behauptet, daß er dich kennt und daß es wichtig ist.«

Winter betrachtete den Rauch vom Zigarillo in der rechten Hand und ließ den Stift in der linken fallen, weil es unbequem war, auch noch den Telefonhörer zu fassen.

»Wichtig? Seit wann kommt die Presse mit etwas Wichtigem?«

»Dann bitte ich ihn, sich noch einmal zu melden oder etwas in der Richtung.«

»Wer ist es?«

»Er heißt... Moment... Hans Bülow.«

Winter überlegte. Der Zigarillo ging in seiner Hand aus.

»Stell ihn durch.«

Nach all den Jahren im Beruf war es ausgeschlossen, keine Kontakte zu Journalisten zu haben, und Winter bezog nicht wie ein Teil seiner Kollegen prinzipiell Stellung gegen diesen nervtötenden Berufsstand. Alle nutzten alle aus. Er hatte früh die Möglichkeiten erkannt, die Publizität in den Medien bei einem Teil der Fälle bieten konnte. Mitunter war es gut zu sprechen, wenn man wußte, was man sagte, wenn man es zuvor durchdacht hatte, und er sah das Bild von zwei oder drei Überschriften vor sich, als er darauf wartete, daß die Leitungen Bülows Stimme zu seinem Ohr führten. Außerdem dachte er von gewissen Reportern weniger schlecht. Bülow war einer von ihnen.

»Hallo, Erik. Ich bitte tausendmal um Entschuldigung, daß ich dich mitten in der Arbeit störe.«

»Ja.«

»Das kommt...«

»Jetzt keinen Blödsinn, Hans. Was willst du?«

»Es geht natürlich um den Mord an dem Jungen. Aber ihr habt euch ganz schön in Schweigen gehüllt, was die Verbindung mit England betrifft.«

»Verbindung?«

»Teufel noch mal, Erik. Ein schwedischer Junge in London ermordet und das Entsprechende in Göteborg, und es ist auf die gleiche Art und Weise passiert.«

»Haben Sie die Obduktion vorgenommen, Doktor Bülow?«

»Man braucht sich nicht für Pathologie zu interessieren, um hier einen Zusammenhang zu sehen.«

»Ich weiß wirklich nicht, was ich darauf antworten soll.«

»Habt ihr mit den Bullen in London gesprochen?«

»Das ist aber eine dumme Frage.«

»Was?«

»Wie du weißt, sprechen wir mit niemandem. Wir korrespondieren mit Interpol, die unsere Stimmen an den übermittelt, den es angeht.«

»Aha.«

»Das weißt du. Das ist das Prozedere.«

»Und darüber werden die Spuren kalt.«

»Wenn es sein muß. Aber wir haben unsere Regeln, und wie würde die Gesellschaft aussehen, wenn man sich nicht an Regeln hielte?«

»Weil du keinen Regeln folgst, weiß ich jetzt also, daß ihr mit den Bullen in London gesprochen habt und daß ihr den Zusammenhang hier eindeutig definiert habt.«

Winter antwortete nicht. Er führte den ausgegangenen Zigarillo an die Lippen, aber er spürte den widerlichen Geschmack kalten Rauchs und legte ihn zurück in den Aschenbecher.

»Den Zusammenhang«, wiederholte Bülow.

»Wir untersuchen einen Mord in Göteborg und nichts anderes.«

»Auch das wird man euch kaum glauben, es waren nicht viele Details, die du gestern auf der Pressekonferenz genannt hast.«

»Nein.«

»Müßt ihr darüber auch mit Interpol korrespondieren? Sind das die neuen EU-Vorschriften?«

»Vielleicht.«

»Jetzt komm schon, Erik.«

»Komm schon? Das Recht der Allgemeinheit auf Information, was? Worüber? Wie viele Wunden dieser Junge am Körper hatte? Wie viele Löcher er in den Hornhäuten hatte? Welche Mitteilung der Mörder in seinen Rücken geritzt hatte? Wie das Blut an einer Wand in einem gewissen Gegenlicht aussieht, je nachdem, wo man im Zimmer steht?«

»Okay, okay.«

»Gerade jetzt kann ich nichts sagen, das verstehst du doch, Hans.«

»Die Leute haben Angst.«

»Sollen wir sie noch mehr erschrecken?«

»Es kann auch umgekehrt wirken.«

»Was?«

»Hält man die Klappe, fangen die Spekulationen an, und dann breitet sich Panik aus.«

»Herrscht etwa Panik in Göteborg?«

»Auf lange Sicht kann das so kommen«, sagte Bülow.

»Da liegen wir auf der gleichen Linie«, meinte Winter. »Auf lange Sicht.«

»Du kannst sehen, in welche Richtung du willst, aber ich würde westwärts empfehlen«, sagte Bülow. »Die englischen Journalisten rufen schon hier an, und wenn wir schwedische Journalisten mit englischen Zeilenschindern vergleichen, dann sprechen wir von völlig verschiedenen Rassen.«

»Die sind nicht so nett wie ihr, meinst du?«

»Die sind die Hooligans der Journaille.«

Winter antwortete nicht darauf. Er griff zum Stift und schrieb einen Satz in das Notizbuch auf dem Tisch.

»You ain't seen nothing yet«, sagte Bülow.

»Eigentlich bin ich erstaunt, daß sie nicht in größeren Massen herübergekommen sind.«

»Du bist also geistig darauf eingestellt.«

»Wir hatten doch fünf auf der Pressekonferenz. Ziemlich harmlose.«

»Die hatten einen Kater wie Elche.«

»War noch was?« fragte Winter nach zwei Sekunden Schweigen.

»Also: eine größere Offenheit, bitte.«

»Vielleicht rufe ich dich schon heute abend an.«

»Das wußte ich.«

»Du siehst, wie zügig die Ermittlung vorangeht.«

»Während wir uns unterhalten haben.«

»Hinter diesen scherzhaften Worten versteckt sich ein Subtext, der in seiner Wirklichkeitsnähe entsetzlich ist«, sagte Winter. »Wenn es an die Oberfläche kommt, können wir von Panik sprechen, und das will ich aus den Medien heraushalten.«

»Einen schönen Vormittag«, sagte Bülow.

Nach der Mittagspause kamen sie im Konferenzzimmer zusammen. Die Gruppe schrumpfte im selben Maß, in dem die Papierstapel der Untersuchung größer und höher wurden. Gegenstände gingen vom Labor ein und wurden nach und nach in bizarre Schubladen und Mappen gelegt: Haar, Haut, ein Splitter eines Nagels, Abdrücke, Spuren, Teile der Kleidung; Fotografien, die das gleiche noch einmal sagten, aber aus einem anderen Blickwinkel; ein Schrein gefüllt mit all den Rufen, die Erik Winter gehört hatte, als er zum letztenmal in dem Zimmer stand.

Er hatte mit Pia Erikson Fröberg gesprochen, und sie glaubte nicht, daß alle Hiebe gleichzeitig gekommen waren. Sie war eine gute Gerichtsmedizinerin, sehr genau. Die Zahl der Hiebe war auf einem Zettel in seiner Innentasche vermerkt, den er jetzt vorholte. Der Junge war schließlich durch Ersticken gestorben. Bis dahin kannten alle im Zimmer die Einzelheiten.

»Wie lange hat das gedauert?« fragte Fredrik Halders. Kriminalinspektor Halders war gerade 44 geworden, und im Jahr zuvor hatte er aufgehört, sich das Haar über die Glatze zu kämmen, und das, was noch vorhanden war, zentimeterkurz geschnitten. Sein Selbstvertrauen war gestiegen, und deshalb hatte er aufgehört, zu lächeln oder den Mund zu einem Lächeln zu verziehen, wenn Leute ihn ansprachen.

»Es war eine lange Vorstellung«, antwortete Erik Winter.

»Keine Pause dazwischen?« fragte Fredrik Halders.

»Mehrere Pausen«, sagte Bertil Ringmar.

»Zwischen der ersten Schnittfläche und der letzten liegen einige Stunden«, erklärte Winter, »und näher können wir es nicht eingrenzen. Drei Stunden, vielleicht vier.«

»Pfui Teufel«, sagte Lars Bergenhem.

»Allerdings«, sagte Ringmar.

»Die Oberarme waren unverletzt«, sagte Janne Möllerström.

»Dort sitzen die blauen Flecken«, sagte Aneta Djanali.

»Muß ein starker Kerl gewesen sein«, sagte Halders. »Wieviel wog der Junge?«

»Achtzig Kilo«, sagte Möllerström, »und er war einsfünfundachtzig, es war also nicht ganz so leicht, das zu tun.«

»Wenn es das war, was er getan hat«, sagte Aneta Djanali.

»Allerdings«, sagte Ringmar.

»Er hat etwas in der Richtung getan«, sagte Möllerström.

»Die Bewegungen deuten darauf hin, daß es ein Dreher rund ums Zimmer war«, sagte Bergenhem.

»Wo man anfassen konnte«, sagte Halders.

»Darüber brauchst du verdammt noch mal nicht zu schwätzen«, sagte Aneta Djanali. »Und das sage ich nicht, weil ich eine Frau bin.«

»Blankgelaufene Sohlen, aber ein deutliches Muster an den Rändern«, sagte Möllerström.

Wie immer hatte Winter die Gruppe gebeten, das Geschwätz in Gang zu halten, als Therapie beinahe oder als inneren Monolog, auf für alle hörbare Lautstärke aufgedreht. Durchleuchtung. Eine ewige Durchleuchtung während der täglichen Zusammenkunft, das Alte und das Neue, das Letzte. Heraus damit ins Freie. Sie putzten an den Splittern von Fakten, bis ihnen die Arme weh taten, bis die Schnittflächen der Fragmente eine Form bekamen, die es möglich machte, sie zusammenzufügen.

»Wie konnte er von dort wegkommen?« fragte Bergenhem.

»Er hat sich drinnen umgezogen«, sagte Winter.

»Aber trotzdem«, sagte Bergenhem.

»Er wartete«, sagte Winter.

»Es gab ein Bad«, sagte Aneta Djanali.

»Aber trotzdem«, sagte Bergenhem.

»Er hätte zweien oder dreien auf dem Weg hinaus begegnen können«, sagte Ringmar.

»Ich habe in diesem Bericht weitergelesen, und alle hatten den Blick auf den Boden gerichtet«, sagte Winter. »Es kommt einem vor, als würden sich die Studenten von heute voreinander schämen.«

»Das war zu unserer Zeit anders«, sagte Halders.

»Bist du Student gewesen?« fragte Aneta Djanali mit treuherzig offenen Augen und etwas Gewissem im Mundwinkel.

Halders seufzte.

»Dann sind da noch die Abdrücke«, sagte Möllerström.

»Ich begreife nicht, wieso die sagen können, es ist ein Stativ«, sagte Halders.

»Das ist, weil du hier bist und die dort sind«, sagte Aneta Djanali.

Wieder seufzte Halders.

»Ein verdammtes Stativ«, sagte er dann.

Ein verdammtes Stativ, dachte Winter. Es brauchte nichts zu

bedeuten. Wenn alle tausend Interviews und Befragungen von Tür zu Tür durchgeführt und die bekannten Soziopathen in der Datenbank festgemacht wären, wenn alle Bewegungen bis zu diesem Moment eingefangen wären, wenn der Hintergrund des Opfers aufgeklärt wäre (da wartest du auf Auskünfte, Erik) und wenn alle Partikel vom Tatort vermessen und verglichen wären und die zweitausend Telefonge...

»Haben wir die Gespräche vom Korridortelefon kontrolliert?« fragte er.

»Wir sind dabei«, antwortete Ringmar mit beleidigter Miene.

»Ich will ein Verzeichnis«, sagte Winter.

»Ja.«

»Wir brauchen auch ein ähnliches aus London«, sagte er. »Ich kümmere mich darum.«

»Wie ist es mit Malmströms?« fragte Ringmar.

Winter überlegte. »Ja«, sagte er, »von dort auch.«

Das Stativ, dachte er wieder. Was oben befestigt gewesen war. Was danach geschehen war. Und: Alles, was sie wissen mußten, war da. Eine Kassette, irgendwo. Oder mehrere, oder eine mit mehreren Teilen... oder...

»Wir haben die Zeugen vom Brunnsparken«, sagte Möllerström.

»Geht's jetzt in die zweite Runde?« fragte Bergenhem.

»Bald«, sagte Bertil Ringmar.

»Ich will es spätestens morgen sehen«, sagte Winter. »Alles zusammen, und mach soviel Druck wie möglich. Irgend etwas stimmt da nicht ganz.«

Er sagte, was er meinte, und Ringmar nickte, und Halders sagte nachher zu Möllerström, sie hätten es gleich sehen müssen, beim ersten Interview hätten sie es sehen müssen. »Teufel auch«, sagte er, dann schüttelte er den Gedanken ab und blickte voraus.

Ich will dir etwas zeigen, hatte er gesagt und die Sachen aus der Reisetasche genommen, als sie zu ihm nach Hause gekommen waren, wie sie es draußen ausgemacht hatten, vorher, bevor er angefangen hatte zu arbeiten. Nur so ganz kurz, wie durch Zufall, und der andere war die Drottningsgatan weitergegangen.

Dann hatte er an der Tür geläutet, und Jamie hatte sich den Rauch abgeduscht. Er hatte das Rauchen aufgegeben, als er in der Bar anfing. Das hält man nicht lange aus, hatte er damals gedacht, und das war vor einem halben Jahr gewesen.

Jamie spürte eine Spannung in sich, im Körper. Vielleicht werde ich ausgenutzt, dachte er mit einem ziehenden Schmerz vom Rücken abwärts, und es brannte wie ein weiches Feuer da unten zwischen den Beinen. Es war nicht unangenehm. Es könnte zum erstenmal das Wahre werden.

Er ist groß, dachte Jamie. Jetzt baut er die Sachen auf. Er sieht, daß ich eine Flasche Wein dort auf dem Tisch habe. Jetzt kommt er herüber und nimmt dieses Glas, das ich ihm gebe. Er sagt etwas, aber ich verstehe es nicht. Jetzt setzt er sich eine Maske auf. Puh, die sieht gar nicht komisch aus. Er geht zurück zur Kamera und setzt sie darauf. Hört man davon nicht mehr? Ich dachte, es wäre lauter. Jetzt höre ich das Surren.

Jamie hatte zur Seite gewandt dagestanden, aber nun wurde sein Körper direkt zu der schwarzen Linse gedreht, und seine Augen öffneten sich mit einem Ausdruck, der Erstaunen bedeuten mochte, und bevor er den Mund mehr als einen Spalt weit aufgemacht hatte, wurde ein Lappen hineingestopft und etwas anderes herumgezogen und hinten festgebunden, und alles, was er danach sagen wollte, blieb im Hals stecken.

Dann saß er auf einem der Hocker, die der andere aus der Küche geholt hatte, und jetzt hörte er das Geräusch, es klang, als wäre es viel lauter, und seine Augen waren die ganze Zeit auf diese Linse gerichtet. Das ist ein kranker Teufel, dachte er. Man kann ja was mitmachen, aber mir gefällt nicht, daß er nichts sagt. Es gibt solche Spiele und solche. Ich will hier nicht mehr sitzen. Jetzt stehe ich auf. Er steht bloß da und beobachtet, und jetzt stehe ich auf und wende ihm den Rücken zu, damit er sieht, daß ich den Knoten gelöst haben will, damit ich die Arme frei bekomme. Jetzt kommt er her.

Jamie spürte einen Stoß irgendwo unten am Rücken und dann etwas, was höllisch im Leib brannte. Er senkte den Kopf, um nachzusehen, was es war, und da sah er, wie es unter dem Nabel klopfte und dann innen, und spürte, wie es gleichsam den Rücken schlitzte. Er hielt den Kopf gebeugt, weil es hinten so weh tat, daß er den Schädel nicht heben konnte, und er sah, daß etwas auf den Boden fiel. Der Teufel hat Wein auf den Boden geschüttet, dachte er.

Jetzt warf er sich herum, und da sah er die Maske wieder, er meinte, es wäre nun eine andere Maske, aber das war nur ein kurzer Gedanke, denn er sah, was der Teufel in der Hand hatte, und er dachte, jetzt übertreibt er aber. Dann bekam er Angst, und die Angst machte seine Beine weich, so daß er vornüber fiel. Er fiel gegen das Ding, das aufblitzte im Licht vom Tisch oder von der starken Lampe, die neben der Kamera angeschaltet worden war, und er schrie, aber es kam kein Laut, und er konnte nicht mehr atmen.

Er stand wieder auf. Jetzt begriff er. Er versuchte, sich zur südlichen Wand hin zu bewegen, aber seine Bewegung war vor allem eine Richtung in seinem Kopf. Er glitt auf dem Boden aus und schlug mit der Hüfte auf, als er fiel. Er rutschte auf dem Boden. Sein Körper fand keinen Halt.

Er hörte eine Stimme. In mir gibt es eine Stimme, und sie ruft mir zu, und das bin ich. Ich verstehe. Jetzt entferne ich mich von der Wand, und wenn ich es leise und vorsichtig tue, dann geschieht mir nichts.

Mother. Mother!

Ein Ton summte, als wäre Pause und es geschähe nichts vor den Augen. Er kam nicht von dem Ton los.

Geh weg von hier.

Das ging lange so weiter. Er wurde müder, er wurde hochgehoben. Er dachte nicht so viel. Es war, als wäre das, was die

Gedanken weiterleitete, abgebrochen, so daß die Gedanken direkt ausströmten und sich ohne Halt ausbreiteten. Wieder wurde er emporgehoben.

9

Irgendwo auf halbem Weg nach Stampen hörte Winter Vogelgesang. Der Asphalt war trocken, und der Schnee hielt sich ängstlich unter den Kiefern im Park. Die Kälte hatte sich gehoben, hatte sich am Abend zuvor zusammengezogen und war über Nacht aufwärts und nordwärts gestiegen.

Er hatte lange in der Dämmerung gesessen, Tee getrunken und kurz die Mitteilungen auf dem Anrufbeantworter abgehört. Das Zimmer hatte nach den süßsauren Garnelen gerochen, die er von Lai Wa mitgenommen hatte. Er hatte die Balkontür geöffnet und den Abend hereingelassen.

Er war zum Sessel zurückgegangen, war aber wieder aufgestanden und hatte Teller, Besteck und Glas in die Küche getragen und die Spülmaschine angeschaltet. Dann hatte er frischen Tee überbrüht und war ins Zimmer zurückgegangen, hatte Charlie Hadens Quartett gelauscht und aus dem Fenster ins Blaue geschaut, das nicht richtig schwarz geworden war. Er hatte sich fortgesehnt, während er gleichzeitig an den plötzlichen Tod dachte.

Es war ein zweischneidiges Messer, das er sah, oder eher ein kurzes Schwert, benutzt von einem, der ... einem der ... und er kam nicht weiter, und dann wurde es Nacht.

Er hatte zehn Minuten im Zimmer mit Möllerströms letzter Abschrift totgeschlagen, als Bergenhem hereingestürzt kam.

Winter fuhr in die Helligkeit hinein. Die Sonne kam von links, und er setzte die Sonnenbrille auf, die auf dem Armaturenbrett lag. Ihm war, als würde es stiller, als die Farbe verging, als verwandelte sich die Stadt vor seinen Augen. Er hielt, um drei Männer über die Straße zu lassen, ein schwankender Spaziergang vom Vasaparken zur Victoriagatan. Der Wind zerrte am Haar der Männer, schwer und scharf im Hoch von Nordwesten.

Winter spürte das Adrenalin im Körper, das wie ein Fieber durch ihn strömte. Er hätte nicht bereiter sein können. Das war Gegenwart. Wirklicher als jetzt, während der kommenden Stunden, wurde es nie, nie mehr so gräßlich und nie mehr so deutlich. Ein Sog genau darauf zu: Er spürte es so stark, und er hatte immer, nachher, etwas empfunden, das Scham sein mochte oder Schreck oder beides. Es war vielleicht ein Teil des Berufs: daß er blieb, daß er sich nicht vorstellen konnte, etwas anderes mit seiner Zeit anzufangen.

Das Treppenhaus war, gleichsam als makabre Orientierung, bis zum zweiten Stock mit Schnitzeln markiert. Polizisten hielten den Weg von Neugierigen frei. Die Leute standen auf der anderen Straßenseite, hinter den Absperrungen. Vielleicht hätte ich selbst dort gestanden, dachte Winter, wenn ich jetzt nicht hergekommen wäre. Wie viele sind es? Dreißig Seelen?

»Ruf Birgersson an und bitte ihn, fünf Mann direkt herzuschicken«, sagte Winter zu Bergenhem.

»Jetzt?«

»Augenblicklich.«

Lars Bergenhem wählte die Nummer des Dezernatsleiters, während sie die letzten Treppen hinaufgingen, wartete mit dem Telefon am Ohr und gab weiter, was ihm aufgetragen war.

»Er will dir selbst etwas sagen.«

Winter übernahm das Telefon.

»Ja, Sture?«

»Ja, ich bin in der Hölle. Noch drei Stufen.«

»Du hast richtig gehört. Ich habe tatsächlich geglaubt, sie wären hier.«

Bergenhem konnte Birgerssons Stimme hören, aber kein Wort verstehen. Winter fuhr fort:

»Ich will von allen Neugierigen draußen eine Aussage haben. Ja, du kannst es als Umzingelung bezeichnen, wenn du willst. Gleich. Danke. Tschüs.«

Winter hatte Gesichter gesehen, aber keine Gesichtszüge, als er zur Haustür hineinging, die Menschen auf der anderen Seite: Es mußte kalt sein, dort zu stehen. Es mochte dort noch etwas anderes geben als Neugier... wer konnte das wissen? Einer, der gekommen war... ein Gesicht in der Menge, einer, der wußte, was Winter sehen würde, wenn er die Treppen hinaufgestiegen war, in der Wohnung. Der *wußte,* was er zu sehen bekäme.

Eine Verlockung zurückzukehren, vielleicht gegen gnadenlosen Widerstand, aber eine Verlockung zurückzukehren.

»Wer war als erster da?« fragte Winter, als er vor der Tür stand und die Uniformen vor sich sah.

»Ich«, sagte ein Polizist von etwa 25 Jahren, blaß, den Blick in die Ferne gerichtet.

»Warst du allein?«

»Mein Kollege ist unten. Er... da kommt er.« Er zeigte zur Treppe.

Der Alarm war von der Skånegatan aus gegeben worden, er hatte Winter ungefähr gleichzeitig mit dem nächsten Streifenwagen erreicht. Die Jungs waren hineingegangen, blaß geworden und rückwärts wieder hinausgestolpert.

Jamie war nicht zur Arbeit erschienen. Es wäre sein Vormittag gewesen. Die Theke, die Küche, die Reste vom vergangenen Abend der Stahlsaiten: eine neue Band mit fernen Wurzeln an der irischen Westküste, keine Stille vor zwei.

Einen Tag außer der Reihe frei, und der Typ erscheint nicht, keine Antwort am Telefon, keine Antwort, als Douglas den Finger auf der Türklingel läßt, als er gegen die abgeschlossene Tür hämmert, daß sie sich biegt und ein Nachbar eine saure Flappe herausstreckt.

Douglas hatte sich die Mühe gemacht, den Hausmeister zu finden. Jamie? Der englische Junge in Wohnung 23? Die Wohnungsnummer wußte er nicht, aber es war diese Tür, weil ein handgeschriebener Namenszettel daran war, und dem Jungen könnte es doch schlechtgehen.

Der Mann mit dreihundert Werkzeugen in den Taschen um den Bauch und an den Beinen kam und machte auf, und der Rest war ein roter Alptraum für Douglas.

Zwei Polizisten mit einer raschen Überprüfung und dann Douglas, aber Winter war eigentlich der erste drinnen, *hinterher*, und es rauschte schwach zwischen den Ohren, und seine Augen waren weit offen. Er vermied es, auf ein paar sich entfernende Fußspuren im Flur zu treten. Nichts an den Wänden und nichts an der Tür. Er hörte die Techniker auf der Treppe herumalbern, und dort sollten sie bleiben, bis er sie hereinließ.

Er wußte jetzt schon, daß er mindestens noch einmal hierher zurückkommen würde, nachdem die Leiche fortgebracht wäre, und daß seine Suche dann von dem abhinge, was er jetzt fände.

Das Licht im Flur reichte aus, damit er etwas sehen konnte. Rechts fiel es vom Bad herein. Angeschaltet, als sie hereinkamen? Kein Bulle war wohl so dumm, es anzuschalten, aber man konnte nie wissen.

Er stellte sich auf die Schwelle und blickte in die Badewanne hinunter. Sie war streifig befleckt, aber weniger, als man vermutet hätte. Er hat sich Zeit gelassen, dachte Winter.

Er blickte ins Waschbecken, das gleiche hier und drei Spuren auf der Plastikmatte auf dem Boden.

Er drehte sich nach links und stand genau gegenüber der Küche, und als er hineinging, konnte er nichts erkennen, was die Ordnung der Wohnung gestört hätte, außer daß an dem kleinen Tisch ein Hocker stand, wo zwei hätten stehen sollen.

Der Junge saß auf dem Küchenhocker mitten im Zimmer, mit dem Rücken zur Tür. Winter hatte ihn nicht früher sehen können, weil die Tür nur halb geöffnet war und der Flur in einem leichten Knick von der Küche zum Bad gebaut war.

Er hatte kein Hemd an, trug aber eine lange Hose, er hatte Socken an, aber keine Schuhe, keinen Gürtel in der Hose. An der linken Schulter hatte er eine Tätowierung in Blau und Rot, und als Winter zwischen den Spuren auf dem Fußboden vorsichtig näher trat, sah er, daß die Tätowierung ein Auto darstellte, aber er konnte nicht erkennen, welche Marke.

Die Schultern und Oberarme waren glatt, ein blauschimmernder Ton wie von Kälte. Vom Oberkörper des Jungen konnte Winter nicht mehr sehen. Die Hose und die Socken beulten sich, angeschwollen, nahe am Bersten. Das ist es, was ihn zusammenhält, dachte Winter. Das Gesicht wies keine Verletzungen auf.

Auf dem Tisch neben dem Jungen standen eine Flasche Rotwein, fast voll, und zwei Gläser, eines mit Wein. Winter beugte sich vor und roch daran, es roch wie Wein. Das andere Glas sah unberührt aus. Keine Zeit für ein Skål.

Das Zimmer war einfach möbliert, wie bei häufig wechselnden Mietern zu erwarten. Ein Zweiersofa, kein Sessel, kein Bücherregal, keine Blumen, einfache Gardinen, farblos im Licht zwischen den dreiviertel geöffneten Jalousien. Ein CD-Player auf einer kleinen Bank aus unbehandeltem Holz, ein Ständer an der Wand mit rund zwanzig CDs. Winter ging um das Sofa herum, an der Wand entlang, und las einige Titel von oben her: Pigeonhead, Oasis, Blur, Daft Punk. Morrissey. Kein Jazz. Eine CD lag im Player, das Fach stand offen. Winter beugte sich hinab und las den Namen des Künstlers.

Er paßte auf, daß er die Tapete nicht berührte. Das Blut auf dem Boden wies ein Kreismuster auf, das er aus dem früheren Zimmer wiedererkannte, ein Kreis vor dem Hocker, auf dem der Junge saß. Eine Art Eiform auf die Tür zum Flur zu.

Wie viele Schritte?

Ungefähr zwei Meter von der Tür ins Zimmer hinein war der Boden ohne Muster, fast ohne Spuren. Winter atmete tief ein, schnupperte die Düfte. Er hörte etwas von der anderen Seite der Westwand, etwas wie einen Schall oder vielleicht ein mechanisches Geräusch. Wenn man hier etwas hörte, dann hörte man auch dort etwas.

Er dachte daran, daß er seine eigenen Nachbarn nie hörte, keine Geräusche, außer wenn sie das Treppenhaus betraten, an der alten Fahrstuhltür rüttelten und rissen und mit der Kette der inneren Tür rasselten.

Nach einer Viertelstunde verließ er die Wohnung des Jungen und gab den Technikern ein Zeichen. Er ging die Treppe hinunter, hinaus in die Sonne, und stellte sich der Öffentlichkeit.

Hinterher war er sich nicht sicher, ob Halders oder Möllerström den Namen aufgebracht hatte: Hitchcock. »Das bleibt aber unter uns«, hatte er gesagt. Er hieß es nicht gut, aber von da an dachte er an den Mörder als Hitchcock.

Merkwürdig war nur, oder vielleicht war es gar nicht so merkwürdig, daß die Kollegen in London ihren Mann wenig später auf den gleichen Namen getauft hatten, ohne daß sie voneinander wissen konnten. Danach begriffen sie, daß es ein und derselbe Hitchcock war, und die Ermittlungen flossen zusammen, und sie empfanden eine Ohnmacht, als ob jemand oben im Himmel über sie lachte.

Der Dieb sah seinen Sohn mit seinen Kameraden, der Schneemann war weg. Zurück blieben Sachen auf dem Weg bei der Tonne, um das Schaukelgerüst herum und unter der Strickleiter, die von dem Spielhaus in stoßfestem Anstrich herabführte.

Er quälte sich. Er konnte lesen. Er konnte fernsehen. Er war nicht dumm, was das betraf, obwohl er ein Idiot gewesen war, wenn es um anderes ging. Er wußte etwas, was andere nicht wußten, und er war sich sicher. War er sich wirklich sicher? Das quälte ihn. Er brauchte Zeit zum Nachdenken. Sollte vielleicht irgendwohin fahren.

»Was ist los?« fragte Lena.

»Was?«

»Du hast wieder diesen Ausdruck.«

»Mhm.«

»Ist es die Arbeit?«

»Welche Arbeit?«

»Du weißt, wovon ich spreche.«

»Mhm.«

Sie schaute hinaus in den Garten.

»Warum gehst du nicht eine Weile zu Kalle hinaus?«

»Das hatte ich tatsächlich gerade vor.«

»Er hat gefragt.«

»Gefragt? Wonach?«

»Ob ihr nicht irgendwann was zusammen unternehmen könnt.«

»Ich hab' auch schon dran gedacht.«

»Du kannst mehr tun als das.«

»Urlaub?«

»Ja, natürlich.«

»Das ist wahr. Es ist wirklich wahr, daß wir fahren können. Ich habe Geld gewonnen.«

»Nee!«

»Doch.«

»Und du hast nichts davon gesagt! Wann war das? Wieviel?«

»Zwanzigtausend. Ich wollte nichts sagen, bevor ... tja ... bevor ... es sollte eine Überraschung sein ... wenn ich das Geld bekommen habe.«

»Und jetzt hast du es bekommen?«

»Ja.«

Sie sah ihn an wie jemand, der versuchte, durch die äußersten Schichten hindurchzublicken.

»Soll ich das glauben?« fragte sie.

»Ja.«

»Wie hast du es denn gewonnen?«

»Åby«, sagte er, »du weißt, daß ich letzte Woche zweimal rausgefahren bin.«

Sie schaute ihn wieder an.

»Ich zeig dir die Kupons«, sagte er und überlegte, wie er das hinkriegen sollte.

Sie wartete, sah hinaus zum Sohn auf dem Spielplatz, schien zu vergessen.

»Das können wir wohl nicht machen«, sagte sie dann.

»Was?«

»Auf die ... die Kanarischen Inseln fahren.«

»Warum nicht?«

»Es gibt so viel anderes, wofür wir das Geld brauchen.«

»So geht es immer.«

Sie antwortete nicht.

»Wann sind wir zuletzt irgendwohin gefahren?« fragte er.

»Aber was kostet das?«

»Wir können es uns leisten.«

»Aber jetzt...«

»Jetzt ist die beste Zeit.«

»Ja... das wäre wunderbar«, sagte sie zögernd.

»Zwei Wochen«, sagte er, »so schnell wie möglich.«

»Gibt es denn noch Flüge?«

»Für einen, der zwanzigtausend hinblättern kann, gibt es immer Tickets.«

Winter erwischte Bolger am Nachmittag.

»Ein bißchen spät«, sagte Bolger.

»Wir treffen uns hier nicht als Kumpel«, erklärte Winter.

»Ich verstehe.«

»Obwohl ich unsere Freundschaft trotzdem ausnutze.«

»Dann verstehe ich nicht.«

»Ich will dich was fragen«, sagte Winter.

»Nur zu.«

»Nicht so. Kannst du dich bereithalten, bis ich komme?«

»Ja.«

Eine Viertelstunde später war Winter dort. Drei Gäste saßen an den Fenstern, sie schauten ihn an, sagten aber, soviel er sah, kein Wort. Bolger fragte, ob er etwas trinken wolle, und Winter sagte nein.

»Kennst du einen englischen Jungen, der Robertson heißt?«

»Einen englischen Jungen?«

»Oder jedenfalls einen Briten.«

»Wie, hast du gesagt, heißt er?«

»Robertson. Jamie Robertson.«

»Jamie Robertson? Ja... kennen, ich weiß nicht, aber ich weiß, wer das ist. Aber er ist Schotte.«

»Okay.«

»Das hörst du, wenn du ihn reden hörst.«

»Hat er hier gejobbt?«

»Nein.«

»Weißt du, ob er auf einer anderen Stelle als bei O'Briens gejobbt hat?«

»Nein. Aber ich glaube, er war noch nicht besonders lange in der Stadt. Du mußt dort fragen.«

»Ja.«

»Ist etwas passiert?«

»Er wurde ermordet.«

Bolger schien blaß zu werden, wie wenn sich das Licht in einer Lampe schräg über seinem Gesicht verändert hätte.

»Es ist kein Geheimnis«, sagte Winter, »nicht mehr.«

»Für mich war es bis jetzt ein Geheimnis.«

»Ich brauche deine Hilfe.«

»Seit wann brauchst *du* meine Hilfe?«

»Was sagst du?«

»Was zum Kuckuck willst du mit meiner Hilfe? Du bist doch nun wirklich tüchtig genug.«

»Willst du mir zuhören?«

Bolger antwortete nicht, sondern sah aus, als wolle er dem Mädchen, das hinter der Theke stand, ein Zeichen machen, besänne sich aber anders.

»Du kennst Leute in der Branche«, sagte Winter, »und Leute, die sich außerhalb bewegen.«

»Das gilt auch für dich.«

»Du weißt, wovon ich spreche.«

»Ja. Du brauchst einen Halbkriminellen als Helfer.«

»Laß doch, Johan.«

»Dürft ihr Leute in Anspruch nehmen, die wegen Depressionen behandelt worden sind?«

Winter antwortete nicht, sondern wartete ab. Bolger hatte sich abgewandt, kam nun aber zurück.

»Hör zu, Johan. Wir arbeiten schon von unserer Seite aus, aber ich möchte, daß du überlegst, was du über diesen Jungen hier weißt. Wen er kannte. Jemand, mit dem er besonders verkehrte. Freundinnen, oder Freunde, je nachdem.«

»Ja.«

»Denk ein bißchen nach.«

»Okay.«

»Frag, wenn du willst.«

»Mhm.«

»So schnell du kannst. Wir können morgen wieder reden. Ich rufe an.«

»Verdammt, das war ein Schock, das hier«, sagte Bolger.

10

Hanne Östergaard rückte nach der Abendunterweisung für die neuen Konfirmanden die Stühle wieder zurecht. Sie hatte gesehen, wie zwei oder drei Gesichter sich mit der Zeit trübten: Ich habe anderes zu tun, es reicht, langweilig, und Hanne Östergaard lächelte, löschte das Licht im Kellerraum und ging die Treppe zum Büro hinauf.

Sie hatten es selbst angesprochen: Was macht man, wenn man nicht getauft ist und trotzdem konfirmiert werden will? Mit einer vorsichtigen Handbewegung hatte sie die Bedenken weggewischt; nicht viel mehr als ein Tropfen Wasser hinter die Ohren, und Gott im Himmel nimmt das cool. Klar.

Sie warf sich den Mantel um und stieß an die Fotografie auf dem Schreibtisch. Sie hörte das Flattern über den Tisch und das Klirren, als das Glas auf den Boden fiel. Wäre ich keine Pfarrerin, hätte ich jetzt geflucht, dachte sie.

Der Rahmen war ganz, und das Glas war gesprungen, saß aber noch fest. Sie hob das Bild ihrer Tochter auf, zog vorsichtig die Glasstücke heraus und steckte den Rahmen und das Foto in die rechte Manteltasche. Sie sah auf die Uhr. Maria müßte jetzt vom Tanzen nach Hause kommen, sie würde in den Flur stürzen und die Jacke zum Kleiderhaken werfen, der sie vielleicht auffinge. Vierzehn wetterwendische und unberechenbar muntere Jahre; die Schuhe mitten im Flur, die Tasche daneben und eine Kuuurve rechts in die Küche, und wenn Hanne Glück hatte, dann hätte das Mädchen schon einen Topfkuchen im Ofen ... und eine Küche, die nach Saubermachen schrie. Sie ging geschwind die halbe Treppe hinauf und hinaus in den Abend.

Die Ahornbäume um das Pfarramt erhielten einen grellen Ton von den Neonschildern auf der anderen Straßenseite. Während der klaren Winterabende waren die scharfen Farben am deutlichsten, die Bäume hatten keine Chance.

Hanne überquerte den Platz, das Licht aus dem Fenster des Wohnzimmers warf einen Kegel über die Steinplatten, und sie sah innen Schatten und zwei Gestalten, die aus der Tür kamen und sich murmelnd in die andere Richtung entfernten.

Die Suppenküche war ein Erfolg geworden, und das war sehr gut, aber gleichzeitig auch sehr erschreckend. Sie schauderte im

Wind. Sie waren Pioniere gewesen. Das merkte man daran, daß die Armen aus der ganzen Stadt kamen.

Auch die Einkaufstaschen waren ein Erfolg gewesen. Sie hatten sich vorher darüber Gedanken gemacht. Die Demütigung... aber wer denkt dann an so etwas? Wer denkt dann an so etwas? Graupen, Milch, Margarine, Eier, fünf Bananen in einer Tasche, die mit »Favör« bezeichnet war. Niemand konnte sehen, daß das nicht mit eigenem Geld gekauft war.

Wir bewegen uns in Ruinen, dachte sie, oder was zu Ruinen werden wird. Es ist ein eigenartiges Gefühl. Wir haben etwas gehabt, das ganz war in diesem Land, und dann schlagen wir es kurz und klein. Jetzt kommt der Krieg. Der hat nur gewartet, bis er an der Reihe war. Gleichzeitig versuchen wir, Fürsorge zu geben. Es ist merkwürdig, wie eine böse Illusion.

Und diese Armenfürsorge, die sie hier boten, Fürsorge für neue Arme war das, dachte sie, im Schutz der Anonymität, und dann mußte sie an die Vormittagsstunden in dem Zimmer in der Skånegatan denken.

»Man weiß ja nie, was man zu sehen bekommt, wenn man die Treppen hinaufsteigt«, hatte der unwahrscheinlich junge Polizist gesagt. »Man bereitet sich auf soviel wie möglich vor, aber für so was gibt es keine Vorbereitung. Das hier war das Schlimmste – wie kann man nach so einer Sache weiterarbeiten?«

»Hast du jemanden, mit dem du zu Hause reden kannst?«

»Mein Mädchen.«

»Habt ihr darüber gesprochen?«

»Ja, zum Teu... natürlich.«

»Wenn du fluchen mußt, dann tu's«, hatte sie gesagt.

Er hatte sie offen angesehen. Sein Haar war glatt, sein Gesicht schmal. Er war hochgewachsen, aber nicht sehr kräftig.

»Danke.«

Sie hatte gewartet.

»Wenn da nicht so furchtbar viel Blut gewesen wäre«, hatte er gesagt. »Wenn man hingekommen wäre und da hätte jemand mit dem Gesicht zur Wand gelegen, und es hätte ausgesehen, wie wenn er schliefe, und dann wäre es für uns vorbei gewesen und wir hätten wieder rausfahren und nach gestohlenen Autos suchen können. Das ist das beste, gestohlene Autos, wenn man ein Auto unter der Götaälvbro oder so sieht und dann sieht, daß es da schon ziemlich lang steht und wir das Schild kontrollieren und das Auto gestohlen ist.«

»Dort stehen sie?«

»Die gestohlenen Karren? Ja, ziemlich oft, hinter der Shelltankstelle. Das Gesindel fährt sie, bis der Saft ausgeht, hin und her zwischen Nordstan und den nördlichen Stadtteilen, und entweder verhungert das Auto unterwegs oder es landet da unter dem Brückenfundament oder oben rund um den Rymdtorget oder irgendwo auf dem Weg nach Agnesberg. Das Gesindel kauft den Stoff in Femman.«

»Stehlen sie in der Gegend auch die Autos?«

»Tja... wohl meist in Heden und unten beim Danmarksterminalen und bei Liseberg, wenn Saison ist. Selbst würde ich mich verdammt hüten, das Auto abends in Heden abzustellen, wenn ich nicht muß.«

»Gilt das auch für Streifenwagen?«

Der junge Polizist hatte gelächelt, fast gegrinst, und da sah er nicht mehr so sehr wie ein Hasenfuß aus.

»Klar«, hatte er gesagt.

»Wenn ich also abends ins Kino gehen will, soll ich das Auto nicht in Heden parken?«

»Vor allem dann nicht. Die arbeiten immer zu zweit, verstehst du. Wenn du angefahren kommst, kontrollieren die die Marke, und wenn es eine ist, die sie schätzen, dann bleibt einer beim Auto, und der andere folgt dir, um zu sehen, wohin du gehst, bis zum Kino, wenn es gerade darum geht. Sieht er, daß du eine Karte kaufst und draußen herumstehst, als ob du wartest, daß es anfängt, dann hat er grünes Licht.«

»Dann geht er zurück, und dann brechen sie es auf und fahren weg?«

»Genau.«

»Gut, daß du mich davor gewarnt hast.«

»Bitte«, hatte der junge Polizist gesagt und war fast verlegen auf seinem Stuhl hin und her gerutscht.

Es hatte ans Fenster geklopft. Der erste Regen seit langem.

»Jetzt ist der Frühling endlich da«, hatte sie gesagt.

»Glaubst du?«

»Ich glaube immer.«

Der junge Polizist hatte wieder gelächelt. Das Leder um seine Taille hatte gequietscht, als er sich auf dem Stuhl gewunden hatte.

Ich werde ihn nicht fragen, wie er sich jetzt fühlt, hatte sie gedacht.

Sie hatten beide nichts gesagt. Sie hatten dem Trommeln gegen die Fensterscheibe gelauscht, einem Signal aus dem Hof unten, einer Sirene weit weg, die sich durch die Stadt zog. Sie war lange zu hören, wurde dann abgeschnitten, um Sekunden danach wieder aufzuheulen.

»Die Feuerwehr«, hatte der Junge gesagt, »ich glaube, es brennt nach Johanneberg zu.«

»Kannst du das hören?«

»Nach drei Milliarden Stunden im Auto in der Stadt unterwegs lernt man die Himmelsrichtungen und Stadtteile.«

»Sind es so viele Stunden gewesen?«

»Fast, glaube ich.«

»Die Fahndungsarbeit ist nichts für mich«, hatte er nach einer Weile gesagt. »Mir reicht, was ich davon gesehen habe, worum die sich kümmern müssen ... nachher.«

Er hatte nachgedacht über das, was er gesagt hatte.

»Aber wenn man es recht bedenkt, dann sind es doch immer wir, die zuerst kommen.«

»Und da sind wir wieder, wo wir angefangen haben«, hatte sie gesagt.

»Aber doch nicht ganz.«
»Nein.«
»Mir geht es jetzt etwas besser, glaube ich.«
»Eine Stunde übermorgen?«
»Ja, zum Teufel«, hatte er gesagt.

Bei manchen lösen die Flüche einen Teil der Knoten, dachte Hanne Östergaard, als sie um die alte heimische Ecke bog und das Tor zum Garten aufdrückte. In der Küche brannte Licht, und sie sah Maria mit einem Handtuch um den Kopf. Topfkuchen, Marmorkuchen.

Winter saß auf Ringmars Schreibtisch, den Sakko von einem Knopf zusammengehalten und das glänzende Halfter über dem Seidenhemd. Bertil Ringmar war klar, daß er selbst niemals so dasitzen könnte, mit solcher Eleganz. Seine Beine waren zu kurz, und er besaß keinen richtig teuren Anzug, und sein Halfter glänzte nicht in gleicher Weise.

»Wie viele Gespräche haben wir mit der Familie in London gehabt?« fragte Erik Winter.

»Zwei oder drei.«

»Da ist noch dieser Brief, den jemand an ihn geschrieben hatte.«

»Ja.«

»Er hatte nichts für jemand anderen hinterlassen.«

»Nicht daß wir wüßten.«

»Es gibt etwas in diesem Zeugenprotokoll aus der Vernehmung dieser Brieffreundin ... Geoff Hillier hatte geschrieben und berichtet, daß er kommen würde, und die Brieffreundin ... Petra Althoff heißt sie ... sie hatte sofort zurückgeschrieben«, sagte Winter. »Aber er antwortete nie.«

»Nein«, sagte Ringmar.

»Hätte er nicht antworten sollen? Es lag doch eine lange Zeit dazwischen.«

Ringmar machte eine Geste mit den Armen. Wer blickte da durch?

»Die Engländer sind flink«, sagte Winter nach einer kleinen Weile.

»In England geht alles mit Schwung«, sagte Ringmar. »Schau dir bloß ihren Fußball an.«

»Die haben einen Burschen, der ziemlich oft bei Malmströms anruft, aber das ist eher zum Trost«, sagte Winter.

»Mhm.«

»Die halten das so«, sagte Winter, »family liaison officer heißt das.«

»Aha.«

»Der Kommissar in der Gruppe wählt einen direkt aus, wenn die Ermittlung in Gang kommt. Manche halten das so.«

»Genau das, was du gemacht hast«, sagte Ringmar.

»Du meinst Janne? Das war notwendig.«

Ringmar gab keinen Kommentar ab. Das Handy in seiner Brusttasche läutete, und er drückte auf den Antwortknopf und murmelte seinen Namen.

»Ich will sehen, ob ich ihn finden kann«, sagte er und blickte Winter an, dann legte er das Telefon auf den Tisch und zeigte in die Zimmerecke. Winter kam mit.

»Es ist deine Mutter.«

»Wirkte sie nüchtern?«

»Eher nicht, glaube ich.«

»Was will sie?«

Ringmar zuckte die Achseln.

Winter ging zum Schreibtisch zurück und nahm das Telefon.

»Ja?«

»Eeerik!«

»Hallo, Mutter.«

»Wir waren so beunruhigt.«

»Aha.«

»Wir haben über den neuen Mord gelesen.«

»Ich bin gerade im Moment ziemlich beschäftigt, Mutter. War noch was anderes?«

»Lotta hat angerufen. Sie meint, du könntest öfter von dir hören lassen.«

»Das kann sie mir ohne den Umweg über Spanien sagen«, bemerkte Winter und verdrehte die Augen in Ringmars Richtung.

»Ich werde mit ihr sprechen«, fuhr Winter fort, »aber jetzt muß ich gehen.«

Er drückte auf *Aus* und gab Ringmar das Telefon.

»Du siehst, wie es mir geht«, sagte er.

Ringmar gab einen gackelnden Laut von sich.

»Wo hast du dein eigenes Handy?« fragte er dann.

»Zum Laden im Zimmer.«

»Mhm.«

»Mit Ansage.«

»Ja.«

»Das sind eigentlich idiotische Dinger«, sagte Winter, »ich habe Menschen sich auf der Straße direkt gegenüberstehen und in ihre Handys sprechen sehen.«

»So leisten moderne Menschen einander Gesellschaft«, sagte Ringmar.

»Stell dir vor, du kämest plötzlich in eine andere Zeitschicht, Bertil. Der Blitz schlüge zwei Meter neben dir ein, und seine ungeheure Kraft zöge dich fünfhundert Jahre in der Zeit zurück«, sagte Winter. »Du stündest auf demselben Fleck, aber nun ist es fünfhundert Jahre früher.«

»Mhm.«

»Hör zu. Du stehst da, und es ist kalt und rauh und leer. Das einzige, was du bei dir hast, ist dein Telefon. Du versteckst dich vor einigen Reitern, die den Weg, oder wie man das nennen soll, entlangkommen, und du begreifst, daß du in einer anderen Zeit bist. Verstehst du?«

»Ich verstehe.«

»Das einzige, was man in dieser Situation machen kann, ist, die Panik zu bekämpfen. Wenn diese sich gelegt hat, wählst du auf deinem Handy die Telefonnummer nach Hause, und dann antwortet Bodil! Deine Frau antwortet. Verstehst du, Bertil?«
»Ich verstehe.«
»Du stehst im Mittelalter und kannst zu Hause anrufen. Das ist doch ein spannender Gedanke.«
»Das ist rasend interessant.«
»Danach könnten sie einen Film drehen.«
»Darf ich da auch mitmachen?«
»Das kann ich nicht entscheiden«, sagte Winter. »Aber dann kommt das Beste von allem oder das Schlimmste. Ein Handy wird, wie wir alle wissen, mit einer Batterie betrieben und muß aufgeladen werden, was gerade eben in meinem Zimmer geschieht. Aber im Mittelalter gibt es keine Steckdosen. Du stehst da und plauderst, und du weißt, wenn die Batterie am Ende ist, ist Schluß. Dann ist der Kontakt für immer abgebrochen.«
»Das ist ja eine schauderhafte Geschichte.«

11

Janne Möllerström machte Überstunden über der Datenbank der laufenden Ermittlungen. Er rieb sich die Augen, als das Flimmern auf dem Schirm zu flüssigem Glas wurde.

Wenn er frei hatte, konnte er kaum bis zum Morgen warten. Die Augen waren starr über der Frühstücksdickmilch, aber er sehnte sich nach seinen elektronischen Notizbüchern.

Es war seine erste richtige Mordermittlung, und er spürte den Schwindel fast sofort, wenn er nach einer traumerfüllten Nacht aufwachte, der Schwindel ... das war, als hinge er an einem Fallschirm einige Zentimeter über dem Boden. Er schwebte. Er fühlte sich wohl.

Niemand darf mir das wegnehmen, hatte er gedacht, als das Gerücht gegangen war, daß Birgersson an die Reichsmordkommission gedacht hatte, ein paar Tage nach dem Mord an dem Jungen aus dem Pub.

Der Einsatz war gewaltig gewesen, wie bei dem Malinmord, aber damals war er noch nicht mit dem Computer dabeigewesen.

Zwanzig Mann hatten sich diesmal durch die Umgebung der Wohnung gearbeitet, hatten Worte Worte Worte gesammelt, und alles war zu ihm gekommen, und er machte Überstunden über der Datenbank.

Winter war zu Birgersson gegangen, und Möllerström wußte nicht, ob es um die Kommission ging, aber mehr bekam man vom Dezernatleiter nicht zu hören.

Die Frage war bei der Gruppensitzung gestern früh aufgekommen. Fredrik Halders hatte etwas gehört und zog eine Grimasse, die sein Aussehen jedoch nur geringfügig veränderte:
»Lieber esse ich Scheiße.«

Winter hatte kurz aufgelacht, was ungewöhnlich für ihn war, besonders bei Besprechungen.

»Ich glaube, Fredrik faßt hier die Einstellung der Gruppe zusammen«, sagte Winter.

»Stockholm ist eine schöne Stadt«, sagte Aneta Djanali mit einem Blick nach Nordosten, an Skövde und Katrineholm vorbei und weiter. »Nette Menschen, kultiviert, offen.«

»Besonders in der Umgebung von Flemingsberg«, sagte Halders.

»Steigst du immer dort aus?« fragte Djanali. »Hat dir niemand gesagt, daß der Zug weiterfährt?«

»Lieber esse ich Scheiße«, sagte Halders.

»Deine Ernährung ist ein wenig einseitig«, sagte Aneta Djanali.

»Das gleiche gilt für deine Ironie.«

»Ironie? Wer ist ironisch?«

Winter raschelte diskret mit irgendwelchen Papieren. Es wurde sofort still.

»Wir machen zwei und zwei weiter, oder ihr macht zu zweit weiter«, sagte er. »Aneta und Fredrik arbeiten heute zusammen, ich habe das Gefühl, daß da die richtige Dynamik herrscht. Ihr anderen haltet es wie bisher. Und ich will nachher mit dir sprechen, Lars.«

Lars Bergenhem schaute auf. Er sieht wie ein Schuljunge aus, dachte Winter.

»Wir haben etwas Gutes gefunden«, sagte Winter.

Bertil Ringmar nickte, machte das Licht aus und schaltete den Diaprojektor ein. Ringmar ließ die Bilder der beiden Zimmer durchlaufen, dreimal vor und zurück, und blieb dann bei dem Bild von dem Zimmer, wo der letzte Mord geschehen war.

Der Polizeifotograf hatte mit Weitwinkel gearbeitet, das Zimmer krümmte sich nach allen Ecken.

»Das hier ist wohl das... letzte«, sagte Winter und nickte Ringmar zu. Der ältere Kommissar knipste zum nächsten Bild weiter, Jamie Robertsons Oberkörper, und Möllerström bekam ein Gefühl der... der Scham, er schämte sich wie einer, der heimlich nach Verbotenem schielt.

»Ihr seht die sauberen Schultern«, sagte Winter und nickte. Bertil Ringmar drückte auf den Knipser in der Hand: eine neue Vergrößerung von der Schulter des toten Jungen.

»Seht ihr?« sagte Winter und spähte ins Halbdunkel. Keiner sagte etwas. Er nickte Ringmar wieder zu, ein neuer Druck und noch ein Zoom.

»Seht ihr?«

Winter zeigte mit einem Stock auf die nackte Haut, auf etwas, das ein bißchen Staub auf dem Bild hätte sein können. Erst jetzt wurde es sichtbar.

»Was ist das?« fragte Aneta Djanali.

»Das ist Blut«, sagte Winter, und sie glaubte, daß es in seinen

Augen leuchtete wie vom Projektor. »Das ist Blut, und es ist nicht von dem Jungen.«

Es war still im Zimmer. Aneta Djanali verspürte einen Schauder am ganzen Leib, und sie hob die Hand, um die Haare festzuhalten.
»Das geht mit dem Teufel zu«, sagte Halders.
»Nicht Blut von dem Jungen«, wiederholte Bergenhem.
»Wann haben wir ... wann hast du das gesehen?« fragte Djanali mit dem Blick auf ihrem Chef.
»Eben erst«, sagte Winter, »vor ein paar Stunden, als ich die Bilder im klaren, scharfen Morgenlicht noch einmal durchgegangen bin.«
Er war hier, als es stockfinster war, dachte Djanali, als es schwärzer als meine Haut war, als alle außer diesem Übermenschen schliefen.
»Fröberg hat mich sofort angerufen, als die Analyse fertig war«, sagte Winter.
»Und das hier ist untersucht und klar?« fragte Halders. »Ich meine, dort gab es eine ganze Menge Blut, heißt es.«
»Hundertprozentig«, sagte Winter.
»Kann man es ... verwenden?« fragte Bergenhem.
»Ob es reicht? Das glauben sie. Die Arbeit geht jetzt mit Tempo hundert voran«, warf Ringmar ein.
»Reicht wozu?« fragte Möllerström. »Wenn sich nichts zum Vergleichen in den Karteien findet, sind wir aufgeschmissen.«
»Das ist negatives Denken«, sagte Bergenhem und sah Möllerström an, als hätte er eine magische Stimmung zerstört.
»Es ist realistisch«, erwiderte Möllerström, »es ist realistisch, so zu denken, solange wir kein computergestütztes DNS-Register haben. Rein mit allen, sowie sie geboren werden.«
»Wir wissen, was du denkst«, sagte Aneta Djanali.
»Laßt uns nun froh sein über diesen Durchbruch in den Ermittlungen«, sagte Halders.

»Wir wissen alle, was das bedeuten kann«, sagte Ringmar, und Möllerström hielt die Klappe.

Ringmar holte den Fernseher und spielte Videofilme von den Tatorten ab, und sie begannen, über die Bewegungsmuster zu diskutieren.

Das sind fürchterliche Filme, dachte Winter, es ist, als sähen wir das, was der Mörder jetzt sieht, in diesem Augenblick, und ich bin davon überzeugt, daß das geschehen ist, daß daraus ein Film wurde und daß dieser Film oder diese Filme irgendwo in einer Schublade oder auf einer Leinwand sind.

»Hier können wir was rausholen«, sagte Winter, als das Bild auf dem Fußboden verweilte und das ovale Kreismuster hervorgehoben wurde.

»Wir glauben, daß es sich um einen Tanz handelt«, sagte Ringmar. »Es gibt Ähnlichkeiten zwischen den beiden Zimmern, als ob derjenige, der das hier gemacht hat, auf die gleiche Weise aufgetreten wäre, während und ... hinterher.«

»Ein Tanz«, sagte Bergenhem, »was denn für ein Tanz?«

»Wenn wir das wissen, dann wissen wir viel«, sagte Winter. »Sara Helander ist von heute an darauf angesetzt«, fuhr er fort und nickte zu der Frau rechts neben Halders. »Ja, ihr kennt ja Sara.«

Die Frau nickte. Sie war von der Personenfahndungsgruppe zugezogen worden und arbeitete gern mit Winter zusammen. Sie schlug die Beine übereinander, strich die Haare von der linken Schläfe und schaute wie die andern auf das Bodenmuster auf dem Fernsehschirm.

»Ist das Foxtrott, dann können wir ihn an jedem beliebigen Abend im King Creole festnehmen«, sagte Halders.

Sara Helander wandte sich an ihn.

»Was meinst du?« fragte sie trocken.

»Nichts«, sagte Halders und blickte wieder auf den großen Bildschirm.

»Wie soll man etwas herausbekommen?« fragte Bergenhem.

»Wie bekommt man in diesem Beruf überhaupt etwas heraus?« sagte Sara Helander, und Winter nickte ihr zu. Sie war gut. Bei einer Fahndung war alles unmöglich, bis es möglich wurde. Ein Tanz? Warum nicht. Er hatte aufgeschrieben, wie die Platte hieß, die in Robertsons CD-Player lag. Er hatte die Aufgabe Sara übertragen. Irgendwo gibt es einen Film mit einem Ton, und das kann Musik sein und etwas daneben, was keiner hören will außer denen, die... die... es hören wollen, dachte er lahm im Schein des Bildschirms.

»Was sagen die in London dazu?« fragte Aneta Djanali.

»Ich habe heute morgen den Fahndungsleiter dort gesucht, aber er war unauffindbar«, sagte Winter, »wenigstens am Vormittag.«

»Und Interpol?« fragte Halders.

»Es ist höchste Zeit für direkten Kontakt«, sagte Winter.

Lars Bergenhem hörte zu und notierte manchmal etwas. Winter stand noch, wo er während der Sitzung gestanden hatte, Bergenhem saß auf einem Stuhl neben ihm.

»Versuch so diskret wie möglich vorzugchen«, sagte Winter.

»Wie viele gibt es?« fragte Bergenhem, aber mehr sich selbst.

Winter fummelte an dem Zigarillopaket auf dem Tisch vor ihm. Er hatte die Jalousien hochgezogen und einen Stoß in den Augen gespürt. Ein Schar Gymnasiasten überquerte die Straße auf dem Weg vom Kristinelundsgymnasium. Vielleicht ein Studienbesuch bei Gesetz und Ordnung, eine Auskunft über das, was von ihnen im Leben erwartet wurde; die Klasse wurde von einem älteren Mann an der Spitze zusammengehalten, einem zerfurchten Leithund vor den Jugendlichen, alle im gleichen Alter wie die toten Jungen. Er schloß die Lider und spürte wieder den Druck zwischen den Augen.

»Okay?« sagte Winter und wandte sich wieder zum Zimmer um.

»Habe ich eine Woche dafür?« fragte Bergenhem.

»Das werden wir sehen. Ich kenne einen Burschen, mit dem du direkt quatschen kannst.«

Am frühen Abend war er aus seinem Zimmer gegangen und nach Hause gefahren. Das war das Privileg des Chefs. Er war hungrig und machte sich ein Omelett mit Tomaten und zwei Kartoffeln und dachte kurz an die Mutter und den Vater unter jener Sonne, die über den Tomaten schien.

Winter verspürte eine Unruhe im Körper, wie einen Juckreiz. Er ging zum CD-Player, blieb aber stehen. Er überlegte, ob er ein Bier aufmachen sollte, ließ es aber sein, weil er inzwischen beschlossen hatte, den Trainingsanzug anzuziehen und über die Sprängskullsgatan zu laufen, um eine Runde im Slottsskogen zu drehen. Er hatte gerade ein T-Shirt über den Kopf gezogen, als das Telefon läutete. Es war eine seiner Frauen. Das war eine noch bessere Idee.

Angela kam, und er riß sie unmittelbar hinter der Tür an sich. Im Bett hob er sie in einer wogenden Bewegung unter sich, er wollte nicht warten. Es kam ihm dennoch wie lange Minuten vor, bis sein Körper explodierte. Er fühlte sich wunderbar leer im Kopf.

»Du hattest es nötig«, sagte sie in die Stille des Zimmers, als beide flach auf dem Rücken lagen.

»It takes two«, sagte Winter, und das Telefon auf ihrer Seite läutete. Sie drehte sich hin, und er betrachtete ihren schönen Po, die sagenhafte Breite und Rundung über den Hüften des Frauenkörpers.

»Hallo?« sagte sie und lauschte. »Dann müssen Sie ihn wohl durchstellen.«

Winter wunderte sich, daß sie es wagte. Vielleicht war sie gerade jetzt seine Frau.

»Yes, he is here«, sagte sie und blickte über die Schulter.

»Da ist ein Detective Inspector, der dich sucht, aus London. Mac-irgendwas.«

12

Angela stand auf und ging duschen, und Winter schob sich übers Bett zum Hörer, der auf dem Tisch lag. Angela schloß die Schlafzimmertür.

»Erik Winter hier.«

»Guten Abend. Steve Macdonald, Kriminalkommissar in London. Ich hoffe, ich unterbreche nichts.«

»Nicht mehr. Gut, daß Sie von sich hören lassen. Ich hatte schon angerufen.«

»Ja.«

»Es ist wohl an der Zeit... Verbindung aufzunehmen«, sagte Winter.

»Stimmt. Ich mußte noch einen Versuch durch... Entschuldigung, spreche ich zu schnell?«

»Es geht gut.«

»Ihr Skandinavier sprecht ausgezeichnet Englisch. Was man von uns in Südlondon nicht gerade sagen kann.«

Winter hörte die Dusche strömen. Bald würde sie dort fertig sein und gehen, als wäre alles nur ein rasender, wogender Traum gewesen. Er spürte den getrockneten Schweiß am Haaransatz.

»Ihr Englisch ist leicht zu verstehen«, sagte er.

»Sagen Sie, wenn ich zu schnell werde«, wiederholte Macdonald, »mit meiner Mischung aus Schottisch und Cockney.«

Der Wasserfall im Bad verstummte. Winter setzte sich auf und zog das Laken über das Geschlecht, als empfände er so etwas wie Scham vor der fremden Stimme des Kollegen. Oder vielleicht friere ich bloß, dachte Winter.

»Es ist an der Zeit für eine gründliche Diskussion«, sagte Macdonald, »um den Modus operandi und anderes. Mir scheint, das muß jetzt sein.«

»Ja.«

»Ich habe Ihre Berichte gelesen, und bei dem letzten habe ich mich gefragt, ob wir auf einer Bühne stehen oder etwas in der Richtung.«

»Eine Bühne?«

»Es gibt hier eine Absicht.«

»Ist das nicht immer so?«

»Das hier ist zu raffiniert. Wir haben es hier nicht mit dem gewöhnlichen alten lieben Psychopathen zu tun.«

»Das hier ist ein Psychopath und noch etwas mehr.«

Winters Schlafzimmertür wurde vorsichtig aufgemacht: Angela mit erhobener Hand und einem Kuß in die Luft. Er nickte. Sie ging, er hörte die Flurtür zuschlagen und das Klirren von Ketten, als sie in den Fahrstuhl stieg.

»Wir haben ein erstes Mal mit den Eltern des... letzten Jungen gesprochen, vielmehr mit der Mutter. Jamie Robertson. Sie wohnen etwas außerhalb von London«, berichtete Macdonald.

»Ich weiß«, sagte Winter.

»Das habe ich gehört«, sagte Macdonald. »Ihr Mann spricht gut Englisch, sie verstanden ihn direkt.«

Winter sah Möllerström vor sich, eine deutliche Aussprache mit Betonung auf allen Silben. Warum haben nicht alle Leute E-Mail, hatte Möllerström danach geseufzt. Ist englisch zu schreiben leichter, hatte Halders gefragt.

»Es ist eine sonderbare Ermittlung«, sagte Macdonald nach einer Weile, »oder eigentlich sind es mehrere Ermittlungen.«

Winter sagte nichts, er wartete.

»Mein Chef hat mich und meine Gruppe ganztägig für diesen Fall abgestellt. Natürlich.«

»Das gleiche hier«, sagte Winter.

»Nichts Neues über die Briefe?«

»Wir haben uns mit der Brieffreundin des... ersten Jungen hier unterhalten, wie Sie wissen, aber da gibt es nichts Neues. Dem Mädchen fiel an seinem letzten Brief an sie nichts Besonderes auf, außer daß er sich freute, nach Göteborg kommen zu dürfen. Und was diesen Brief betrifft, den er von hier bekommen haben soll, von jemand anderem hier in Schweden, da wissen wir noch nichts. Das Mädchen hatte keine Ahnung.«

»Daß er den Brief nicht mehr hatte, ist vielleicht nicht so merkwürdig. Als ihr ihn gefunden habt.«

»Keine neuen Zeugen, die den Jungen gesehen haben, Per Malmström?« fragte Winter, aber mehr deshalb, weil er über etwas anderes nachgrübelte... es war etwas, was Macdonald gerade gesagt hatte.

»Massenweise und doch gar keine. Ich weiß nicht, wie es bei euch ist, aber hier gibt es immer viele Leute, die viel gesehen haben. Zu sagen, daß die Telefone heißlaufen, ist untertrieben.«

»Nichts Konkretes?«

»Im Moment nicht, aber das wissen Sie ja alles, Kollege. Dagegen war es kein Problem, in diesem Fall Hilfe von der Presse zu bekommen. Ein weißer europäischer Junge in den Müllhaufen südlich des Flusses ermordet. Das ist anders als sämtliche schwarzen Crackmorde, die wir hier unten zu lösen versuchen. Probieren Sie mal, damit zu den Zeitungen zu gehen«, sagte Macdonald. »Jetzt wird viel geschrieben, und da kommen viele Anrufe von der Öffentlichkeit. Was gut ist, wenn man die dreitausend Holzköpfe aussortiert hat. Die Gegend hier, in der ich meine Morde untersuche, hat drei Millionen Einwohner. Croydon ist Englands zehntgrößte Stadt.«

»Göteborg ist Schwedens zweitgrößte Stadt, und das bedeutet ungefähr eine halbe Million.«

»Und keine Schwarzen?«

»Ja doch.«

»Kein nennenswertes Drogenproblem.«

»Mehr und mehr.«

»Haben Sie die Zeitungen erhalten, die ich mit der Diplomatenpost geschickt habe?«

»Ja.«

»Dann sehen Sie es selbst. Die Öffentlichkeit fühlt sich verpflichtet, den Fall zu lösen, wenn *The Sun* fordert, daß in Clapham ein Ausgehverbot eingeführt werden soll, bis der Mörder gefaßt ist.«

Winter überlegte.

»Was haben Sie gemeint, als Sie sagten, daß wir auf einer Bühne stehen?« fragte er.

»Eine Bühne?«

»Warum haben Sie das gesagt?«

»Jaaa«, antwortete Macdonald, »es kommt einem vor, als würde uns jemand beobachten, als befände sich jemand eine Bahn über uns, außer Reichweite. In diesem Moment.«

»Das Gefühl kenne ich auch.«

»Vielleicht liegt es am Stativ«, sagte Macdonald, »falls es nun ein Filmstativ ist.«

»Warum hatte er ein Stativ?«

»Das ist eine gute Frage.«

Winter dachte nun laut. »Vielleicht wollte er die Hände frei haben.«

Macdonald blieb still.

»Es geht auf jeden Fall nach einem Drehbuch«, sagte Winter. »Vielleicht gibt es sogar ein Manuskript?«

»Wurde eines gebraucht?«

»Alle brauchen ein Manuskript«, sagte Macdonald.

Das Handy läutete auf dem Nachttisch auf der anderen Seite.

»Einen Augenblick«, sagte Winter zu Macdonald, legte den Hörer hin und wälzte sich über das Bett.

»Ja?«

»Erik? Pia hier. Wir haben Probleme mit dem fremden Blut am Arm des Jungen.«

»Ja?«

»Jemand hat einen Fehler gemacht. Irgendwie ist es vermischt worden, es ist entsetzlich.«

»Kann so was passieren?«

»Nein.«

»Ich verstehe«, sagte Winter, aber er wußte nicht, ob der Tonfall über den weiten Weg zum Labor rüberkam. »Ich rufe dich gleich an, ich habe gerade ein anderes Gespräch.«

Er schaltete das Handy aus und kehrte zu Macdonald zurück.

»Entschuldigen Sie«, sagte Winter.

»Selbstverständlich.«

»Wir müssen das gründlich bereden, und es gibt Dinge, die ich selbst sehen muß.«

»Wann kommen Sie rüber?«

»Sobald ich grünes Licht bekomme.«

»Für mich ist das kein Problem und für meinen Chef auch nicht. Das hier ist ein Fall für direkten Kontakt zwischen den betroffenen Polizisten.«

»Ich lasse so bald wie möglich von mir hören«, sagte Winter und legte auf.

Everybody needs a script, hatte Macdonald gesagt. Wir stehen auf einer Bühne, und jemand, der sich außer Reichweite befindet, beobachtet uns. Wir sind ein Teil von etwas. Wir machen ständig unsere Fehler. Auf diese Weise lernen wir.

»Der Typ von der Ambulanz«, sagte Pia Erikson Fröberg.

»Was zum Teufel sagst du da?!«

Sie hatte den Mantel abgelegt und stand blond und kühl in ihrem länglichen Büro, in dem Papiere und Bücher nahe daran waren, aus den Regalbrettern zu quellen. Sie war dazu übergegangen, die Brille auch dann zu tragen, wenn sie mit Menschen zusammenarbeitete, die auf ihr Aussehen achteten, hatte Winter gedacht, als sie sich kurz zuvor begegnet waren.

»Er hatte eine Wunde am Handgelenk, einen Tag alt, in der Lücke über dem Handschuh«, erklärte sie. »Gerade da war die Haut nackt.«

»Schlimmer konnte es nicht kommen.«

»Dann schrammte er sich am Türpfosten, als sie mit der Bahre ins Zimmer kamen, und das Blut landete auf dem Arm des Jungen, als sie ihn zudeckten.«

»Ein Tropfen«, klagte Winter, »ein Tropfen, über den ich mich so gefreut hatte.«

»Eigentlich solltest du mir danken, Erik«, sagte sie, »man braucht genausoviel Zeit, um Fehler zu eliminieren, wie Sachen zu finden, über die man sich freuen kann.«

»Entschuldigung.«

»Danke.«

»Ihr habt also alle kontrolliert.«

»Soweit es möglich war.«

»Und ich, der ich glaubte, wir brauchen jetzt nur einen dringend Verdächtigen.«

»Was ist mit all den guten Vernehmungsleitern passiert?«

Winter dachte an Gabriel Cohen, der am Tag, nachdem die Untersuchung richtig in Gang gekommen war, dazu ausersehen worden war. Cohen machte es wie Winter, las Blatt auf Blatt, das von Möllerströms Laserprinter ausgedruckt wurde, wartete ab, bereitete sich vor.

»Cohen ist bereit«, antwortete Winter.

»Die medizinische Wissenschaft kann nicht immer die Rettung sein«, bemerkte Pia Fröberg.

»Darf ich dich für heute abend zum Essen einladen?«

»Nein.«

Sie lächelte und streckte sich nach dem Mantel über der Stuhllehne, so daß sich die Bluse über den Brüsten spannte.

»Mein Mann ist wieder nach Hause gekommen.«

»Ich dachte, das wäre vorbei.«

»Das dachte ich auch.«

Winter sagte nichts mehr, hob die Hand zum Gruß und ging aus dem Zimmer. Eine Bahre wurde an ihm vorbeigerollt, jemand sagte ein paar Worte.

Seit Tagen war die Sonne verschwunden. Sie war von einer tiefen Schicht Nässe ersetzt worden, die die Straßen und Häuser der Stadt einhüllte. In den letzten beiden Nächten hatte es geschneit, nur in den Nächten, und Winter setzte vorsichtig seine Schritte auf das Trottoir. Da war ein Muster von tausend Fußabdrücken, vielleicht von *ihm*, dachte Winter, vielleicht folgt er mir auf Schritt und Tritt. Er hat hier draußen gestanden und gewartet und ist dann in die Richtung weggegangen, in die ich jetzt gehe.

Es war, als hätte das vergangene Hoch ihn mit seinen scharfen Strahlen, mit seiner reinen Kälte wach gemacht. Aber die verfluchte Feuchtigkeit drang nun in seinen Kopf, das Tief zog mit seinen Gedanken davon.

Ich gehe im Kreis, dachte er, die Untersuchung geht die ganze Zeit voran, aber ich selbst gehe im Kreis. Ich sehe mich nicht um, ich kann zehn Minuten gehen, und plötzlich weiß ich nicht mehr, durch welche Straße ich gehe, und bin gezwungen, den Kopf zu heben und mich umzuschauen. Das dürfte nicht nötig sein, ich kenne die Straßen hier, ich bin vierzehn Jahre im Dienst und unzählige Jahre davor hier herumgelaufen.

Die Avenyn krümmte sich vor ihm, er stand vor der Stadtbibliothek und sah die Straße bleich werden in der Feuchtigkeit zum Kungsportsplatsen hin. Die breiten Gehwege waren fast leer, die Mittagspause war vorbei, zehn Personen oder so bewegten sich auf der Avenyn. Einige warteten auf Busse oder Straßenbahnen. Es begann zu schneien, schwer und mit Regen vermischt. Vor einer Woche hatte einem der Frühling etwas zugeflüstert, aber nun hatten alle vergessen, was das gewesen war.

Winter spazierte über Heden. Er hörte einen Schrei hinter sich und drehte sich um. Eine Frau kam über den Södra vägen gesprungen, die Arme wie zum Gruß erhoben und mit wichtiger Miene. Die Beine lang und leuchtend von der Umgebung abgehoben. Jetzt schrie sie wieder, lauter, oder vielleicht klang es nur so, weil sie näher gekommen war: »MEIN AUTO!«

Sie lief mit ausgestreckten Armen an Winter vorbei. Er sah einen weißen Opel Omega beim Exercishuset um die Ecke fahren und in Richtung Sportplatz Gamla Ullevi davonzischen.

Die haben einen Fehler gemacht, aber das hilft ihr im Moment nicht, dachte er und ging schnell auf die Frau zu.

»Die Autonummer«, sagte er, das Handy in der Hand.

»Bitte?«

»Ihre Autonummer. Ich bin Polizist«, sagte Winter und zeigte auf sein Telefon, als wäre das die Dienstmarke.

»Ja... ich weiß nicht«, sagte sie. »Mein Bruder hat es norma...«

»Die erste Ziffer?« unterbrach Winter sie. »Immer mit der Ruhe.«

»Die ist sechs... und dann vier, glaube ich«, sagte die Frau.

Winter hatte die Nummer der Zentrale gewählt.

»Hier ist Kriminalkommissar Erik Winter vom Fahndungsdezernat. Ich war gerade Zeuge eines Autodiebstahls. Ja, genau. Vor... einer Minute bog ein weißer Opel Omega, 93 oder 94, von Heden Richtung Osten ab. Dürfte jetzt auf der Höhe von Gårda sein. Ja. Genau. Sechs und dann vier, glauben wir. Soviel weiß die Besitzerin. Gut.«

Winter wandte sich an die Frau.

»Wir tun, was wir können«, sagte er, »der Alarm ist an die Streifenwagen weitergeleitet.«

»O Gott.«

»Die kriegen den schon.«

»Ich wollte mich mit einer Freundin im *Rubinen* treffen, habe aber das Telefon im Auto vergessen und es erst nach zehn Minuten oder so gemerkt, und als ich fast wieder dort war, habe ich es ausscheren gesehen. Ich habe genau gesehen, daß es meins war, es sind ja jetzt nicht so viele Autos da.«

»Was ist das für eine Nummer?« fragte Winter.

»Ich weiß nicht, ich habe doch...«

»Vom Handy.«

»07 08 31 24 35.«

Der Teufel war in Winter gefahren. Er tippte die Nummer und wartete. Vielleicht, dachte er. Vielleicht können die arroganten Hunde es nicht lassen.

Das ist fast so, als würde man ins Mittelalter telefonieren, dachte er und wartete.

»Okay, okay, hallo.«

»Ist das in einem weißen Opel Omega?« fragte Winter.

Keine Antwort, nur ein Getöse wie in einem Sägewerk.

»In einem weißen gestohlenen Opel?«

»Wer will das wissen?«

»Hier ist die Polizei. Wir wissen, wo ihr seid. Ich schlage vor, ihr fahrt an den Straßenrand und haltet dort.«

»Wir sind auf der Autobahn.«

»Dann biegt bei der nächsten Abfahrt ab. Welche ist das?«

Winter hörte das Getöse durch den Hörer, das Auto mit hundertzwanzig nach nirgendwo.

»Du wußtest doch, wo wir sind, Bulle!«

»Nur mit der Ruhe, damit nichts passiert, stellt einfach das Auto nach der Ausfahrt hin und geht weg, wenn ihr wollt.«

»Wir wollen nicht«, sagte die Stimme, und Winter schien es wie ein Scherz zu klingen. Jetzt hörte er die Sirenen, stärker, der Autodieb sagte etwas, aber er konnte nicht hören, was. Dann wurde die Verbindung abgebrochen.

»Hat sich angehört, als wären sie gefaßt«, sagte er.

»War das so clever?« fragte die Frau. Sie hatte sich beruhigt, bekam wieder Luft. Ihr Gesicht war rot und frisch, eine Joggingrunde vom *Rubinen* mitten nach Heden. Und das mit hohen Absätzen. Nicht schlecht.

»Ich konnte es nicht lassen.«

»Sind Sie wirklich Polizist?« fragte die Frau. Sie war in seinem Alter, vielleicht ein wenig jünger, aber er war nicht gut im Schätzen. Sie war groß, einsachtzig. Nur einen halben Kopf kleiner als er.

»Kriminalpolizei, das ist auch eine Art Polizei.«

Er zeigte ihr den Ausweis.

»Stellen Sie sich vor, es wäre ein Unfall passiert, nur weil Sie dort angerufen haben.«

»Das wäre sehr unangenehm gewesen.«

Die Frau sah ihm in die Augen.

»Wie geht es weiter?« fragte sie.

Winter telefonierte wieder, bekam Auskunft, sagte ein paar Worte.

»Das Auto ist unbeschädigt und alles andere ebenfalls. In ein paar Minuten kommt ein Streifenwagen vorbei und holt Sie und fährt Sie zum Olskroksmotet.«

»Dort steht es also?«

»Ja.«

»Was für ein Abenteuer.« Die Frau lächelte ihn an.

»So ist das Leben. Da kommt übrigens das Taxi.«

Der Polizeiwagen hielt an den Parkuhren.

»Ja ... dann danke ich dem Herrn Inspektor«, sagte die Frau.

»Kommissar«, berichtigte Winter.

»Trotzdem danke«, sagte sie und lächelte wieder. Sie wühlte in der Handtasche, zog eine Brieftasche heraus, fand eine Visitenkarte und unterstrich mit einem Kugelschreiber eine der Telefonnummern auf der Karte. »Meine Stelle«, sagte sie und steckte ihm die Karte in die Hand. Er spürte, wie es sich plötzlich sträubte im Unterleib, wie das Blut in Bewegung geriet. Er sah sie kehrtmachen, zum Polizeiwagen gehen, mit einer geschmeidigen Bewegung und ihm zuwinkend auf den Rücksitz gleiten.

Er steckte die Karte ohne einen Blick darauf in die Innentasche des Sakkos und ging weiter über Heden. Es schneite nun kräftiger, aber es war ein freundlicher Schneefall.

Er fühlte sich hellwach, klar, geil, wie über alle Hindernisse erhoben. Ich werde den Teufel schnappen, dachte er.

13

Sie hatten sich für ein großes Gebiet entschieden, das sie durchkämmen wollten. Polizeiarbeit. Es ging nur darum, sich zu entscheiden: diese Häuser und jene Häuser und diese Treppenaufgänge, und das bedeutete, daß alle, die da wohnten, gehört werden sollten, ohne Rücksicht darauf, wie scheußlich der Dialekt war oder der Knoblauchgeruch oder der Mangel an Hygiene; nach dem, was wir in diesem Land unter Hygiene verstehen, flachste einer der jungen Fahnder, die gerade erst aus der Polizeihochschule gekommen waren und noch Zynismus besaßen. Schon eine Stichelei aus Rassismus, der sich vertiefen und verbreitern würde, und Winter betrachtete den 25jährigen und prägte sich seinen Namen ein: Nichts für mich, ich bin weit davon entfernt, politisch korrekt zu sein, aber solche kleinen Scheißer will ich nicht haben.

Jamie Robertson war im vierten Stock über der Chalmersgatan gestorben, und Winter dachte kurz an den möglichen Zusammenhang mit dem Studentenheim einige Kilometer weiter. Entweder gab es einen oder es gab keinen.

Es waren schwere Häuser in diesem Teil der Stadt, ineinander verankert und massiv wie eine Felsplatte, die vor Millionen Jahren geschaffen wurde. Die Polizisten bewegten sich auf und ab, klingelten an Türen, Stimmengemurmel, Erinnerungen, Dinge, an die damals keiner gedacht hatte und an die sich deshalb jetzt keiner erinnern konnte.

Lasse Malmström hatte drei Tage lang den Anzug angezogen und war an diesen Tagen zur Arbeit gegangen, und am Nachmittag des dritten Tages hatte ihn alles eingeholt.

Es war nicht nur die Leiche seines Sohnes, die an diesem Nachmittag mit dem Flugzeug kam.

Die Zeit fühlte sich an, als wäre sie aus Stein gebaut. Er hatte furchtbare Gedanken gewälzt. Beim Aufsetzen hatte er eine

Sekunde lang gehofft, daß sich einer der Flügel drehen würde und daß ...

Danach nichts mehr. Keine Arbeit, keine Anzüge, eine Stille um ihn herum und fast nichts, woran er sich erinnern wollte. Er wußte nichts mehr. Er wollte sich in sich selbst verkriechen.

Ich will nicht behaupten, zu wissen, wie schmerzhaft das ist, aber es ist notwendig, dachte Winter.

Das Zimmer lag im Vormittagslicht. Lasse Malmström suchte Stille, aber keine Dunkelheit. Er war unrasiert, und das ließ die Falten in seinem Gesicht tiefer erscheinen. Er strich sich ununterbrochen über das Kinn. Das war das einzige Geräusch, das zu hören war, wie ein Feilen an etwas oder ein Stöbern in Laub, das sich den Winter über an einer geschützten Stelle trocken gehalten hat.

»Was geht so vor?« sagte er.

»Meinst du etwas Bestimmtes?« fragte Winter.

Lasse Malmström sagte nichts, sondern fiel in sein Schweigen zurück, die Hand in ständiger Bewegung über dem unteren Teil des Gesichts.

»Ich habe die Zeitungen bis vor zweihundert Jahren gelesen«, sagte er, »bis Per ... heimkam.«

»Es kann viele Ursachen dafür geben, daß zwei Jungen hier in Göteborg ermordet wurden, ungefähr gleichzeitig wie das mit ... Per«, sagte Winter.

»Ursachen?«

»Ich meine Zwecke, wahnsinnige Zwecke, Verrücktheiten. So was alles, Lasse.«

»Ich weiß nicht, ob ich dabei Hoffnung oder Verzweiflung empfinden soll.«

»Wie meinst du das?«

»Da das passiert ist, bedeutet es, daß mehr daran arbeiten, mehr Polizisten an mehr Stellen, und das kann gut sein, unabhängig davon, ob es einen Zusammenhang gibt oder nicht.«

Winter sagte nichts.

»Wenn mehr... getötet werden, bedeutet das, daß man mehr... Kraft einsetzt, daß dies dazu führen kann, daß der... der Per getötet hat, gefaßt werden kann oder gefangen oder wie zum Henker man das nennen soll.«

»Vielleicht ist das so.«

»Ich weiß nicht, jetzt spreche ich von einem Zusammenhang, setze einen voraus, und dabei weiß ich überhaupt nichts, und euch könnte es ja auch so gehen.«

»Wir arbeiten daran und blicken gleichzeitig in andere Richtungen.«

»Du hältst mich immer auf dem laufenden?« fragte Lasse Malmström und blickte Winter direkt in die Augen.

»Selbstverständlich.«

»Du sagst das nicht bloß so dahin?«

»Ohne Rücksicht auf was weiß ich werde ich dich auf dem laufenden halten, so halten wir es immer, und ich denke nicht daran, hier eine Ausnahme zu machen.«

»Gut.«

»Es ist nicht so, daß wir rumsitzen und den Kollegen angukken und hoffen, daß er einen guten Einfall hat. Wir haben die ganze Zeit gute Einfälle, wir haben ein gutes System, an das wir uns halten, wir kommen gar nicht dazu, zu seufzen, daß nichts geschieht.«

»Okay.«

»Wir bewegen uns ständig vorwärts. Ständig, Lasse. In Wirklichkeit gibt es in einer Ermittlung niemals Stillstand. Es ist eher umgekehrt. Wir kommen nicht nach.«

»Okay.«

Das ist doch wahr, dachte Winter, ich sage das nicht bloß so dahin. Er lauscht. Er hört diesen Hund draußen, der die ganze Welt anbellt. Er hat jetzt seine verdammte Hand vom Kinn genommen. Jetzt stelle ich die Frage.

»Das ist noch was anderes, Lasse.«

»Ja?«

»Du weißt, daß wir versuchen, möglichst viel über Pers... Umfeld herauszubekommen, über Freunde und Freundinnen und solche Dinge.«

»Ja.«

»Solche Dinge«, wiederholte Winter, als nähme er einen Anlauf. »Wir haben mit seiner Freundin gesprochen, aber das war keine richtige.«

»Was?«

»Das war nicht seine Freundin.«

»Jetzt komme ich nicht ganz mit, Erik.«

»Du hast gesagt, oder war es Karin, daß dieses Mädchen Pers Freundin war, aber als wir mit ihr sprachen, da war sie das nicht so richtig.«

»Nein, verdammt, dann hatten sie wohl Schluß gemacht.«

»Eher waren sie nicht zusammengewesen... nicht richtig.«

»Bist du es oder bin ich es, der hier ein Brett vorm Hirn hat und dem das Sprechen schwerfällt? Sagst du, daß sie gewissermaßen ›nur Freunde‹ waren oder daß Per nie dazu gekommen ist, diese Kleine zu vögeln?«

Winter zögerte mit der Antwort.

»Was? Antworte mir!«

»Letzteres«, sagte Winter endlich.

»Er hat sie also nie gevögelt, meinst du das damit, daß du mich auf dem laufenden halten willst?«

Winter setzte an, um etwas zu sagen, kam aber nicht dazu.

»Ist das hier so was wie eine ultramoderne Verhörtechnik, Kommissar?«

»Lasse, wir müssen soviel wie möglich über das Umfeld und so herausbekommen. Das ist für die Arbeit notwendig. Das gibt uns Antworten, mit denen wir weiterarbeiten können.«

»Was für verdammte Antworten?«

»Wir müssen soviel wie möglich über Pers... Interessen wissen.«

»Ob mein Sohn schwul war?«

»War er das?«

Lasse Malmström antwortete nicht, wich mit dem Blick aus, zog die Hand über das Kinn.

»Ich möchte, daß du verschwindest«, sagte er.

»Reiß dich zusammen, Lasse.«

»Du fragst mich, ob mein Sohn Päderast war, und dann forderst du mich auf, ich soll mich zusammenreißen?«

»Ich weiß nichts über die sexuelle Orientierung deines Sohns. Deshalb frage ich.«

Lasse Malmström war still, er hatte sich über den Tisch gebeugt und hob nun den Kopf.

»Deshalb frage ich«, wiederholte Winter.

Malmström sagte etwas, aber Winter verstand es nicht.

»Bitte? Ich habe nicht gehört, was du gesagt hast.«

»Bei Gott, wenn ich wüßte...«

Winter wartete auf die Fortsetzung.

»Ich bin völlig ehrlich, wenn ich sage, daß ich es nicht weiß. Auch wenn es, soweit ich es mitbekommen habe, seit der Pubertät nicht so viele Mädchen waren, habe ich nicht soviel darüber nachgedacht. Ich war selbst recht ... spät dran.«

Der Hund draußen bellte noch immer, als könne er nicht aufhören, bevor Lasse Malmström zu Ende gequält wäre. Es ist nicht sein Hund, aber er empfindet Sympathie für ihn, dachte Winter.

»Hast du Karin gefragt?« sagte Lasse Malmström.

»Noch nicht.«

»Frag sie.«

Draußen wurde es still, als wäre der Hund erschöpft.

»Es ist wichtig für uns, das herauszubekommen«, sagte Winter, »es ist sehr wichtig.«

»Ich lüge nicht, auch wenn ich wüßte, daß mein Junge schwul war, würde ich nicht lügen.«

Wie hätte er wohl reagiert, wenn Per noch lebte und aufgedeckt hätte, daß er homosexuell ist, dachte Winter und sah Mats vor sich: so mager im letzten Jahr, durchsichtig, voller Fieberträume.

»Es ist keiner hier, der jemanden verurteilt«, sagte er.

»Das müßte dann wohl ich sein«, sagte Lasse Malmström.

»Nein.«

»Ich bin kein Schwulenhasser, aber das kam ein wenig plötzlich.«

»Wir wissen nichts, und das ist wahr, aber wir müssen es herausbekommen. Wenn es geht.«

»Du mußt mit Karin sprechen und mit seinen... Kumpeln. Müßt ihr deswegen noch mal sein Zimmer durchsuchen?«

»Nein.«

Als Winter herauskam, blickte er hinüber zu dem Haus, in dem seine Schwester wohnte, wo er zum Teil aufgewachsen war und wohin er manchmal zurückgekehrt war. Lotta hatte sich scheiden lassen und war danach wohl ein wenig zu neurotisch geworden für ihren Beruf als Allgemeinmedizinerin. Es war besser geworden, nachdem sie von Mutter und Vater das Haus gekauft hatte und mit den Kindern dort wieder eingezogen war.

Niemand zu Hause. Ich rufe heute abend an, dachte er.

14

Winter ging an dem Jungen unter der Decke vorbei, eine Bewegung unter der Hülle und ein Gesicht, das im Dämmerlicht weiß leuchtete.

Der Junge saß schon lange da, eine dreisaitige Gitarre lehnte an der Fassade hinter ihm. Winter hatte nie einen Ton gehört. An einigen der letzten Abende hatte er oben in der Wohnung gestanden und den Jungen auf der anderen Seite des Parks sitzen sehen, ein kläglicher Anblick.

Winter war lange genug Polizist, um sich dieses Paket an einem Kachelofen zu wünschen. Eine gute Lösung: Schluß mit der Kälte für den Jungen, und der nasse Fleck auf dem Gehweg würde trocknen, bis es Sommer würde und grün und schön in der Stadt. Eine andere Seite an ihm, vielleicht war es die zivile, hatte ihn vorgestern veranlaßt, den Jungen hochzuheben und dafür zu sorgen, daß er in die Notaufnahme kam. Jemand, den Winter kannte, hatte zwei Stunden gewartet, während die Aufseher in den Gängen unter dem Sahlgrenska kamen und gingen.

Am folgenden Nachmittag war der Junge wieder hinter der Straßenbahnhaltestelle. Hatte er dort gesessen, als der herrenlose Wagen die Aschebergsgatan heruntergeschossen kam und die Menschen zermalmte? Es war ein Tag im März gewesen. Das Leben war in einem Augenblick vorbei. An jenem Morgen hatte Winter sich wegen einer bösartigen Grippe etwas länger als gewöhnlich zu Hause herumgedrückt. Er hatte das Gebrüll und die Schreie von dem Zusammenstoß da unten gehört, er hatte begriffen, was passiert war, ohne hinauszuschauen, und er war einer der vielen, die den Notruf direkt angerufen hatten.

Er war sofort runtergelaufen und hatte hilflos an Metallteilen gezerrt wie alle andern. Niemals würde er die Frau vergessen, die bis zum Abend dagestanden und gewartet hatte, bis genug Schrott von ihrem toten Sohn weggehoben worden war.

Diesmal murmelte der Junge etwas, und Winter blieb stehen, beugte sich über das Bündel und lauschte. Noch ein Murmeln, undeutlich und stockend, aber es klang wie »ein paar Kronen«, und Winter richtete sich auf und ging weiter.

Der Flur war dunkel und kühl, ein blasser Strich Licht aus den anderen Zimmern der Wohnung. Er wand sich aus den Schuhen und hob die Post vom Boden auf: ein Rundschreiben von Mercedes über neue Modelle, die neue Nummer der *Polistidningen*, zwei Ansichtskarten von Freundinnen, die nach Thailand beziehungsweise auf die Kanarischen Inseln gereist waren, eine Nachricht, daß Bücher auf dem Postamt an der Avenyn abzuholen waren, ein Brief mit einer spanischen Briefmarke, er erkannte die zielstrebige Handschrift seiner Mutter und einen kleinen roten Stern in der rechten Ecke des Kuverts, der alles mögliche sein konnte, aber wahrscheinlich ein angetrockneter Tropfen Rotwein war.

Winter nahm den Stapel Post mit in die Küche und legte ihn auf den Tisch. Er hob die zwei Plastiktüten hoch, die er von der Markthalle hergetragen hatte, und stellte sie auf den Abwaschtisch. Er packte den Einkauf aus: ein Stück Heilbutt, eine Aubergine, eine gelbe Paprika, eine Zucchini, ein paar Tomaten und hundert Gramm Kalamataoliven und ein paar Bund frischen Thymian und Basilikum.

Er schnitt die Aubergine in Scheiben, legte die Scheiben auf ein Tablett und streute Salz darüber. Er entkernte einige Oliven. Danach goß er etwas Olivenöl in eine feuerfeste Form, stellte sie auf den Herd und schnitt die Paprika, die Tomaten und die Zucchini in Scheiben. Dann drückte er die Feuchtigkeit aus den Auberginenscheiben und briet sie in einer großen Bratpfanne. Er schichtete alle Gemüse dachziegelförmig zusammen mit geschnittenem Knoblauch und Oliven, schnipselte Kräuter darauf, goß noch etwas Olivenöl nach und drehte die Pfeffermühle mehrmals darüber. Zusammen mit ein paar halbierten und mit Salz bestreuten Kartoffeln stellte er die Schüssel in den Ofen. Nach einer Viertelstunde legte er den Fisch aufs Gemüse.

Er nahm sein Essen in dem großen Zimmer mit dem Fenster zur Stadt zu sich, ganz still und ohne ein Buch vor sich. Er trank eine halbe Flasche Ramlösa. Ich sollte öfter selbst kochen, dachte er. Das beruhigt mich. Der Zweifler in mir hält sich dann verborgen. Ich werde still, ich denke nicht daran, wie man die Fassade mit dem, was sich dahinter befindet, zusammenhält.

Winter schmunzelte und erhob sich. Er trug Teller und Glas durch den Flur und hörte den Fahrstuhl zu seiner Etage heraufkeuchen. Er hörte die Fahrstuhltür auf- und zugehen und gleich darauf seine eigene Türklingel. Winter sah auf die Armbanduhr. Sie zeigte genau neun Uhr.

Er ging in die Küche, stellte alles ab, ging zurück in den Flur und machte auf. Es war Bolger.

»Hoffentlich nicht zu spät?«

»Komm rein, Kumpel.«

Johan Bolger trat über die Schwelle, zog die Lederjacke aus und schnickte die Schuhe weg.

»Möchtest du Kaffee?« fragte Winter.

»Gern.«

Sie gingen in die Küche, wo Bolger sich an den Tisch setzte. Winter brachte die Espressomaschine in Gang.

»Damit wir garantiert heute nacht nicht schlafen können«, sagte er.

»Nicht daß ich direkt etwas hätte, das dich schläfrig macht«, sagte Bolger, »oder schlaflos, was das betrifft.«

»Dennoch bist du hergekommen.«

»Tja...«

»Es ist schon eine Weile her, daß du hier warst.«

»Tatsächlich kann ich mich nicht erinnern. Ich war wohl nicht ganz nüchtern.«

»Du warst wegen irgendwas sauer.«

»Immer soll...«

»Was? Du mußt mit deinem Zahnarzt reden.«

Bolger feixte.

»Die Zähne scheinen den Worten im Weg zu sein«, fuhr Winter fort.

Er schenkte Kaffee in kleine Tassen ein, stellte sie auf den Tisch, holte die Maschine und setzte sich Bolger gegenüber. Er sieht aus, als wäre er auf der Hut, dachte er. Wir kennen uns seit dem Gymnasium, und er sieht gar nicht viel älter aus, wenn man nicht zu genau hinschaut.

»Was hast du gehört?« fragte Winter.

»Er scheint ein beliebter Bursche gewesen zu sein, aber das gilt wohl für viele Barkeeper.«

»Wenigstens zu Beginn des Abends.«

Bolger trank vom Kaffee und zog eine Grimasse.

»Schmeckt wie geschmolzener Asphalt.«

»Gut.«

»War es Absicht, daß man ihn kauen soll?«

»Ja.«

»Beliebt, wie gesagt, aber das ist halt so bei denen, die in Pubs oder Klubs arbeiten... immer umgeben von Leuten, die man nicht direkt Freunde nennen kann.«

»Mhm.«

»Solche, die man eher als oberflächliche Bekannte bezeichnet.«

»Aber dieser Robertson muß doch darüber hinaus Freundschaften gehabt haben.«

»Mit ein paar Jungen war er befreundet«, sagte Bolger und trank diesmal, ohne das Gesicht zu verziehen.

»Aha?«

»Hab' ich gehört. Oder Douglas, der das Lokal betreibt. Nichts, was er beweisen kann, aber... na ja... so was merkt man. Er wußte ein paar Namen, ich hab' sie hier, wenn du sie brauchen kannst.«

Er holte die Brieftasche vor, zog einen Zettel heraus und gab ihn Winter.

»Danke.«

»Jungen im gleichen Alter, soviel ich weiß.«

»Mhm.«

»Wahrscheinlich Schwule.«

»Ja.«

»Weiß nicht, ob sie zum gewalttätigen Typ gehören.«

Winter antwortete nicht. Er las die Namen auf dem Zettel und steckte ihn dann in die Brusttasche.

»Wie hat es sonst auf die Leute in der Branche gewirkt?« fragte er, nachdem er selbst von dem Kaffee getrunken hatte. Er *war* stark, wie eine bittere Arznei, die man freiwillig schluckt, eigentlich ohne zu wissen, warum.

»Ein bißchen störend, aber nichts, was man sich richtig zu Herzen nimmt.«

»Nein.«

»Es ist ja wohl kaum passiert, weil er Barkeeper war?«

»Nein.«

»Ein falsch dosierter Lumumba. Das Opfer grübelte und grübelte über die Schmach und übte schließlich Rache.«

»Vielleicht ist es gut, daß man nicht in der Gastronomie tätig ist«, sagte Winter.

»Oder ein Martini, der nicht richtig trocken war oder geschüttelt anstatt gerührt.«

Winter rührte gerade in seiner Kaffeetasse. Beinahe könnte der Löffel darin aufrecht stehen, dachte er.

»Bei mir muß das Eis nur kurz zur Veredelung im Wermut liegen, und dann schütten wir den weg und geben das Eis in den Gin«, fuhr Bolger fort.

»Manch einer würde das als Geiz bezeichnen«, sagte Winter.

»Unsere Gäste nennen es Stil.«

Er sah aus, als würde er an etwas anderes denken.

Er hatte schon immer ein Gesicht, das schlecht zu Poker paßt, dachte Winter. Oder aber es paßt perfekt.

»Glaubst du, das kann jemand aus der Branche getan haben?« fragte Bolger.

»Du weißt, daß ich nie glaube«, antwortete Winter.

»Aber möglich ist es doch.«

»Alles ist möglich, das macht die Sache so schwierig, oder?«

»Möchtest du, daß ich mich noch etwas mehr umhöre?«

»Ja, klar. Jede Hilfe wird dankbar angenommen.«

»Douglas sagte etwas davon, daß er in der letzten Zeit recht häufig ein neues Gesicht in seinem Pub gesehen hat.«

Winter richtete den langen Rücken gerade.

»Er sagt, wenn ein neues Gesicht wiederkommt, achtet man manchmal darauf.«

»Das mag so sein.«

»Wenn man arbeitet, ist es schwer, sich an die ganze Gesellschaft zu erinnern, aber wenn einer ziemlich oft allein kommt, bleibt es vielleicht haften.«

»Hatte es mit dem hier etwas Besonderes auf sich?«

»Mehr hat er nicht gesagt.«

»In unseren Zeugenaussagen habe ich davon nichts gesehen, ich lese alles, aber das habe ich nicht gelesen, daß Douglas das gesagt hat, als wir mit ihm sprachen.«

»Du mußt wohl selbst mit ihm sprechen.«

»Ja.«

»Ein wenig *roadwork* für den Chef.«

Winter streckte die Hand nach der Espressomaschine aus.

»Noch Kaffee?«

15

Es gab mehr als eine Gelegenheit, daß Lars Bergenhem darüber nachdachte, warum sie ihn zur Kripo befördert hatten. Oder verbannt, je nachdem, wie man es betrachtete. Er hatte nicht wählen können, oder wenn er es getan hätte: Die hätten schon gewußt, was er machen wollte. Er wollte nicht zum Rauschgiftdezernat oder zur Ermittlung oder zum technischen Dezernat, auch nicht zu Wirtschaft oder Ausländer. Dank allen Göttern jeglicher Art, daß ich nicht beim Ausländerdezernat gelandet bin, dachte er.

Was das Fahndungsdezernat anging, hatten sie eine gute Wahl für ihn getroffen, so hätte er selbst gewählt, wenn er die Möglichkeit gehabt hätte. Er landete bei Gewalt, wo er doch auch bei Diebstahl hätte landen können. Gewalt war greifbar und konkret, klar und aufgeklärt, ehe bei den Burschen im Arrest das Nasenbluten gestillt war. Sie war schmutzig, aber meist selbstverständlich, ausgeführt von denen, die in einer Art bizarren Gleichgewichts miteinander fertig wurden.

Doch wenn die Gewalt von oben nach unten ging, bekam er Probleme mit dem Berufsbild. Wenn die Stärke sich ungleich verteilte. Wenn Kinder auf Bahren gehoben wurden und mit einer lebenslangen Behinderung weggefahren wurden. Und da dachte er nur an die körperlichen Verletzungen, die für immer blieben. Dreijährige Mädchen, die das Sehvermögen verloren, sechsjährige Buben, die am einen Tag Fußball spielten und am andern vom Papa die Beine gebrochen bekamen.

Er hatte nicht vor, sich ein dickes Fell zuzulegen. Er wollte das genaue Gegenteil, er dachte daran. Er wollte ein Ritter werden, aber mit den Vorteilen auf der Gegenseite.

Sie war wirklich. Die Gewalt war wirklich. Sie war konkret und greifbar, aber er versteckte sein Gesicht so lange in Martinas Haar, daß er kaum noch atmen konnte. Warum können die Menschen nicht nett sein, hatte er zu seiner Frau gesagt. Sie waren ein Jahr verheiratet, und in einem Monat sollte der Murkel kommen, und hier drinnen würde man andere Töne hören. Der Murkel sollte so schnell wie möglich Fußball spielen. Er wollte dann den Torwart machen. Er würde nett sein.

Von der Polizeischule so gut wie direkt zur Kripo. Er hatte sich damals richtig ausgeschaltet gefühlt, als hätte er eine Art Auszeichnung erhalten, aber nicht recht verstanden, wofür. Er war Material gewesen, hatte jemand gesagt. Material wofür? War er zur Zeit nur ein Kartoffelkeim? War er in diesem ersten Jahr bei der Einheit ein Keim gewesen?

In der ersten Zeit hatte er sich allein gefühlt. Er war schon auf der Schule ein wenig zurückhaltend gewesen, und das wurde nicht besser unter den vierzig im Fahndungsdezernat oder den dreißig, die nicht bei der Personenfahndung waren. Bergenhem begriff nicht ganz, warum er noch in Winters Kerntruppe war, als sich die Ermittlungen hinzogen.

Das war ihm nicht klargeworden und würde es vielleicht nie, aber Bergenhem hatte einen Auftrag, und er wußte, daß er zur Stelle sein mußte, bis etwas geschah. Es geschah immer etwas. So lautete Winters Lieblingsspruch. Nichts stand still, möglicherweise floß alles, aber lieber ein *panta rhei* als ein Stillstehen, wo am Ende alles vermoderte.

Das Alleinsein. Er hatte nicht viel für Jargon übrig, und er war auch nicht zynisch genug, um ihn sich anzueignen, vorerst jedenfalls nicht. Er konnte schreckliche Anblicke nicht durch Lachen auslöschen. Vielleicht war er langweilig?

Ihm war aufgefallen, daß Winter selten lachte. Winter war nicht langweilig, und er lachte nicht an den falschen Stellen, wie Halders es fertigbrachte oder in seltenen Fällen sogar Ringmar.

Lars Bergenhem bewunderte Winter, er wollte wie er werden, glaubte aber nicht, daß ihm dies gelingen konnte.

Es lag nicht an Winters Stil, an seiner Eleganz oder wie man es nennen sollte. So etwas war sonst Oberfläche, aber nicht an Winter... aber das war es nicht.

Es war seine Härte. Bergenhem begriff diese Härte wie eine Faust aus Eisen in einem Handschuh aus Wolle. Es gab einen harten Kreis um Winter, wenn er arbeitete, eine Konzentration.

Das Gesicht bewegte sich, aber die Bewegung erreichte nie die Augen. Bergenhem wußte nicht, wie Winter war, wenn er nicht arbeitete. Vielleicht war er dann ein weicherer Mensch.

Es liefen Geschichten über seine Frauen um, Geschichten, daß er den Druck bei ihnen loswurde. Einen sehr schlechten Ruf hätte man es genannt, wäre er eine Frau gewesen. Dann war es stiller geworden, und Bergenhem hatte nur alte Geschichten gehört, seit er angefangen hatte. Vielleicht war Winter diskreter geworden oder einfach ruhiger. Was von beiden war Bergenhem egal. Daran dachte er nicht, wenn er über Winter nachdachte.

Was bin ich in zwölf, dreizehn Jahren? Er sog den Duft von

Martinas Haar ein. Liege ich dann noch immer mit den gleichen Gedanken über das, was ringsum geschieht, im Bett? Manche tragen zerrissene Schuh. Wie viele mehr werden es in zwölf, dreizehn Jahren sein?

»Woran denkst du?«

Martina drehte sich nach rechts, ein wenig unbeholfen, stützte sich mit der rechten Hand und hob die Beine. Er strich über den Murkel. Martinas Bauch stand vor wie ein stumpfer Keil oder wie einer von diesen Kegeln, die die Mannschaften benutzten, wenn sie Fußball trainierten. Er spielte nicht mehr Fußball, und der Trainer hatte gesagt, er hoffe um Bergenhems willen, daß es nicht noch mehr ernste Fehler im früheren Leben des Spielers gäbe.

»Nichts Besonderes«, antwortete er.

»Berichte trotzdem.«

»Manche tragen zerrissene Schuh'.«

»Was meinst du damit?«

»Nur das. Manche tragen zerrissene Schuh'. Daran habe ich gedacht.«

»Das klingt wie ein Lied oder so.«

»Ich glaube, es ist ein Lied eines Liedermachers aus alten Zeiten. Aber ich habe die Melodie mit der Band *Eldkvarn* gehört, glaube ich. Vreeswijk... Vreeswijk heißt er, der Liedermacher. Oder hieß. Ich glaube, er ist tot.«

»Manche tragen zerrissene Schuh'.«

»Ja.«

»Das ist ein guter Titel.«

»Mhm.«

»Man kann sie vor sich sehen. Die in zerrissenen Schuhen gehen.«

»In diesem Moment?«

»Es gibt doch den einen oder anderen«, sagte sie und machte eine unbestimmte Geste zum Zimmer hin oder vielleicht zur Stadt unterhalb des Bergs.

»Denkst du daran?«

»Nicht besonders viel und nicht in letzter Zeit, wenn ich ehrlich bin«, sagte sie und strich sich mit der Hand über den Bauch. »Da!«

»Was?«

»Leg deine Hand dahin. Nein, da. Spürst du?«

Er spürte es, erst war nichts und dann: eine Bewegung oder das Gefühl einer Bewegung.

»Spürst du?« wiederholte sie.

»Ich glaube.«

»Was für ein Gefühl ist das?« Sie legte ihre Hand auf seine.

»Ich weiß nicht, ob man das beschreiben kann«, sagte er. »Gib mir ein paar Stunden, dann fällt mir vielleicht etwas ein.«

»Das sagst du jedesmal.«

»Heute abend fällt mir was ein.«

Sie sagte nichts, schloß die Augen, hatte die Hand noch immer über seiner und ihrem Bauch, und er spürte wieder ein Zucken darin.

So lagen sie, bis der Küchenwecker auf dem Regal am Herd rasselte.

»Die Kartoffeln«, sagte sie, ohne sich zu rühren.

»Scheiß drauf«, sagte er und lächelte.

»Meinst du, daß ich für diesen Beruf zu weich bin?« fragte er, als sie aßen. »Daß es so aussieht, als würde ich es nicht packen?«

»Nein.«

»Sag, was du meinst.«

»Wie kann ich sagen, daß ich dich für zu weich halte, Lars? Je weicher, desto besser.«

»Für die Arbeit?«

»Was?«

»Zu weich für die Arbeit?«

»Das wäre doch gut.«

»Zu weich zu sein?«

»Es ist doch so eine Arbeit, wo man zu schnell hart wird, und das muß doch schlimmer sein.«

»Ich weiß nicht. Manchmal ist mir zumute, als könnte ich den Tag oder die Woche nicht durchstehen«, sagte er. »Vielleicht kommt es daher, daß es neu ist.«

»Erhalt dir deine Zweifel.«

»Was?«

»Du darfst nicht steif und hart werden«, sagte sie.

»Dann ist es besser, weich zu sein?«

»Dann ist es viel besser, weich zu sein wie ein zu lange gekochter Spargel.«

»Aber manchmal bin ich doch wie ein ungekochter Spargel.«

»Wieso?«

»Steif und hart.«

»Willst du steif und hart sein?«

»Ich spreche nicht vom ganzen Selbst.«

»Sollte *der* steif und hart sein?«

»Wer denn?«

»Der«, sagte sie und deutete auf seinen Oberarm, lehnte sich dann über den Tisch und betastete seinen Trizeps. »Gekochter Spargel.«

»Ich spreche nicht von etwas über der Taille.«

»Ich verstehe gar nicht, was du meinst«, sagte sie und fing an zu lachen.

Lars Bergenhem traf Johan Bolger in Bolgers Bar. Er ist genauso groß wie Winter, wirkt aber doppelt so breit, dachte Bergenhem. Vielleicht ist es die Lederjacke, oder es liegt am Gesicht. Ich bin schon drei Minuten hier, und er hat noch keinen Muskel bewegt. Er ist gleichaltrig mit Winter, aber es ist schwer zu entscheiden, wie alt Leute sind, die zwischen dreißig und vierzig pendeln. Solange man das noch nicht erreicht hat, sieht man weiterhin wie ein Spargel aus.

»Sie sehen nicht direkt wie einer aus, der zum Essen ausgeht«, begann Bolger.

»Nein.«

»Nicht viel übrig fürs Nachtleben?«

»Kommt auf die Nacht und das Leben an.«

»Was heißt das?«

»Das kann ich leider nicht verraten.«

Bolger feixte weiter und machte eine Geste zu den Flaschen hinter ihm.

»Es ist zwar tags, aber die Sünde ist da«, sagte er, »und da Erik Sie geschickt hat, gebe ich einen aus.«

»Saft, danke«, sagte Bergenhem.

»Eis?«

»Nein, danke.«

Bolger holte Saft aus einem Kühlschrank unter der Theke und schenkte in ein Glas ein, das er oben aus dem Regal nahm.

»Nicht, daß ich soviel weiß«, sagte Bolger.

Bergenhem trank. Es schmeckte nach Apfelsine und etwas unbestimmt Süßem, Fremdem.

»In den letzten Jahren, vor allem im letzten, ist die Welt der Klubs in dieser Stadt explodiert«, sagte Bolger. »Man kommt gar nicht mehr mit, und da spreche ich in erster Linie nicht von Restaurants.«

»Schwarze Klubs?«

»Zumindest, was man als schwarze Klubs bezeichnete, aber heute ist das gar nicht mehr so schwarz.«

Bolger sah Bergenhem an.

»Das zeigt, daß sich Verbrechen lohnt oder nicht?«

»Wie meinen Sie das?« fragte Bergenhem.

»Man kann einen Klub schwarz aufmachen, und eine Woche danach bekommt man die Lizenz.«

»Ja.«

»Und kann ihn nach zwei Wochen dichtmachen und woanders einen anfangen«, sagte Bolger. »Aber das kennt ihr ja.«

»Es gibt welche, die das kennen«, sagte Bergenhem.

»Aber das ist es nicht in erster Linie, worüber Sie sprechen wollen?«

»Ich bin für alles dankbar.«

»Etwa wie es im Pornosumpf aussieht?«

»Zum Beispiel.«

»Was für eine Idee hat Erik?« sagte Bolger, aber mehr zu den Gläsern, die vor ihm hingen.

Bergenhem antwortete nicht, sondern trank einen Schluck.

»In dieser verdammten Branche ist in letzter Zeit viel passiert«, sagte Bolger. »Das ist jetzt ein ganz anderes Spiel als damals, als ich noch dabei war.«

»Wieso?«

»Wieso? Es ist heute mehr als Titten und Ärsche, wie man so sagt.«

»Hardcore?«

Bolger grinste wieder, daß die Zähne in seinem dunklen Gesicht im Dämmerlicht weiß leuchteten. Die Fenster lagen am anderen Ende des Lokals.

»Eher Supercore. Von dem wenigen, was ich von dem Neuen gesehen habe, ist das, was in die Köperöffnungen reinkommt, nicht mehr so wichtig wie das, was herauskommt. Beide Sachen können übrigens auch gleichzeitig vor sich gehen.«

Er holte ein Glas herunter, zapfte ein Leichtbier und trank, während der Schaum noch stieg.

»Ich bin rechtzeitig davon abgekommen.«

»Gibt es darunter auch schwarze Lokale?«

»Schwarze Pornoklubs? Kommt darauf an, wie man es betrachtet.«

»Jetzt komme ich nicht mit.«

»Es gibt eine Fassade, die man sieht, Magazine und solchen Scheiß, Filme, kleine Bücher und Zubehör und Wichskabinen und ein paar etwas größere Filmräume.«

»Stripperinnen.«

»Tänzerinnen heißt das, ja, die gibt es auch.«
»Und?«
»Was?«
»Eine Fassade, haben Sie gesagt.«
»Das weiß ich allerdings nicht, sondern habe es nur gehört. Aber eins oder einige dieser Lokale haben einen Raum, wo man etwas speziellere Dinge versteckt.«

Bergenhem wartete.

»Etwas andere Magazine oder eine spezielle Show.«
»Filme?«
»Ja, Filme, in denen die Schauspieler und Schauspielerinnen etwas ausgefallenere Sachen miteinander machen.«
»Ausgefallenere Sachen?«
»Ja. Fragen Sie mich nicht, was das ist, aber angenehm ist es nicht.«
»Und das kommt vor?«
»So heißt es, und es heißt auch, daß es ein paar anonyme Orte gibt, die nicht einmal eine Fassade haben.«
»Wo?«

Bolger breitete die Arme aus.

»Können Sie das feststellen?«
»Vielleicht. Es kann dauern, man muß schon ziemlich vorsichtig sein.«
»Was sind das für ... Kunden?«
»Sie fragen, als ob ich das wüßte.«
»Was glauben Sie? Zum Unterschied von denen ... die Sie hatten oder denen, die zu den ... gewöhnlicheren Sachen gehen.«

Bolger schien nachzudenken. Er hatte eine schmale Brille aufgesetzt, als die Dämmerung in der Bar dichter wurde. Sie hatte einen Metallrahmen. Sie gibt seinem Gesicht einen Charakter, den es vorher nicht hatte, dachte Bergenhem.

»Was ich glaube? Ich glaube, der Unterschied ist nicht so groß. Ich glaube, daß Interesse Interesse erzeugt, wie wenn man mit Leichtbier beginnt und dann das erste Pils trinkt. Das erste

Hasch und die erste Spritze. Der ganze Scheiß. Genauso ist es hier.«

»Hunger auf mehr.«

»Es gibt welche, die wollen mehr haben. Das ist die eine Kategorie. Mehr und mehr und mehr. Wo das endet, ist schwer zu sagen. Und dann gibt es die andern, die davon sexuell erregt werden, daß sie fast erdrosselt werden, oder die sich amputieren lassen, die zu Krüppeln werden, um genießen zu können. Wer weiß, was die sich angucken wollen?«

»Wo findet man die?«

»Die Amputierten?«

»Diese kranken Teufel überhaupt. Also wenn sie nicht im Klub oder zu Hause oder im Hotelzimmer sind.«

»Da ich BMW fahre, würde ich sagen, in der Volvozentrale«, sagte Bolger. »Oder in welchem verdammten Aufsichtsrat auch immer. Oder bei der Provinzialregierung. Da gibt es viel Krankes. Die Zustandseinheit.«

»Richtig abscheulich«, sagte Bergenhem und stand auf.

»Seien Sie da draußen vorsichtig«, sagte Bolger. »Ich meine es ernst.«

Bergenhem winkte von der Tür und ging hinaus ins Helle. Er hörte den Wind von den Hausdächern ringsum. Der Wind nahm zu, hob seinen Kragen und zerrte am Haar. Irgendwo hinter ihm wurde ein Glas zerschmettert.

16

Die Jungen an den Obstständen schrien sich über die Kreuzung Obszönitäten zu, und Steve Macdonald duckte sich unter den Worten. Das hier ist Soho, die Ecke Berwick Street und Peter Street, und seht euch an, was aus unserer stolzen Obstmarkttradition geworden ist, dachte er, seht euch an, was daraus geworden ist, seit man den Covent Garden meiner Jugend dichtgemacht und das herrliche Leben aus dem Zentrum verbannt hat.

Das ist daraus geworden, halbbetrunkene Bengel, die auf Bananenschalen ausrutschen, einige klägliche Stände für einige wenige neugierige Touristen und um so mehr Heroinsüchtige. Soho swingt nicht mehr, es kriecht und krabbelt, wenigstens hier, wo dieser leere Platz das Schönste weit und breit ist.

Es nieselte, und Macdonald klappte den Kragen des Regenmantels hoch und machte einen großen Schritt über eine zerquetschte Fleischtomate. Er betrat Walker's Court, eine Gasse so kurz, unansehnlich und schmutzig, daß sie nicht einmal in der neuen Auflage von London A-Z auftauchte. War das vielleicht Absicht? dachte er, Walker's ist nichts, was man den rotbackigen Touristen aus Italien oder Skandinavien vorzeigen könnte, die in Heathrow oder Gatwick heruntergepurzelt kommen.

Walker's Court war Porno ohne Seidenlaken und ohne die kerngesunden Modelle, die im Playboy die Harnröhre zeigten, dachte Macdonald und schüttelte gleichzeitig den Kopf über einen ehrgeizigen Einwerfer vor einem der Kinos. Hier gab es eher schwitzende Junkies auf zerschnittenen PVC-Decken, Billigsex für die breite Masse, *books, mags, videos* für diejenigen, die vielleicht herkamen, um sich selbst zu sehen, als wären sie in einer anderen Welt gewesen.

Vielleicht kaufen sie etwas von den Plastikkleidern in diesen raffinierten Geschäften, dachte er. In gewissen Situationen ist Plastik gut. Oder diese Hundeleine oder Würgeschlinge. Dies ist ein freies Land, wir haben alle das Recht auf ein Privatleben. Ein Teil zündet sich im stillen Heim eine Zigarette an, andere entleeren den Darm ins Gesicht von Fremden.

Er ging an der großen Buchhandlung der Gasse vorbei, die etwas fehl am Platz aussah mit ihren Schildern über die neueste gute Literatur, Bücher für die gebildete Mittelschicht: Naipaul und Raban, eine neue Chatwin-Biographie.

Macdonald wußte, daß der Besitzer der Buchhandlung ein komplizierter Charakter war. Die oberen Ebenen im Laden waren kühl und blond, gefüllt mit Romanen, Poesie, Reiseliteratur und Kochbüchern. Dort waren auch auffallend wenige Kunden, dafür daß es eine Buchhandlung im Zentrum Londons war. Im Keller, den man über eine Treppe hinter einem Vorhang erreichte, wurden andere Arten von Büchern angeboten. Da gab es Zeitschriften, die mutig der Jugendkultur trotzten, Lektüre wie »Über vierzig« oder »Über fünfzig« mit Bildern von mittelalten Frauen. Der Kellerraum war immer voller Lesender, durchweg Männer, wie der da, dachte Macdonald, als er einen Mann in seinem Alter herauskommen sah, der etwas in einer flachen braunen Tüte trug.

Macdonald würde mehr gute Literatur lesen, aus dem oberen Stockwerk, wenn er pensioniert wäre. Er war 37, und er hatte seinem Land gedient, seit er 23 war. Noch elf Jahre. Danach konnte er Privatdetektiv werden und nach durchgebrannten Teenagern aus Leeds suchen, die auf dem Weg ins Innere von London waren. Oder für Harrod's arbeiten und dort die Austernbar im Auge behalten. Oder in seinem Haus in Kent mit seinen Kindern oder vielleicht Enkeln schmausen, nie weit weg von einem Bier. Die dürfen an meinem Pferdeschwanz ziehen, dachte er und wartete, während ein Auto auf der Brewer Street vorbeifuhr. Dann überquerte er die Straße, ging zehn Meter weiter auf der Rupert Street, nickte einem Schwarzen in einer schwarzen Lederjacke zu und betrat ein Kino mit dem Schild *Peep Show* über der Tür.

Er brauchte einige Sekunden, um sich an das Schummerlicht darin zu gewöhnen. Er ging an der Kasse vorbei und klopfte an eine Tür links vom Eingang zum Kino. Er wartete, lauschte dem Stöhnen aus der Dunkelheit, jemand schrie »ja ja ja JA JA«, aber es klang nicht sehr überzeugend.

Die Tür ging auf, und ein anderer Schwarzer glotzte ihn an. Die Tür wurde wieder geschlossen, und er hörte das Gerassel der

Sicherheitsketten. Dann wurde sie ganz aufgemacht, der Mann streckte die Hand aus und nickte ins Zimmer.

»Herein, Herr Kommissar.«

»Du tust was für deine Sicherheit.«

»Selbstverständlich.«

Sie schüttelten sich die Hände, und Macdonald trat ein. Das Zimmer war nicht größer als zwölf Quadratmeter, es roch nach Feuchtigkeit und nach Essig und Fett von den Resten der Fish & Chips-Mahlzeit, die auf dem schweren Schreibtisch lagen. In der hinteren Ecke stand ein Büroschrank. Ein Plakat vom süßen Leben auf Jamaika war hinter dem Schreibtisch an die Wand geheftet. Die untere rechte Ecke hatte sich gelöst und störte die Symmetrie auf dem Bild. Neben dem Teller mit Essensresten lagen ein Notizblock, ein Kuli und eine Tastatur. Auf der rechten Seite des Schreibtischs flimmerte ein Computerschirm mehr, als er sollte. Billiger Mist, dachte Macdonald, sicher ein Amstrad.

»Leider hab' ich kein Mittagessen mehr, aber ich kann nachholen lassen«, sagte der Schwarze und stellte den Teller auf den Büroschrank.

»Das sah gut aus«, bemerkte Macdonald.

»Englisch und klassisch, soll ich Johnny Boy draußen bitten?«

»Nein, danke, ich bin von den guten Düften satt geworden.«

Der Mann machte eine Geste, als wische er Lob weg, nachdem er zu einem Fünf-Gänge-Menü bei Wheeler's eingeladen hatte.

»Auch recht. Was kann die Wirtschaft für einen Besucher aus dem Süden tun?« fragte er und hob den Stuhl hoch, der hinter dem Schreibtisch stand. »Setz dich, ich geh' noch einen holen.«

Er kehrte mit einem plumpen Möbelstück zurück, das mit rotem Lederimitat bezogen und mit irgendeinem grauem Zeug gepolstert war, das Macdonald aus geplatzten Nähten vorquellen sah. Der Mann folgte seinem Blick.

»Vielleicht nicht so hübsch, aber verdammt bequem.« Er setzte sich, stand aber sofort auf, als ein Mädchen mit einem Tablett ins Zimmer kam. Sie stellte eine rostfreie Teekanne auf den Schreibtisch, zwei Tassen und zwei Untertassen, ein Milchkännchen und eine Zuckerschale und ging nach einer Art Verbeugung und einem Lächeln hinaus. Der Schwarze schenkte umständlich ein.

»Sieht gut aus«, sagte Macdonald und beugte sich vor.

Sein Gastgeber hatte sich gesetzt, stand aber wieder auf.

»Aber lieber Frankie, was ist denn jetzt?« fragte Steve Macdonald.

»Gebäck.« Der Mann, der Frankie hieß, ging aus dem Zimmer und kam mit einer Untertasse mit Gebäck zurück.

Er setzte sich.

»Sind wir bald fertig mit den Ritualen?« fragte Macdonald.

»Jetzt ist es fertig«, sagte Frankie. »Wir sind ein Volk, das ein Leben voller Rituale lebt. Wir sind nicht wie ihr, wir kommen aus einer anderen Welt.«

»Du bist in London geboren.«

»Man kriegt es nie heraus. Die Gene, weißt du.«

»Das ist spannend, das mit den Genen.«

»Ja, nicht?« sagte Frankie und nahm eine Nagelfeile und untersuchte einen seiner Finger. »Aber du bist vielleicht nicht hergekommen, um darüber zu sprechen?«

»Nein, aber ich habe irgendwie keine Chance gehabt.«

»Jetzt bin ich ganz Ohr.«

»Du bist doch nicht nervös, Frankie?«

»Nervös? Weil ich so feinen Besuch bekommen habe?«

»Weiß ich doch nicht.«

»Hübscher Mantel.«

»Mhm.«

»Hübscher Pferdeschwanz, aber ist der jetzt nicht ein wenig passé?«

»Das war vor allem, um mich hier anzupassen.«

»Passé? Hier? Wir haben immer das Letzte für die späten Gäste«, sagte Frankie und begann, am Zeigefinger der linken Hand zu feilen.

Es tickte im Computer, und Macdonald konnte gerade noch die Mitteilung »Du hast Post« auf dem Schirm sehen.

»Ein E-Mail aus der anderen Welt?« fragte er.

»Weißt du nicht, daß Jamaika die größte Computerdichte in ganz Westindien hat?« sagte Frankie und hämmerte auf der Tastatur. Er blickte auf den Schirm, las einen Brief, der sehr kurz zu sein schien.

»Falsch«, sagte Macdonald.

»Was?«

»Brixton. Brixton hat die größte Computerdichte in ganz Westindien.«

»Haha. Aber Tatsache ist, daß dieser Brief aus deinen Domänen kommt«, sagte Frankie. Er studierte den Schirm ein paar Sekunden, dann löschte er den Text.

»Wann haben sie aufgehört, die deinen zu sein?« fragte Macdonald.

Frankie antwortete nicht. Er lächelte in der Dämmerung, griff zur Feile und machte sich an einen neuen Nagel.

»Brixton«, wiederholte Macdonald.

»Eben, es ist eine neue Lieferung Qualitätszeitschriften und Qualitätsfilme bei meiner Tochtergesellschaft eingetroffen, und das war eine Bestätigung dafür.«

»Eine neue Lieferung?«

»Wie ich sage.«

»Woher?«

»Ist das ein Verhör, Steve?« Die Zähne blitzten, am meisten funkelte ein Edelstein in einem Schneidezahn. Macdonald wußte, was das bedeutete, kam aber nicht darauf.

»Du kennst mich doch besser, Frankie.«

»Erst seit 25 Jahren, Bleichgesicht.«

»Reicht das nicht?«

»Unsere gemeinsame Jugend? Das soll reichen? Wir aus der anderen Welt...«

»Ja, ja, Frankie, die andere Welt, aber jetzt ist es die Lieferung, die mich interessiert.«

Macdonald trank von dem Tee, der abgekühlt, aber nicht ganz kalt war. »Du hast von dem Mord in Clapham gelesen? Der Junge, der abgeschlachtet wurde.«

»Ich hab' was im Fernsehen gesehen«, sagte Frankie, »aber das ist eine Weile her. Norweger, was, oder war es ein Schweizer?«

»Schwede«, sagte Macdonald.

»Ach so.«

»Es kommt bei Crimewatch noch einmal... bald.«

»Oi. Das muß was Großes sein.«

»Es ist etwas Besonderes.«

»Besonderes? Ja, so kann man es vielleicht ausdrücken. Es war ein weißer Junge, der ermordet wurde.«

Macdonald sagte nichts, sondern trank seinen Tee.

»Crimewatch«, sagte Frankie, »ich danke vielmals. Wann hatten sie dort zuletzt einen Mord an einem schwarzen Jungen?«

»Es verhält sich so...«

»Es verhält sich so, daß es überhaupt nicht interessant ist, wenn Schwarze ermordet werden. Das ist eine Tatsache.«

Er hatte die Nagelfeile weggelegt.

»Wie viele Morde hatten wir in den letzten Jahren im Südosten? Du hast es einmal gesagt.«

»42 oder vielleicht auch 43. 42, glaube ich.«

»Wie viele von den Opfern waren schwarz?«

»Es werden...«

»Scheiße, du brauchst dir nicht den Anschein zu geben, als würdest du überlegen, Steve. Ich weiß, daß mindestens 35 Opfer Schwarze waren, es reicht, eine Ahnung von Statistik zu haben, um das zu begreifen. Und ich weiß *auch,* daß diese Morde die gleiche Chance haben, bei Crimewatch zu landen, wie ich, in einen der Herrenclubs an der Mall zu kommen.«

»Wir haben es versucht.«
»Mich in einen Herrenclub einzuschleusen?«
»Die Aufmerksamkeit der Medien zu bekommen.«
»Ich klage nicht dich persönlich an, du kannst nichts dafür, daß du weiß bist.«
»Du weißt, wie das ist.«
Frankie antwortete nicht, sondern nahm die Nagelfeile wieder auf, atmete ruhiger.
»Ich greife nach jeder Hilfe, die ich bekommen kann«, sagte Macdonald.
»Und deshalb kommst du in mein Reich.«
»Ja.«
»Warum zum Henker? Was hat meine Tätigkeit mit diesem Mord zu tun?« fragte Frankie und legte die Feile wieder hin.
»Es geht nicht um deine Tätigkeit als solche, aber es sind Dinge geschehen während... dieses Mordes, denen wir nachgehen wollen.«
Frankie wartete auf die Fortsetzung.
»Hast du gelesen oder im Fernsehen gesehen, daß zwei Londoner Jungen in Schweden ermordet wurden? In Göteborg?«
»Nein, davon habe ich nichts gesehen.«
»Zwei Jungen. Einer aus Tulse Hill, wo deine Mutter wohnt.«
»Weiße Jungs?«
»Ja.«
»Mir blutet das Herz.«
»Nicht so sehr wie das Herz dieser Jungen.«
»'tschuldigung, Steve.«
»Diese drei Morde haben Berührungspunkte, und es ist möglich, daß sich das, was passiert ist, auf... einer Filmkassette irgendwo findet, oder auf mehreren Kassetten. Was ich eben zu dir sage, ist nur uns beiden bekannt, und du weißt, was das bedeutet.«
»Beleidige mich nicht, Steve.«

»Du verstehst, warum ich dir das erzähle?«

»Gefilmte Morde? Warum glaubt ihr das?«

»Es gibt etwas, das in diese Richtung weist. Einzelheiten verrate ich nicht.«

»Aber die Morde können also gefilmt worden sein? Sich auf einer Kassette befinden?«

»Es ist möglich.«

»Von so was hab ich noch nie reden hören.«

Macdonald antwortete nicht.

»Das ist verdammt noch mal das Übelste, was ich je gehört habe.«

Macdonald nickte.

»Jetzt hast du etwas, woran du dich festbeißen kannst, Steve.«

Macdonald nickte wieder, führte die Tasse an die Lippen, merkte aber, daß der Tee zu kalt geworden war.

»Das ist etwas anderes als der Crackmörder, der freundlich und verwirrt wartet, bis die Polizei mit heulenden Sirenen ankommt«, sagte Frankie. Er stand auf und fuhr sich mit der Faust übers Gesicht. »Und da kommst du zu mir, um nach *snuff-movies* zu suchen.«

»Ich komme zu dir, um Auskünfte zu bekommen«, sagte Macdonald, »zum Beispiel, wieviel es von solchem Scheiß in der Branche gibt.«

»Davon lasse ich die Finger, das schwöre ich bei dem heiligen Strand hier«, sagte Frankie und blickte auf das Plakat an der Wand.

»Hätte ich etwas anderes vermutet, wäre diese Teestunde hier ein regelrechtes Verhör im HQ in Eltham gewesen.«

»Aber du möchtest, daß ich mich umhöre?«

»So diskret wie möglich.«

»Ja, das verlangt Diskretion, das versteht sich von selbst.«

»Kennst du jemand, der einen inneren Raum hinter dem inneren Raum hat?«

»Sicher.«

Macdonald stand auf.

»Aber nicht, wo man Live-Morde zeigt«, sagte Frankie. »Jedenfalls nicht, daß ich wüßte. Es sind ziemlich abscheuliche Sachen, neben denen das, was ich hier zeige, wie ein Familienausflug zum Strand dasteht, aber nichts von dem, wovon zu reden du die Geschmacklosigkeit besitzt.«

»Erkundige dich jedenfalls.«

»Du hast wohl deine üblichen Klatschweiber? Diesen kleinen Zuhälter auf der Old Compton Street zum Beispiel.«

»Überlaß das mir.«

»Okay, okay.«

»Ruf mich in ein paar Tagen an, egal was du erfährst, und sei vorsichtig.«

»Snuff...« Frankie schüttelte den Kopf.

»Komm schon«, sagte Macdonald, »das kann nicht das erste Mal sein, daß du davon reden hörst, daß Menschen im Film ermordet werden.«

»Nein, aber das ist nichts, was du in den Läden findest, Steve. Für so was gibt es andere Verteilerkanäle, besondere Netzwerke, die hoch über unserer kleinen schmuddeligen Welt hier unten verlaufen.«

»Scheiße fließt nach unten«, sagte Macdonald. »Oder man begegnet ihr gerade in der Mitte. Irgendwo in diesem Paradies, das wir Soho nennen, gibt es einen, der Bescheid weiß.«

»Ich beneide dich um deinen Optimismus.«

»Danke für den Tee, Frankie.«

»Ich rufe Freitag an«, sagte Frankie.

Macdonald hob die Hand und verließ das Büro. Auf der Straße vor dem Kino ging er nach rechts, überquerte die Wardour Street und ging in östlicher Richtung auf der Old Compton Road weiter. Es hatte aufgehört zu regnen. An den Tischen vor den Cafés saßen Leute und taten so, als wäre Frühling. Ich beneide sie um ihren Optimismus, dachte er.

Er kam zur Greek Street und ging ins *Coach and Horses*, bestellte ein Theakston und zog den Mantel aus. Der Pub war halb gefüllt von Möchtegernen und Ausrangierten der Literatur und solchen, die eine brisante Mischung der beiden Kategorien darstellten. Er kannte einige Schriftsteller, einst vielversprechend, die nun den Rest ihres Lebens hier vertranken. Keiner von ihnen war da, der Tag war noch zu jung. Drei Hocker weiter führte eine angetrunkene Frau ein Gespräch mit zwei Männern, die an einem Tisch neben der Theke saßen.

»Ihr habt keinen blassen Schimmer, was es heißt, ein Gentleman zu sein«, hörte er sie in dem Moment schreien, als er sein Glas zum Mund führte.

17

Das Zimmer des Dezernatsleiters war reingefegt, ohne Flecken oder Papiere auf dem Schreibtisch. Erik Winter konnte so etwas bewundern: Konzentration auf eine einzige Sache, nichts, was unordentlich herumlag und an alles erinnerte, was zu keiner Lösung gelangt war, keine Reste von Gedanken, die nicht zu Ende gedacht worden waren; die verdammten Berichte, denen der Schluß fehlt, wie eine Erzählung, die nie bis zum Punkt geschrieben worden war.

Sture Birgersson lief auf den Fluren des Polizeipräsidiums unter dem Namen »Oberbuchhalter«, aber das beruhte mehr auf der Art des Dienstes als auf seiner Persönlichkeit. Birgersson saß immer in seinem Zimmer und wartete. Er rechnete nicht. Er las. Gott weiß, wo die Berichte hinterher landeten, dachte Winter, als er auf der anderen Seite des Tisches saß.

Birgersson war ein Lappländer, der mehr aus Zufall denn aus Sehnsucht in Göteborg gelandet und dann hängengeblieben war. Im Unterschied zu allen andern aus dem Norden fuhr er im Herbst nicht »heim«, um zu jagen. Er nahm zwei Wochen frei und fuhr irgendwohin, ohne daß Winter wußte, wohin, und er sagte es keinem. Es war nie vorgekommen, daß Winter Birgersson während all der Jahre, die er schon stellvertretender Dezernatsleiter war, in diesen Herbstwochen hätte anrufen müssen. Er konnte sich keine Situation denken, mit der er, Winter, nicht selbst hätte umgehen können.

»Ich muß sagen, daß du Phantasie hast«, sagte Birgersson in dem eigenartigen Dialekt, den man bekommt, wenn man die Jugend in Malmberget verbringt und als Erwachsener an der Mölndals Bro lebt.

Winter antwortete nicht, schnippte etwas vom Schlips weg, hob den Hintern und zog an seiner Hose, weil sie über dem einen Schenkel ein wenig spannte.

»Nicht so viele Resultate, aber um so mehr Phantasie«, sagte Birgersson und zündete sich eine Zigarette an.

»Es geht voran«, sagte Winter.

»Berichte«, sagte Birgersson und lächelte ein Lächeln, das sein sechzigjähriges Gesicht straffte.

»Du hast alles gelesen.«

»Es ist so ermüdend, sich zwischen die verschiedenen Prosaformen zu werfen.« Er schlug mit der Hand auf die Tischplatte, als lägen ganze Stöße Papiere darauf. »Eine Minute wie Torgny Lindgren, die andere wie Mickey Spillane.«

»Welchen Stil ziehst du vor?« fragte Winter und zündete eine von seinen Corps an.

»Lindgren selbstverständlich, er ist ja fast von zu Hause.«

»Aber keine Resultate.«

»Nein.«

»Ich stimme dir nicht zu. Die Leute arbeiten an sämtlichen Zeugenaussagen, wir überprüfen alle Register über unsere guten Bekannten und einen Teil der Unbekannten. Ich bin nicht der einzige, der im Netz surft. Und alle guten Kontakte werden zugeschaltet, und damit meine ich alle.«

»Mhm. Hast du mit Skogome gesprochen?«

»Noch nicht.«

»Warum nicht?«

»Weil es zu früh ist, Sture, ich will kein Profil von einem Gerichtspsychiater, bevor ich mehr Resultate habe.«

»Sieh da.«

»Was?«

»Mehr Resultate. Davon rede ich ja.«

»Wovon du redest, das sind dickere Berichte und mehr Blabla an die Presse und etwas, was so konkret aussieht, daß es von selbst zur Leitung hinaufgehen kann«, sagte Winter.

»Da wir gerade bei der Presse sind, so hoffe ich, daß du bereit bist.«

»Ja.«

»Es ist ein neues Flugzeug mit englischen Journalisten gekommen, und diesmal machen sie keine Gefangenen«, sagte Birgersson.

»Du leihst zu viele Videofilme aus, Sture, deine Sprache ist schon ganz anglisiert.«

»Heute nachmittag will ich dich *by my side* haben.«

»Du bist also auch dabei?«

»Die Leitung will es so.«

»Aha.«

»Du siehst zu grün aus, wenn BBC für die Untertanen des Empires sendet.« Birgersson drückte seine Zigarette aus. »Du wirst in London bekannt, ehe du hinfährst.«

»Ich reise morgen.«

»Das ist inoffiziell.«

»Selbstverständlich.«

»*Police force to police force.*«

Winter rauchte, wartete, suchte mit den Augen nach Papieren irgendwo im Zimmer. Nichts.

»Ich weiß nicht, was ich mir davon erwarten soll«, sagte Birgersson, »aber deren DSI schien zu wissen, wovon er redet. Detetive Super Intendent«, verdeutlichte er.

»Ich weiß«, sagte Winter.
»Natürlich. Er hatte viel Gutes über deinen Verbindungsmann dort zu sagen, über diesen DI...«
Sture sieht aus wie eine Zwergbirke, die sich angestrengt hat, sich gerade zu machen und vom Berg hinabzusteigen, dachte Winter. Daß ich das nicht früher gesehen habe. »Macdonald«, sagte er.
»Ein Kommissar auf dem Weg nach oben. Genau wie du, Erik.«
»Zumindest morgen um elf Uhr von Landvetter.« Winter legte seinen halbgerauchten Zigarillo in den Aschenbecher, den Birgersson aus einer der Schreibtischschubladen geholt hatte.
»Vielleicht kommst du mit einer Lösung nach Hause. Währenddessen versuchen wir, hier die Stellung zu halten«, sagte Birgersson, als nähme er selbst aktiv an der Fahndungsarbeit teil, solange Winter in London war.
»Da bin ich beruhigt.« Winter schmunzelte.
»Dann schlage ich vor, daß du in dein Zimmer gehst und dich mental auf die Pressekonferenz vorbereitest.«
»Genügt es nicht mit Betablockern?«
Birgersson rang sich ein Lachen ab, das aus einem der Videothriller hätte stammen können, die er sich an einem Abend in der Woche höhnisch grinsend reinzog.

Die Pressekonferenz begann schlecht, richtete sich einmal in der Mitte auf und endete im Chaos. Birgersson wurde nach einer Viertelstunde sauer und bockig. Winter antwortete auf Fragen, die wie Geschoßsalven von Austerngröße kamen.
Es war die britische Presse. Die Schweden legten Zurückhaltung an den Tag. Für die Leute von Aftonbladet, Expressen, GT und Kvällsposten galt es, zu sehen und zu lernen.
»Ist das Ihr erster Fall?« fragte ein Kerl, der das Häßlichste war, das Winter je gesehen hatte. Sein Gesicht erinnerte an zwei Kilo gemischtes Hackfleisch, geformt von einem rheumatischen

Keramiker. Der Mann wirkte betrunken, war es aber nicht. Wie seine britischen Kollegen trug er einen abgewetzten Anzug und war ohne Mantel im Norden gelandet.

»Ist der Mörder Schwede?« lautete eine andere Frage.

»Wie viele ähnliche Fälle haben Sie gehabt?«

»Was ist die Mordwaffe?«

»Was haben die Jungen hier gemacht? Eigentlich?«

»In welcher Weise handelt es sich um einen Sexualmord?«

»Verzeihung?« sagte Winter und nahm die Fragestellerin ins Visier. Sie war blau unter den Augen, blond mit schwarzen Wurzeln, hatte ein schmales Gesicht und einen bösartigen Mund. Glaubte Winter. Genau jetzt glaubte er es.

»Sexualmord?« sagte die Frau. »In welcher Weise ist der Mord ein Sexualmord?«

»Wer hat behauptet, daß es ein Sexualmord ist?« fragte Winter.

»Liegt das nicht auf der Hand?«

Winter antwortete nicht, sondern blickte woanders hin und sah aus, als warte er auf eine neue Frage zu etwas anderem. Das Wetter oder seine Lieblingsmannschaft in der Premier League, so etwas.

»Beantworten Sie die Frage«, rief eine Stimme in der Menge.

»Hear, hear«, war aus mehreren Richtungen zu hören, und Winter wußte, daß dies Beifall bedeutete.

»Wir haben nichts, was auf Sexualmord hinweist«, sagte er.

»Zum Beispiel?« fragte eine englische Stimme.

»Verzeihung?«

»Geben Sie uns etwas von diesem Nichts«, sagte die Stimme, und einige lachten laut auf.

»Was das Sperma betrifft?« fragte Winter und wartete auf die Anschlußfragen. Einige Sekunden herrschte Stille.

»Jetzt begreife ich nicht, was Sie meinen«, sagte einer der schwedischen Journalisten auf Schwedisch.

»Wir haben keine Spermaspuren«, antwortete Winter, »was

bedeutet, daß wir nicht hundertprozentig sicher sein können, daß es sich um Sexualmorde handelt, oder wie?«

»Aber es können welche sein?« fragte der schwedische Journalist.

»Ja, gewiß.«

»Sprechen Sie englisch!« sagte eine englische Stimme.

»Was war das mit Sperma?« fragte eine andere.

»Sie haben eine riesige Masse Sperma gefunden«, sagte der häßliche englische Journalist.

»Wessen Sperma?« rief die Frau vor Winter.

»Was hat die Analyse ergeben?«

»Hat man bei beiden Morden Sperma gefunden?«

»Wo befand sich das Sperma?«

Winter sah, daß Birgersson sich nach seinem Zimmer sehnte, dem kühlen, leeren. Als Winter einen Teil der Unklarheiten ausgeräumt und die Presse bei dem, was die Polizei bekanntgeben wollte, um Hilfe gebeten hatte, kam die eine oder andere relevante Frage. Die ganze Zeit surrten die Fernsehkameras, die englischen und die schwedischen.

»Haben Sie alle kontrolliert, die in letzter Zeit aus England eingereist sind?« fragte ein schwedischer Journalist.

»Wir arbeiten daran.«

»Wie ist es mit denen, die von hier ausgereist sind?«

»Wir arbeiten daran«, log Winter.

18

Hanne Östergaard hatte sich aus dem Reihenhaus freigeschaufelt, und die Traktoren dröhnten in Örgryte. Der erste Sonntag in der Fastenzeit, und das Wäldchen Ekorrdungen war weich und weiß, als sie zur Kirche eilte. Der Winter war real und unbarmherzig, als wolle er seine Existenz und Kraft nach den schneelosen letzten Wochen beweisen. Ein paar Tage lang hatte es mit 15 Metern in der Sekunde gestürmt, wie um ein Zeichen zu setzen. Dann kam der Schnee.

Sie drückte eine knirschende Seitentür auf und trat ins Dunkel der Kirche. Sie legte Mantel und Kopftuch ab, machte in dem kleinen Büro Licht, setzte sich und schöpfte Atem, bereitete den Hauptgottesdienst vor als eine der Beteiligten im Kampf gegen die Versuchung, für die Standhaftigkeit. *Der Erlöser macht die Werke des Teufels zunichte,* bald würde sie drinnen stehen und für die kleine Gemeinde, die unter ihr saß, den Glauben und die Hoffnung am Leben erhalten:

> Liebe Kinder, laßt euch von nichts irreführen. Wer tut, was gerecht ist, der ist gerecht, wie auch Er gerecht ist. Wer sündigt, der ist des Teufels, denn der Teufel hat von Anbeginn an gesündigt. Und gerade deshalb offenbarte sich Gottes Sohn, daß er die Werke des Teufels zunichte mache.

So einfach, dachte sie, das Böse, das geschieht, zunichte zu machen. Der Kampf gegen die Versuchung. Die Standhaftigkeit in der Versuchung. In der Schrift fand sich die Antwort, der alle Menschen auf Erden folgen konnten.

Sie führte die Hand langsam über die Flamme der Kerze auf dem Tisch vor ihr. Es ist eine spannende Arbeit, die ich habe, dachte sie. Drei Tage in der Woche bekomme ich die Möglichkeit, die Theorie zur Wirklichkeit aufzustellen.

Hanne Östergaard begann mit Lied 346, erste Strophe: *Auf, Christen, auf zu Kampf und Streit!,* und das Lied murmelte sich hinaus und wurde vom Weiß auf der Skårs Allé bedeckt.

Sie erkannte die Gesichter in den ersten Bänken, ältere Gesichter, Frauen, die allein kamen, nachdem die Männer der Statistik gefolgt und draußen begraben worden waren, als es soweit war. Die Frauen nickten ihr zu oder vor sich hin, als die

Worte sie erreichten, Worte, wie sie Kraft schöpfen sollten, um dem Ansturm aller Feinde standzuhalten, wie sie eine Hilfe im Augenblick der Versuchung erhalten sollten.

Unten auf der Sankt Sigfridsgatan heulte eine Sirene vorbei, und sie dachte plötzlich an den jungen Polizisten mit seinen schlimmen Träumen. Er hätte etwas wissen sollen über das Wohin und Woher.

Sie wählte ihren Predigttext aus dem Matthäusevangelium. Sie hatte vorgehabt, von dem zu reden, was jetzt, ringsum geschah, war aber nie richtig auf den Weg gekommen, den sie zu weisen versuchte. Bosheit gab es zu jeder Zeit, mitunter deutlicher, immer zugegen.

> Doch Petrus nahm ihn beiseite und fuhr ihn an: Gott bewahre dich, Herr! Das widerfahre dir nur nicht! Er aber wandte sich um und sagte zu Petrus: Weg mit dir, Satan! Du bringst mich in Versuchung, denn du meinst nicht, was göttlich, sondern was menschlich ist.

Der Versucher in der Gestalt des Freundes. Hanne Östergaard sprach darüber, ohne zu versuchen, Zwietracht in ihrer Gemeinde zu säen: Hier konnten sich die Menschen aufeinander verlassen.

Als sie nach Hause kam, hatte Maria einen Topfkuchen gebacken. Es war der vierte Kuchen in dieser Sportferienwoche. Hanne schüttelte Schnee auf die Treppe, ein wenig in den Flur. An der Steigung der Olof Skötkonungsgatan war ein rostiges Auto auf dem Glatteis hängengeblieben. Zwei Männer schoben hinten. »Jetzt könnte man mal den Skötkonung zur Hilfe brauchen«, sagte einer der Männer, als Hanne vorbeigegangen war, ein Blinzeln, ein Lächeln und eine Handbewegung über das Gesicht, um den Schweiß abzuwischen. Plötzlich griffen die Räder, und über die Männer und Hanne wirbelte Schneematsch.

»Ich habe einen Topfkuchen gebacken«, sagte Maria.
»Prima.«
»Ich habe ein paar Eier mehr reingetan.«
»Mmmm, das duftet wirklich gut.«
»Du meinst nicht, daß er zu locker ist?«
»Überhaupt nicht«, sagte Hanne, »du bist wirklich eine Könnerin geworden.«
»Ich habe es mir anders überlegt, ich will ein Praktikum in einer Konditorei machen.«
»Kann man das noch ändern?«
»Ich habe mit denen im *Kringelkroken* geredet, und sie sagen, daß es okay ist. Ich rufe morgen beim Arbeitsamt an.«

Alles geplant, klar. Ihretwegen könnte es immer so leicht sein, dachte Hanne Östergaard.

Das Mädchen hatte den Kaffee fertig, den Kuchen mitten auf dem Tisch, die Form noch darüber, und als sie die Form hochhob, blieb nichts vom Kuchen an den Seiten der Form haften. Ein schöner Kuchen zur Fastenzeit.

»Ich habe gelernt, die Form ordentlich zu fetten und mit Bröseln auszustreuen«, sagte sie.

»Perfekt.«

Sie hat auch gelernt, tüchtig zu süßen, dachte Hanne mit einem weichen und duftenden Bissen im Mund.

Die Spüle war voller Karotten und mit Ei verschmierter Schüsseln. Das Mädchen hatte Mehl an der Nasenspitze, und Hanne Östergaard dachte wieder einmal, wie sehr sie ihrem Vater ähnelte; möge es beim Gesicht bleiben, möge die Versuchung sich auf einen Topfkuchen am Tag oder in der Stunde beschränken, wenn es denn sein mußte.

Hanne Östergaard war mit einundzwanzig Mutter geworden, sie waren zusammengezogen, aber es hatte nicht länger als ein halbes Jahr gehalten. Sie entdeckten schnell, daß sie sich nicht kannten und sich nicht kennenlernen würden. Er zog aus und verließ die Stadt. Das Mädchen hatte seit zehn Jahren nichts von seinem Papa gehört. Vielleicht war er tot. Hanne konnte sehen, daß der Gedanke ihre Tochter quälte. Er quälte sie selbst. Sie versuchte, darüber zu reden, und Maria hörte zu, und bald würden alle Fragen noch einmal kommen. Die Topfkuchen waren eine Vorbereitung. Jetzt hörte Hanne die Sirene wieder, es klang, als käme sie vom Sankt Sigfrids Plan, ein Laut, der nicht lockerließ. Ganz Göteborg schlitterte an diesem Sonntag.

»Du wirst vielleicht Zuckerbäckerin«, sagte Hanne Östergaard zu ihrer Tochter und schnitt noch ein Stück ab.

»Ich finde, ich *bin* praktisch Zuckerbäckerin«, antwortete Maria mit gespielt gekränkter Miene.

»Höchsten Grades.«

»Soll ich noch einen backen?« fragte Maria, aber diesmal war es Spaß.

Angela kam, »um beim Packen zu helfen«, aber Winter reiste mit leichtem Gepäck, würde manches in London kaufen und wollte für die Heimreise Platz für anderes lassen.

»Wenn du fortkommst«, sagte Angela.

»Der Himmel hellt sich auf«, sagte Winter.

»Ruf morgen zeitig in Landvetter an.«

»Eine sehr gute Idee.«

»Was erwartest du dir eigentlich davon? Daß ihr diesen Serienmörder festnehmt?« fragte sie und strich den Kragen an einem von Winters Hemden glatt, das zuoberst auf dem Haufen auf dem Bett lag.

»Das ist kein Serienmörder«, sagte er.

»Was?«

»Das ist kein Serienmörder«, wiederholte er, während er zwei Paar Socken faltete und unten in den Koffer stopfte. Ich will zurück Platz für ein paar Bücher haben, dachte er.

»Ach nein«, sagte sie.

»Nicht wie man glaubt.«

»Ach nein.«

»Es ist schlimmer«, sagte er und wandte sich ihr zu. »Kannst du mir die Hosen da geben?«

»Nein. Komm und hol sie dir selbst.«

»Du führst mich in Versuchung, eine Dummheit zu machen.«

»Komm... und... hol...«, sagte sie und sah ihn an mit Augen, die groß und verschleiert geworden waren. Als ob sie eine Extrahaut bekommen hätten.

Er stürzte übers Bett, riß ihr die Hosen aus der Hand, glättete sie und legte sie auf den Hocker am Bett. Dann griff er ihre Hände, führte sie hinter ihren Rücken, und sie beugte sich vor, zum Bett.

»Jetzt... bin... ich... verhaftet...«, sagte sie.

Er schlug ihren Rock hoch, über den halben Rücken, strich mit der Hand über ihre rechte Hüfte und hakte den Finger unter das Slipbündchen. Er führte die Hand hinunter, sie machte die Beine breit, und er spürte, wie feucht und bereit sie war. Es klopfte in seinen Schläfen, und sie gab kleine Laute von sich und reckte das Kinn vor, nach oben. Er schob vorsichtig zwei Finger in sie und griff mit der linken Hand nach seinem Gürtel und bekam ihn auf, dann zog er den Reißverschluß runter, und er war da unten mit Blut gefüllt, das ganze Blut ist im Schwanz und nirgendwo sonst, dachte er, und jetzt war er befreit, und er drückte ihn eine Sekunde an ihren Schenkel, sie gab nun stärkere Laute von sich, und er drang langsam in sie ein, eine lange Bewegung, und er hielt still, als er nicht weiter hineinkam, und dann bewegte er sich langsam, vor und zurück.

Sie bewegte sich gegen ihn, und nach einigen Sekunden waren sie im Takt miteinander. Er hielt sie über den Hüften, es war, als schwebte sie unter ihm, als suchten ihre Knie Halt in der Luft zehn Zentimeter über dem Bett.

Er beugte sich vor, schob die Hände unter ihr enges kleines rauhes Unterhemd, wölbte sie um ihre Brüste, und sie schwebte nun ganz frei unter ihm. Er kniff vorsichtig in ihre kleinen harten Brustwarzen, wölbte wieder die Hände darum. Sie drehte das Gesicht zur Seite, ihm zugewandt, den Kopf im Nacken, und er strich ihr mit der linken Hand über die Wange, über die Lippen, sie öffnete den Mund und leckte seine Finger ab, er formte sie, und sie machte den Mund größer und leckte weiter und saugte an seinen Fingern. Ihre Zunge fühlte sich rauh an, fast wie das Unterhemd.

Ihr Tempo erhöhte sich, er stand mit dem linken Knie gegen das Bett gestützt, griff wieder mit beiden Händen um ihre Hüften, und ihm war, als müßte er seine ganze Kraft zusammennehmen, um gegenzuhalten, als sie erbebte, schrie und den Kopf hin und her warf, und er wurde schneller und schneller und SCHNELLER, und dann wurde sein Blick trübe, und es war, als entleerte sich alles Blut seines Körpers in sie, und er verlor das Bewußtsein. Sie bewegten sich ein zögerndes letztes Mal gegeneinander, und er hielt sie in seinen Händen fest.

19

Nach dem Schnee kam die Kälte. Alles erstarrte über Nacht, gefror. Das Licht des Montagmorgens war an den Rändern angefressen von der Inversion, schön und lockend und giftig.

Lars Bergenhem fröstelte in der Küche. Er kochte Kaffee, zog die Jalousien hoch und sah aus dem Fenster. Die Bäume waren in mehrere Schichten kalten Dunstes gehüllt. Während er da stand, stieg draußen Rauch auf, und die Farben der Landschaft zogen sich nach der Nacht zusammen. Es war, als ob sie von irgendeinem Ruhelager kämen, dachte er, als ob die Farben neue Kraft getankt hätten und nun in die Dinge zurückglitten. Ein Wacholderbusch, der bleich und durchscheinend gewesen war, bekam seine Farbe zurück, als es kurz nach acht Uhr war; der Zaun dort drüben, eben noch kaum sichtbar, wuchs aus dem Schnee hervor, bekam wieder Konturen; von einem Spritzer

Sonne getroffen, begann sein Auto unter der Schneekapuze zu schimmern.

Er hatte die Nachmittagsschicht. Martina schlief. Er verspürte eine dumpfe Rastlosigkeit im Körper, wie ein schwaches Flüstern in der Brust. Er trank rasch den Kaffee, stellte die Tasse in die Spülmaschine und ging ins Bad, wo er die Augen mit kaltem Wasser besprizte. Dann putzte er sich die Zähne, befühlte mit der Zunge eine scharfe Kante an einem Eckzahn; ein Kältegefühl da, als er den Mund mit Wasser spülte.

Vorsichtig ging Lars Bergenhem ins Schlafzimmer zurück und griff nach seinen Kleidern auf einem der zwei Sprossenstühle rechts von der Tür. Martina regte sich im Schlaf oder im Halbschlaf, das Laken war heruntergerutscht, und ihre Hüfte hob sich nackt von der Weiße im Bett ab wie ein Hügel aus Haut und Wärme in einer Schneelandschaft. Er schlich zu ihr und strich langsam über den Hügel, streifte ihn mit den Lippen. Sie gab einen kleinen Laut von sich, regte sich wieder, noch immer im Schlaf.

Er zog sich an, ein dickeres Unterhemd, derbere Schuhe, Lederjacke, Mütze und Handschuhe. Er mußte kräftig zupacken, um die Tür aufzubekommen, weil der Schnee der Nacht von außen dagegendrückte.

Draußen griff er zur Schneeschaufel gleich neben der Tür, hackte die harte Kruste weg, die wie ein gefrorener Deckel über dem weichen Schnee lag. Er schaufelte sich durch den Gang bis zum Auto durch. Im Sommer baue ich eine Garage, dachte er, wenn ich nur irgendwo billiges Holz finde.

Er fegte die äußere Schicht vom Auto, versuchte, die linke Tür zu öffnen, um einen Kratzer herauszuholen, aber der Schlüssel ging nicht einmal einen halben Millimeter hinein. Er stand dumm und bescheuert da, das Schloßöl vor Augen, das hinter der Scheibe lag, im Türfach auf der anderen Seite. Bescheuert, dachte er noch einmal.

Bergenhem probierte die andere Vordertür, die Hintertüren

und die Kofferraumklappe, bekam aber kein Schloß auf. Er ging in den Schuppen hinter dem Auto, machte dreißig Zentimeter Stahldraht ausfindig, ging zurück und führte den Draht hinter dem Türblech nach unten und brach binnen Sekunden in das Auto ein. Er ließ den Schlüssel auf dem Autodach liegen, sprühte Öl in die Schlösser, wartete und probierte es mit dem Schlüssel. Es klappte sofort. Er steckte die Plastikflasche mit dem Öl in die Tasche der Lederjacke, nahm den Kratzer und zog mit langen Bewegungen das Eis von der Scheibe. Als die Arbeit fertig war, empfand er eine kleine Befriedigung, wie wenn das Auto sich rasiert, für den Tag zurechtgemacht hätte.

Das Auto kam stotternd in Gang. Er drehte das Gebläse und die Heizung bis zum Anschlag auf und schaltete das Radio mitten in Phil Collins ein. Er kurbelte sich durch die Kanäle, wurde aber müde und steckte eine Kassette in den Recorder, R.E.M.s Automatic for the People, die er noch im Auto behielt, als sie schon fünf Jahre passé war. Die Nummer zwei in England in jenem Winter. Er wußte es, weil sie 1992, im letzten Semester auf der Polizeihochschule, eine Studienreise nach London gemacht hatten. In einem Pub in Covent Garden war er fröhlich und blau gewesen und bei einem fröhlichen Mädchen oben in Camden gelandet, aber er erinnerte sich nicht recht, wie und wann sie dorthin gekommen waren.

Automatic for the People.

Ich stehe automatisch immer auf der Seite des Volkes, weil das mein Beruf ist, hatte er gesagt und herben Wein getrunken, und sie hatte bis ins Bett gekichert.

Im Frühjahr darauf hatte er Martina kennengelernt.

Er fuhr nach Süden. Die Landschaft wandelte sich binnen eines Kilometers vom Feld zur Großstadt. Volvos Fabrikstadt rauchte rechts, direkt vor ihm türmte sich die Älvsborgsbron auf. Sie sah aus, als hinge sie vom Himmel herab. Als er sich der Festung näherte, leuchteten die Öltanks scharf.

Die zweite Welle des Morgens bewegte sich langsam auf dem Autobahnnetz, Pendler von Norden her auf dem Weg in die Büros der Innenstadt.

Er fuhr auf die Brücke, erreichte den höchsten Punkt, drehte schnell den Kopf nach rechts und sah das violette Band, die Horizontlinie. Sie sah immer anders aus, je nach Jahreszeit. Während des Winters war der Horizont an den meisten Tagen geschlossen, wie eine Mauer, die über das Meer gebaut wurde. An Morgen wie diesem war es möglich, durch sie hindurchzusehen, schwebend in Violett und dann in Blau. Die Stadt war wieder offen.

Er fuhr von der Brücke, dann weiter nach Westen ohne Ziel. Das Gefühl der Rastlosigkeit war noch da, nichts Fremdes für ihn, ein Gefühl, das in ihm geflüstert hatte, so lange er sich erinnern konnte, das ihn dazu gebracht hatte, aufzustehen und zu gehen und das in letzter Zeit, im letzten Monat deutlicher geworden war ... er dachte, es könnte mit dem Kegel, der weich und stumpf von Martinas Bauch vorstand, zusammenhängen, es könnte mit dem Murkel zu tun haben, und er schämte sich wegen dieser Gedanken.

Bergenhem fuhr zum Frölunda Torg, wendete, ohne zu halten oder auszusteigen und fuhr durch den Gnistängstunnel zurück. In der Dunkelheit im Tunnel wurde ihm wie schwarz im Kopf, er mußte sich schütteln und blinzeln, als sich der Tunnel öffnete und die Schärfe des Himmels ihm in den Augen brannte. Jetzt empfand er eine plötzliche Furcht, wie ein Vorgefühl. Er fror und versuchte, die Heizung über das Maximum aufzudrehen. Er fuhr zurück über die Brücke und richtete den Blick starr geradeaus.

Das Taxi schleuderte auf der Höhe von Mölnlycke, fand wieder Halt auf der Außenspur, zischte am Flughafenbus vorbei, als ob die zwei Fahrzeuge eine Rallye Göteborg–Landvetter Airport verabredet hätten. Was im großen und ganzen genau das war, was sich hier abspielte. Zum Flugplatz fährt man, als ginge es um

Sekunden, dachte Winter auf dem Rücksitz des Taxis. Ich habe es nicht eilig, aber der Fahrer kann nicht schnell genug vorankommen.

Das Telefon summte in der Innentasche des Sakkos. Er zog die Antenne heraus und meldete sich.

»Erik!«

Sie klang ein wenig atemlos, wie nach einer Joggingrunde zwischen Küchentisch und Kühlschrank.

»Bist du zu Hause?«

»Auf dem Weg zum Flugplatz.«

»Du bist so tüchtig, Erik.«

Er warf einen Blick auf den Chauffeur. Der Mann sah starr geradeaus, als spiele er mit dem Gedanken, auf die rechte Spur zu schwenken und gegen die Felswand zu fahren.

»Da reist du also auf deinen Dienstreisen dahin«, sagte sie.

»An den meisten Tagen gehe ich zwischen Vasaplatsen und Ernst Fontells Plats spazieren«, erwiderte er.

»Fontell ... was?«

»Der Platz vor dem Polizeipräsidium. Der heißt Ernst Fontells Plats.«

»Ach so.«

»Da hast du meine Dienstreisen. Manchmal nehme ich das Fahrrad.«

»Heute nicht. Wohin geht die Reise?«

»London.«

»Das ist was anderes, auch wenn es eine unangenehme Reise ist.«

»Wir haben darüber gesprochen.«

Winter lauschte den Geräuschen der Verbindung, ein statisches Rauschen, in dem er Reste von Stimmen zu hören glaubte, Wortfragmente, die sich wie zu einer völlig neuen Sprache verflochten.

»Worum geht es?« fuhr er fort.

»Muß ich einen Grund haben, um meinen Sohn anzurufen?«

»Wir sind schon an der Abzweigung zum Flugplatz«, log er.

»Weil du fragst: Ich habe Karin angerufen. Sie hat gemeint, daß du so wunderbar zu ihnen warst.«

Winter sagte nichts.

»Sie hat auch gesagt, daß es Lasse sehr getroffen hat und sie erstaunt war, daß sie anscheinend besser als er damit fertig wird.«

Winter wartete auf die Fortsetzung. Das Auto wurde langsamer, der Chauffeur schwenkte nach rechts und erreichte die Abzweigung. Winter hörte ein fegendes hartes Geräusch von hinten und drehte sich um. Der Bus hatte sie eingeholt, war nun direkt hinter ihnen, als ob der Busfahrer zu einem wahnwitzigen Überholmanöver auf Höhe des Vorfahrtsschilds hundert Meter weiter vorn bereit wäre.

»Da gibt es viele Gefühle«, sagte Winter zu seiner Mutter.

»Was?«

»Da kommen jetzt viele Gefühle zum Vorschein, seit Per nicht mehr da ist. Über eine lange Zeit.«

»Idiot, verdammter Idiot«, schrie der Taxichauffeur plötzlich, mit einem wilden Ausdruck in Augen, die zuvor wie aus Porzellan gewirkt hatten. Der Chauffeur sah in den Rückspiegel, nicht auf Winter, der Blick galt vielmehr dem Bus hinter ihm, der heftig gebremst und wenige Zentimeter hinter dem Auto zu stehen gekommen war.

»Die sind nicht ganz bei Trost, die Idioten«, sagte er mit dem Spiegelblick auf Winter, »fahren hier heraus, als ob es nicht schnell genug gehen könnte.«

»Das sind wohl die Fahrpläne«, meinte Winter mit der Hand auf dem Telefon.

Der Chauffeur schnaubte als Antwort.

»Erik, was sagst du?« hörte er die Stimme seiner Mutter aus dem Telefon.

»Nichts.«

»Was ist denn da los?«

»Wir sind jetzt da.«
»Vergiß nicht, Lotta anzurufen.«
»Nein. Adieu, Mutter.«
»Paß auf in Lon...«
Er hatte das Telefon vom Ohr genommen und brach die Verbindung ab.

In der Abflughalle stand er eine Viertelstunde in der Schlange und gab dann der Frau hinter dem Schalter das Flugticket und den Paß. Rechts checkten die Reisenden nach den Kanarischen Inseln ein, ein erwartungsvolles Gemurmel in der Luft über der langen, breiten Schlange.

Winter bat um einen Platz am Mittelgang, den Beinen zuliebe gern bei einem Notausgang, Nichtraucher, aber British Airways flog sowieso nur rauchfrei nach London.

Während die Frau seine Papiere erledigte, dachte er an die Stapel von Passagierlisten, die bei seiner Fahndungsgruppe gelandet waren. Eine unmögliche Arbeit. Alle, die mit dem Flugzeug in den letzten zwei Monaten von Großbritannien nach Göteborg gereist waren, wie etwas zum Vorzeigen, wenn jemand fragte; ja, da liegen die Listen, wir haben das ganze Material hier. Wenn wir dreitausend Mann dazubekommen und drei Jahre mehr Zeit, gehen wir alle Namen durch und hoffen, daß alle unter ihren eigenen reisen.

Sitzen Macdonalds Leute darüber, überlegte er. Sicher liegen die Listen da, wie bei uns. Und man kann nie wissen. *Man kann nie wissen,* und er nahm das Ticket, den Paß und seine Bordkarte entgegen und sah den Koffer auf dem Band davonholpern. Er lächelte die Frau an und ging die Treppe hinauf zur Paßkontrolle und zum Durchleuchten und Abtasten.

Aneta Djanali sah ihren Atem vor sich. Es war kalt in den Schatten unter den Häusern, besonders dunkel, wenn man den Sonnenschein am Ende der Straße gespürt hatte.

»So was bist du wohl nicht gewohnt?« fragte Fredrik Halders.

»Was meinst du?«

»Solche Kälte. Daran kannst du wohl nicht gewöhnt sein?«

»Das mußt du schon näher erklären«, sagte Aneta Djanali, obwohl sie wußte, worum es ging.

»Schnee heißt das«, sagte Halders und deutete darauf, »und Kälte.« Er machte eine Greifbewegung in der Luft.

»Aha.«

»So was habt ihr wohl nicht zu Hause?«

»Wo genau ist das?«

»Bei dir zu Hause? Das weißt du wohl besser als sonst wer.«

»Ich will es von dir hören.«

Halders atmete eine neue Wolke aus, drehte den Kopf und blickte hinunter auf das schwarze Frauengesicht an seiner Seite.

»Ouagadougou«, sagte er.

»Wie bitte?«

»Ouagadougou, der Ort, wo du herkommst.«

»Ach so.«

»Das ist die Hauptstadt von Obervolta.«

»Ach so.«

»Heute besser als Burkina Faso bekannt.«

»Nie davon reden gehört.«

»Burkina Faso«, sagte er.

»Ich wurde im Östra-Krankenhaus geboren«, sagte sie.

»Östra-Krankenhaus in Ouagadougou«, sagte er, und plötzlich fingen beide an zu lachen.

Sie gingen zu einer Haustür hinein, zur ersten in der Straße, *wo es geschehen war*. Es war die zweite Runde, um diejenigen zu hören, die zuvor nicht zu Hause gewesen waren, nicht auf die Mitteilung geantwortet hatten. Es war eine Doppeltür, die über einen Gang mit dem Aufgang verbunden war, wo Jamie Robertsons Wohnung lag.

Der Morgen war in den Vormittag übergegangen. Das Licht hing über der Stadt wie eine Lampe mit geringer Wattzahl, ein dumpfer Schein, der dennoch überraschte: Nach Mittwinter war alles Licht eine Überraschung.

Aneta Djanali läutete an der Tür im ersten Stock und hörte von irgendwoher ein Rauschen, eine Stimme vom Stockwerk darüber und Schritte hinter der Tür nach dem dritten Klingelton. Die Tür ging weit auf, ein Mann, der fünfunddreißig oder vierzig sein konnte, noch im Vollbesitz seiner Haare und mit breiten Hosenträgern über einem weißen Hemd, die Manschetten ungeknöpft wie mitten im Ankleiden, vielleicht zu einem Fest. Um den Kragen hing ein ungebundener Schlips. Ein Fest, dachte Aneta, etwas mitten in der Woche für die nicht so einfachen Menschen. Er sieht elegant aus, auf eine verlebte Art und Weise. Seine Hände zittern ein wenig. Er hat feuchte Augen. Er säuft.

»Ja?«

»Polizei«, polterte Halders mit seiner üblichen Arroganz. Er billigt das, dachte Aneta Djanali, er billigt Hausfriedensbruch. Deshalb läuft er Jahr für Jahr hier herum und kommt nicht weiter. Er versteht es nicht, oder er hat verstanden, aber es ist dennoch zu spät.

»Ja?« sagte der Mann und fuhr mit den Fingern über den Schlips. Italienisch, dachte Djanali, Seide, wahrscheinlich teuer. Winter wüßte es, wenn er hier wäre.

»Dürfen wir einen Moment reinkommen?« fragte Aneta Djanali.

»Worum geht es?«

»Wir würden gern ein paar Fragen stellen.«

»Worüber?«

»Dürfen wir reinkommen?« sagte Halders mit einer Geste zur Treppe, um zu zeigen, wie unpassend es wäre, die Fragen hier zu stellen, an der Tür.

Der Mann wich zurück, als hätten sie ihn überzeugt. Oder

wie vor zwei Räubern, die ihn bedroht hatten. Er wartete, bis sie hereingekommen waren, schloß die Tür hinter ihnen und machte eine Bewegung zum Flur hin. Sie gingen über den Flur und in ein großes Zimmer, größer als alles, was sie in irgendeiner anderen Wohnung hier gesehen hatten. Aneta Djanali schaute sich um: die Deckenhöhe, die Stuckverzierungen, der Raum und alles andere, das in dem Zimmer, in dem Jamie starb, so schwer zu erkennen gewesen war. Seine Wohnung war kleiner gewesen, einfacher, die Deckenhöhe war die gleiche, aber das war alles.

»Das ist ein großes Zimmer«, sagte sie.

»Ich habe eine Wand herausgebrochen«, sagte der Mann.

»Allein?« fragte Halders.

Der Mann blickte ihn an, wie einer einen Komiker studiert, der vielleicht etwas Lustiges gesagt hat.

»Sind Sie wegen des Mordes hier?« fragte er nun, an Djanali gewandt.

Keiner der beiden Kriminalinspektoren antwortete. Halders richtete den Blick auf die Nordwand, Djanali sah den Mann an.

»Der Mord an dem Jungen im Nachbaraufgang«, sagte der Mann.

»Ja«, sagte Djanali, »wir haben ein paar Fragen dazu.«

»Ja?«

»Waren Sie zu der Zeit, als es passierte, zu Hause?«

Sie sagte, um welche Zeit das war, die ungefähre Uhrzeit.

»Ich glaube ja. Aber in diesem Fall bin ich direkt danach weggegangen. Gleich am Morgen.«

»Sie wissen, von welchem Jungen wir reden?«

»Ja. Das ließ sich nicht vermeiden.«

»Warum sagen Sie das?«

»Die Presse und das Fernsehen. Nicht daß ich soviel sehe, aber es ließ sich nicht vermeiden. Ich bin nur einen halben Tag zu Hause gewesen, aber soviel habe ich gesehen oder gelesen«, sagte er und zeigte auf den Zeitungsstapel auf dem Tisch.

Aneta Djanali ging hin und sah, daß die Zeitungen der letzten beiden Tage aufgeblättert waren und bogenweise auf dem Fußboden neben dem Tisch lagen.

»Sie sind also gerade erst nach Hause gekommen«, sagte Aneta Djanali.

»Vor ein paar Stunden.«

»Wo sind Sie gewesen?«

»Das spielt wohl keine Rolle?«

»Wenn es keine Rolle spielt, dann können Sie die Frage ja auch beantworten.«

»Urlaub. Gran Canaria«, sagte er. »Sieht man das nicht?«

Er sah plötzlich besorgt aus, als ob er keine Sonnenbräune bekommen hätte und die Reise deshalb vergebens gewesen wäre. Er ging zurück in den Flur, kam mit einer kleinen Tasche zurück und zog einen Ticketumschlag heraus.

»Hier ist der Beweis«, sagte er.

»Erinnern Sie sich an den Jungen ... von früher?« fragte Halders, ohne einen Blick auf den Beweis zu werfen.

»Was ist das für eine Frage?«

»Haben Sie den Jungen hier kommen oder gehen gesehen?«

»Ja.«

»Ja?«

»Wie ich sage. Anscheinend hatten wir manchmal dieselben Zeiten, was bei mir heißen kann, späte Zeiten und ... tja ... ich sah ihn einige Male. Ich bin Straßenbahnfahrer«, fuhr er fort, wie um die späten Zeiten zu erklären.

Das ist völlig richtig, dachte Aneta Djanali, späte Zeiten waren etwas, was sich mit Straßenbahnen verknüpfen ließ. Manchmal so spät, daß die Bahnen überhaupt nicht kamen. Sieh mal an. Er sieht eher aus wie ein junger Bankdirektor als wie ein Straßenbahnfahrer. Sie sah vor sich, wie Erik Winter in der Glaskabine auf dem Fahrerplatz saß und am Brunnsparken entlangratterte.

»War er allein?« fragte sie und hoffte, daß ihr Lächeln nicht zu sehen war.

»Wie?«

»Wenn Sie dem Jungen begegnet sind. War er immer allein, wenn Sie ihm begegnet sind?«

»Nicht immer.«

»Nicht allein«, wiederholte Halders.

»Wann war das letzte Mal, daß Sie den Jungen zusammen mit jemand anderem gesehen haben«, fragte Aneta Djanali.

Der Mann sah aus, als dächte er nach, und während er aussah, als versuchte er, die Gedanken einzufangen, die sich vor seinem Innern zeigten, wurde er plötzlich blaß, binnen einer Sekunde war er völlig weiß im Gesicht, und die zwei Polizisten sahen ihn einen Schritt zur Seite machen, um sich auf den Tisch zu stützen, auf dem die Zeitungen lagen.

»Gooott«, sagte der Mann.

»Was haben Sie denn?« sagte Halders, der sich vorbewegt hatte, um ihn zu stützen.

Er erinnert sich, dachte Aneta Djanali, er erinnert sich, und er glaubt, daß er den Teufel gesehen hat. Ich werde ihm keine Worte in den Mund legen. Das ist eine verteufelt wichtige Minute.

»Wann war das letzte Mal, daß Sie den Jungen zusammen mit einem andern gesehen haben?« wiederholte sie.

»Ddddas muß an dddem...«

»Wie bitte?«

Der Mann räusperte sich, fand die Stimme wieder.

»Ich habe den Jungen mit einem Mann gesehen«, sagte er und sank plötzlich auf alle viere.

Halders und Djanali blickten einander an.

»Einen Augenblick«, sagte der Mann und blätterte die Zeitungsbogen auf dem Boden durch, »ich habe hier ein... ein Datum gesehen.«

Sie hätten ihm das Datum sagen können, aber sie warteten.

Der Mann stand mit der Zeitung in der Hand auf.

»Mein Gott«, sagte er und blickte auf seine Ticketkopie. »Das war da.«

»Was war da?« fragte Halders.

»Ich bin dem Jungen an dem Abend begegnet, bbbevor ... es geschah«, sagte der Mann und sah die Polizisten an. »Das mu ... muß da gewesen sein.«

»Und das sagen Sie erst jetzt?« sagte Halders.

»Das Flugzeug ging ja zeitig am Morgen ... danach.«

»Gran Canaria?«

»Ja. Puerto Rico.«

»Das liegt aber nicht auf Gran Canaria.«

»Doooch«, sagte der Mann zweifelnd, als wäre er verunsichert, wo er die letzten Wochen verbracht hatte.

»Dort gibt es schwedische Zeitungen«, sagte Halders.

»Ich habe keine Zeitungen gelesen«, sagte der Mann und klang nun unendlich traurig. Aneta Djanali verstand, was er meinte, und sie machte Halders ein Zeichen.

»Ich wußte bis jetzt nichts.«

»Nein«, sagte Aneta Djanali.

»Nichts«, wiederholte der Mann.

»Würden Sie den, der sich in Jamie Robertsons Gesellschaft befand, wiedererkennen, wenn Sie ihn zu sehen bekämen?«

Der Mann machte eine unbestimmte Geste nach allem und nichts.

»Ich sah eigentlich nur den Rücken.«

»Aber es war ein Mann?« fragte Aneta Djanali.

»Ein großer, sie gingen die Treppe hinauf, als ich vorbeiging, um durch den Durchgang dort unten zu gehen. Oder sie standen am Aufzug ...«

Halders sah Aneta Djanali an.

»Wir möchten, daß Sie zu einem längeren und gründlicheren Gespräch über das alles mit uns kommen«, sagte er.

»Gründlicher? Werde ich ver ... verdächtigt?«

»Sie haben uns sehr interessante Auskünfte zu geben, und wir möchten, daß Sie mitkommen, um darüber zu reden, jetzt, wo Sie mehr darüber nachdenken.«

»Ich bin ziemlich ... müde.«

Bring mich nicht dazu zu sagen, daß wir dich sechs plus sechs Stunden festhalten können, Junge, dachte Halders.

»Ja, sicher«, sagte der Mann, als würde er auf eine Frage antworten, die er sich selbst gestellt hatte. »Entschuldigen Sie mich nur einen Augenblick.« Er sprang beinahe hinaus in den Flur, und sie hörten seine gequälten Geräusche, als sich der Mageninhalt in die Toilette entleerte.

»Wann geht Winters Flug nach London?« wandte sich Halders an Aneta Djanali.

»Jetzt, glaube ich«, sagte sie mit einem Blick auf die Armbanduhr. »Viertel vor elf, hat er gesagt, und das ist in zehn Minuten.«

»Ruf den Kerl sofort an«, sagte Halders und deutete auf Aneta Djanalis rechte Jackentasche. Sie zog das Handy heraus und wählte die Nummer.

»Wie sind wir früher jemals ohne diesen Scheiß zurechtgekommen«, sagte Halders, aber mehr für sich.

»Er antwortet nicht«, sagte sie nach zehn Sekunden.

»Abgeschaltet, er ist an Bord gegangen und hat abgeschaltet und angefangen, zu trinken und die Beine der Flugbegleiterinnen zu kontrollieren.«

Sie hörten einen neuen Würgeanfall aus dem Bad.

»Ruf Landvetter an«, sagte Halders.

»Ich habe keine Num...«

»Vierundneunzig zehn null null.«

»Du kannst sie auswendig«, sagte Aneta Djanali und tippte die Nummer ein.

»Ich kann alles.«

Aneta Djanali bekam eine Antwort und sagte, worum es sich handelte, und zwei Minuten, bevor das Flugzeug zur Startbahn rollen sollte, kam eine Frau, die gerade erst Winters Bordkarte entgegengenommen hatte, an Bord und sprach seinen Namen in den Lautsprecher, und er stand auf, und eine halbe Stunde später stieg er am Ernst Fontells Plats aus dem Auto.

20

Der Mann hieß Beckman, und er hatte draußen auf dem Balkon im Altamar getrunken, mit der Horizontlinie unter sich, von West nach Ost. Im Flugzeug nach Hause war er nüchtern gewesen. Das war alles.

Er war nicht der erste Zeuge, den sie einbestellt hatten. Aber dieser war heißer als die früheren, das spürte Winter, als er im Fahrstuhl mit der Aktentasche in der Hand hinauffuhr. Die Reisetasche würde später kommen, möglicherweise nach einem Abstecher nach London.

Beckman hatte schwache Entzugserscheinungen, kein Delirium, aber ein Bewegungsmuster, als lauschte er Hip-hop. Fuhr er eine Straßenbahn? Hier ist die Stra-ßen-bahn, die zum Him-mel führt, Jesus sitzt am Steuer, und Gott ist Schaffner, dachte Winter und setzte sich dem Mann gegenüber. Was für eine Heimkehr für den Mann, und ich bin gar nicht erst weggekommen.

Er stellte sich vor. Das Band lief, und draußen auf dem Gang lachte jemand kurz und hell.

»Es ist nicht viel, woran ich mich erinnere«, sagte Beckman nach den einleitenden Formalitäten.

»Wieviel Uhr war es, als Sie am Abend oder in der Nacht von der Arbeit zurückkamen und Jamie Robertson mit diesem... Mann sahen?«

»Nicht viel nach zwölf, ein paar Minuten oder so«, sagte Beckman. »Aber es war nicht ganz so.«

»Was war nicht so?«

»Es war so«, sagte Beckman. »Ich ging zurück, nachdem ich sie zum erstenmal gesehen hatte, und da glaubte ich, den Mann wieder zu sehen.«

»Sie haben ihn noch einmal gesehen?«

»Ich hatte meinen Schal irgendwo verloren, es hört sich komisch an, aber er war weg, und ich dachte, daß ich ... daß er weggeflogen war, als ich den Mantel unten an der Tür zuknöpfte, also ging ich zurück, und da sah ich den Rücken von ihm wieder, wie er die Treppe hinaufging.«

»War er da allein?«

»Ja, beim zweitenmal.«

»Versuchen Sie, ihn zu beschreiben.«

»Das ist nicht leicht.«

»Versuchen Sie trotzdem, ihn zu beschreiben.«

»Aber da ist noch etwas anderes.«

»Ja?«

»Ich weiß nicht, wie ich es ausdrücken soll.«

Winter wartete auf die Fortsetzung. Von draußen kam noch einmal das Lachen.

Vielleicht wird Beckman davon ruhiger, dachte Winter, oder aber er wird nervöser. In diesem Augenblick saugen wir Staub in seiner Wohnung. Er hat den Jungen umgebracht und ist dann in den Himmel emporgeflogen. Gleich wird er das sagen, und dann gesteht er den Rest. Vielleicht ist er in London gewesen. Das können wir leicht überprüfen. Heute abend können wir feiern, bis zum nächstenmal. Es sind die Zufälle, die alles ausmachen, ein Spritzer Glück oder ein großer Pinselstrich. Alles Routine, die übliche Prozedur. Sag, daß du den Jungen getötet hast und dann einfach weggeflogen bist.

»Es war, als hätte ich etwas wiedererkannt ... jetzt, wo ich ein wenig darüber nachdenken konnte«, sagte Beckman.

Winter nickte, wartete. Die Klimaanlage summte in der Ecke gleich einer inneren Atmung. Das Zimmer schien von innen heraus zu miefen. Es roch schwach nach Schweiß und nach etwas, das vor langer Zeit aufgetragenes Rasierwasser sein mochte.

Die Leuchtstoffröhre warf scharfe Schatten, die tiefer und länger wurden, als der Tag in den späten Nachmittag überging. Winter hatte die Schreibtischlampe nicht angeschaltet, noch nicht.

Er nickte wieder, eine Ermunterung fortzufahren.

»Es war seine Jacke, glaube ich ... das war es wohl, warum es mir jetzt eingefallen ist oder warum ich auf das geachtet habe.«

»Sie haben seine Jacke wiedererkannt?«

»Irgendwas war damit ... ich komme nicht darauf, was es war ... oder ist ... aber das kommt vom Fahren.«

»Vom Fahren?«

»Wenn man wie ich im Führerstand sitzt und fährt, achtet man ab und zu auf die Leute. Heute nicht so sehr wie früher, als wir feste Linien hatten, aber trotzdem.«

Beckman hob ein Wasserglas hoch und trank. Seine Hand zitterte, aber nicht mehr, als daß er etwas Wasser abbekam.

»Man erkennt manche von denen wieder, die mehr oder weniger regelmäßig fahren«, sagte er und stellte das Glas auf den Tisch.

»Sie haben ihn wiedererkannt?«

»Ich glaube, ich habe jemand mit so einer Jacke mehrmals mitfahren sehen, aber das ist auch alles.«

»Was war das mit der Jacke?«

»Darauf versuche ich mich doch zu besinnen.«

»Die Farbe?«

»Es war eine schwarze Lederjacke, aber es ist nicht die Farbe.«

»Das Leder?«

»Es war etwas ...« sagte Beckman und zögerte mit den Worten, »nein, ich komme nicht darauf.«

»Die Knöpfe?«
»Die Knöpfe ... nein.«
Du lieber Gott, dachte Winter, wir müssen diesen Burschen durch sämtliche Geschäfte der Stadt schleppen.
»Irgendein Text auf dem Rücken?«
Beckman schüttelte den Kopf.
»Ich komme nicht darauf«, sagte er, »aber es war etwas ...«
»War der Mann sehr groß?« fragte Winter, um aus der Sackgasse herauszukommen.
»Ich glaube ja, ja, er war groß.«
»Größer als der Junge?«
»Es schien mir so, aber das läßt sich schwer sagen, weil sie die Treppe hinaufgingen.«
»In meiner Größe?« fragte Winter und stand auf.
»Vielleicht ungefähr so.«
»Wie ging er?«
»Wie ... gewöhnlich wohl.«
»Kein Hinken oder so was?«
»Nein, aber das sieht man nicht leicht, wenn Leute auf Treppen gehen. Auf einer Treppe zu gehen *ist* ja eigentlich eine Art von Hinken«, sagte Beckman, aber ohne zu lächeln. »Das Haar war übrigens lang, lang und dunkel.«
»Wie lang?«
»Bis auf die Schultern, glaube ich.«
»So lang?«
»Ich habe damals gedacht, daß man heutzutage nicht mehr viele mit so langem Haar sieht.«
Er war ruhiger geworden, als ob er einen Schnaps bekommen hätte, oder es waren die eigene Stimme und die Erinnerungen, die allmählich bewirkt hatten, daß er weniger zittrig und zapplig war, als ob die Musik in seinem Kopf den Rhythmus verändert hätte.
»Wenn man vor fünfzehn Jahren dachte, wie die Leute mitten in den sechziger Jahren oder so aussahen ... tja, man glaubte, daß sie ganz anders aussahen, die Kleidung und vor allem das Haar.

Aber betrachtet man heute Bilder von fünfundsechzig, so ist es, als würde man Bilder von heute betrachten.«

»Wie Fußballmannschaften«, sagte Winter.

»Bitte?«

»Bilder von Fußballspielern aus den sechziger Jahren könnten mit wenigen Ausnahmen heute aufgenommen sein, zumindest was die Frisuren betrifft.«

»Ja.«

»Aber der Mann hatte also langes Haar?«

»Wie ein argentinischer Fußballspieler«, sagte Beckman und lächelte zum erstenmal. »Es sah unecht aus. Das Haar. Fast wie eine Perücke.«

»Eine Perücke?«

»Ich weiß nicht.«

»Ein Toupet?«

Beckman zuckte die Achseln.

»Aber er hatte eine Brille.«

»Eine Brille?« wiederholte Winter.

»Ein starkes Ding, schwarz rundum, glaube ich, aber da bin ich mir nicht sicher.«

»Eine Hornbrille?«

»Ja, vielleicht heißt das so.«

»Wir arbeiten nachher am Computer daran.«

Beckman antwortete nicht, sondern sah an Winter vorbei, als hätte er schon begonnen, sich darauf vorzubereiten, ein Gesicht zu beschreiben, das er nicht gesehen hatte.

»Er trug eine Tasche«, sagte er. »Als er die Treppe allein hinaufging, das zweitemal.«

»Können Sie sie beschreiben?« sagte Winter, und Beckman tat es, so gut er konnte.

»Ist Ihnen aufgefallen, daß er Sie irgendwie gesehen hat?« fragte Winter dann.

»Ich glaube nicht, daß er mich gesehen hat. Ich war leise, ich war müde und leise.«

»Er blickte nicht in Ihre Richtung?«
»Jedenfalls habe ich es nicht gesehen.«
»Sie haben keine Stimme gehört?«
»Nein.«

Erik Winter ging über Heden nach Hause. Die Kälte hielt das Blau des Himmels zurück, selbst jetzt noch, als es dunkel geworden war. Er fühlte sich wie obdachlos, wie sich einer fühlt, der plötzlich eine Reise abbrechen muß. Er wollte nicht nach Hause gehen. Sein Koffer war aufgetaucht. Er hatte ihn im Dienstzimmer stehengelassen, bereute es aber nun und ging zum Polishuset zurück. Ein Streifenwagen brachte ihn nach Hause. Er fuhr mit dem Fahrstuhl nach oben, schmiß den Koffer in den Flur und blätterte den Poststapel durch, ohne etwas zu sehen, was geöffnet werden mußte.

Er war hungrig und unruhig. Er zog seine Sachen im Flur vor dem Bad aus, duschte und entschied sich für einen schwarzen Rollkragenpullover und einen grauen weichen Winteranzug von Ermenegildo Zegna. Dann führte er ein kurzes Telefongespräch.

Er fuhr mit der Hand durch sein Haar, das sich noch zu feucht anfühlte, rubbelte sich kräftig mit dem Handtuch den Kopf und kämmte sich danach. Das Telefon läutete, und er lauschte der Stimme seiner Schwester auf dem Anrufbeantworter, während er die schwarzen Socken anzog. Es läutete wieder, und Bolger teilte nur mit, gerade sei ihm eingefallen, daß Winter ja in London sei.

Als er hinauskam, spürte er die Minusgrade in seinem immer noch feuchten Haar. Er setzte eine schwarze Strickmütze auf, zog sie über die Stirn und ging auf der Vasagatan Richtung Westen, durch ein wie ausgestorbenes Haga und über die Linnégatan zum Restaurant *Le Village* in der Tredje Långgatan.

Er ging durch das Bistro, legte im Restaurant ab und ging weiter zum Pult der Oberkellnerin.

»Ein Tisch für eine Person. Er ist bestellt. Winter.«
»Bitte«, sagte die Frau und führte ihn zu einem Tisch am anderen Ende des Lokals.
»Etwas zu trinken?« fragte sie, als er sich gesetzt hatte.
»Eine Flasche Mineralwasser.«
Er bestellte eine Muschelsuppe mit Basilikum, danach gebratenen, leicht gesalzenen Dorsch. Zum Fisch trank er eine halbe Flasche Sancerre, zum Kaffee nichts. Er blieb lange beim Kaffee sitzen, trank zwei Tassen und dachte nach.

21

»Was?!«
Johan Bolger mit erstaunter Miene, Erik Winter plötzlich und zu später Stunde an der Bar.
»Ich dachte, du säßest in diesem Moment in irgendeinem Lokal in Soho.«
»Ein andermal«, sagte Winter.
»Es kann doch nicht das Wetter sein, was dich vom Fliegen abgehalten hat.«
»Es ist was dazwischengekommen.«
»Darf ich zu einem guten Wasser einladen?«
»Ramlösa in einem Glas mit Eis und etwas Limone.«
»Willst du nicht was andres probieren?«
»Gib mir ein Ramlösa und sag mir, was du von meinem jungen Mitarbeiter hältst.«
Bolger bereitete das Bestellte am Regal auf der anderen Seite der Theke, unter dem Spiegel.
»Wirkt ein wenig grün, hatte aber einen Blick, der vielleicht brauchbar werden kann, wenn er lernt, ihn auch im Dunkeln anzuwenden«, meinte er, als er zurückkam und das Glas vor den Kriminalkommissar stellte.

»Was bedeutet das?«

»Das bedeutet, daß man sich anstrengen muß.«

»Ich glaube, daß er dazu fähig ist. Er ist jung, aber das ist nicht immer ein Nachteil.«

»In den meisten Fällen.«

»Nicht immer.«

»Nein.«

Es war bald Mitternacht. An drei der sieben Tische des Lokals saßen Gäste, deren Stimmen sich durch das Lokal ringelten wie ein besonderer Dunst im Rauch.

Zwei Frauen saßen weit weg rechts von Winter an der Theke, mit Zigaretten zwischen den Fingern und einem Ausdruck in den Gesichtern, der besagte, daß sie endlich den Sinn des Lebens gefunden und entdeckt hatten, daß dies auch nichts änderte.

Eine der Frauen schielte nach Winter, und ihre Miene verwandelte sich. Sie sagte ein paar Worte zu ihrer Freundin, drückte die Zigarette aus und zündete sofort eine neue an. Sie spielte an dem dünnen Päckchen vor ihr herum, als wollte sie die wenigen Zigaretten beruhigen, daß sie nicht allein waren.

»Ich weiß nicht, ob der Junge es für eine so gute Idee hält«, sagte Bolger. »Über den Zweck war er sich wohl nicht so richtig klar.«

»Das hängt wohl von dem ab, der es ihm erklärt«, sagte Winter.

»Von dir also«, sagte Bolger.

Winter antwortete nicht. Er überlegte, ob er sich einen Zigarillo anzünden sollte, aber nach einem Blick auf die zwei Kettenraucherinnen ließ er es bleiben. Eine der beiden, die, die vorher Winter betrachtet hatte, machte Bolger ein Zeichen, und er ging zu ihr. Sie bestellte etwas, und Bolger pusselte wieder hinter der Theke herum und stellte dann das Glas vor die Frau. Sie trank, und Winter schien es, als sähe sie enttäuscht aus, als sie das Glas wieder abstellte.

»Sie wollte das gleiche wie der ›Gentleman‹, der hier sitzt«, sagte Bolger schmunzelnd und baute sich vor Winter auf. »Sie dachte wohl, es wäre ein Gin Tonic.«

»Heute hätte ich ein Gentleman in der Stadt der Gentlemen sein können, aber man hat mich nicht fort gelassen.«

»Niemals außer Dienst.«

»Ich glaube, es gibt Dinge unter der Oberfläche, die wir nicht ahnen können«, bemerkte Winter und zündete sich nun doch einen Zigarillo an.

»Versteht sich von selbst.«

»Manchmal genügt es, ein wenig Staub aufzuwirbeln, damit etwas passiert.«

»Soll dein Knabe ein wenig Staub aufwirbeln?«

Winter antwortete nicht, rauchte, schielte nach den Frauen, wandte aber den Blick ab, als sie zurückschielten.

»Vielleicht mehr als das«, sagte Winter. »Ich glaube, du weißt Dinge, die du für dich behältst, Johan, über die du vielleicht nicht reden willst.«

»Worüber?«

»Über die Branche.«

»Welche Branche?«

»Ich bin ein wenig müde.«

»Okay, okay. Die Branche.«

Winter trank wieder, hörte die Musikschleife, die in den vier Lautsprechern an der Decke in Gang kam: Sinatras fünfziger Jahre, eine unverwechselbare Phrasierung. Und ich war da noch gar nicht auf der Welt, dachte er.

»Aber die Kneipenbranche und die Pornobranche sind nicht das gleiche«, sagte Bolger, »das sind zwei Dinge auf zwei Seiten des Planeten.«

»Natürlich.«

»Mein Einblick in ... das andere stammt aus der letzten Zeit. Das Nachtleben.«

»Es findet doch wohl auch bei Tag statt?«

»Ja, aber im Dunkeln fühlen sich die meisten geborgener.«
»Du hast auch andere Erfahrungen«, sagte Winter.
Bolger erwiderte nichts.
»Wie hat sich die Stadt verändert? Es hat sich doch einiges getan oder wie?«
»Sie ist härter geworden«, sagte Bolger, »aber was es genau ist, kann ich nicht sagen.«
»Es ist die Schuld der Gesellschaft«, sagte Winter und sah aus, als wolle er lächeln.
»Natürlich.«
»Bis zu einem gewissen Grad ist es sogar wahr. Die Möbelfuhren rollen wieder in die Metropolen.«
»Ich will dir was sagen.« Bolger beugte sich vor. »Es kommen immer mehr junge Mädchen vom Land in die Stadt und dies nicht, um zu studieren. Es gibt keine Arbeit in den Küstenstädten dort in Halland oder wo zum Teufel sie jetzt herkommen, und wenn sie hier sind, merken sie, daß es auch hier keine Arbeit gibt.«
»Aber sie kommen her?«
»Sie kommen her, und unten am Bahnhof stehen Jungen bereit, buchstäblich, wie es heißt. Eine Landpomeranze steigt aus dem Zug, und der Kerl ist da.«
»Das klingt fast nach den ehemaligen Ostblockstaaten.«
»Die Mädchen kommen kaum dazu, sich bei der Tante einzurichten oder in dem Loch, das ihnen die Zimmervermittlung in der alten Nordstan vermittelt hat, sie schaffen es manchmal kaum, den Koffer bei der Gepäckaufbewahrung abzugeben, ehe der Kerl seinen Vorschlag macht.«
»Mhm.«
»Und nicht nur die Mädchen.«
»Mhm.«
»Die Nachfrage nach jungen Burschen ist groß. Tatsächlich nimmt sie ständig zu.«
»Woher kommt das?«

Bolger machte eine Bewegung mit den Armen, als ob Winter nach dem Geheimnis des ewigen Lebens oder dem Weg zum inneren Frieden gefragt hätte.

»Aber ich kann dir ein paar Namen geben«, sagte Bolger.

»Was für Namen?«

»Namen von Leuten, die mehr über diesen Verkehr wissen als ich.«

»Das ist gut«, sagte Winter und klopfte den Zigarillo über einem gläsernen Aschenbecher ab, den Bolger über die Theke geschoben hatte.

»Man will ja den Leuten nicht schaden«, sagte Bolger.

Winter schaute ihn an.

»Du weißt, was ich meine«, sagte Bolger und ging zu den Frauen, die wieder zu winken begonnen hatten. Eine von ihnen sagte etwas, und Bolger kam wieder zu Winter zurück.

»Sie möchten wissen, ob sie zu etwas einladen dürfen«, sagte er.

Winter drehte sich um, deutete im Sitzen eine Verbeugung zum Dank an und schüttelte leicht den Kopf, zeigte auf sein Wasserglas und war so freundlich abweisend, wie er konnte.

»Könnte es wert sein«, sagte Bolger.

Winter antwortete nicht.

»Nette, fröhliche Mädchen, aber nicht aus den halländischen Küstenstädten.«

»An denen bin ich wohl eher interessiert. Darüber wußtest du doch einigermaßen Bescheid.«

»Eigentlich ist es ziemlich unschuldig, wenn man es durch eine angemessen dunkle Brille sieht«, sagte Bolger. »Diese Mädchen haben Jobs als Hostessen in Klubs angeboten bekommen, was bedeutet, daß sie den Gästen Limo in die Gläser einschenken und dann auf die Tische steigen und sich zu der schönen Musik bewegen. Oder auf die Bühne.«

»Oder hinter Glas und Rahmen in einem der hinteren Zimmer.«

»Ja.«
»Prostitution?«
»So nach und nach, nicht alle, aber ein Teil dieser Engel.«
»Jungen und Mädchen.«
»Ja.«
»Tanz.«
»Tanz für Engel«, sagte Bolger.
»Tanz mit dem Engel«, sagte Winter.
»Wenn man es so sehen will.«
»Man kann es auf viele Arten sehen, wenn wir von den Morden reden, kann man es auf viele Arten sehen.«
»Da weißt du mehr als ich.«
»Was weißt du über die Filmbranche?« fragte Winter und war drauf und dran, ein Glas Ramlösa zu bestellen, als ihm die Frauen zehn Meter östlich von ihm einfielen. Er wollte sie nicht beleidigen.
»Nicht so viel«, sagte Bolger.
»Mach schon.«
»Nicht viel mehr als du. Du weißt so viel.«
»Es gibt anderes als das, was vorn in den Regalen liegt«, sagte Winter, »so viel wissen wir.«
»Wir sind in diesem Land heute so liberal, daß recht viel vorn liegen kann«, meinte Bolger.
»Nicht die Kinder.«
»Wo verläuft die Grenze?«
»Irgendwo in den inneren Regionen eines Geschäfts oder eines Lagers gibt es eine Grenze, die einige überschreiten dürfen«, sagte Winter.
»Dafür genügt das Netz«, sagte Bolger.
»Das Internet?«
»Ja. Aber da weißt du wohl mehr als ich.«
»Sag das nicht.«
»Aber im Internet werden keine Menschen ermordet.«
»Sag das nicht.«

»Laß mich eines fragen, Erik. Hast du jemals einen Pornofilm ausgeliehen?«

»Nein.«

»Oder einen Pornofilm in einem Pornokino gesehen?«

»Nein.«

»Also weißt du eigentlich nicht, wovon sie handeln.«

»Wie?«

»Ich meine, daß du selbst nie ein Tausendstel oder so von dem empfunden hast, was dazu führt, daß man einen Film mit sexuellen Handlungen unterschiedlicher Art leihen oder kaufen kann«, sagte Bolger.

»Es sind also unterschiedliche Empfindungen«, sagte Winter.

»Ich weiß nicht, aber du bist doch, was man erotisch nennen könnte, zumindest warst du das, bevor du zu alt wurdest. Aber du hast offenbar die Möglichkeit gehabt, dir dieses Bedürfnis auf die Art und Weise zunutze zu machen, wie man es sich zunutze machen soll.«

»Klingt sehr interessant.«

»Das ist kein Spaß, ich meine, daß das Nächstbeste oder Drittbeste irgendwie einspringt, damit die Befriedigung dennoch genügend ist.«

»Mhm.«

»In erster Linie ist es nicht das Physische, vielleicht ist es das genaue Gegenteil. Das Erlebnis wird größer ohne einen körperlichen Kontakt, es bleibt ohne Forderungen.«

Winter hörte zu, wartete, bekam ein Glas von Bolger, ohne es bestellt zu haben. Die Frauen waren ohne weitere Blicke gegangen.

»Manche von den armen Kerlen in den Vorführräumen bekämen eine Heidenangst, wenn sie lebendiges Fleisch im Arm halten müßten«, sagte Bolger. »Davor schrecken die armen Teufel zurück.«

»Vielleicht verstehe ich das«, sagte Winter.

»Aber der Appetit wächst, und da rede ich nicht von den schwersten Fällen, den exklusivsten Kunden. Ein nackter Körper im Bild genügt nicht.«

»Und es gibt keine Grenzen. Ist es das, worauf du hinauswillst?«

»Ich versuche zu erklären, daß manches der Wirklichkeit so nahe kommt, wie es geht, ohne tatsächlich ein Teil von ihr zu werden. So *nahe* an der Wirklichkeit, wie man nur kommen kann. Und da kann die Forderung nach Unterhaltung recht hoch werden. Schrecklich hoch. Furchtbar. Verstehst du?«

»Du hattest ein paar Namen«, sagte Winter.

»Nicht, wenn es um das geht, wovon wir hier sprechen«, verneinte Bolger.

»Man kann nie wissen.«

»Bei dir kann man nie wissen.«

»Aus dir bin ich auch nie recht klug geworden.«

Sie waren die letzten im Lokal. Die drei an dem Tisch in der Mitte des Lokals hatten Bolger zugewinkt und waren gegangen.

Bolger spielte jetzt Albert Ayler für Winter, die Klänge aus dem Tenorsaxophon wie ein eigenes Wesen darin: New York Eye und Ear Control, aufgenommen am 17. Juli 1964, als Erik Winter vier Jahre und drei Monate alt war.

»Wir haben dich nie verstanden, als du den Jazzklub am Rudebecks gegründet hast«, sagte Bolger als Kommentar zur Musik.

Winter hatte kleine Konzerte für die Schüler organisiert, die auf das private Gymnasium gehen konnten. Nach seiner Zeit war damit Schluß gewesen.

»Hörst du John Tchicais Alt hier?« fragte er, und Bolger schloß die Augen.

»Bin aus dir nie klug geworden«, sagte er. »Das Geld hat dich verdorben.«

Winter lächelte und sah auf die Uhr.

»Denkst du viel an die Zeit?« fragte er.
»Die Jugend? Nur wenn ich dich sehe«, sagte Bolger.
»Du lügst.«
»Ja.«
»Ich vermisse sie nie.«
»Kommt darauf an, was du meinst.«
»Ich meine alles«, sagte Winter. »Es war eine so unsichere Zeit, daß man vom einen zum andern Tag nicht wußte, was zum Teufel rings um einen geschah.«
»Mhm.«
»Überhaupt keine Kontrolle über das Leben.«
»Und die hast du jetzt?«
»Nein.«
Der Jazz zerrte an den Wänden, riß an den Tischen. Der Rauch war auf den Boden gesunken, nachdem die letzten Gäste gegangen waren.
»Das da mit dem nicht wissen, was rings um einen geschieht, klingt wie eine gute Beschreibung deines Jobs«, sagte Bolger.
»Es ist bloß ein Job«, sagte Winter.
»Für dich? Den Teufel ist es das.«
Bolger langte hinter sich zu den Lichtschaltern und dämpfte das Licht über dem Tisch. In der Küche klapperte die Spülmaschine.
»Einer macht immer einen Fehler«, sagte Winter.
»Zum Beispiel die Bezirkskripo.«
»Früher oder später entdecken wir ihn und werden mit ihm fertig«, sagte Winter. »So läuft es immer ab.«
»Dann kann es aber zu spät sein.«
»Was hast du gesagt?«
»Es kann zu spät sein.«
»Zu spät? Für wen? Das Opfer oder die Behörde? Oder für die Allgemeinheit?«
Johan Bolger zuckte die Achseln.
»Früher oder später entdecken wir alle Fehler«, sagte Winter,

»das heißt unsere eigenen, aber auch die anderer. So funktioniert das bei uns oder bei mir. Hat einer einen Fehler gemacht, entdecken wir ihn, und alle machen Fehler. Einen oder mehrere, aber uns reicht es mit einem.«

Bolger applaudierte still. Längst war ein neuer Tag angebrochen. Er gähnte, sah Winter an.

»Du hast deinen Traumberuf gefunden«, sagte er.
»Ja, sicher.«
»Und was passiert jetzt?«
»Wie?«
»Wann geht es richtig nach London?«
»Übermorgen, glaube ich.«
»Es ist lange her, daß ich dort war. Tatsächlich viele Jahre.«
»Ja. Das hast du bereits gesagt. Dann fahr doch hin.«
»Du fährst ziemlich oft rüber.«
»Nicht so oft wie früher.«
»Maßgearbeitete Schuhe aus dieser Snobstraße. Du bist was Besonderes, Erik.«
»Alle Menschen sind einzigartig.«

22

Winter wanderte durch die Wohnung, kehrte zu seinen Aufzeichnungen auf dem Arbeitstisch zurück, las, wanderte wieder.

Morgen, oder besser heute, noch einmal Beckman. Der Mann war ein Zeuge. Wie wichtig? Das würden sie sehen, wenn sie ein Gesicht auf dem Bildschirm geschaffen hatten, falls es ging.

Und alle andern, die sie gehört hatten: Fragmente von Ansichten, alles zusammengeführt in Möllerströms Computern.

Konnten sie unter die Oberfläche dringen? Er wußte, daß es eine schreckliche... Erwerbstätigkeit in der Stadt gab, nicht groß, aber es gab sie. Warum sollte es sie nicht geben? Skandinavien war kein Freiraum. Skandinavien wurde seit langem mit Pornographie verknüpft, aber in der Bedeutung von Befreiung. Runter mit den Kleidern. Eine gewisse Naivität, die auch die Gesetzgeber ergriffen hatte, dachte er, das war immer so gewesen, aber nun war es schlimmer, bedrückender. Es beeinflußte die Menschen. Brachte sie dazu, sich umzubringen, brachte sie dazu, sich selbst zu verzehren.

Die äußerste Erniedrigung wurde zum wichtigen Gewerbe, ermöglicht durch die Unwissenheit und naive Korrektheit der Machthaber und ihr Geschwätz und nichts als Geschwätz.

Er ging zur Stereoanlage und stellte sie lauter, und die Musik dröhnte durch die Zimmer. Er ging im Kreis und dachte nach, und seine Gedanken wurden von der Musik in Stücke gebrochen, machten sich los in eine andere Richtung und vereinigten sich teilweise oder manchmal ganz.

Wie die Musik, und das war die Musik: John Coltrane, *The Father And The Son And The Holy Ghost;* die Gefühle und Gedanken können nicht poliert oder in eine Symmetrie gezwungen werden, in etwas, das an der Oberfläche schön ist. Sie müssen explodieren, wenn sie entstehen, unmittelbar, in einer herausfordernden Dissonanz, einem Sound, der in den Ohren und bis ins Gehirn schmerzt.

Wie Coltranes Musik auf *Meditations*, der Scheibe, die sich hier bei mir dreht: auf der Suche nach der Einigkeit oder Ganzheit der Gedanken... in diese Suche muß ich mich stürzen... und durch den Schmerz, den die Trennung mit sich bringt, dachte er und lächelte. Wenn Coltranes und Pharoah Sanders Tenorsaxophone eigene wahnsinnige Wege wandern, ist es nur ein kurzes Stück Weges zur Ganzheit. Es ist wie das Meer, dachte er, wie die Wellen, die sich an der Oberfläche brechen, aber das Meer ist immer *eins*, immer in Bewegung.

Will ich diesen Fall lösen, muß ich dissonant denken, asymmetrisch, hier gibt es nichts, was richtig ist.

Diese Aufgabe ist ein Suchen, wie die Musik hier in meinen Zimmern ein Suchen ist. Nichts ist fertig von Anfang an, auch selten hinterher, wenn es klar zu sein scheint.

Gibt es einen Sinn?

Er dachte kurz an Mats, der gestorben war, bevor Dinge geschehen waren, die sein Leben ausmachen sollten, dachte an die Trauer, die er, Winter, von sich ferngehalten hatte, und er dachte an seinen eigenen Platz in der Welt.

Er schaute auf die Uhr, die ein paar Minuten nach drei anzeigte.

Es gibt kein Ende, hatte Coltrane einmal gesagt, es gibt immer neue Gedanken zu erreichen, und das Wichtige ist, diese Gedanken oder Gefühle und die Klänge zu vereinfachen und zu läutern, damit wir am Ende klarer sehen können, was wir tun und wer wir sind.

Ich bin ein ernsthafter Fan, dachte Winter und schmunzelte noch einmal.

Er stand wieder am Schreibtisch, strich in den Aufzeichnungen herum, schrieb etwas hinein, schaltete den Computer an und gleich wieder aus. Die Musik verstummte. Winter lauschte auf die Geräusche der Nacht, hörte zuerst nichts und dann einen Bagger, der sich durch den Schnee wühlte. Er streckte sich, gähnte, öffnete die Balkontür und trat hinaus.

Unter ihm setzte Bewegung ein, eine Stadt, die langsam und steif zu einem neuen kalten Tag erwachte. Der Lärm des Baggers war nun kräftig, er schien von der anderen Seite der Universität zu kommen, als ob jemand mit sofortiger Wirkung Ausgrabungen im Park verfügt hätte.

Wie kommt es, daß ich mich beobachtet fühle, dachte er. So war es schon die ganze Zeit. Das einzige, was fehlt, ist ein Brief von einem Mörder, ein Gruß. Oder eine Bitte um Rettung. Nein, das nicht. Dies ist etwas anderes. Vielleicht eine Mitteilung.

Wird es noch einmal geschehen? Werden wir die gleichen

Spuren finden? Sind es die gleichen Waffen, die in London und Göteborg benutzt wurden? Ist es dieselbe Person? Warum? Wer pendelt zwischen den Städten? Wann? Kann es so sein?

Kontrolliere die Passagierlisten der Reisen, die die Jungen gemacht haben. Von Göteborg. Von England. Geh alle Namen durch, hör alle an, die auf diesen Flügen dabei waren. Das ist ein Anfang an einem der Enden. Es ist eine großartige Arbeit, nur braucht sie unerhört viel Zeit. Ist sie die Mühe wert? Was können wir statt dessen tun?

Ich reise nach London, und da wird etwas in mir geschehen, dachte Winter, das ist es, was wir jetzt brauchen... wenn ich jemals wegkomme. Ich muß in dem Zimmer stehen, wo es geschah, die Wege in der Umgebung abgehen.

Die Rastlosigkeit zerrte noch immer an ihm, er lief auf Hochtouren. In der Wohnung unter ihm wurde eine Toilette gespült. Die Zeitung klatschte auf die Matte vor der Tür, und er ging in den Flur hinaus.

Seine Arbeit hatte ihren Platz auf der Titelseite verloren, und er wußte nicht, ob das gut oder schlecht war; würde er als Held oder als Versager zurückkommen?

Konnte es noch einmal geschehen? Ich bin nur ein Mensch, dachte er, aber ich tu' mein Bestes.

Der Artikel auf Seite sechs enthielt keine Spekulationen und nichts, was ihm nicht bekannt war. Manchmal konnte er phantasievolle Deutungen der Wirklichkeit finden, aber nicht in dieser Nacht. Eher war es, als stiege eine große Erwartung aus dem Text, von der Seite auf. Was geschieht jetzt?

Er blieb draußen im Flur stehen, ließ die Zeitung auf den Boden fallen und ging zurück in den Schein der Lampe über dem Schreibtisch. Draußen hörte er eine Dohle schreien und gleich darauf eine Antwort. Nun, da die Nacht verschwand, konnte man mehrere Geräusche erfassen. Seine Sinne waren gespannt, gleichsam spröde vom Wachen und den Gedanken.

Er dachte an Bolgers Worte von den Mädchen, die am Bahnhof ankamen und von Männern abgefangen wurden. Er hatte schon davon gehört, aber es war nicht die Wirklichkeit, wie er sie sah. Die Wirklichkeit waren nicht Mädchen, die noch mit den Düften des Landes in den Kleidern ankamen, während besorgte Eltern vor dem Kaminfeuer in den roten Häuschen saßen. Es war eine andere Erniedrigung, die wie eine böse Sonne hier leuchtete: die Frauen, die in den Klubs auf Tischen tanzten und sich hinter Glasscheiben bewegten und Männer in ihre Körper aufnahmen, waren seit ihrer Geburt oder noch viel länger auf dem Weg dahin gewesen. Niemand trat mit Rosen auf den Wangen in das rote Licht. Die Menschlichkeit, die er spüren wollte, gab es irgendwo anders, nie in den Zimmern, wo diese Mädchen aufwuchsen. Oder die Jungen. Die Gesellschaft? Wo war die gute Gesellschaft?

Winter stellte sich unter die Dusche, die Gedanken regsam unter den Wasserstrahlen auf seinem Kopf. Er stand lange da, während ein Teil der Müdigkeit aus dem Körper gesogen wurde und mit dem Wasser am Körper entlang und hinunter durch den Abfluß lief. Er trocknete sich kräftig mit einem großen Frotteetuch ab, spürte eine Röte und eine schwache Wärme. Dann putzte er sich die Zähne, zog einen Bademantel an, ging ins Schlafzimmer und schlug das Bettzeug zurück. Er setzte sich aufs Bett und blieb sitzen.

Ich bin ein Mann mit Moral, dachte er, aber ich weiß nicht, wie die aussieht, und vielleicht spielt das keine Rolle.

Ich will die Fehler, die ich sehe, verbessern, aber ich komme immer zu spät. Ich versuche, auf die Traditionen zu pfeifen, wenn ich sie nicht brauche, und das führt mich auf grausige Pfade. Ich versuche, die Hintergründe zu untersuchen und dann die Empfindungen bei den Opfern, denen ich begegne, den lebenden wie den toten. Ich breche in anderer Leute Leben und Tod ein. Ich erlaube mir, mit diesen Menschen zu fühlen, ich werde verletzt wie sie. Das ist es, was mich in Gang hält. Das könnte mich dazu bringen, meistens sitzen zu bleiben, aber so funktioniert es bei mir nicht. Ich halte mein Gesicht zusammen.

Er dachte an die obszönen Bilder, die sich in Reichweite befanden. Ein Schauplatz eines Mordes war ein obszöner Ort, es gab für die Lebenden nichts Schlimmeres zu sehen. Die Bilder verfolgten ihn, wie ihn ein tollwütiger Hund auf der Straße verfolgen würde.

Winter war in die beiden Zimmer zurückgekehrt, in die letzte Zeit im Leben der zwei Jungen. Zwei Tage war das her. Er war auf verschiedenen Wegen in die Gegend hingegangen, hatte über die Umgebung nachgedacht, war eine Zeitlang in den Zimmern geblieben und mit langsamen Schritten zurückgegangen.

Was war danach geschehen? Welchen Weg hatte der Mörder eingeschlagen? Winter fuhr sich mit der Hand über die Brust, spürte die Weichheit des Bettes, dachte zurück: Er hatte auf der Treppe des Studentenheims gestanden und die Gegend unterhalb überblickt, und nach einer ganzen Weile war ihm, als sähe er einen Schimmer von einer Tasche und einen Ellenbogen um die Ecke schwingen, und es spannte im Kopf, und er schloß die Augen. Als er sie wieder aufmachte, war die Bewegung fort. Er wußte, daß es diese Ecke war, zur Eklandagatan hin. Er war zu der Ecke gegangen, wo er die Bewegung gesehen hatte, war stehengeblieben und hatte nach Nordosten geblickt und den schwingenden Ellenbogen wiedergesehen, die schwere schwingende Tasche.

Er stürzte hinterher. Er rannte zwischen den Autos durch, den Blick geradeaus auf das gerichtet, was ein ganzer Rücken geworden war, ein Hinterkopf, den Berg hinab in Höhe des Hotels Panorama, und Winter schrie, um das Wesen vor sich auf sich aufmerksam zu machen, um den Teufel dazu zu bringen, lange genug zu warten, damit er sehen könnte, wer es war und dann ...

Winter hatte aufgeholt, doch keiner schien ihn zu hören, als er rief, oder ihn zu sehen, als er immer schneller rannte, und er war nicht mehr weit von der Gestalt, die sich zielstrebig den Berg hinab bewegte, der Ellenbogen schwang in einem eigenen Rhythmus, und die Tasche schlug bei jedem Schritt gegen den einen Schenkel, und es war etwas an der Lederjacke des Mannes, was er schon einmal geseh... da war etwas, was er wiedererkannte, und nun war er drei Meter entfernt, und der Mann vor ihm reagierte, machte einen Ruck mit dem Körper und wandte sich um, und Winter schrie auf, als er sah, wer es war.

Winter hob die Hand zum Schutz und kam noch näher. Da hörte er die Musik, die ihm in wahnsinnigem Tempo über die Augen kratzte.

Er hatte mit den Armen um sich geschlagen und den Wecker auf dem Tisch neben dem Bett umgeworfen. Er zitterte, wie von einem Nachbeben aus dem Traum. Er blickte geradeaus, auf die Wand. Es spannte in der Seite und über den Hüften, er lag halb im Bett, die Beine noch auf dem Boden. Er war mitten in einem Gedanken eingeschlafen, auf der Bettkante sitzend, und er mußte auf das Kissen gefallen sein, ohne es zu merken.

Er hatte ein trockenes Gefühl im Hals, als ob er sich im Traum leergeschrien hätte. Er blieb in derselben Haltung liegen, kehrte zu den Sekunden vor dem Aufwachen zurück. Es war alles noch ganz frisch. Er versuchte, das Gesicht zu sehen, das so nahe gewesen war. Jetzt war es weg.

23

Lars Bergenhem hatte sich vor langer Zeit ein- oder zweimal verlegen in einen solchen Laden gewagt, aber das war auch alles. Er erinnerte sich an nichts anderes mehr, als daß da überall Menschenhaut auf Papier gewesen war, und an ein kleines Schamgefühl, das danach haften blieb.

Er parkte hundert Meter weiter weg und ging über die Straße zum *Riverside*. Es war der vierte Klub, den er besuchte. Er war auch in ein paar anderen gewesen, die nicht so auffällig Werbung machten.

Der Eingang zum *Riverside* war dennoch diskret, eine Tür in der Wand und ein Schild daneben mit den Öffnungszeiten des Lokals. Er zog die schwere Tür auf und trat direkt in einen großen Raum mit Zeitungen an den Wänden entlang, wie eine Bibliothek voller Zeitschriften. Er sah Männer vor den Regalen, aber nur einige wenige. Er wandte sich nach links, fühlte sich alles andere als ungezwungen, warf einen Blick auf die Regale und ging weiter. Im hinteren Teil des Raums gab es eine Tür mit Vorhang und eine Art Kabine, wo ein Mann den Eintritt kassierte. Bergenhem bezahlte. Drinnen hängte er den Mantel in eine unbewachte Garderobe und setzte sich an einen der Tische. Es saßen noch vier Männer da, alle allein an ihrem Tisch. Ein Mädchen kam zu ihm und fragte, was er trinken wolle. Er bestellte ein alkoholfreies Bier. Sie ging zurück durch eine Schwingtür und kam mit seiner Flasche und einem Glas wieder.

»Willkommen im *Riverside*«, sagte sie und lächelte.

Lars Bergenhem nickte zur Antwort und kam sich furchtbar dämlich vor. Es war das gleiche Gefühl wie in den anderen Lokalen. Soll ich sie bitten, sich zu mir zu setzen, überlegte er. Ist das nicht der Sinn der Sache, daß sie sich anbieten soll?

»Die Show beginnt in fünf Minuten«, sagte sie und lächelte noch einmal.

Bergenhem nickte wieder. Wundert sie sich, warum ich herkomme? Studiert sie sonst an der Universität und betrachtet mich mit Verachtung? Spielt das eine Rolle? Warum denke ich darüber nach, wo ich doch dienstlich hier bin? Das ist es, was mich von den richtigen Profis unterscheidet. Erkennen die in mir den Bullen im selben Augenblick, in dem ich über die Schwelle trete?

Die Show begann. Tina Turner sang, sehr laut. Zwei Frauen tanzten, jede an ihrem Ende eines Podests, das als Bühne diente. Die Frauen bewegten sich schneller zur Musik, und Bergenhem mußte an Friskis & Svettis denken.

Nach einer Viertelstunde war die Stripshow vorbei. Er hatte Brüste und Schinken gesehen, die Brustwarzen der einen Frau waren groß und braun gewesen, wie über die halbe Brust geschmiert.

Die andere Frau war jünger und bewegte sich schlechter zur Musik, als hätte sie erst vor kurzem tanzen gelernt. Sie war dünn und schien unter den Scheinwerfern zu frieren.

Sie hatte sich mit dem Rücken zum Publikum auf einen Hokker gesetzt und die Beine gespreizt und mit gespieltem Mutwillen in den Augen über die Schulter auf die Männer geblickt. Sie war auch noch keine gute Schauspielerin. Bergenhem empfand Sympathie für sie und vielleicht Scham. Sie ist hier fremd, genau wie ich. Sie ist die rote Beleuchtung nicht gewohnt.

Davon wird man nicht glücklich, dachte er, nicht einmal geil, nicht einmal wenn sie diese kreisenden Bewegungen mit den Brüsten machen. Nicht glücklich, nicht geil, bloß ein großes Nichts, das einen dazu bringt, sich nach anderer Luft zu sehnen.

Die Frau da vorn, die jüngere und dünnere ... sah *verletzt* aus, als beschützte sie sich selbst hinter ihrem Körper, dachte er, als gäbe es noch etwas anderes und Schlimmeres, wenn sie von der Bühne trat. Als wäre das hier die helle Seite der Geschichte. Dies ist nur ein bißchen Tanz.

Er stand auf, ging weg und links hinein, wo sich die Tür zur Kinoabteilung öffnete. Das *Riverside* hatte dreißig private Vorführkabinen mit Fernbedienung, Papierkorb und einer Rolle Toilettenpapier, und dieser EROTIC NIGHTCLUB besaß auch drei größere Kinos, die die gleichen Sachen zeigten wie die anderen Klubs, die Bergenhem besucht hatte.

Die Geräusche waren die gleichen, die Bewegungen, nicht

soviel Schweiß und nicht soviel Anstrengung. Bergenhem hatte gehofft, er würde erregt, als er zum erstenmal in dem ersten Zuschauerraum gesessen hatte, aber sein Körper war nach einer kleinen Weile müde geworden und abgeschlafft. Sein Geschlecht hatte sich wieder zur Ruhe gelegt zwischen seinen Beinen.

Nun saß er wieder so da, und wieder fühlte er sich wie einer, der heimlich etwas anguckt, das ihn eigentlich nicht interessiert. Ein starkes Gefühl, dachte er, ich kann es mit nichts anderem richtig vergleichen.

Er hatte auf den Regalen in den Läden gesucht, aber nichts gefunden, was er nicht erwartet hätte. Ganz hinten im Gang gab es Zeitschriften mit Toilettensex, aber auch das erwartete man. Er drückte sich immer eine Weile herum und versuchte auszusehen, als wäre er nur vorbeigekommen, ohne interessiert zu sein. Es könnte merkwürdig aussehen, wie wenn der Mann in mehrere Richtungen gleichzeitig unterwegs wäre.

Alle Filme, die Bergenhem gesehen hatte, waren aufdringlich gewesen, aber das war auch alles. In ein paar Lokalen hatte er gefragt, aber keine Antwort bekommen, nur einen Blick. Freilich hatte er auch nichts anderes erwartet. Er hatte mit einigen Mädchen gesprochen, einigen vom Personal.

Es war so gewesen, wie er es sich gedacht hatte. Es war notwendig gewesen, sich Zeit zu lassen, und jetzt, hier im *Riverside,* fühlte er sich bereit zu einem weiteren Schritt.

Winter saß mit einem Gesicht da, das Beckman widerstrebend vom Computer hatte zeichnen lassen, aber Winter kannte die Gefahr, sich auf Gesichter zu verlassen. Das hier ist ein Gesicht, das aus einem Hinterkopf und einem Profil geschaffen ist, und das ist nicht viel, um damit zu arbeiten. Er betrachtete es lange, sah aber nichts, was er wiedererkannte.

Beckman war beauftragt worden, über seine Straßenbahnlinien nachzudenken, wann er gefahren war und was er da gesehen hatte. Bertil Ringmar hatte gesagt: »Viel Glück«, und Beckman wie Winter hatten den stellvertretenden Fahndungsleiter mißtrauisch angesehen.

Jetzt stand Winter auf, nahm den Mantel vom Haken an der Tür und ging durch den Flur zum Aufzug. Der Winterregen klatschte gegen die Scheiben im Treppenhaus.

Die schlimmste Sorte, dachte Winter, das Sauwetter ist zu nichts nütze. Der Schnee ist schon weggeschmolzen, der Grundwasserspiegel ist schon gerettet, der ganze Regen läuft einem nur in den Kragen, um alles noch kälter zu machen und die Laune unter den Nullpunkt sinken zu lassen. Und vor einer Woche war ich noch so froh, so glücklich.

Er fuhr den kurzen Weg zu einer Adresse im Kobbarnas Väg und stellte das Auto neben einen Behindertenparkplatz. Douglas Svensson wohnte im dritten Stock, und als Winter im Wohnzimmer des Pubbesitzers stand, hatte er teilweise einen Ausblick bis zu seinem Arbeitsplatz in der Innenstadt.

»Ich hab' doch schon mit den Bu... mit der Polizei gesprochen«, sagte Douglas Svensson.

»Einmal ist keinmal.«

»Bitte?«

»Manchmal müssen wir nachhaken«, sagte Winter und grübelte darüber nach, ob der Mann der richtige Typ für einen Lokalbesitzer war. Douglas Svensson sah aus, als wäre er auf eine Bühne gedrängt worden oder als hätte man ihn gezwungen, etwas zu sagen, wo er doch beschlossen hatte, nicht mit der Welt zu reden. Winter hatte seinen Pub nie besucht. Dort war er vielleicht ein echter Sonnenschein.

»Kommen Sie bitte mit hoch«, sagte Svensson.

Sie hatten mit den zwei Jungen gesprochen, von denen Bolger Winter die Namen angegeben hatte, die Bolger wiederum von Douglas Svensson wußte, Jamie Robertsons Bekannte. Es war nichts weiter dabei herausgekommen, nicht mehr, als daß die

Jungen möglicherweise homosexuell veranlagt waren, aber daß sie nicht sagen konnten, ob das auch für Jamie galt. Aber das hätte sich bald gezeigt, hatten sie gesagt, und Winter hatte überlegt, was sie meinten. Dann hatten sie nicht mehr darüber reden wollen. Winter hatte den Eindruck, daß sie Angst hatten.

Es war in mehr als einer Hinsicht verwirrend.

Nun wartete Douglas Svensson, daß der Polizist etwas sagte. Winter zog das Phantombild aus seiner Aktentasche und reichte es hinüber.

»Kommt Ihnen dieses Gesicht irgendwie bekannt vor?«
»Wer ist das?«
»Ich will nur wissen, ob Sie irgend etwas in diesem Gesicht wiedererkennen.«
»Irgendwas? Wie die Nase da oder die Augen?«

Douglas Svensson blickte auf das Bild, drehte es ein wenig in den Händen und blickte wieder auf Winter.

»Der sieht aus wie einer vom Mars.«
»Es ist ein Computerbild nach einem Augenzeugen.«
»Computer, äh?«
»Ja.«
»Was ihr alles könnt.«
»Kennen Sie das Gesicht?«
»Nein.«
»Nichts?«
»Nicht einmal die Nase.«

Winter überlegte, wie er weiter vorgehen sollte. Das könnte wichtig sein. Mißtrauisch vor der Fortsetzung blickte ihn Douglas Svensson an.

»Wie war . . . Jamie als Person?« fragte Winter.
»Bitte?«
»Jamie Robertson. Kam er leicht mit den Leuten zurecht?«
»Mit was für Leuten?«
»Fangen wir bei Ihnen und den Angestellten an.«

»Das bin ich und noch einer und ein halber.« Dann fügte er hinzu: »Also jetzt, danach.«

»Ich weiß.«

»Warum fragen Sie dann?«

»Die Frage war, wie Sie miteinander ausgekommen sind.«

Der Pubbesitzer sah aus, als hätte er etwas sagen wollen, sich dann aber anders besonnen. Sein Gesicht bekam eine andere Schattierung, als hätte er eben erst verstanden, was passiert war. Die Haut wurde dunkel, der Blick ging in eine andere Richtung. Vielleicht ist das eine Art Trauer, dachte Winter.

Er wartete. Auf der Schnellstraße draußen brauste der Schwerverkehr zum und vom Tingstadstunnel vorbei. Es muß schwer sein, sich an dieses Geräusch zu gewöhnen, dachte er.

Irgendwo hier draußen habe ich mit zwei Autodieben telefoniert, und er sah das Opfer vor sich: Ihre Telefonnummer lag in seiner Brieftasche als eine Versicherung gegen schlechtere Zeiten. Er hatte überlegt, sie anzurufen, vor allem aus Neugier, aber dann hatte die Zeit nicht gereicht.

»Wir sind immer gut miteinander ausgekommen«, sagte Douglas Svensson jetzt. »Jamie war ein beliebter Kerl, und sein Englisch, oder man muß wohl Schottisch sagen, war ein Plus für den Pub.«

»Nie irgendein Krach?«

»Mit einem von uns? Nie.«

»Auch nicht mit jemand anderem?«

»Krach zwischen den Angestellten in meinem Pub und unseren Gästen? Warum sollte es dazu kommen?«

»Das ist normal.«

»Bei mir?«

»Überhaupt.«

»Aber was zum Teufel... das ist, wenn man Fälle für den Psychiater als Türsteher anstellt. Wir haben keine Türsteher und folglich keine Fälle für den Psychiater. Ich habe nicht mal eine Garderobe.«

»Okay«, sagte Winter, »wenn wir auf damals zurückkommen. Gab es Stammgäste, mit denen Jamie etwas mehr gesprochen hat?«

»Davon weiß ich nichts.«

»Stammgäste haben Sie aber?«

»Viele. Mehr als ihr unten in der U-Haft, glaube ich«, sagte Douglas Svensson, ohne mit der Miene zu verraten, ob das als Scherz gemeint war.

Winter dachte daran, was Bolger gesagt hatte. Douglas Svensson hatte von einem Gesicht gesprochen, das mehr als einmal aufgetaucht war. Kein Stammgast oder ein neuer Stammgast. Winter wollte Bolgers Namen nicht erwähnen. Er drehte sich im Kreis, kam näher, lenkte das Gespräch ganz vorsichtig und gleichzeitig so zielstrebig, wie er wagte, in seine Richtung.

»Keine neuen Stammgäste?«

»Wie?«

»Keine neuen Typen, die an der Theke rumhingen und mit Jamie sprachen oder so?«

»Alle und keiner sprechen mit einem Barkeeper«, sagte Douglas Svensson, als übe er, neue geflügelte Worte zu schaffen. »Der Barkeeper hört zu, wenn wir Menschen es schwer haben, und das hebt uns ein bißchen.«

»Das ist gut gesagt.«

Douglas Svensson nickte, wie Aristoteles es wohl gegenüber einem Schüler getan hätte: Die Tragödie ist der Weg zur Läuterung, mein Sohn.

Wir vertrauen auf Den Großen Barkeeper im Himmel, dachte Winter, The Father And The Son And The Holy Ghost, und er hörte eine zersplitterte Reihe von Tönen im Kopf.

»Jamie Robertson war also ein guter Zuhörer?«

Douglas Svensson schlug mit dem Arm aus, als verstünde sich das von selbst. Der Bursche mochte jung gewesen sein, aber er war schließlich Barkeeper.

»Jemand Besonderes, dem er häufig zuhörte?« fragte Winter.

»Das kann man nicht direkt sagen, man hat ja selbst alle Hände voll zu tun, wenn man hinter der Theke arbeitet.«

»Aber kein Besonderer?«

Douglas Svensson antwortete nicht.

»Kein Besonderer?« wiederholte Winter.

»Da war einer... den ich vorher nicht gesehen hatte, der öfter kam... vielleicht einige Wochen, bevor Jamie... bevor das passierte«, sagte Douglas Svensson.

Endlich, dachte Winter. Eine wunderbare Arbeit, wenn die Kugel nach dem dreißigsten Versuch ins Loch rollt.

»Sie haben also ein bestimmtes Gesicht wiedererkannt?«

»Ich weiß nicht, ob ich das sagen kann. Also ob ich jetzt jemand wiedererkennen würde. Aber da war einer, der einige Male an der Bar saß und den ich vorher nie gesehen hatte.«

»Haben Sie mit ihm gesprochen?«

»Daran erinnere ich mich nicht.«

»Aber Jamie hat mit ihm gesprochen?«

»Dieser Typ saß oder stand einige Male da, als Jamie Dienst hatte, wenn Happyhour war und wir beide arbeiteten, das heißt jeder seinen Teil der Theke abdeckte.«

»Dann könnte er mit Jamie gesprochen haben?«

»Er muß ja bestellt haben.«

»Würden Sie ihn wiedererkennen?«

»Ich weiß es nicht, das habe ich ja schon gesagt.«

»Aber er sah dem hier nicht ähnlich?« fragte Winter und zeigte auf das Bild, das auf dem Tisch zwischen ihnen lag.

»Kein bißchen«, antwortete Douglas Svensson.

»Dann machen wir ein besseres«, sagte Winter.

Bertil Ringmar hielt die Ermittlungen gemeinsam mit Winter zusammen, machte allen Dampf. Er hatte eine halbe Grippe, zeigte es nicht, hustete sich in den frühen Morgenstunden halb tot und versteckte sich wegen der schlechten Luft während der Arbeitstage. Er hätte gern ein Wort mit Birgersson geredet, bemühte sich aber nicht darum.

Sie stießen durch einen Zufall zwischen dem dritten und vierten Stock zusammen, als Abwechslung zu den stummen Begegnungen im Aufzug diesmal auf der Treppe. Sie hatten einander nichts zu sagen, schüttelten sich aber die Hände.

»Es läuft gut, höre ich«, sagte Birgersson.

»Sehr«, sagte Ringmar.

»Dank dir, Bertil«, sagte Birgersson.

Ringmar antwortete nicht, sondern neigte nur demütig den Kopf, um zu zeigen, wieviel ihm die guten Worte bedeuteten.

»Sieh zu, daß Winter nichts Unüberlegtes tut«, sagte Birgersson, »dieser Grünschnabel hat ein Talent dazu, und hinterher sind wir alten Uhus diejenigen, die in den Ruinen aufräumen müssen.«

Mit Freunden wie dir braucht man keine Feinde, dachte Bertil Ringmar. Das hält einen ununterbrochen in Trab, bringt einen dazu, sein Bestes zu tun.

»So ist es«, sagte er nach einer kleinen Weile.

»Was?« fragte Birgersson.

»Daß wir Polizisten es sind, die in den rauchenden Ruinen der schwedischen Wohlfahrtsgesellschaft aufräumen müssen.«

Birgersson starrte ihn an.

»So ist es«, sagte Ringmar, »nur so alte Uhus wie wir begreifen das.«

»Wir müssen weiterdiskutieren«, sagte Birgersson. »Ich muß deine Ansicht zu dem Fall so schnell wie möglich hören.«

»Heute mittag?«

»Äh... ich habe eine Sitzung, aber... nein, ich muß nachsehen. Ich rufe dich an.«

Ringmar nickte und lächelte kameradschaftlich. Dieser Handschlag war ansteckend, dachte er. Du wirst verhindert sein, Sture.

»See you«, rief Detective Super Intendent Sture Birgersson und war weg.

Ringmar ging in sein Zimmer, griff zum Telefon, das sofort zu läuten begann, als wäre es mit einem Warndraht über der Schwelle verbunden.

»Hallo?« brummte er.

»Hier ist ein Gespräch, das du annehmen solltest«, sagte Janne Möllerström.

»Und warum?«

»Es ist der Brieffreund. Der andere Brieffreund.«

»Wer?« fragte Ringmar, begriff dann aber. »Verdammt, stell ihn sofort durch.«

Es knackte in Ringmars Ohr, dann war eine Stimme zu hören.

»Ja, hallo?«

»Kriminalkommissar Bertil Ringmar hier.«

»Ja...«

»Wer ist am Apparat?«

»Muß ich das sagen? Ich habe...«

»Worum handelt es sich?« unterbrach ihn Ringmar.

»Na ja, das, was da letztens in der Zeitung gestanden hat... daß Sie jemand suchen, der vielleicht Briefwechsel hatte mit dem englischen Jungen, der... der ermordet worden ist.«

»Ja?«

»Das war ich«, sprach die Stimme ins Telefon.

Ringmar wartete auf mehr. Die Stimme klang jung, aber man konnte nie wissen. Manchmal hatte er sich Telefonstimmen als höchstens zwanzig vorgestellt, und wenn sie dann ein Gesicht bekamen, hatte er fünfzig Jahre drauflegen müssen.

»Hallo?« sagte die Stimme.

»Sie haben sich mit Geoff Hillier geschrieben?«

Keine Antwort.

Bertil Ringmar wiederholte die Frage.

»Ja«, antwortete der Brieffreund.

»Das ist sehr wichtig für uns, ich muß Sie zu einem Gespräch treffen.«

»Gespräch?«

»Ja. Es geht nicht um ein Verhör oder so«, sagte Ringmar.

»Reicht es nicht so?«

»Nein.«

»Ich weiß nicht...«

»Wir brauchen Hilfe, das hier aufzuklären, und Sie können derjenige sein, der entscheidet, wie es für uns läuft.«

Gleich sage ich, daß dieses Gespräch in diesem Moment zurückverfolgt wird und daß wir in zehn Minuten in seiner Wohnung sind, dachte Ringmar.

»Wir können ein Auto schicken.«

»Nein... ich komme selbst.«

24

Lars Bergenhem war in den Raum zurückgegangen, in dem die Show lief. Auf der Bühne standen zwei Frauen, die er nicht sofort wiedererkannte. Nach einer kleinen Weile sah er, daß die eine, die ältere, noch da war. Die jüngere Frau war nicht da.

Er hatte sich wieder an den Tisch gesetzt. Das Lokal war kleiner, dichter und rauchiger geworden. Jetzt waren mehr Männer da, sie füllten die Tische ringsum, verfolgten die Stripshow mit hungrigen Augen. Tina Turner sang ein Lied darüber, was die Liebe mit der Sache zu tun hat.

Jetzt sah Bergenhem die jüngere Frau, die an einem der Tische saß und mit zwei Männern sprach, und ihm gefiel nicht, was er sah.

Er empfand Staunen, unmittelbar nachdem er gespürt hatte, daß ihm die Szene nicht gefiel; er hieß es nicht gut, daß sie mit diesen zwei verdammten Schweinekerlen redete. Es ist nicht meine Moral, die mich veranlaßt, eine Flamme heißen Zorns zu empfinden oder Kummer oder was zum Teufel es ist, was ich empfinde, dachte er, ich habe nichts damit zu tun, aber ich mag nicht, daß sie dort sitzt und mit den beiden spricht.

Sie ist in meinem Alter, wenn sie keine Vierzehnjährige ist, die schnell gealtert ist. Die Alten sind fünfundvierzig und ohnehin nicht zu retten. Scheiß drauf, ich darf überhaupt nichts daran finden.

Nun stand sie auf, und einer der Männer folgte ihr. Sie gingen durch eine Tür rechts, unterhalb der Bühne. Bergenhem folgte ihnen mit dem Blick.

»Inspektor Bergenhem?«

Eine Bewegung an seiner rechten Seite. Er blickte zu einem Mann auf, der an den Tisch getreten war, ohne daß er es gehört hatte; blondes Haar, Pferdeschwanz, ein Anzug, der matt in den Farben von der Bühne glänzte, ein Körper darunter, der das eine oder andere Kilo stemmte, dachte Bergenhem, aber ich sehe bei diesem Licht nicht gut.

Er richtete sich ein wenig auf.

»Ja?«

»Sie haben nach mir gefragt?«

»Ganz recht«, sagte Bergenhem und stand auf, »es geht um ein paar Fra...«

»Gehen wir vielleicht in mein Büro?« sagte der Mann und schaute sich im Lokal um. Er erfaßte die Szene mit einem Blick, dann sah er wieder Bergenhem an. »Hier entlang«, fuhr er fort und zeigte auf den Raum, in dem die Zeitschriften reihenweise standen.

Sie gingen in ein Zimmer gleich links hinter dem Vorhang. Das Zimmer hatte ein Fenster auf einen Hinterhof, und das wunderte Bergenhem. Es war das erste Fenster, das er im *Riverside* sah. Der Mann blieb an der Tür stehen, als wartete er darauf, daß Bergenhem etwas tat, etwas sagte.

»Ich bin froh, daß Sie mit offenen Karten spielen«, sagte er schließlich.

»Wie?«

»Offene Karten«, sagte der Mann, »es ist gut, daß die Polizei nicht herumschleicht und so tut, als wäre sie jemand anderes.«

»Das wäre wohl schlecht möglich.«

»Nach einer Weile.«

»Eben.«

»Aber es nervt einen, als würde man uns nicht zutrauen, uns selbst um uns zu kümmern, uns unserer Tätigkeit zu widmen.«

Bergenhem sagte nichts. Er hörte Bruchstücke der Tätigkeit durch die südliche Wand, Tina Turner, aber vor allem den Baß unter dem schmalzigen Soul, und das klang, als sänge Tina mit einer Tonne um den Kopf.

»Und jetzt haben Sie nach mir gefragt«, sagte der Mann.

»Es wäre nicht nötig gewesen, mich von draußen zu holen«, sagte Bergenhem.

»Hier haben wir nichts zu verbergen.«

»Das glaube ich auch nicht.«

»Worum geht es also?«

Bergenhem berichtete, soviel er preiszugeben befugt war. Er hört zu, als hätte er Ohrenstöpsel im Kopf, aber ich sehe, daß alles hängenbleibt, dachte Bergenhem, er hört alles und antwortet nur auf das, was er angeblich gehört hat.

Bergenhem nannte keine Details der Ermittlung. Er erläuterte einen Verdacht, das war alles.

»Snuff movies? Filme mit Live-Morden? In Göteborg?«

Der Mann saß zurückgelehnt und mit übergeschlagenen Beinen auf einem der beiden Sessel im Zimmer. Er rauchte eine Zigarette; der Rauch schwebte langsam zum Fenster und verschwand durch einen Spalt hinaus in die Nacht.

Bergenhem hörte zwei Zugsignale durch die Öffnung. Der Bahnhof lag dreihundert Meter weit weg, öde und zugig und spärlich besetzt mit Güterwagen, die gegeneinander stießen.

»Nie von so was reden gehört«, sagte der Mann mit deutlichem Zweifel im Gesicht. »Warum kommen Sie zu mir?«

»Wir kommen zu allen, die in dieser Branche tätig sind«, log Bergenhem.

»Nie von so was reden gehört«, wiederholte der Mann.

»Das müßten Sie eigentlich.«

»Glauben Sie, ich lüge?«

»Diese Art von Filmen«, verdeutlichte Bergenhem, »Sie müssen doch wohl von dieser Art von Filmen reden gehört haben?«

Der Mann sah Bergenhem an, als nähme er ihn auf den Arm.

»Nehmen Sie mich auf den Arm?«

»Wie bitte?«

»Es geht doch wohl um gefilmten Mord in Göteborg, wenn ich es richtig verstehe. Nicht, was zum Teufel man in Kolumbien oder Los Angeles oder London treibt oder wo es sonst populär ist.«

»Haben Sie nie so einen Film gesehen?« fragte Bergenhem und merkte sofort, daß er einen Fehler begangen hatte. Ich bin plump, dachte er, aber es ist für einen guten Zweck.

»Ich sitze hier aus freien Stücken und antworte freundlich auf Ihre idiotischen Fragen.«

Bergenhem sagte nichts, sondern dachte über sein weiteres Vorgehen nach. Der Wind draußen trug etwas herüber, das wie der Zusammenstoß zweier Waggons klang, Eisen gegen Eisen.

»Aber bitte sehr«, sagte der Mann, »so einen Film habe ich nie gesehen. Sie etwa?«

»Was?«

»Haben Sie so einen Film gesehen? Sie sind Kriminalinspektor, ich nehme an, Sie kriegen so ziemlich alles zu sehen.«

»Nie.«

»Und warum nicht?«

Bergenhem sank ein bißchen tiefer in den Sessel. Die Baßklänge durch die Wand wurden schwerer und tiefer, als ob der Tanz nebenan das Tempo geändert hätte. Er hörte keine Stimmen durch die Wand, nichts durch die Tür.

Der Mann drückte seine Zigarette aus, stand auf, ging ans Fenster und öffnete es zwanzig Zentimeter, als wolle er die giftige Luft hinauslassen.

Bergenhem hörte nun von draußen nur Stille, als wäre der vorherige schmale Spalt eine Voraussetzung gewesen, Geräusche zu erfassen. Ein offenes Fenster bedeutete Stille. Das ist wie mit den neuen Zügen, dachte er. Sie haben eine größere Geschwindigkeit, machen aber weniger Geräusch. Am Ende hört man sie überhaupt nicht mehr und bemerkt sie erst, wenn sie einen überfahren haben.

Der Mann schloß das Fenster und wandte sich an seinen Gast.

»Sie haben so was nicht gesehen, weil es das nicht gibt«, sagte er. »Göteborg ist nicht mehr so harmlos, wie es einmal war, aber hier in der Stadt gibt es keinen Markt für Live-Mord im Film.«

Bergenhem hörte zu, wartete.

»Sie glauben, ich bin ... Idealist, halte die Leute in der Stadt für gut? Wenn es darum geht, sind Sie an den Falschen geraten. Aber das würde hier nicht laufen. Wir sind noch nicht schlecht genug oder frustriert und verschroben genug.«

»Noch nicht?«

»Noch nicht, ja, das kommt, aber wir sind noch nicht richtig bereit dafür.«

»Sie wirken ziemlich sicher.«

»Wissen Sie, warum ich darüber überhaupt etwas zu Ihnen sage? Weil es auch bei uns eine Moral gibt.«

»Wie sieht die aus?«

»Was?«

»Wie sieht diese Moral aus? Besteht sie aus Menschenliebe und Gewinnstreben zu gleichen Teilen?«

Der Mann blickte ihn an, als überlege er, wohin er die Leiche nachher kippen sollte.

»Es gibt Grenzen«, sagte er kurz.

»Also nur hier in der Stadt?«

Der Mann antwortete nicht, zupfte an einer Naht am Sakko, strich sich über den Nasenrücken und würde binnen einer Minute aufstehen und für die Aufmerksamkeit danken. Soviel begriff Bergenhem. Würde dieser Mann etwas sagen, wenn er irgendeinen Verdacht in einer Richtung hätte? Das Gerede von Moral hatte groß und hohl getönt, wie das Baßgeräusch durch die Wand. Es hatte gerade aufgehört, die Show legte wohl eine Pause ein.

»Sie haben nie irgendwelche Wünsche von ... Gästen gehört, die etwas mehr über irgendwas Spezielles wissen wollten?« fragte Bergenhem.

»Nur von Ihnen«, antwortete der Mann.

»Nichts, was über das sichtbare Sortiment hinausgeht?«

»Das sichtbare Sortiment? Das ist was Neues.«

»Sie wissen, was ich meine.«

»Nein.«

»Sie wissen nicht, was ich meine? Kamen ...«

»Ich meine, daß solche Wünsche nicht an mich herangetragen werden, weil wir alles haben, was unsere Gäste sich wünschen könnten. Ich weiß nicht, wie gut Sie mit der modernen Filmkunst vertraut sind, aber ich glaube, Sie würden sich wundern, wieviel heute gesetzlich zulässig ist, Inspektor.«

»Okay.«

»Noch was?«

Im Moment nicht, dachte Bergenhem, aber ich komme wieder. Es gibt etwas, das du hier zu mir gesagt hast und das ich nicht erfaßt habe ... noch nicht. Ich hätte ein Tonbandgerät mitnehmen sollen. Ich muß weg und das Gespräch aufschreiben.

»Nein«, sagte Bergenhem und stand auf.

Sie gingen aus dem Zimmer. Bergenhem hörte die Musik wieder anlaufen und ging zum Vorhang und der Öffnung zum Showraum. Er ging hinein, sah nach dem Tanz, die jüngere Frau war da, und sie bewegte sich zu Tina Turners Stimme, die Augen in eine andere Welt gerichtet. Bergenhem blieb stehen. Als er weiterging, sah ihm der Mann nach.

Sie saßen in Ringmars Zimmer. Es war später Nachmittag. Winter las das Verhörsprotokoll.

»Was hältst du davon?« fragte Ringmar.

»Dazu läßt sich nicht viel sagen«, meinte Winter.

»Es war, als ob er sich geschämt hätte«, sagte Ringmar.

»Weil er von dem Brief nichts hat verlauten lassen?«

»Du weißt, was ich meine.«

»Es ist schon schlimm, daß die Leute damit immer noch heimlichtun müssen, trotz aller Offenheit.«

»Kann es irgendeinen anderen Brief geben?« Das war Ringmar, der laut dachte.

»Daß ein anderer Brief eine der Verlockungen für Geoff Hillier war, hierher nach Göteborg zu kommen? Das glaube ich erst, wenn ich ihn sehe.«

»Ist das üblich, das da mit dem Netz?«

Ringmar hatte auf das Protokoll gezeigt.

»Die Leute bekommen ziemlich viel Kontakt durch das Internet«, sagte Winter. »Bei Hillier und dem Jungen hier war es offenbar so.«

»Er konnte aber nicht richtig erklären, warum sie mit gewöhnlichen Briefen weitergemacht haben«, sagte Ringmar.

»Ich habe nachgedacht, warum Hillier von diesem Brieffreund keinen Brief bei sich hatte«, sagte Winter. »Er hatte doch keinen Grund, ihn zu vernichten?«

»Nein.«

»Wo ist er dann?«

»Vielleicht war er nicht der Typ, der Briefe aufhob?«

»Einen Brief von einem Freund? Der ein starker Grund war, daß er hierherfuhr?«

Bertil Ringmar schlug mit den Armen aus wie zur Verteidigung.

»Bestimmt hat er ihn aufgehoben«, meinte Winter, »aber ein anderer hat sich drum gekümmert.«

»Warum?«

»Weil etwas darin stand, was etwas verriet.«

»Was denn?«

»Ich denke darüber nach.«

»Und er hat ihn genommen? Hitchcock hat ihn genommen?«

»Ja.«

»Weil etwas darin stand, was uns einen Hinweis geben könnte?«

»Weiß nicht. Ich denke darüber nach.«

Winter griff nach seinen Corps, sah dann aber ein, wo er war. Ringmar war kein Freund von Zigarillorauch im Zimmer, dessen Kringel und Duft Lichtjahre lang hängenblieben.

»Sollen wir zu mir rübergehen?« fragte Winter.

»Stimmt was nicht mit meinem Zimmer?« sagte Ringmar und lächelte boshaft. »Her mit dem Päckchen.«

»Bitte?«

»Gib mir das stinkende Päckchen«, wiederholte Ringmar.

Winter zog es aus der Innentasche und schmiß es nach dem Kollegen. Ringmar hielt die eine Seite des Päckchens vor die Augen, als wäre er stark kurzsichtig.

»Tobacco seriously damages health«, las er vor.

»Es gibt auch eine Mitteilung auf der Rückseite«, sagte Winter, und Ringmar drehte das Päckchen um.

»Smoking causes cancer«, las Ringmar.

»Es sind bloß Zigarillos«, sagte Winter, »und ich mache keine Lungenzüge.«

»Dann hätten sie nicht die kleinen Zettel draufzukleben brauchen oder wie?«

»Du bist eine politisch korrekte Person, Bertil. Du wirst noch Kettenraucher.«

»Mhm.«

»So ergeht es den Korrekten.«

»Was hat das mit Selbstmord zu tun?«

»Selbstmord?«

»Die Dinger hier«, sagte Ringmar und warf das Päckchen zurück. Winter fing es auf und stecke es wieder in die Innentasche.

»Um von etwas anderem zu reden.« Winter legte die Papiere weg. »TV3 will sich so schnell wie möglich darüber hermachen.«

»Ich weiß.«

»Das können wir noch brauchen.«

»Ich frage mich, wieviel wir sagen sollen?«

Winter sagte nichts. Sie hatten es schon früher mit der Sendung *Steckbrief* probiert. Das Resultat war gemischt, aber sie hatten immer eine Menge Anregungen für die Fahndung bekommen. Die Menschen lasen keine Zeitungen wie im Altertum. Sie sahen fern. Etwas, das sie im Fernsehen sahen, konnte die Ermittlung weiterbringen. Die Schwierigkeit war, ein Programm zu ihren, der Polizei, Bedingungen zu bekommen. Es ging nicht um die Fernsehleute. Es war mehr eine Frage der Planung: Wieviel sollte man sagen, wieviel konnte man für sich behalten und trotzdem Hilfe bekommen?

Es gab Fälle, die waren mit Hilfe von *Steckbrief* gelöst worden. Schwere Gewaltverbrechen.

Das schwerste war, ein Verhalten zu beschreiben, dachte er. Das Verhalten eines Vergewaltigers oder Mörders... Sie konnten nie Details des Opfers von... dem Vorfall preisgeben, aber sie konnten dazu beitragen, ein Bild herzustellen, wie ein Verbrecher sein könnte. Sein Verhalten. In mancher Hinsicht. Ob er sich auf eine besondere Weise bewegt hatte. Solche Dinge.

»Ich denke an die Vergewaltigungen letztes Jahr«, sagte Ringmar.

»Genau das tu' ich auch«, sagte Winter.
»Es war die Sendung, die es geschafft hat.«
»In gewisser Hinsicht.«
»Es war das, was wir brauchten.«

So war es, dachte Winter jetzt, sie hatten eine Serie Vergewaltigungen gehabt und ein Auto und Beschreibungen, was passiert war und wie es im Auto ausgesehen hatte. Die Vergewaltigungen waren im Auto des Mannes begangen worden.

Darin befanden sich Dinge, die die Opfer gesehen hatten, aber sie, Winters Fahnder, waren mit diesen Details nicht hausieren gegangen.

Sie hatten nicht von dem Sprung in einer Fensterscheibe gesprochen, einem Sprung, der ganz besonders aussah, je nachdem, von wo man ihn sah. Oder was vom Rückspiegel hing.

Es war immer dunkel gewesen, aber die Opfer hatten dieselben Sachen gesehen, kleine Dinge, die wichtig waren, die aber die Fahndungsarbeit nicht genügend voranbrachten. Wir brauchten etwas mehr, dachte Winter. Wir wußten nicht, was für ein Auto es war. Der Mann bewegte sich frei. Es würde wieder passieren, soviel wußten wir.

Nachdem das Programm zweimal gesendet worden war, rief eine Dame an, die ziemlich viel Zeit hinter ihrem Fenster in der Wohnung in Landala verbrachte. Es war Ringmar gewesen, der das Gespräch angenommen hatte.

»Ich glaube, ich habe einen Mann gesehen, der in ein Auto gestiegen ist und so gewesen ist, wie Sie es gezeigt haben«, hatte sie gesagt, unbestimmt, in der Art der schußligen alten Schach...

»Ja«, hatte Bertil gesagt und wieder mal einer Zeugin zugehört, die sich einbildete, etwas gesehen zu haben.

Als sie sagte, wo sie wohnte, hatte er sich ein bißchen gerader aufgesetzt. Es war da... eine der Vergewaltigungen hatte in der Gegend stattgefunden. Sie wußte, wann sie den Mann gesehen hatte. Die Zeit stimmte.

»Es war ein bißchen komisch«, hatte die Dame gesagt. »Vielleicht bin ich bloß dumm, aber ich habe auf jeden Fall die Autonummer aufgeschrieben.«

Als sie ihn dann kontrollierten, stimmte alles überein, die Zeiten, wo er gewesen war. Der Sprung in der Scheibe war repariert, aber das reichte nicht für ihn. Danach war es nur noch eine Frage der Verhörtechnik. Es dauerte neun Tage, und dann war es klar, dachte Winter.

»Wir machen wohl einen Versuch, aber nicht gleich jetzt«, sagte er. »Neulich nachts dachte ich an den Flugverkehr.«

Es klang, als hätte Ringmar geseufzt.

»Wir haben die Passagierlisten angefordert«, sagte er, »und sie kommen allmählich herein. Man braucht ein zusätzliches Zimmer dafür. Von zusätzlichem Personal ganz zu schweigen.«

»Drei Monate zurück?« fragte Winter.

»Ja«, sagte Ringmar.

»Abflüge von Landvetter werden ein Jahr aufgehoben, soweit es den sogenannten Stationsdienst betrifft.«

Winter wartete auf die Fortsetzung.

»Es ist ein Schuß im Dunkeln, Erik.«

»Wie viele Flüge gibt es täglich zwischen London und Göteborg?« fragte Winter.

»Fünf hin und zurück an jedem Werktag«, antwortete Ringmar. »Der erste mit SAS zehn nach sieben und der letzte Viertel vor sechs mit British Airways. An Sonntagen fliegt SAS um zehn vor sechs nach Heathrow, das bedeutet sonntags sechs Flüge hin und zurück.«

»Alle gehen wohl von hier nach Heathrow?«

»British Airways hat morgens um Viertel nach sieben eine Kiste nach Gatwick.«

»Mit der bin ich einmal geflogen.«

»Ja, genau, du hast ja eine Sammelkarte.«

»Hatte«, korrigierte Winter.

»Es sitzen zwischen hundert und hundertzwanzig Passagiere

in jedem Flieger zwischen Göteborg und London und umgekehrt«, sagte Ringmar.

Winter nickte.

»Weißt du, wie viele das im Jahr sind?« fragte Ringmar.

»Ich hab' meinen Taschenrechner nicht dabei«, sagte Winter.

»Dreihunderttausend Passagiere in einem Jahr.«

»Das sind viele.«

Ringmar antwortete nicht.

»Wir grenzen die Zeit ein«, sagte Winter.

»Nicht genug.«

»Irgendwo müssen wir anfangen.«

»Ich schlage vor, wir beginnen, vorausgesetzt, wir kommen überhaupt dazu, mit den Flügen, in denen die Jungen saßen«, sagte Ringmar. »Aber wir haben die Statistik aus London für die Abflüge nach Göteborg noch nicht bekommen.«

»Und dann gehen wir Woche für Woche zurück«, fuhr er fort.

»So machen wir es«, sagte Winter.

»Es bleibt trotzdem eine Unmenge Passagiere.«

»Ich nehme an, daß die Fluggesellschaften das Reiseziel bei jedem Namen auf der Liste angegeben haben?«

»Das weiß ich nicht.«

»Das dürfte so sein. Dann können wir die aussortieren, die in Göteborg eingecheckt haben, aber nach Blackpool oder Kapstadt weiterfliegen.«

»Wenn sie nicht reingelegt werden.«

»Ich versuche hier, bei diesem unmöglichen Auftrag, den ich uns besorgt habe, konstruktiv zu sein«, sagte Winter.

»Entschuldigung, Entschuldigung.«

»Bleiben die übrig, die nur zwischen London und Klein-London hin und zurück geflogen sind.«

»Mit ihrem eigenen Paß.«

»Ja.«

»Die vergleichen alle Tickets mit den Pässen, aber die unter falschem...« sagte Ringmar, ohne den Satz zu beenden.

»Dann brauchen wir nur alle aufzuspüren und zu kontrollieren, die mit dem richtigen Paß gereist sind«, sagte Winter und lächelte, »es ist nur eine Frage des Ausschließens. Wir packen die, die ihre Pässe nicht vorweisen können.«

»Wir können als erste die überprüfen, die innerhalb kurzer Zeit hin und zurück gereist sind... innerhalb einer Woche oder so«, schlug Ringmar vor.

»Das ist konstruktiv.«

»Das ist eine konstruktive Idiotenarbeit.«

»Wir schließen soviel wie möglich aus«, sagte Winter. »Einer muß sich damit befassen.«

Bertil Ringmar antwortete nicht, er sah aus, als kämpfte er mit der nächsten Frage, kratzte sich am Oberarm.

»Vielleicht ist es konstruktiv, hier einen Zusammenhang zu sehen, aber ich bin davon nicht so überzeugt wie du, Erik.«

»Ich bin nie überzeugt«, sagte Winter.

»Es gibt eigentlich nichts, was besagt, daß wir es mit einem reisenden Mörder zu tun haben«, sagte Ringmar. »Tatsächlich gibt es nichts, das uns *sagt,* daß wir es mit *einem* Mörder zu tun haben.«

Winter antwortete nicht, weil es darauf keine Antwort gab. Sie arbeiteten von Theorien her und prüften sie eine nach der anderen, mitunter mehrere auf einmal.

Sie ließen nichts fallen, ehe sie nicht mehr weiterkamen, und auch dann ließen sie es nie völlig fallen.

»Die drei Jungen sind auf ähnliche Weise ermordet worden, aber der Zusammenhang kann existieren, ohne daß der Mörder dieselbe Person ist«, sagte Ringmar, aber mehr zu sich selbst, da sie diesem Gedankengang schon hundertmal im Lauf der Ermittlung nachgegangen waren.

Wir machen ähnlich verrückt weiter, dachte Winter, wir denken laut, und plötzlich ist da einer, der etwas sagt, was noch nicht gesagt wurde, und da hakt man vielleicht ein. Machen wir also weiter.

»Die Morde sind von ein und derselben Person bestellt, aber nicht ausgeführt worden«, sagte er.

»Vielleicht.«

»Warum?«

»Warum sie bestellt sind? Kommerzielle Gründe. Ich glaube an die Sache mit den Filmen. Das dürfte ich eigentlich nicht, aber ich tu's trotzdem.«

»Wir haben keine Verbindung zwischen den Jungen gefunden«, sagte Winter.

»Nicht mehr, als daß sie vielleicht alle drei homosexuell oder bisexuell waren.«

»Aber auch das wissen wir nicht hundertprozentig.«

»Die Jungen bekamen keine Gelegenheit, ihre Veranlagung zu entfalten«, sagte Ringmar.

»Aber darin kann ein Zusammenhang liegen.«

»Vielleicht.«

»Und das kann der sein, der zu ihrem Tod führte, indirekt oder sehr direkt.«

»Das mußt du erklären.«

»Es war die Neugier auf etwas Heimliches oder Verbotenes, was sie dazu brachte, einen Fremden einzuladen«, sagte Winter.

»Es kann auch etwas anderes gewesen sein«, sagte Ringmar.

»Zum Beispiel?«

»Was würde dich dazu bringen mitzugehen?« fragte Ringmar.

»Viel Geld?«

»Nein.«

»Ein Filmvertrag?«

»Nein.«

»Eine Menge Whisky?«

»Nein.«

»Einer, den ich kenne.«

»Ja.«

Sie saßen still da. Ein Engel ging durchs Zimmer.

»Ich spüre, daß sich mir die Haare sträuben«, sagte Winter.

»Einer, den sie kannten«, wiederholte Ringmar.

»Möglich«, sagte Winter, »aber ich habe meine Zweifel.«

Ringmar antwortete nicht, er dachte weiter, lauschte in das Gespräch von eben zurück.

»Ich glaube, es ist dieselbe Person«, sagte Winter. »Er ist hier und dort gewesen, und er ist auch jetzt hier oder dort. In Göteborg oder in London.«

»Wir suchen nach dieser Person in der Vergangenheit der Jungen«, sagte Ringmar. »Gibt es sie dort, finden wir sie.«

»Dort werden wir die Person nicht finden«, sagte Winter, »nicht in deren Vergangenheit.«

»Die Vergangenheit«, wiederholte Ringmar, »wo verläuft die Grenze?«

Winter antwortete nicht.

25

Der Junge wartete mit den andern. Keiner sagte etwas, alle waren mit sich beschäftigt. Die Türen öffneten sich, und er stieg ein in den Flughafenbus. Er war müde, und das waren auch die meisten andern um ihn herum.

Der Bus fuhr durch das Zentrum, und die Reisenden stiegen zu. Sie standen fröstelnd mit ihren Taschen am Rand des Parks. Einige Flughafenangestellte stiegen am Korsvägen zu. Die Uniformen hatten scharfe Bügelfalten, sie gaben ihren Trägern einen wachen Ausdruck, der aber die Augen nicht erreichte, als würde die Kleidung ihn aufhalten.

Draußen auf der Autobahn versuchte der Chauffeur, die Schallmauer zu durchbrechen. Der Junge hörte den Überschallknall nicht, er befand sich zwischen Schlaf und Wachsein, Ijahmans Reggae in den Kopfhörern.

Der Bus hielt vor dem Eingang zur Auslandshalle. Er griff seine Tasche und stieg aus. Es schneite wieder, Reisende rannten fast mit ihren Gepäckwagen vom Autoparkplatz.

Drinnen stiegen Stimmen wie ein schläfriger Bienenschwarm zur Decke. Vor den Abfertigungsschaltern der SAS standen alle und warteten. Das Personal machte sich fertig, und es gab eine kleine Bewegung in der Schlange. Es war Viertel nach sechs am Morgen. Der Junge war früh dran. Die SAS-Maschine nach London Heathrow sollte planmäßig um zehn nach sieben starten. Er hatte nicht gefrühstückt, hatte vorgehabt, vor dem Abflug eine Tasse Kaffee und ein Käsebrot zu kaufen.

Jetzt war er an der Reihe. Er hielt seine Tasche hoch, damit sie sie sehen konnte.

»Ist das Ihr Gepäck?«

»Nur das hier. Ich nehme es mit ins Flugzeug.«

Die Frau in Blau warf einen Blick auf die Tasche und nickte, kontrollierte die Flugkarte und den Paß.

»Wo möchten Sie sitzen?«

Er zuckte die Achseln. Es war ihm gleichgültig.

»Fensterplatz in der Mitte? Ist das recht?«

Er zuckte wieder die Achseln, und die Frau lächelte, sie zog eine Bordkarte aus der Maschine und übergab sie zusammen mit der Rückflugkarte und dem Paß.

»Angenehme Reise.«

In der Cafeteria sah er jemanden, den er kannte. Er hatte seinen Kaffee getrunken und die Stulle gegessen. Er hatte noch Zeit bis zum Abflug. Meist saß er da und guckte nach allen, die zwischen den Duty-Free-Läden hin und her gingen. Er hatte versprochen, seiner Mutter Parfüm zu kaufen, aber er hatte gesagt, er würde warten, bis er zurückflog. Er hatte den Zettel in der Brieftasche. Die mußten das Parfüm doch auch in London haben, wenn nicht, war es Mist.

Der, den er kannte, kam auf ihn zu. Der Junge schaltete Dr. Alimantado aus, als der Doktor vor dem Schuppen im Slum von Kingston stand und die Polizei in der Stadt schlechtmachte. Die Musik hörte augenblicklich mit einem langgezogenen Schlußtakt auf. Er zog die Stöpsel aus den Ohren.

»Auch unterwegs, wie ich sehe.«

Der Junge nickte.

»London«, sagte er.

»Desgleichen. Aber nur einen Tag.«

»Einen Tag? Hat das Sinn?«

»Die wollen, daß ich irgendwelche Papiere hole. Als Kurier also.«

»Es gibt doch die Post«, sagte der Junge, »den gewöhnlichen Postweg.«

»Nicht für alles.«

»Nee.«

»Wie lange bleibst du dort?«

»Eine Woche ... glaube ich«, sagte der Junge.

»Steht das noch nicht fest? Da wird man direkt neidisch.«

Der Junge antwortete nicht, sonnte sich im Neid des andern. Das war wie ein zusätzlicher Reiz an der Reise, es noch einmal sagen zu können, ehe das Flugzeug aufstieg.

»Bist du schon mal in London gewesen?«

»Ja, aber nur einmal«, antwortete der Junge.

»Hast du schon eine Unterkunft festgemacht?«

»Dummerweise nein.«

»Hast du ein paar gute Tips bekommen?«

»Meine Alten reden von den Hotels in Bayswater von ihren Pauschalreisen, also wird es was dort sein, oder ich wohne in ein paar Hotels«, sagte der Junge. »Also in mehreren verschiedenen Hotels.«

»Arbeitest du nicht?«

»Ich studiere.«

»Okay.«

»Deshalb fliege ich eigentlich rüber oder damit ich einen Grund habe. Um Ausbildungsgänge abzuchecken, ich habe Unterlagen bekommen und will mit einigen Leuten sprechen.

»An Instituten?«

»Ja.«

»Was willst du studieren?«

Der Junge faltete die Serviette vor sich auf dem Tisch in immer kleinere Vierecke. Er warf einen Blick auf die Anzeigetafel, auf der nun die Aufforderung erschien, sich zum Gate zu begeben.

»Vielleicht Englisch«, sagte er, »oder Design und Foto auf einer Schule, die ziemlich interessant zu sein scheint.«

»Schwer reinzukommen?«

»Weiß nicht, aber jetzt müssen wir wohl gehen, wenn wir mitgenommen werden wollen.«

»Das hat keine Eile.«

»Dann ist da noch die Musik«, sagte der Junge, während er nach seiner Tasche griff und Anstalten machte aufzustehen.

»Die Musik?«

»Ich stehe auf den neuen Reggae, deshalb habe ich gedacht, ich könnte runter nach Brixton fahren und ein bißchen was Neues kaufen und was von den alten Sachen finden, die hier nicht zu kriegen sind.«

»Mhm.«

»Ich habe mehrere Stellen im Netz gefunden.«

»Plattenläden?«

»Alles mögliche, Läden, Tanzlokale, Klubs. Klingt cool.«

»Brixton? Ist das nicht weit?«

»Ein Stück U-Bahn, mehr nicht. Guns of Brixton mit Clash. Mein Alter hat die. Hast du die mal gehört?«

»Nein.«

Sie gingen zum Gate 18, legten Pässe, Tickets und Bordkarten vor und gingen an Bord. Der Junge hob seine Tasche in das Fach über seinem Sitz und zwängte sich zum Fensterplatz durch.

Er spannte den Sicherheitsgurt und sah durch die Scheibe hinaus. Die Bäume standen schwarz am Rand des Flugplatzes. Die Startbahnen waren ein Meer aus Beton.

Der Schnee klebte am Fenster und wurde zu Wasser. Es kam eine Mitteilung, die sich um die Sicherheit drehte, aber er hörte nicht bis zum Schluß zu, schaltete Dr. Alimantado wieder ein und schloß die Augen, schlug den Takt mit der Hand auf dem Schenkel.

Nach einer Weile fühlte er sich in den Sitz zurückgepreßt. Er öffnete die Augen und sah das Betonmeer draußen vorbeirauschen, wie graue Randstreifen vor einem durchsichtigen Hintergrund.

Danach sah er nichts. Sie stiegen direkt durch die Wolken auf und waren bald darüber. Er versuchte sich zu erinnern, wann er zum letztenmal einen blauen Himmel gesehen hatte. Es war gar nicht so lange her, aber er war nicht so blau wie dieser hier gewesen. Das hier ist das Leben, dachte er.

26

Die Rastlosigkeit saß wieder in ihm, er fühlte sie, als wartete sie im Zwerchfell, wie ein Wesen.

Bin ich nicht reif für diese Familie, dachte er? Ist der Schritt zu groß, oder stimmt etwas anderes nicht?

An diesem Abend hatte er den Murkel strampeln gespürt. Ihm war, als ob die Hand noch immer vibrierte. Mal klopfte sie vor Wärme, mal vor Kälte.

Ich sitze in der Mittelhand, dachte er, als er merkte, wie sich seine Finger bewegten, ohne daß er sie steuerte. Man verlangt etwas von mir, und ich bin mir nicht sicher, was. Ich muß etwas daraus machen. Die kleine Zutat, dachte er, und machte etwas mit dem Gesicht.

»Was gibt es?« fragte Martina und betrachtete ihn prüfend.
»Nichts.«
»Du hast eine Grimasse gemacht, als ob du an etwas Unangenehmes gedacht hättest.«
»Die Arbeit.«
»Was gibt es da?« fragte sie noch einmal.
»Es sind nur die späten Zeiten.«
»Hast du die ganze Woche Nachmittagsschicht?«
»Ja, aber eigentlich müßte es Abendschicht heißen.«
»Oder Nachtschicht. Du kommst heim und riechst nach Rauch.«

Er fuhr den Weg vom Reihenhaus und hinaus auf die Brücke. Einen Tag, oder jetzt zwei, war das Licht anders gewesen, wie ein Versprechen. Ob das in fünfzehn Jahren das gleiche Gefühl ist? Ist man immer bereit, auf den Frühling zu warten? dachte er. In fünfzehn Jahren sind die Bäume ums Haus hochgewachsen, und ich bin Kommissar und habe einen Murkel, der mit der Oberstufe im Gymnasium anfängt.

Da fahren wir an einen geheimen Ort, wie Birgersson, in der letzten Februarwoche, wenn alles nur ein Warten ist. Sture ist nicht braungebrannt, wenn er zurückkommt. Wo zum Teufel steckt er bloß? Hat ein erwachsener Mensch ein Recht auf Heimlichkeit?

Eisreste trieben auf dem Wasser unter ihm. Das Licht der Dämmerung traf auf die Oberfläche und verwandelte den Fluß in eine Flut aus gesplittertem Glas.

Ein Kutter spaltete die scharfe Oberfläche auf dem Weg zum offenen Meer, als hätte er Diamanten an der Schraube. Westlich der Brücke begegnete er *Havskatten*, das von Dänemark kam. Das Luftkissenboot schwamm durch die Luft. Nichts war von unten zu hören, es war nur eine große Bewegung ohne Geräusch.

Lars Bergenhem fuhr von der Brücke und in die Stille, die vom Meer dort draußen über die Stadt hereinzutreiben schien.

Es kann nicht unmöglich sein, zu einem menschlichen Preis an ein Segelboot zu kommen, dachte er. Martina würde sich freuen. Ich wäre aus dem Weg, wenn sie den Murkel hat. Das ist vielleicht das beste, dachte er und wunderte sich über seine Gedanken.

Er schob die Kassette in den Recorder und drehte die Lautstärke bis zum Unerträglichen auf. Der Verkehr floß lautlos hinter den Autofenstern vorbei.

Das Schild leuchtete wie früher. Er stellte das Auto auf denselben Platz. Die Tür sah anders aus, da er jetzt wußte, wie es drinnen aussah. Das *Riverside* gab es seit zwei Jahren, und es hatte vom ersten Tag an sein Publikum gehabt.

Bergenhem ging geradeaus durch den Zeitschriftenraum und weiter zur Show. An allen Tischen saßen Männer, außer an dem gleich bei der Tür und dem Vorhang, und an den setzte er sich.

Eine Frau tanzte auf einem der Tische, die am weitesten von ihm weg waren, vor der Bühne, und die Männer applaudierten ihren Bewegungen. Im Moment gab es keine Musik.

Tina Turner ist eine Pause wert, dachte Bergenhem und saß still da und wartete. Ein Mann in weißem Hemd und dunkler Fliege kam auf ihn zu und nahm seine Bestellung entgegen. Der Kellner kam mit seiner Cola zurück. Bergenhem hob das Glas und saugte einen Eiswürfel an, kaute, wartete.

»Schon zurück?« sagte Pferdeschwanz, der durch das Stück Stoff hereingekommen war.

»Sie sind schnell«, sagte Bergenhem.

Pferdeschwanz sagte nichts.

»Da waren noch ein paar Fragen«, sagte Bergenhem.

Pferdeschwanz blieb mit einer Zigarette in der Hand stehen.

»Es geht gut hier«, fuhr Bergenhem fort, »wir brauchen nicht ins Büro zu gehen.«

»Dann fragen Sie.«

»Ist dieser Vorhang nicht im Weg?«

»Ist das die erste Frage?«
»Es ist mir gerade eingefallen.«
»Es ist ein schöner Vorhang. Sexy.«
»Er ist wie etwas aus einem Stummfilm.«

Pferdeschwanz machte eine Geste, die vielleicht milde Resignation ausdrücken sollte, und setzte sich dem Polizisten gegenüber. Er blickte auf Bergenhems Glas.

»Sie können es mit Schuß haben, wenn Sie wollen«, sagte er.

Bergenhem überlegte. Wie würde sich Winter verhalten?

Er trank wieder aus dem Glas, spürte das kalte Eis auf der Zunge.

»Womit?« fragte er.

Pferdeschwanz zeigte mit der Körpersprache, daß er alle Alkoholsorten und alle anderen Substanzen dazu anbieten könnte.

»Haben Sie Rum & Cola?« fragte Bergenhem.

Pferdeschwanz stand auf und ging zur Bar. Er sagte etwas zum Barkeeper, und nach einigen Minuten kam der Kellner mit zwei Gläsern.

»Nur für die Polizei«, sagte der Mann, als der Kellner sie alleingelassen hatte. »Nur für unsere Freunde.«

Dies ist ein harmloses Spiel, dachte Bergenhem. Dies ist ein Test, aber ich weiß nicht worauf.

»Mir fällt ein, daß ich fahren muß«, sagte er.

»Einen Schluck können Sie trinken.«

»Dies ist reine Taktik von meiner Seite«, sagte Bergenhem und hob das Glas.

»War es mehr, was Sie wollten?«

Bergenhem hörte die Musik anlaufen, wie eine Ramme durch Stein. Der Baß blies ihm direkt durch die Ohren. Ist das ein weiterer Test, dachte er.

Der Mann beobachtete ihn. Jemand fand den Lautstärkeknopf. Das Dröhnen ließ nach, der Diskant kam zum Vorschein, und die Frauen hatten ihren Auftritt auf der Bühne. Tina Turner sang.

Der Mann beugte sich über den Tisch.

»Es war mehr, was Sie wollten«, wiederholte er.

»Habt Ihr bloß Tina Turner?« fragte Bergenhem.

Der Mann sah ihn kritisch an, blickte zur Bühne und wandte ihm das Gesicht wieder zu. An diesem Abend hatte Pferdeschwanz ein kleinkariertes Hemd an, am Hals offen, Hosenträger, keinen Sakko, dunkle Hose mit Umschlag. Alle Farben hier drinnen waren von den bemalten Lampen an den Wänden rot.

»Zu Tina Turner bewegt man sich am besten«, sagte Pferdeschwanz nach einer Weile.

»Ich bin die Frage nicht losgeworden«, sagte Bergenhem.

»Ist das eine Provokation?«

»Ganz bestimmt nicht.«

»Was wollen Sie dann?«

»Ich habe vergessen, Sie zu bitten, sich zu überlegen, was für eine Art Gäste hierher kommen. Und ob sie sich von Gästen in den anderen Lokalen unterscheiden.«

»Das kann man unmöglich sagen.«

»Wirklich? Die Lokale haben doch verschiedene Profile?«

»Ich weiß, warum Sie diese Frage stellen.«

Bergenhem blickte zur Bühne. Er erkannte die beiden Frauen wieder. Die jüngere sah noch dünner aus. Ihr Mund war rot wie Blut. Er wollte jetzt nicht den Mann gegenüber am Tisch ansehen.

»Sie liegen vollkommen falsch«, sagte der Mann. »Schauen Sie sich um, die Bühne haben Sie ja schon geprüft, wie ich sehe.«

Bergenhem wandte den Blick von den Frauen ab. Die Musik hörte auf und schaukelte unmittelbar darauf wieder in Gang. Tina Turner knurrte um den besten, ganz einfach den besten.

»Das ist kein schwuler Klub«, sagte der Mann.

»Sie haben den einen oder anderen Transvestitenabend gehabt«, sagte Bergenhem.

»Waren Sie hier?«

»Darum geht es nicht. Wir haben keine Vorurteile.«

Der Mann schüttelte den Kopf und stand auf.

»Bleiben Sie nur sitzen, bis Sie ausgetrunken haben«, sagte er und ging durch den Vorhang ab.

Der Tanz ging noch acht oder zehn Minuten weiter, und dann verschwanden die Frauen von der Bühne. Bergenhem blieb sitzen, roch noch einmal am Glas und ließ es stehen. Er wollte das Auto nicht über Nacht draußen stehenlassen. Er hatte geglaubt, der Mann würde noch ein Weilchen bleiben, solange er trank, aber das war eine Fehleinschätzung gewesen. Vielleicht war es gut so.

Die Dünne kam aus der Tür neben der Bühne und ging zum nächsten Tisch. Drei Männer standen wohlerzogen auf und halfen ihr, indem sie einen Stuhl vorzogen. Sie trug ein Kleid, das in dem roten Licht schwarz aussah. Sie nahm eine Zigarette aus der Handtasche, und einer der Männer zückte schnell ein Feuerzeug. Er sagte etwas, und sie lachte. Bergenhem blieb sitzen.

Die Frau stand auf und ging wieder durch die Tür hinaus. Der Mann, der ihr Feuer gegeben hatte, folgte ihr. Bergenhem blieb sitzen. An vielen Tischen saßen Frauen. Es gab mehr Männer als Frauen. Bergenhem wartete.

27

Fredrik Halders machte Pause. Nur er und Sara Helander waren in der Kantine, und er fragte sie weiter aus, was auf den Fotografien geschah.

»Es sind also in erster Linie keine Tanzschritte?« fragte er.

Sie schaute ihn an. Er sah Mitleid in ihren Augen. Er lachte kurz, wie über einen Scherz, den nur er verstand.

»War das eigentlich so eine gute Idee?« sagte er.

»Die Tanzschritte sollten es dir nur begreiflich machen«, sagte Sara Helander.

»Geschieht etwas, wenn du die Bilder betrachtest?« fragte Fredrik Halders.

»Wie meinst du das?«

»Was siehst du, wenn du sie betrachtest?«

»Blut«, sagte Sara Helander.

»Das erschwert die Arbeit, nicht wahr?«

»Du tust mir leid, Fredrik.«

»Das ist keine Pistole, was ich da in der Tasche habe, ich bin nur froh, daß ich dich treffe.«

»Du bist Rassist und Sexist«, sagte Sara Helander.

Halders neigte den Kopf.

»Richtig«, sagte er, »aber jetzt erzähl, was du siehst, wenn du über die Bilder gebeugt sitzt.«

Das Lokal war plötzlich voll von Polizisten, die vor der Arbeit flohen.

Es klirrte von Porzellan gegen Porzellan, kratzte, wenn Schüsseln über die billigen Tischoberflächen gezogen wurden.

Die Geräusche der Stimmen verschmolzen zu einem einzigen, das aufstieg und wieder zersplitterte, wenn es die Decke erreichte. Da schwirrten die Ermittlungen von allen Vorfällen in der Unterwelt, die steigenden Zinsen und die höheren Wohnungskosten, der Jackpot von 60 Millionen, der Preis einer Motorsäge, das Schlagerfestival am Samstag, das keiner sehen würde und mehrere erwähnt hatten, und der ganze geschmuggelte Schnaps, der nutzlos reifte.

»Woran bist du so interessiert?« fragte Sara Helander.

»Du bist es, die den scharfen Blick haben soll«, sagte Halders, »deshalb bist du in unser zusammengeschweißtes Team gekommen.«

»Es gibt da eine Bewegung«, sagte sie nach einigen Sekunden Nachdenkens.

»Spielt das eine Rolle?«

»Ob sie sich bewegt haben oder nicht?«
»Ja.«
»Das kann uns etwas darüber mitteilen, was geschah, bevor ... es geschah.«
»Kann man das an den Spuren erkennen?«
»Man kann sehen, ob es schon von Anfang an Zwang war.«
»Ist das so deutlich?«
»Was?«
»Sind die Spuren so deutlich?« fragte Halders.
»In mehrfacher Hinsicht«, antwortete Sara Helander.

Mehrere verließen die Kantine, die Stühle kratzten mit einem scheußlichen Geräusch über den Steinboden. Warum haben die nie gelernt, den Stuhl anzuheben, dachte Halders. Das habe ich als erstes gelernt, und das rettete mir das Leben, das machte mich zu einem Mitbürger erster Klasse.

»Wenn ich die Bilder sehe, bekomme ich den Eindruck, daß es am Anfang ein Spiel war«, sagte er, »als ob es ziemlich weit gegangen wäre, ehe es anfing, zu weit zu gehen, wenn du verstehst, was ich meine.«
»Ja.«
»Wenn das so war, frage ich mich, worüber die gesprochen haben«, sagte Halders, »was es in dem Zimmer zu sagen gab.«
»Ja.«
»Glaubst du, das ist wichtig?«
»Ich weiß nicht.«
»Gibt es nicht eine offensichtliche Arroganz in diesen Mustern?«
»Wie meinst du das jetzt?« fragte Sara Helander.
»Als würde er sich nicht darum kümmern, ob er gefaßt wird.«
»Wieso?«
»Er geht da mit seinen Schuhen im Blut herum oder tanzt oder was zum Henker das für eine Bewegung ist, und er mußte

doch wissen, daß das Spuren hinterläßt. Von den Schuhen zumindest.«

»Die Muster gibt es an hunderttausend Schuhen in diesem Land«, sagte Sara Helander.

»Das weiß er aber doch wohl nicht?«

»Ich glaube, der Mörder wußte es«, sagte Sara Helander.

»Vielleicht will er gefaßt werden«, sagte Halders.

»Nein.«

»Ist er nicht der Typ?«

»Wenn es überhaupt ein er ist.«

»Es ist ein er«, sagte Halders.

»Wie auch immer, es gibt hier keinen Ruf«, sagte Sara Helander, »keinen Hilferuf, der immer stärker wird, bis er so deutlich ist, daß wir ihn hören.«

»Das klingt ein wenig melodramatisch.«

»Deute es, wie du willst.«

»Wir müssen uns also auf uns selbst verlassen?«

Sara Helander sagte nichts. Sie stand auf, um nach oben ins Zimmer und zu den Fotografien zu gehen.

»Sitzt du die ganze Zeit da und schaust diese Teufelei an?« fragte Halders.

»Nur bis mir die Augen weh tun.«

»Wie bekommt dir das?«

»Verdammt schlecht. Ist das nicht ein Teil der Arbeit?«

»Ja, so ist es«, sagte Halders, »es ist ein Teil dieser Arbeit, zu leiden.«

»Das sieht man dir an.«

»Man leidet immer, wenn man Bulle ist«, sagte Halders.

Sie gingen aus dem Raum, über den ziegelverkleideten Flur.

»Sieh dir diese Wand an«, sagte Halders, »es ist, als würden wir in einem Bunker oder einer Gefängnishöhle arbeiten. Das ist durchdacht, wir sollen Stacheln haben, wenn wir aus diesem Gebäude herauskommen.«

»Dann funktioniert es ja bei dir.«

»Ich werde dir was erzählen«, sagte er.

Sie warteten bei den Aufzügen. Die Lüftung rauschte in einem Steigen und Sinken, als hätte sie einen eigenen Aufzugsschacht. Halders drückte den Knopf, aber es tat sich nichts.

»Sollen wir die Treppe nehmen?«

»Nein.«

Er drückte noch einmal. Das Licht ging an. Es röchelte einige Stockwerke über ihnen.

»Am Wochenende habe ich das Auto vor einen Tabakladen in der Storgatan abgestellt, in Heden, und ging hinein, um ganz schnell die Zeitung zu kaufen, und sofort wieder raus.«

»Dein Auto?«

»Was?«

»Es war kein Polizeiauto?«

»Was ist das für eine blöde Frage? Seit wann fahren wir mit Polizeiautos herum?«

»Entschuldige, entschuldige.«

»Soll ich weiter erzählen?«

»Ich will es gern hören«, sagte Sara Helander und versuchte so auszusehen, als meinte sie es.

»Ich ließ das Auto laufen und den Schlüssel stecken, denn ich wollte nicht länger als die erlaubte Minute fortbleiben, und als ich nach fünfundvierzig Sekunden rauskomme, sehe ich die Rückseite meines eigenen Privatautos nach rechts auf den Södra Vägen einbiegen. Diebstahl.«

»Ich verstehe.«

»Fünfundvierzig Sekunden.«

»Ja.«

»Aber gleich kommt da eine Alte und hält, um Gott weiß was zu kaufen, und ich schmeiße mich auf der Beifahrerseite rein und schreie, ›fahren Sie dem Auto um die Ecke nach‹, und die Alte tritt das Gas durch!«

»Was blieb ihr anderes übrig?«

»Ich habe keinen Ausweis oder so vorgezeigt.«

Sie waren in den Aufzug gestiegen und hatten aufwärts gedrückt. Sie waren allein darin. Halders lehnte sich über Sara Helander.

»Wir sitzen also im Auto, und ich erkläre die Situation, und ich glaube nicht, daß der Autodieb gemerkt hat, daß er verfolgt wird. Er biegt rechts in die Berzeliigatan ein und fährt über den Götaplatsen und hoch Richtung Vasa-Krankenhaus. Kannst du folgen?«

»Ich kann folgen.«

»Wir kommen hoch zum Vasa, und der verdammte Scheißkerl hält an der Ampel vor Landala, und ich springe raus und stürze vor zur Fahrerseite und schlage an die Tür. Und weißt du, was ich da sehe, apropos was du gesagt hast, als wir von Hitchcock sprachen?«

»Ich kann es raten.«

»Eine verdammte Tussi«, sagte Halders, »völlig behascht. High bis übern Kopf, und wie die durch die Stadt geschaukelt ist, begreife ich einfach nicht. Aber sie erfaßt, worum es geht, und verriegelt schnell die Türen auf beiden Seiten.«

Halders sah aufgeregt aus, als würde er den ganzen Vorgang hier im Aufzug noch einmal erleben.

»Aber es gibt einen Spalt zwischen der Scheibe und der Karosserie, und da zwänge ich die Finger rein und ziehe, und plötzlich explodiert mir die ganze verdammte Scheibe in den Händen! Ein Riesenloch und überall Splitter, und die Tussi kauert sich unter dem Lenkrad zusammen und schreit, ›nicht schlagen, nicht schlagen‹, und um uns entsteht ein Auflauf.«

Sara Helander hörte zu, sah die Szene vor sich: Halders rot und lodernd, wie ein Verrückter von zwei Metern, der in der Innenstadt Amok läuft.

»Was ist passiert?«

»Was passiert ist? Passiert ist, daß ich die Braut aus dem Auto bekam und mit dem Handy telefonierte, das ich Aneta am Freitag geklaut habe, und dann versuchte ich, auf die Kollegen zu warten. Und weißt du, was dann passiert ist? Ein Idiot hat mich an den Armen gepackt und versucht, mich dazu zu bringen, daß ich die Tussi loslasse!«

»Du hast doch wohl gesagt, worum es ging?«

»Ich bekam keine Gelegenheit. Die Leute um mich herum fingen an, mich zu beschimpfen, und ein paar alte Weiber schrien ›Faschist‹ und so Sachen.«

»Nicht Rassist oder Sexist?«

»Was?«

»Nichts.«

»Es war scheußlich«, sagte Halders, »und wurde nicht besser, als ich den Ausweis herausbekam und versuchte, es den Idioten zu erklären.«

»Es half nicht, daß du Polizist bist?«

»Im Gegenteil.«

»Oder daß es dein eigenes Auto war, das man dir gestohlen hatte?«

»Wenn ich das gesagt hätte, wäre es nur noch schlimmer geworden.«

»Keine Sympathie?«

»Kein bißchen, nur verdammte Verachtung für die Polizei. Die reden ständig von Verachtung der Politiker, aber worum es geht, ist Verachtung der Polizei.«

Sie waren aus dem Aufzug gestiegen und zum Sitzungszimmer weitergegangen. Zwei Bildschirme blinkten ungeduldig in Erwartung von Informationen. Das Bild flatterte in Wellen, wie ein Fernsehapparat, der nur noch wenige Wochen zu leben hat. Das Zimmer war warm und geschlossen, die Geräusche von den Computern wie eine einzige elektronische Tonlage.

»Du hast das nicht genügend persönlich genommen«, sagte Sara Helander.

»Nicht bis ... was meinst du damit?«

»Es war nicht die Polizei, worauf sie sauer waren«, sagte Sara

Helander, »das warst genau du, um den es ging. Fredrik Halders.«

Er kam mit einem Sonnenbrand nach Hause und mit einem Gefühl, das vielleicht mit seinem Gewissen zu tun hatte. Es war, als wären einige Sandkörner am Kragen hängengeblieben, sie ließen sich nicht entfernen, er spürte, wie der Sand kratzte. Ein neues Hemd, aber das Gefühl war das gleiche.

Lena hatte nicht mehr wegen des Geldes gefragt. Sie hatte die Reise genossen. Es gab auch ein Licht für die kleinen Leute, hatte er gesagt, aber das hatte ihr nicht gefallen. Sie hatte ihren Stolz.

Am Tag nach der Rückkehr hatte er sich zurückgehalten und auch noch am nächsten Tag. Er hatte mit seinem Hehler gesprochen und einen neuen Kontakt bekommen, aber das war alles.

Es war an der Zeit, wieder zu arbeiten, aber eines mußte er vorher noch erledigen.

Er war zu dem Haus zurückgekehrt und schnell wie der Wind vorbeigegangen. Er hatte nicht gewagt, draußen stehenzubleiben, um zu sehen, wann der Bursche nach Hause kam.

Am Strand war das so anders gewesen ... er, der dort wohnt, hat nichts mit dem hier zu tun ... aber jetzt ist die Wärme fort, dachte er, jetzt sind wir zurück, und jetzt halte ich ihn nicht mehr für gut. Vorher war es ein Zufall gewesen, aber das galt jetzt nicht mehr. Es war zuviel Blut.

Was können die mit einem Tip anfangen? Einem anonymen obendrein? Bringt das was?

Tu' ich es nicht und es geschieht noch einmal etwas, dann wird es schwer. Ich tu' es, dachte er. Ich tu' es, glaube ich.

Nach einem Tag hier fühlte sie sich mehr allein als sonst. Ich brauche selbst jemanden, dachte sie. Es ist schwer, zuzuhören. Es sammelt sich in mir, und es gibt niemanden, dem ich es aufladen könnte.

Hanne Östergaard war immer noch unsicher in ihrer Rolle im Haus, für die Polizisten. Unmittelbar war sie ein Trost gewesen, aber sie war sich nicht sicher, was für einen Nutzen das hatte. Wir müssen einen Ausschuß einsetzen, dachte sie, einen unparteiischen Ausschuß, und die Mittel kommen vom Bevollmächtigten. Vom Kirchenbevollmächtigten.

Die Jungen sind es, nicht die Mädchen, die die größten Probleme haben, dachte sie. Wenn man es Probleme nennen soll. Die mit den stärksten Gefühlen reagieren oder wie in einem Luftzug stehen, wenn die Nachwirkungen einsetzen. Sie bekommen den Rest der Streife frei, und ein Teil kommt zu mir, aber das reicht eben nicht. Da draußen gibt es zuviel zu sehen.

Sie hatte eine Stunde bei Lars Bergenhem gesessen. Er erzählte von seinen Träumen, nachdem sie den Jungen in der Chalmersgatan gefunden hatten, den englischen Jungen oder vielmehr den schottischen. Die Bilder waren nicht verschwunden.

Sie hatte gefragt, und er hatte nicht viel mehr als das gesagt. Er hatte von den Bildern gesprochen und daß es dann am Morgen nicht nachgelassen hatte.

»Es gibt welche, die scheinen besser damit fertig zu werden«, sagte er.

»Warum glaubst du das?«

»Es kommt mir so vor«, sagte er.

»Ihr sprecht doch miteinander? Du sprichst doch mit den anderen Kollegen?«

»Klar.«

»Das hilft gewöhnlich.«

»Manchmal fühlt man sich fast, als würde man etwas abladen.«

»Das ist das beste. Man braucht keine Angst zu haben, etwas abzuladen, wer alles auf einmal hochhebt, sinkt auf der Bank zusammen.«

»Hast du mal Bankdrücken gemacht?«

233

»Das ist einige Jahre her.«

»Wirklich?«

»Eine Pfarrerin spricht immer die Wahrheit.«

Sie hatten noch eine Weile geredet. Bergenhem zögerte mit den Worten, als dächte er an etwas anderes als das, wovon er sprach. Die Worte hatten andere Worte unter sich, die herauskommen wollten.

»Ich fühle mich manchmal ziemlich rastlos«, sagte er.

»Wir bekommen ein Kind«, fügte er hinzu. »Ich weiß nicht, wie das wird, ob es die Arbeitszeiten sind oder alles andere um mich herum, aber irgendwas muß geschehen.«

Was soll dir geschehen, dachte Hanne Östergaard. Es ist nicht ungewöhnlich, daß der Mann sich ängstigt, wenn das erste Kind kommt. Es ist viel, was da passiert.

»Keine ... Komplikationen mit der Schwangerschaft?« fragte Hanne Östergaard.

»Was? Nein, kann man nicht sagen. Im Gegenteil.«

»Kannst du nicht jetzt am Ende die Zeiten etwas umlegen?«

Sie hatten von den Abenden gesprochen, die sich in die Nächte hineinzogen.

»Ich weiß nicht, ob ich will«, sagte er und sah seine Seelsorgerin an. »Das ist es ja, woran ich unter anderem denke, daß ich gerade jetzt manchmal weg sein möchte, wo ich zu Hause sein sollte.«

»Dieser ... Fall ist schwer«, sagte sie.

»Das ist wie ein verfluchter Panzer, der in die Stadt gerollt ist.«

Er merkte seinen Fluch nicht, sah auf einen Punkt neben ihr.

Er hat mir kein einziges Mal in die Augen gesehen, dachte sie. Er leidet an Überanstrengung. Er ist ausgebrannt, oder wie man es nennen soll. Er ist so jung, und er ist nicht an das Schlechte gewöhnt. Wie wird er in fünfzehn Jahren sein? Wie spreche ich mit ihm, ohne wie ein selbstzufriedenes altes Weib zu klingen?

Sie dachte an Erik Winter. Sie wußte nicht, wie er geworden war, wie er sich entwickelt hatte, gereift war seit damals, als er war wie der junge Polizist vor ihr.

»Hast du mit deinem Chef gesprochen?«

»Erik Winter?«

»Ja.«

»Über das hier? Darüber, wie ich den Fall sehe? Oder daß wir ein Kind bekommen und das?«

»Warum nicht alles probieren?«

28

Winter nahm den Aufzug aus der Unterwelt und passierte mit Hilfe der Karte des *London Transport* die Sperren. Draußen auf der Earl's Court Road verspürte er die Gerüche der Stadt: verbranntes Benzin, frittierter Fisch, vermodernder Müll und dieser Duft von Stein und Straßenstaub, den es in richtig alten Städten gibt, der in der Nase sticht. Wenn es in London regnet, mischt er sich mit dem Wasser und wird zu Zement, der Nase und Augen verstopft, dachte er.

Er spürte auch den Frühling draußen, mitten im Verkehr. Die Sonne war da, hinter einem englischen Dunst. Es war wärmer als im zeitigen Frühjahr zu Hause in Göteborg. Er hatte die Zeichen auf der Fahrt von Heathrow gesehen. Die Piccadilly Line verlief ein gutes Stück oberirdisch ostwärts, durch Hounslow, Osterley, Ealing und Acton: die Ahornbäume bereit, die Gärten der Häuser in neuerwachtem Zustand, die Kinder draußen auf den weiten Flächen des Osterley Parks aufs neue dem Ball nachspringend. Kinder sprangen das ganze Jahr über herum, aber nie so wie im zeitigen Frühjahr.

Für Winter war es ein Anblick, den er wiedererkannte. Er war ein Fremder, aber mit jeder Reise weniger. Er kehrte zurück.

Die Menschen im Wagen waren die gewöhnliche Mischung aus den Erwartungsvollen und denen, die alles schon millionenmal gesehen hatten. Von den Terminals reisten Jugendliche mit Rucksäcken, Paare mittleren Alters, einige einzelne, die während der 45 Minuten nach Kensington und weiter den Stadtplan studierten. Winter hörte Italienisch, Deutsch und etwas, das er für Polnisch hielt. Er hörte mehrere schwedisch sprechen, einer sprach norwegisch. Das dominierende Gefühl im Wagen war Erwartung.

Als sie näher zum Zentrum kamen, stiegen die Einheimischen zu: Die Männer mit Nadelstreifen und *Daily Telegraph*. Die schwarzen Frauen mit Kindern, die mit großen Augen alle fremden Menschen anstarrten. Die schlanken weißen jungen Frauen, deren Haut wie der Dunst am Himmel war. Der Frühling war an diesem Tag in voller Fahrt, wenn auch die Frauen in ihren kurzen Kleidern noch froren. Erik Winter hatte sich plötzlich plump und schwer gefühlt in seinem Ulster.

Er wartete auf das grüne Signal, überquerte die Earl's Court Road mit dem Koffer auf Rollen hinter sich, ging nach links, bog dann rechts in die Hogarth Road ein und ging einige hundert Meter weiter bis zum Knaresborough Place. Er ging über die ruhige Kreuzung und hörte von links her den Lärm der Cromwell Road. Hier, nur einen Steinwurf weit weg, war es möglich, den Vögeln zu lauschen.

Winter klingelte an der Tür mit der Acht und wartete. Arnold Norman machte auf, die Hand schon ausgestreckt.

»Kommissar Winter! Wie schön, sich wiederzusehen.«

»Ganz meinerseits, Arnold.«

»Warum hat es so lange gedauert?«

»Das frage ich mich auch.«

Ein jüngerer Mann stand hinter Arnold Norman, wie in einer Schlange, und als der Leiter des kleinen Appartementhotels beiseite trat, griff der jüngere nach Winters Koffer und ging schnell fort in den Schatten unter der Treppe, die zehn Meter tiefer drinnen undeutlich zu sehen war.

Winter hatte hier während der letzten zehn Jahre gewohnt, wenn er London besuchte. Die Lage war gut, ein Stück vom lärmigen Betrieb oben am Piccadilly entfernt, und trotzdem kam man bequem zu Fuß zur King's Road unten in Chelsea und zur Kensington High Road und zum Hyde Park.

»Ich habe T2 reserviert«, sagte Arnold Norman, als sie in seinem kleinen Büro saßen.

»Prima.«

»Sie sehen aus, als wären Sie gut in Form.«

»Älter«, sagte Winter.

Arnold Norman machte eine Geste mit der linken Hand. Er hatte überlebt, hundert Meter von der Cromwell Road.

»Bald sind solche Sorgen vorbei«, sagte er und reichte die Rechnung rüber.

»Sie sind doch bloß zehn Jahre oder so älter als ich«, sagte Winter.

»Das meine ich nicht«, sagte Norman, »ich spreche von einem Haufen verrückter Schotten, die angefangen haben, oben in den Highlands Schafsköpfe zu klonen.«

»Ist das nicht verboten?«

»Schafsköpfe zu klonen?«

»Das Klonen.«

»Ich glaube, die haben vergessen zu fragen.«

»Was hat das mit dem Alter zu tun?«

»Die werden eine Rasse schaffen, die nie sterben kann«, sagte Arnold Norman, »und was mich beunruhigt, ist, daß es Schotten sind, die das ewige Leben bekommen. Nicht genug, daß sie alle gleich aussehen, das tun sie sowieso, sondern sie werden auch in alle Ewigkeit leben.«

»Dann wäre es also etwas anderes gewesen, wenn die Versuche in England gemacht würden?«

Der Hoteldirektor sah Winter mit gespielter Überraschung an.

»Was ist das für eine Frage?«

Winter lächelte und stand auf.

»Führen Sie mich zu meiner Suite«, sagte er.

Die Suite lag im Parterre, mit Fenstern nach Osten und auf den stillen Innenhof. Die Wohnung hatte ein Schlafzimmer mit zwei Betten, ein Wohnzimmer und eine große Kochnische mit Eßplatz. Das Badezimmer war funktional und somit ungewöhnlich für englische Verhältnisse: Die Hähne ließen sich ohne Vorstudien im Rohrverlegungssystem der Antike drehen.

Er zog Sakko und Hemd aus und wollte sich gerade unter den Armen waschen, als er beschloß, sich ganz auszuziehen und unter die Dusche zu stellen. Der Tag könnte lang werden.

Mit dem Handtuch um die Taille rief er vom Wandtelefon aus an. Er war erst seit fünfzehn Minuten im Zimmer. Es war halb zwei am Nachmittag. Er hatte die Vorhänge aufgezogen. Das Appartement war heller, als er es von früheren Besuchen in Erinnerung hatte. Vielleicht lag es am Frühling. Durch das Fenster konnte er ein Stück Himmel sehen, blau gegen die verrußten Fassaden dort oben.

»Four Area South-east Major Investigation Pool, Detective Constable Barrow«, antwortete eine weibliche Stimme.

»Hier ist Kriminalkommissar Erik Winter aus Schweden, und ich suche Kommissar Steve Macdonald.«

»Einen Augenblick«, sagte die Stimme, keine Nuancen im Ton, keine Neugier.

Winter hörte Gemurmel im Hörer. Die Frau sagte etwas zu jemandem neben ihr. Es kratzte in Winters Ohr.

»Macdonald.«

»Winter hier.«

»Ah, Winter. Wieder was dazwischengekommen?«

»Ich bin in London.«
»Gut. Wo sind Sie?«
»In meinem Hotel. Earl's Court.«
»Ich kann einen Wagen schicken. Aber das dauert ein Weilchen.«
»Geht es nicht genauso schnell mit British Rail?«
»Das hängt davon ab, ob man weiß, wohin man will.«
»Wenn Sie jetzt unten in Thornton Heath sind, dann weiß ich, wie ich hinkomme«, sagte Winter, »nach meinem Plan geht der Zug von Victoria ab.«
»Es dauert fünfundzwanzig Minuten«, sagte Macdonald, »eine Fahrt durch einige der schönsten Fleckchen auf der Erde.«
»Da fällt die Wahl leicht.«
»Sie nehmen die District Line von Earl's Court direkt nach Victoria, das sind nur ein paar Stationen.«
»Ich weiß.«
»Sie wissen offenbar alles?« sagte Macdonald, und Winter hörte heraus, daß er bereits zu dem Schluß gekommen war: Hier kommt ein Bruder Tüchtig aus Skandinavien.
»Natürlich«, sagte Winter.
»Rufen Sie an, wenn Sie in Thornton ankommen, dann schicke ich einen Wagen zum Bahnhof«, sagte Macdonald und legte auf.

Winter stand an der Victoria Station, um sich herum die große Welt. Wenn man in diesem Moment in den Orientexpreß steigen könnte, dachte er. Eine stille Ermittlung an Bord, alle Verdächtigen im Büfettwagen versammelt.
Nirgendwo spürte man die Weltstadt so hautnah wie an diesem Bahnhof. Winter stand vor den südlichen Ausgängen, den Blick nach oben zu den durchlaufenden Angaben über die Abfahrten nach rechts und links: Jetzt kam die Anzeige über den Zug nach Tattenham Corner, mit Halt in Thornton Heath.

Er stieg in den fast leeren Wagen ein. Der Zug ruckte an und fuhr langsam aus dem Bahnhof. Hinter den Schornsteinen am Fluß glühte der Himmel. Sie fuhren über das Wasser und hielten in Battersea Park: roter Ziegel, Graffiti, aber weniger, als er geglaubt hatte, ein Warten auf den Bänken. Es war so still da draußen.

Entlang den Linien ist es immer still, dachte Winter, nicht nur hier, sondern überall, wo Menschen reisen. Sie sind nur für einen Augenblick fort, sie sind nicht zu Hause und nicht bei jemand anderem. Sie, oder wir, befinden sich mitten in einem Nirgendwo des Reisens, das still ist und voller Unlust scheint, wortlos ist es, und es besteht vor allem aus Warten.

Es war, als hätten ihn die Reise und die Sonne traurig gemacht. Er dachte an den Zweck seiner Reise hierher nach London und nun in die südlichen Teile dieser Metropole.

Der Tod fuhr mit auf dieser Reise. Er empfand, was er zu Beginn der Ermittlung empfunden hatte: Sie hatten nur den Anfang gesehen. Die Fortsetzung war wortlos, unbeschreibbar in ihrer Bösartigkeit. Ihm war, als führe er in das Böse hinein, unabhängig davon, welche Richtung er wählte. Er war allein, er fühlte mit einemmal, daß er zu nichts Vertrauen hatte.

Vor den Fenstern des Wagens lag das südliche London, in Reiseführern nie beschrieben, von Fremden selten besucht. Er war selbst nur bei wenigen Gelegenheiten südlich des Flusses gewesen und da auch nicht weiter als bis Putney und Barnes, nahe der Themse, um Jazz zu hören.

Die Häuser, die er nun sah, waren aus mittelalterlichen Ziegelsteinen gebaut, wie eine ewige Stadt ohne Ende. Nichts ragte höher als zwei Stockwerke auf, so weit er im Gegenlicht sehen konnte. Ein Mann joggte in kurzer Hose über Wandsworth Common. Nach dem Halt im Bahnhof sah er einige Schulkinder auf einer kleinen Schotterfläche zwischen den Brandmauern Fußball spielen. Die Kinder trugen grüne Jacken, was den Eindruck von Frühling verstärkte.

Die Stadt war hier grüner, als er sich vorgestellt hatte, die freien Felder häufiger als im Norden, als wären die Häuser im Süden einst ohne Gedanken an die Weltstadt gebaut worden.

Bei Streatham Common ragte eine Moschee zu Allah auf, ein Turm, der funkelte. Frauen mit verschleierten Gesichtern warteten auf groben Bänken. Zwei schwarze Männer stiegen in seinen Wagen zu: Lederjacken und Strickmützen, Hosen aus Leder. Winter hörte die Musik aus den Kopfhörern der Männer, wie ein Summen von weither.

Eine Station später stieg er aus. Thornton Heath lag im Schatten, der Bahnsteig befand sich unter Straßenhöhe. Er stieg die Treppen hinauf. Eine Zeitung flatterte im Wind herab, glitt an seinen Beinen vorbei.

Der Schalter war unbesetzt. Drei schwarze Mädchen warteten in einer Ecke darauf, daß etwas passierte. Durch das offene Portal war der Verkehr zu hören. Er ging auf die Brigstock Road hinaus und fühlte sich in einem viel ferneren Land als England. Die meisten Menschen, die vorbeigingen, waren Schwarze, Inder oder Pakistani, Menschen westindischer Herkunft, Leute mit chinesischem, koreanischem, indianischem, afrikanischem Aussehen.

Er ging den kurzen Hang hinab, dann weiter auf der High Street bis zu einer Kreuzung und zweihundert Meter auf der Whitehorse Lane. Ginge er noch einen halben Kilometer weiter, käme er zum Crystal Palace Football Ground, umbenannt in Selhurst Park, der Arena für die ein wenig zerlumpten und heruntergekommenen Fans in den armen Teilen von Croydon. Winter hatte in London ab und zu Fußball gesehen, aber nur in den großen und sicheren Stadien im Norden.

Vor dem Viadukt machte er kehrt und ging zurück, vorbei an *Mame Amesah's Foreign Food*, das auf handgeschriebenen Pappkartonstücken für »new puna yam« warb; die Jamswurzeln lagen in geflochtenen Körben vor dem Laden, an Stangen hinter dem Fenster hingen Bananen. Winter ging am Pub *The Prince George* vorbei und kam wieder zum Bahnhof. Er griff zum Handy und wählte die Nummer des Polizeireviers. Macdonald meldete sich nach dem ersten Rufzeichen, als ob er am Telefon gesessen und gewartet hätte.

»Ich stehe jetzt am Blumenstand vor dem Bahnhof«, sagte Winter.

»Wenn Sie den Hang hinunter nach links gehen und bei Woolworth noch einmal links abbiegen, stehen Sie auf der Parchmore Road«, sagte Macdonald. »Mir ist nach einem Spaziergang zumute, wenn Sie also die Parchmore auf der rechten Seite runtergehen, treffen wir uns in etwa zehn Minuten.«

»Okay.«

Winter fiel auf, daß Macdonald nicht nach seinem Aussehen gefragt hatte. Er erkennt einen Bullen am Gang, dachte er.

Er ging zur Kreuzung zurück und wollte gerade vor dem Kaufhaus abbiegen, als er Zeuge wurde, wie ein Weißer einen jungen schwarzen Burschen vor dem Haupteingang im Genick packte.

»Du bist schon wieder hier und machst lange Finger«, sagte der Weiße, der ein Schild auf der Brust trug. Kaufhausdetektiv, dachte Winter. Mehrere Schwarze standen um den Detektiv und den Verdächtigen. Die zwei bewegten sich wie in einem besonderen Tanz der Straße.

»Gar nichts hab' ich gemacht«, sagte der junge Schwarze.

»Und was ist das da?!« sagte der Weiße und hielt einen Rasierapparat hoch.

»Das ist nicht meiner«, sagte der Junge.

»Du kommst jetzt mit«, sagte der Mann, und die beiden gingen aus dem Ring, der eine gebeugt vor dem andern.

Winter ging über die Parchmore Road weiter, wandte sich nach links und schlängelte sich in nördlicher Richtung zwischen den Kieshaufen von Straßenbauarbeiten durch.

Steve Macdonald ging die Treppe hinunter, durch die Garage und hinaus auf die Straße. Der Tag war warm auf seinem Gesicht. Er ließ die Lederjacke offen und die Handschuhe in der Tasche stecken. Wir bieten dem Schweden die schöne Seite, dachte er. Er kann schon jetzt ein falsches Bild bekommen.

Macdonald setzte sich in südlicher Richtung in Bewegung. Er war steif nach einem Vormittag am Schreibtisch, über Zeugenaussagen gebeugt. In den Augen hatte er ein Gefühl, als wären sie in einer einzigen straffen Lage fixiert. Er fühlte sich unnötig schwer in seinem Körper, als hätte seine Seele darin etwas Leichteres verdient.

Hundert Meter vor sich sah er einen Mann im hellbraunen, nicht zugeknöpften Kamelhaarulster, darunter ein Anzug, der blau oder stahlgrau sein konnte, mit Umschlägen an den Beinen, weißes Hemd und Schlips.

Das muß er sein, er hatte so eine Stimme, dachte Macdonald.

Daß er vom Bahnhof bis hier nicht ausgeraubt worden ist! Hat er etwa seinen Polizeiausweis auf Armlänge vor sich hergetragen?

Macdonald wußte nicht, wie alt der schwedische Kollege war, aber er hatte auf einen in seinem eigenen Alter getippt und richtig geraten: noch auf der richtigen Seite der 40. Oder auf der falschen, wenn man sich ziemlich stark nach der Pensionierung sehnte.

Das Haar des Mannes war blond und schien einen Mittelscheitel zu haben, wie bei einem Schauspieler aus den 50er Jahren. Als Macdonald näher kam, sah er, daß der Bursche groß war, vielleicht genauso groß wie er selbst, daß er kantig und beinahe snobistisch wirkte und einen gewissen arroganten Gang hatte. Er war glattrasiert, die Ohren standen leicht ab, das Gesicht war breit und recht schön, und Macdonald sah dem ganzen nicht gerade freudig entgegen.

Winter war überrascht, als er von dem Entgegenkommenden angesprochen wurde. Der Mann war ein paar Zentimeter größer als er, vielleicht 1,94. Das dunkle Haar war straff zu einem Pferdeschwanz zurückgekämmt, und er hatte Stoppeln von einigen Tagen im Gesicht, eine abgetragene Lederjacke, die bequem aussah, ein großkariertes Hemd in Weiß und Blau, schwarze Jeans und spitze Stiefel, die in der Sonne matt schimmerten. Eigentlich müßte er ein Halfter auf der Hüfte tragen, konnte Winter gerade noch denken, ehe der Mann etwas sagte. Er sieht verdammt lebensgefährlich aus.

»Kommissar Winter?«

Der Mann hatte ein Lächeln, das schwer auszumachen war, ein paar Falten um den Mund, keine Tränensäcke unter den Augen, aber eine Müdigkeit in ihnen, die dem Blick einen gewissen dumpfen Brennpunkt gab. Kein Ring im Ohr.

»Kommissar Macdonald«, sagte Winter und streckte die Hand aus.

»Ich dachte mir, wir genehmigen uns ein Glas unten im *Prince George*«, sagte Macdonald, »dort ist es ruhig und still. Ruhiger als am Bahnhof.«

Sie gingen denselben Weg zurück, den Winter gerade gegangen war, über die Kreuzung und auf die High Street. Winter merkte, daß Macdonald leicht hinkte.

»Sonntagsfußball mit dem Pubteam«, erklärte Macdonald, »so gehe ich nach jedem Spiel. Die Leute hierherum glauben, es sei eine alte Schußverletzung, und das dürfen sie gern glauben.«

»Ich habe vor einigen Jahren aufgehört«, sagte Winter.

»Feigling«, sagte Macdonald.

Der Pub war leer. Im Licht vom Fenster tanzte der Staub. Der Barkeeper nickte Macdonald zu, wie man es gegenüber einem Stammgast tut.

»Wir setzen uns dorthin.« Macdonald zeigte auf einen länglichen Salon auf der anderen Seite der Theke.

Winter hängte seinen Mantel über einen Stuhl und setzte

sich. Macdonald ging weg und kam mit zwei Glas Bier zurück, das noch trüb vom Zapfen war.

»Vielleicht hätten Sie lieber ein Lager?« sagte Macdonald.

»Ich trinke immer Ale, wenn ich in London bin.« Winter versuchte zu vermeiden, daß es klang, als wollte er glänzen.

»Das hier ist Directors«, erklärte Macdonald, »sie haben hier auch Courage Best, und das kommt nicht so oft vor.«

»Directors ist gut«, sagte Winter.

Macdonald sah ihn an. Er ist ein Snob, aber vielleicht ist er kein Idiot, dachte der Schotte.

»Sind Sie oft in unserer stolzen Stadt?« fragte er.

»Das ist jetzt ein Weilchen her«, sagte Winter. »Es ist eine riesige Stadt. Hier bin ich früher nie gewesen.«

»Wir sehen selten fremde Gesichter, aus irgendeinem Grund bleiben die Besucher oben um den Leicester Square hängen.«

»Dann entgehen ihnen Mame Amesah's Jamswurzeln.«

»Wie bitte?«

»Fünfzig Meter von hier verkauft sie frische Jamswurzeln.«

»Man darf uns gratulieren.«

»Ich habe eine kleine Runde gemacht, als ich ankam.«

»Ich verstehe.«

»Nicht bis zum Selhurst Park.«

»Sind Sie mal dort gewesen?«

»Nein.«

»Es ist eine Scheißmannschaft, aber es ist eine Volksmannschaft.«

»Sind Sie Fan?«

»Vom Crystal Palace?«

Macdonald lachte, trank Bier und sah Winter an.

»Ich arbeite zwar hier«, sagte er, »aber deshalb brauche ich gegenüber der Umgebung nicht so loyal zu sein. Wenn ich überhaupt für englische Mannschaften bin, dann für Charlton. Die werden zwar nie in der Premier League landen, aber, tja, als ich vor ungeheuer langer Zeit hier herunter in den Smog zog, landete ich in Woolwich rings um The Valley, also ein bißchen hat man da schon für das Lokale übrig.«

»Sie klingen übrigens wie ein Schotte«, sagte Winter.

»Das kommt daher, daß ich einer bin«, sagte Macdonald.

Zwei Männer kamen in den kleinen Salon und nickten ihnen oder Macdonald zu. Er nickte zurück, aber offensichtlich in einer Weise, die ihnen zu verstehen gab, sich in den Raum zur Straße hin zu setzen.

»Also nicht so viele fremde Gesichter«, sagte Macdonald, »aber manchmal kommt es doch vor, daß sie herfinden, und manchmal geht es schief.«

»Ich kannte diesen Jungen, Per Malmström«, sagte Winter.

Sein Kollege sagte nichts, hörte nur zu.

»Das ist einer der Gründe, warum ich rüberfahren wollte«, fuhr Winter fort.

»Ich verstehe.«

»Wirklich?«

»Wir fahren nachher zu diesem Hotel«, sagte Macdonald. »Wir haben alles genauso gelassen, wie es damals war.«

»Sie verstehen es wirklich.«

»Ich dachte selbst daran, in Ihre Stadt zu kommen, aber ich wollte abwarten, bis Sie hier waren.«

»Haben Sie das schon einmal gemacht?« fragte Winter. »Daß Sie weggefahren sind bei einem Fall oder jemanden hier empfangen haben?«

»Vor ein paar Jahren hatte ich einen amerikanischen Polizisten hier. Da ging es auch um Mord, oben in Peckham, an unserer nördlichen Grenze, kann man sagen. Und ich selbst war auf Jamaika, in Kingston«, sagte Macdonald und trank das Glas aus.

»Jamaika?«

»Zwei Wochen. Ein Mord hier mit Verzweigungen nach dort. Nicht so ungewöhnlich für unseren Teil Londons. Können wir die Spuren von hier verfolgen, gehen sie oft nach Westindien und speziell nach Jamaika.«

»Wie ist es gegangen?«

»Die örtliche Polizei war nicht sehr erbaut von der Gesellschaft, und ich bekam natürlich nichts zu tun, aber es ereignete sich ein wenig, und wir konnten es am Ende lösen, als ich nach Hause kam.«

»Auf das gleiche hoffen wir wohl jetzt?« Macdonald sah Winter an. »Noch eins?« fragte er und zeigte auf Winters fast ausgetrunkenes Glas.

Winter schüttelte den Kopf und holte seine Corps vor.

»Das ist lebensgefährlich«, sagte Macdonald. »Ich hole jedenfalls noch eins«, fuhr er fort und stand auf, »dann können Sie in der Zeit zu Ende rauchen.«

Winter zündete einen Zigarillo an und zog den guten Geschmack ein. Inzwischen hatten sich mehrere in dem vorderen Raum versammelt, aber niemand kam zu ihnen herein. Er muß hier etwas zu sagen haben, dachte Winter, aber zum Preis von wie vielen Gläsern Directors?

»Diesmal ist es ein Courage Best«, sagte Macdonald, als er mit zwei neuen trüben Krügen zurückkam. Er setzte sich. Aus dem Raum zur Straße war Musik zu hören. Winter erkannte sie als Reggae, aber eine modernere, schwerere Variante.

»Sie haben ihn also gekannt?« begann Macdonald nach einer Minute Schweigen.

»Gekannt ist eigentlich zuviel, aber er ist in meiner Straße aufgewachsen«, sagte Winter. »Ich kannte ihn vor allem als Kind.«

Das Kind fand ein furchtbares Ende, dachte Macdonald. Wenn ich wieder in dieses Zimmer komme, weiß ich nicht, ob ich es ertrage, die Schreie von den verfluchten Wänden zu hören.

»Was haben Sie empfunden, als Sie in diesem Zimmer dort standen?« fragte Winter plötzlich.

Macdonald sah den Kollegen an. Er versteht es, dachte er. Er versteht es wirklich.

»Ich habe die Rufe und Schreie gehört«, sagte er.

»Ja.« Winter trank das frische Glas aus. »Genau so ist es. Ich habe die Schreie Ihrer Jungen gehört, und Sie haben die Rufe meines Jungen gehört.«

29

Macdonald fuhr die Croydon Road nach Nordwesten, durch Mitcham, Morden, Merton, in westlicher Richtung auf der Kingston Road und hinauf durch Streatham nach Wandsworth und Clapham. Kilometer um Kilometer von Reihenhäusern aus rotem und grauem Backstein, Parks, Schulhöfe, Geschäfte, auf die man plötzlich gehäuft stieß, und Durchfahrtsstraßen, die zu Querstraßen geworden waren. Zweistöckige Busse, die sich über den Verkehr lehnten und sich um die Ecken auf die Seite neigten. Autos in alle Richtungen, die Handflächen der Fahrer auf den Hupen am Lenkrad. Noch mehr Geschäfte mit Blumen und Gemüse auf dem Gehweg. Es nahm kein Ende.

»London ist mehr als Soho und Covent Garden«, sagte Macdonald. »Und das alles ist mein.« Er machte eine schwungvolle Handbewegung auf alles Lebende und Halbtote draußen vor den Autoscheiben.

»Eine große Stadt«, sagte Winter.

»Mehr als das. Habe ich gesagt, daß Croydon Englands zehntgrößte Stadt ist?«

»Bei Ihrem Anruf.«

»Eigentlich sollte ich die Finger von Clapham lassen, das gehört den Kollegen im Südwesten. Aber es ist mein alter Bezirk, und die hohen Tiere meinten, ich solle diese Ermittlung übernehmen.«

»Was sagen die Kollegen dazu?«

»Ein Mord an einem weißen Ausländer? Die haben mir auf den Rücken geklopft und dann hinter demselben gelacht.«

»Sie sind also beliebt.«

»Mehr denn je«, sagte Macdonald und wich im letzten Augenblick einem Obstkarren aus, der aus einer Gasse von links geschoben wurde. Er starrte den Schwarzen an, der hinterher kam, am Griff hängend, als wäre es der Karren, der ihn fuhr.

»Habe ich gesagt, daß diese sogenannte Hauptstraße Kingston Road heißt?«

»Ja.«

»Das ist kein Zufall.«

Winter antwortete nicht. Sie fuhren durch Tulse Hill. Er hörte eine Zugpfeife und sah den Zug auf dem Viadukt über ihnen. Er kam direkt durch irgendwelche Hauswände gerattert und hielt dann weich am Bahnhofsgebäude.

»Hier in der Nähe wohnen die Eltern des ersten Jungen, der in Ihrer Stadt getötet wurde. Geoff Hillier. Der Student.«

Winter nickte.

»Ich möchte sie sprechen«, sagte er.

»Ich werde tun, was ich kann«, sagte Macdonald, »aber der Mann ist gerade erst aus dem Krankenhaus gekommen. Nach einem ernsten Zusammenbruch, zu dem es kam, als *ich* mit ihnen sprach.«

Macdonald fuhr die Christchurch Road nach Westen und an der Kreuzung geradeaus weiter.

»Die Straße hier rechts heißt Brixton Hill«, sagte er, »die führt direkt nach Westindien.«

»Brixton«, sagte Winter.

»Sind Sie dort gewesen?«

»Nein. Aber das ist natürlich bekannt.«

»Guns of Brixton. The Clash.«

»Was?«

»The Clash.«

»Ist das eine Band?«

Macdonald warf einen schnellen Blick nach links, auf Winter.

Er lachte auf, bremste ab und ließ ein Taxi vom Straßenrand einfädeln.

»Nein, das ist ein englischer Ausdruck für Zusammenstoß«, sagte er.

»Rock ist nicht meine Musik«, erklärte Winter.

»Ich habe gleich gewußt, daß irgendwas an Ihnen komisch ist.«

Aus Macdonalds Funkgerät prasselten Mitteilungen. Winter bekam kaum mit, was sie besagten, Namen von Stadtteilen, die er nie gehört hatte. Die weibliche Stimme von der Verbindungszentrale koordinierte mit Routine, als läse sie von einem gut einstudierten Manuskript ab.

»Brixton ist ein interessantes Land«, sagte Macdonald. »Ich habe dort einige meiner besten Freunde.«

Sie waren in einem Stau auf der Poynders Road steckengeblieben.

»Ich dachte an die Passagierlisten, als ich in das Flugzeug hierher stieg«, sagte Winter und wandte sich seinem schottischen Kollegen zu.

»Mhm.«

»Das ist verdammt viel Arbeit.«

»In diesem Fall muß man alles prüfen«, sagte Macdonald, »prüfen und prüfen, bis man mit der Stirn gegen die Wand rennt und begreift, daß es unmöglich ist. In dem Jamaika-Fall, von dem ich vorhin sprach, haben wir alle Passagierlisten über einen Zeitraum von drei Wochen kommen lassen, und allein das kann man schon als unmögliche Arbeit bezeichnen.«

»Wir haben sie jedenfalls angefordert«, sagte Winter.

»Wir auch«, sagte Macdonald, »aber wenn es einer ist, der mit der Absicht zu töten zwischen den Ländern pendelt, ich sage, *wenn*, wird er kaum unter seiner richtigen Identität reisen. Das liegt doch wohl auf der Hand?«

»Soweit diese Person nicht will, daß wir kommen und sie holen.«

»Sie meinen, wir brauchen nichts anderes zu tun, als alle Namen auf den Listen durchzugehen und einen nach dem andern zu eliminieren, und am Ende kommen wir auf den richtigen, und er sitzt da und wartet auf ein Klopfen an der Tür?«

»Ungefähr so. Das ist sein Wunsch.«

»Das ist ein Gedanke«, sagte Macdonald. »Haben Sie mit einem Gerichtspsychiater gesprochen?«

»Noch nicht. Aber wir können trotzdem nicht alles andere fallenlassen.«

»Ich werde Ihnen ein Beispiel zu dem hier geben«, sagte Macdonald.

Die Autokarawane setzte sich langsam wieder in Bewegung, in einem Halbkreis um ein Auto, das auf den Seitenstreifen geschleppt worden war und nun auf ein Abschleppauto gehoben wurde.

»Es war übrigens so eins«, fuhr Macdonald fort und nickte zu dem toten Auto hin. »Sie sehen den Fiesta, der auf das Begräbnisauto gezogen wird?«

»Ja sicher.«

»Wir hatten letzte Weihnachten einen Mord in Peckham, und unser Anhaltspunkt war, daß ein Mann den Tatort ungefähr zur Zeit des Mordes in einem Auto verlassen hatte. Dafür gab es Zeugen.«

»Mhm.«

»Wir haben Zeugen, die sagen, daß die Farbe des Autos ›Silber‹ war, einer sagt, das Auto hat eine ›helle‹ Farbe. Ein Zeuge sagt, daß es eindeutig ein Mark One Ford Fiesta war. Er sah ihn nicht, aber er hörte ihn in der Nacht wegfahren, und er sagt, ›ich habe mein Leben lang Ford Fiestas gehabt, und das war eindeutig ein Ford Fiesta, der da wegfuhr.‹«

»War er glaubwürdig?«

»Er hat sehr glaubwürdig gewirkt«, sagte Macdonald. »Wir machten uns also daran, alle Mark One Ford Fiestas zu überprüfen, und wir konzentrierten uns auf Südostengland. Es handelte sich um 10 000 Autos! Unmöglich. Wir konnten sie nicht alle kontrollieren, dafür gab es keine Leute.«

»Also beschlossen Sie, nach der Farbe zu gehen?«

»Genau«, sagte Macdonald und warf einen raschen Blick auf Winter, »wir entschieden uns für ›Silber‹ und kamen dann auf 1 800 Autos. Noch immer ziemlich unmöglich für zehn Personen, die gleichzeitig an anderem arbeiteten, an anderen Spuren.«

»Ja.«

»Darauf konzentrierten wir uns auf Peckham und angrenzende Stadtteile, East Lewisham ... es wurden 150 oder 160 Autos, aber wir schlossen es nie ganz ab, weil wir von anderer Seite Informationen bekamen, mit deren Hilfe wir den Fall trotzdem lösen konnten. Und da zeigte sich, daß das Auto grün war! Aber es war ein Fiesta.«

»Das zeigt, daß man sich mehr auf das Gehör der Zeugen als auf deren Blick verlassen kann.«

»Ja, aber vor allem zeigt es, was uns bevorsteht, wenn wir uns in alle Listen auf einmal eingraben. Aber wir holen sie uns und halten sie bereit.«

Macdonald hatte gesagt »put it in the backburner«, und Winter hatte verstanden, was er meinte.

»Wenn wir dann den Mörder finden, können wir mit den Listen vergleichen und vielleicht sehen, daß er, aha, einen Tag nach diesem Jungen flog«, sagte Macdonald.

Sie standen im Zimmer. Winter hörte Stimmen auf dem Flur draußen, nichts aus anstoßenden Zimmern. Ein Auto spritzte auf der Cautley Avenue los und hinaus auf die South Side. Die grelle Nachmittagssonne fiel durch das Fenster herein und beleuchtete die Wand gegenüber. Das trockene Blut bekam einen Glanz, der Winter die Augen schließen ließ. Er sah den Jungen vor sich. Per Malmström war über diese Schwelle hereingekommen, und das, was sein Leben gewesen war, befand sich nun auf den Wänden und dem Fußboden. Winter schwitzte. Er zerrte am Schlipsknoten. Er spürte einen sauren Geschmack im Mund nach dem obergärigen Bier und dem Zigarillo.

»Möchten Sie allein sein?« fragte Macdonald.

»Ja.«

Macdonald ging hinaus.

»Schließen Sie bitte die Tür«, sagte Winter.

Er schloß wieder die Augen und sah die Fotografien vor sich. Macdonald hatte sie ihm in seinem Büro gezeigt, bevor sie hierherfuhren. Winter hatte nicht mehr gesehen, als er in Göteborg gesehen hatte. Die Jungen hatten auf die gleiche Art und Weise gesessen, in einer makaber ungezwungenen Pose an den Stuhl gelehnt, mit dem Rücken zur Tür, als ob sie studier... Winter öffnete die Augen wieder, drehte sich so, daß er die Tür im Rükken hatte, und stellte sich hinter den Stuhl. Dieser stand genau da, wo er gestanden hatte, als der Junge hier gesessen hatte, als Macdonald hergekommen war.

Hatte er etwas gesehen... damals? Hatte Per Malmström hier festgebunden gesessen, um etwas zu sehen, das sich auf der Wand abspielte? War er da noch am Leben gewesen?

Die Jungen hatten Spuren der Stricke aufgewiesen, aber die Stricke schienen eher dazu gedient zu haben, den Körper auf dem Stuhl zu halten... nicht um sie zu fesseln. Es gab keine Spuren eines Kampfes, keine Scheuerspuren an den dünnen Stricken.

War Per gezwungen worden, andere... Morde zu betrachten? Ein Film? Das konnte wohl nicht... der Junge in Göteborg, der erste, Geoff... er war ungefähr zum gleichen Zeitpunkt ermordet worden... hatte der Mörder es hin und zurück geschafft? Es war möglich. Wenn es derselbe war. Waren noch weitere Morde begangen worden, von denen sie nichts wußten? War es einer von diesen gewesen, den Per Minuten vor seinem Tod gesehen hatte? Oder spielte es gar keine Rolle, wie er gesessen hatte, in welcher Richtung?

Winter blickte auf den Boden. Dort gab es Spuren vom Blut, das schnell geronnen war, es war dick geworden und zusammengeklebt in der Zeit, als das hier geschah, war an den Schuhen hängengeblieben, war in einem Muster auf dem Teppich im Kreis verteilt worden, wie in einem... Tanz.

War es zu Musik geschehen? Macdonald hatte keinerlei Musik gefunden, keinen Plattenspieler und keine Platten. Niemand hatte Musik aus dem Zimmer gehört. Keine Schreie von Menschen. Nur ein unerhörtes Gebrüll von den Wänden und vom Fußboden, das zu Winter aufstieg, auf ihn geworfen wurde. Er hatte die Augen wieder geschlossen und öffnete sie nun, und die Sonne war fort, die Wand war ohne Glanz, sie war matt und schwer, und wäre da nicht der Schrei gewesen, hätte Winter glauben können, daß sie sich nicht mehr daran erinnerte, was geschehen war.

Er ging auf den Flur. Macdonald wartete an der Treppe.

»Es wird wieder geschehen«, sagte Winter.

Sie standen vor dem Dudley Hotel. Auf der anderen Straßenseite atmete Clapham Common wie eine Lunge für Battersea, Clapham, Balham und Brixton. Winter sah Schulklassen in Trauben um einen Teich und einen Spielplatz, Uniformen, die zu kräftig blauen und roten Rechtecken wurden, als die Lehrer die Kinder zusammenriefen und in Reihen antreten ließen.

Die Menschen führten ihre Hunde aus, eine erste Maßnahme nach der Arbeit. Der Wind wehte Winter noch immer mild ins Gesicht. Er spürte den Duft des Frühlings wieder, stärker hier als nördlich des Flusses. Die Sonne malte die Wolken brennend orange zwischen den Bäumen im Park.

»Große Teile von Clapham sind von der oberen Mittelschicht bevölkert«, sagte Macdonald, der Winters Blick gefolgt war, »es gibt Geld in Clapham, und das meiste gibt es hier rund um den Common. Ich habe einige Jahre als Kriminalinspektor hier gearbeitet, davon habe ich jetzt den Nutzen. Oder wie man es nennen soll.«

Zwei Mädchen gingen auf dem Weg vom Hotel an ihnen vorbei. Die Rucksäcke waren größer als die Oberkörper der Mädchen, höher als ihre Köpfe. Sie bogen nach links und waren bald fort, hinter den Häusern.

»Und Sie, oder wir, wissen immer noch nicht, was er hier unten gemacht hat«, sagte Winter.

»Wenn seine Eltern nichts Neues dazu beigetragen haben«, sagte Macdonald.

»Nichts.«

»Möglich, daß er einige Tage wegen der Musik hier war.«

»Wegen der Musik?«

»Soviel ich weiß, gibt es neuerlichen Aufschwung für den Reggae, und das Neue kommt natürlich wieder aus Jamaika und Brixton. Der Junge könnte deshalb hergekommen sein.«

»In seinem Zimmer zu Hause gab es ein bißchen Reggae, aber nichts, was auf ein besonderes Interesse hingewiesen hätte.«

»Trotzdem kann das ein Grund gewesen sein, daß er herkam.«

»Dann hätte ihn doch jemand wiedererkannt«, sagte Winter, »als Sie herumgefragt haben, danach... nach dem Mord.«

»Hier erkennt man einen andern ungern wieder«, sagte Macdonald, »das gehört zur Kultur.«

»Angst?«

»Ja.«

»Auch wenn es sich um etwas so... so Ausgefallenes wie das hier handelt?«

»Bloß wegen so einer Sache ändern sich die Verhaltensweisen nicht«, sagte Macdonald. »Hier haben die Leute wirklich Angst voreinander. Drogen spielen in Teilen von Clapham und in Brixton eine große Rolle. Zum Beispiel haben viele Verbrechen mit Crack zu tun.«

»Also erkennt keiner einen weißen Jungen wieder, der herumgegangen ist und sich nach Musik umgesehen hat?«

»Nein. Aber es kann auch seinen Grund darin haben, daß sie

sich tatsächlich nicht an ihn erinnern. Auch wenn Brixton ein schwarzer Stadtteil ist, spuckt die U-Bahn von Victoria doch Weiße aus. Und das sind meist Jugendliche. Und es dreht sich um Musik.«

»Und nicht einmal Ihre Vergangenheit kann hier helfen?«

»Wenigstens noch nicht.«

Winter strich sich über die Stirn. Der Schweiß war getrocknet, und das Haar faßte sich rauh an. Er war müde von der Reise, von den Eindrücken und Anblicken, und die Furcht, die er im Zimmer empfunden hatte, steckte ihm noch wie eine dumpfe Kälte im Leib.

Er hatte Hunger. Es war wie ein unpassendes Gefühl, ein Widerspruch. Aber seit dem Geflügelsalat im Flugzeug, dem Marmeladengebäck und den zwei Tassen Tee hatte er nichts mehr gegessen. Das Bier, das er getrunken hatte, bereitete ihm nun einen hartnäckigen Schmerz hinter einem Auge. Oder aber es kam von der Müdigkeit.

»Haben Sie eigentlich etwas zu Mittag bekommen?« fragte Macdonald.

»Nur im Flugzeug«, sagte Winter, »eine Kleinigkeit wäre nicht dumm.«

»Ich kenne ein Lokal«, sagte Macdonald.

Macdonald fuhr auf der South Side nach Osten und weiter auf der Clapham High Street. Nach einigen hundert Metern bog er links ab, fuhr noch einmal dreihundert Meter und zwängte seinen Vauxhall in eine Lücke vor einem Restaurant mit Markise und einem Gartenlokal, das aus drei Tischen mit Stühlen bestand.

»Das ist *El Rincón Latino*«, sagte Macdonald, »und die Besitzerin ist eine meiner alten Infor... äh, Freundinnen, darf man wohl sagen.«

Sie stiegen ein paar Stufen hinauf und traten durch die offene Glastür ein. Das Restaurant begann mit einer Bar links, setzte sich dann in einem Rechtsbogen um die Theke fort und endete in einem länglichen Raum.

Durch die Glaswände zur Clapham Manor Street war das Lokal hell. Frische Blumen gab es überall, wo sie Platz fanden, und Winter roch den Duft von Kräutern und Chili. Sie waren die einzigen Gäste.

»Hola, Gloria«, sagte Macdonald und umarmte eine Frau in seinem Alter. Sie war dunkel, klein, sie hatte aus dem Küchenteil gespäht, als sie eintraten, und war rasch mit einem Lächeln herausgekommen.

»Como está, Stefano?!« hatte sie gerufen.

»Estoy bien«, hatte Macdonald geantwortet und Winter angeschaut, als er die Frau umarmte. Ihre Stirn auf gleicher Höhe mit seinem Brustkorb.

»Das hier ist ein schwedischer Kollege«, sagte er und stellte Winter vor.

»Buenas tardes«, sagte Winter.

»Habla español?!« rief Gloria Ricot-Gomez.

»Un poquito«, antwortete Winter.

Meine Eltern sind Steuerflüchtlinge in Spanien, und ich habe ein bißchen was aufgeschnappt, aber ich weiß nicht, was Steuerflüchtling auf spanisch heißt, dachte er.

»Un poco de tapas?« fragte die Frau, an Macdonald gewandt.

»Du kannst einige auswählen«, antwortete er auf englisch und sah Winter an, der nickte.

»Eine Flasche Wein?« fragte die Frau.

»Ich nehme Wasser«, sagte Macdonald, »ich weiß nicht, was ...«

»Für mich auch Wasser«, sagte Winter.

Sie ging in die Küche hinaus, kam aber sofort zurück und machte sich an einer Glastheke mit zwei Etagen zu schaffen, die längliche Schüsseln mit kalten Gerichten enthielt.

»Es gibt etwas Warmes und etwas Kaltes«, sagte sie.

»Das Lokal bietet 45 Sorten Tapas an«, sagte Macdonald.

Sie setzten sich an einen Tisch nahe der Theke, den die Frau ihnen zugewiesen hatte. Jemand briet etwas in der Küche.

»Das ist ihre Schwester, die brät«, sagte Macdonald.

Sie saßen lange über gerösteten Lachsfilets, gegrillten Garnelen mit Knoblauch, im Ofen gebackenen, gefüllten milden Chilis, *queso blanco,* mit Sardellen und Chili gefüllten Oliven, gedämpftem Maisbrot, Tintenfisch in schwarzer Sauce, gefüllten Waldchampignons und gegrillten Auberginen mit Kartoffelscheiben. Das Essen wurde in kleinen Tonschalen serviert.

Die Frau kam an den Tisch und fragte, ob alles in Ordnung sei. »Kein cerveza?«

»Vielleicht eine kleine Karaffe«, sagte Macdonald, und Winter nickte wieder.

»Gloria hatte eigene Kochkurse in Bogotá vor gar nicht langer Zeit«, sagte Macdonald, als sie mit dem Bier in einer weiten Glaskaraffe zurückkam.

»Vor zwanzig Jahren«, sagte sie und stellte die Karaffe auf den Tisch. »Stefano ist ein solcher Gentleman.«

»Das war phantastisch gut«, lobte Winter.

»Danke.«

»Phantastisch«, wiederholte er.

»Mein Traum war immer, ein Restaurant zu besitzen, und am Ende mußte ich zwischen Hausfrau und Restaurantbesitzerin entscheiden, und jetzt bin ich geschieden«, sagte sie lächelnd.

Macdonald schenkte Winter und sich Bier ein.

»Ihr Sohn David ist neunzehn und hat einen Probevertrag beim Crystal Palace«, sagte er. »Und der Sohn der Schwester steht bei der Jugendmannschaft von Wimbledon im Tor.«

»Sie sind beide Lokalpatrioten«, sagte Winter und kaute eine salzige Olive.

Gloria Ricot-Gomez ging in die Küche zurück. Macdonald legte die Gabel hin. Ein älterer Lateinamerikaner kam herein.

Die Schwester zeigte sich nicht. Draußen war es inzwischen dunkel. Winter konnte das Autodach des Kollegen im Licht vom Restaurant glänzen sehen. Die Tür stand immer noch offen. Eine Gesellschaft aus fünf Personen trat ein. Sie schienen alle aus Südamerika zu stammen.

»An den Sonntagen kommen alle Lateinamerikaner in der Stadt zum Common, um Fußball zu spielen oder zu gucken, wer sonst noch da war«, sagte Macdonald. »Hier leben viele aus Kolumbien und Peru und Ecuador.«

»Es ist eine multikulturelle Gesellschaft, was Sie in Ihrem London haben«, sagte Winter.

»Da gibt es immer eine Hoffnung«, sagte Macdonald.

Sie saßen eine Weile schweigend da, tranken Bier.

»Für uns ist es etwas leichter geworden zu arbeiten«, begann Macdonald und setzte sein Glas ab.

»Inwiefern?«

»Vor ungefähr zwanzig Monaten hat man beschlossen, ständige Mordermittlungsteams zu schaffen, und ich bin also der Chef von einem solchen. Früher war es so, daß man, wenn zum Beispiel in Clapham ein Mord passierte, eine Ermittlungsgruppe aus Leuten von hier und auch von anderen Orten zusammenstellte, aber das bedeutete, daß andere Stadtteile die Leidtragenden waren, weil einfach Leute abgezogen wurden. Ständig fehlte es an Personal, in sämtlichen Revieren, die Fahnder wurden hierhin und dorthin geschickt. Es gab keine Ordnung.«

Winter hörte zu, hörte Stimmen von den Gästen an der Bar.

»Jetzt hat man vier Zonen für ganz Großlondon geschaffen«, berichtete Macdonald, »und ich arbeite in der südöstlichen Zone oder Ecke. Four Area South-east heißt sie. Wir sind 103 Kriminalbeamte in unserem Bezirk, in acht Mannschaften eingeteilt, und jede Mannschaft hat drei Inspektoren und neun Assistenten plus zivile Unterstützung für Karteien und Computerarbeit und so weiter. Ich bin also Chef so einer Bande, und wir arbeiten bei allen Fällen immer zusammen.«

»Da ist es wichtig, die richtigen Mitarbeiter zu haben«, sagte Winter.

»Ich habe zugesehen, daß ich die besten bekomme«, sagte Macdonald und lächelte, »vor allem die von südlich des Flusses, aber auch einige vom Yard. Wir haben einen guten Gemeinschaftsgeist geschaffen.«

»Nur Morde?«

»Wir untersuchen nur Morde, wir sind 103 Bullen, die Morde in einem Gebiet mit mehr als drei Millionen Einwohnern untersuchen.«

»Das sind viele Menschen, die es zu schützen gilt.«

»Im vergangenen Jahr hatten wir 17 Morde in der Südostzone, und wir haben alle aufgeklärt. Hundertprozentiger Erfolg. Das hing vermutlich damit zusammen, daß wir so wenig zu tun hatten bei so wenigen Mördern. Wir hatten genügend Leute, die einen Fall nach dem andern bearbeiten konnten. Im Jahr davor waren es hier 42 oder 43 Morde. Den Unterschied kann ich nicht erklären.«

»Wart ihr da auch hundertprozentig?«

»Wir haben während der letzten einundzwanzig Monate einen Mord gehabt, den wir nicht lösen konnten, wenn ich den schwedischen Jungen nicht mitzähle.«

Winter sagte nichts.

»Das Opfer war ein Mann, der von Einbrüchen bei seinen Nachbarn lebte, ein richtiger notorischer Dieb. Alle, die ihn kannten oder die er geschädigt hatte, waren froh, den Kerl tot zu sehen.«

»Keine Zeugen?«

»Keine Zeugen.«

»Und jetzt ist es wieder soweit.«

»Das werden wir schaffen, wir haben alles andere liegenlassen. Ich bekomme von meinem Vorgesetzten eine ebensolche Mannschaft, und beide Gruppen arbeiten an dem Fall.«

»Sechsundzwanzig Fahndungsbeamte«, rechnete Winter aus.

»Siebenundzwanzig, wenn man noch unseren Detective Super

mitzählt, aber das bin ich selbst in der Praxis«, sagte Macdonald.

»Das ist großartig.«

»Großartiger, als Sie vielleicht meinen, Sie werden es morgen sehen, wenn die Journalisten kommen.«

»Sie sind Optimist, und das ist gut.«

»Wie meinen Sie das?«

»Sie haben gesagt, daß wir diesen Fall aufklären.«

»Wir sind Polizisten und Realisten oder was?«

»Das ist eine gute Kombination.«

»Ich sollte wohl sagen, daß das notwendig ist«, sagte Macdonald, »und wenn Sie jetzt genug haben, fahre ich Sie zum Bahnhof.«

30

Der Junge hatte im New Dome Hotel ein Zimmer für 25 Pfund bekommen, und das beste war, daß man zu Fuß über den Coldharbour Lane zum Bahnhof Brixton gehen konnte. Er wußte es, weil er mit der Reisetasche von dort bis zur Camberwell Church Street gegangen war. Die Kirche lag direkt gegenüber, ein Krankenhaus etwas weiter weg.

Er wußte auch, daß ein Bus auf dem Coldharbour Lane verkehrte, aber es war so herrlich, zu Fuß zu gehen. Die Sonne schien. Er hatte Musik in den Ohren, Sugar Minotts Musik. Der letzte Schrei aus der Reggaewelt, aber er wußte, daß er bald anderes anhören würde. Vielleicht würde er jemanden treffen, der gutes Gras hatte. Er würde vorsichtig sein. Eigentlich war er nicht so sehr darauf aus. Es war die Musik.

Er ging weiter. Als er näher zum Bahnhof kam, sah er ein Schild auf der rechten Seite: Cooltan Arts Centre. Cool, dachte er. Weltmusik freitags live. Bis dahin waren es noch ein paar Tage. Aber er wäre noch da.

Nun befand er sich mitten im Gewimmel um den Bahnhof, enge Straßen, Marktwagen, die aus großen Toren gerollt kamen. Nur schwarze Gesichter.

Er ging in das *Blacker Dread Music Store*, und um ihn herum gab es alles, was er sich wünschte. Ich bin im Himmel, dachte er, zumindest, was Reggae betrifft. Oder ich bin auf Jamaika.

Er stöberte die CDs durch. Er sah mehrere Kunden im Laden, die Schweden oder Deutsche oder Dänen sein mochten, aber er wollte mit niemandem reden. Er achtete nicht auf irgendwelche Sprachen.

Er fand *Natty Dread Rise Again* von The Congos und die Doppel-CD *Heart of the Congos*. Und *Super Cat* von Scalp Dem. Einiges von Acid Jazz, Roots Selection. Beenie Man, Lady Saw, Wayne Wonder, Tanya Stephens. Und Spragga Benz.

Er fand Bounty Killer, die neue, *My Xperience*. Die Scheibe würde frühestens in drei Jahren nach Göteborg kommen und dann nur auf Bestellung. Er sah die Titel nach: *Fed Up. Living Dangerously. War Face*, ein Remix. *The Lord Is My Light & Salvation*. Der Titel gefiel ihm. *The Lord Is My Light & Salvation*.

Er fand noch etwas von Bounty Killer, *Guns Out*, zusammen mit Beenie Man eingespielt.

Bounty Killer zog ihn an, die harten Texte, verteufelt, wie ein echter Rebell. Er sah die Titel durch: *Kill Or Be Killed. Deadly Medley*. Das war gut. *Deadly Medley. Mobster. Nuh Have No Heart. Off The Air Bad Boy*. Das war hart, kompromißlos.

Er fand noch mehr von Sugar Minott. *International* auf RAS Records, mit Hopeton »Scientist« Brown als Produzent.

Ich könnte hier drinnen zehntausend loswerden, dachte er.

Er blätterte in dem Heft zur *History of Trojan Records*. Das wollte er haben.

Schließlich bekam er einen Platz an den Kopfhörern und reichte seinen Stapel rüber. Der Junge hinter dem Tisch hatte Rastalocken, die an den Enden mit blauen Schleifchen geschmückt waren. Vielleicht gehört das zu dem Laden hier, dachte er.

Der Junge hörte: Shaggy, *Trinity* von African Revolution, Chaka Demus & Pliers, und einen Klassiker von Culture, den er nicht mehr gehört hatte, seit so ein Typ ihn ausgeliehen hatte und damit verschwunden war.

Dr Wildcat. The Dread Flimstone Sound. Der alte Gregory Isaacs.

Er hörte die Congos, *Sodom and Gomorrow.*

Am besten war Somma. Die Platte hieß *Hooked Light Rays,* und er wußte, das war es, als er die Stimmen hörte. Nur Stimmen, wie ein schwarzer gregorianischer Chor oder so was, oder afrikanische Sklaven unten im Laderaum des Schiffs, auf dem Weg nach Amerika.

Er beschloß, sich am ersten Tag zu beschränken, gleichsam nur daran zu schnuppern. Kaufte er gleich alles, könnte er sich auf nichts konzentrieren, wenn er die Musik auf seinem tragbaren CD-Player einschaltete. Das gäbe auf der Straße ein einziges Gefummel mit den Platten. Er könnte ausgeraubt werden. Er würde sich nicht entspannen, unbeschwert sein können.

Er kaufte Somma und zitterte fast, als er die Scheibe in das Gerät einlegte. Er drückte die Stöpsel in die Ohren und hörte die Stimmen wieder, als er aus dem Geschäft trat. Er ging die Atlantic Road hinunter auf den Bahnhof und den großen Markt zu. Die Stimmen stiegen und sanken, plötzlich kamen diese wahnsinnigen Klänge, wie wenn ein Irrer im Geschirrschrank losgelassen wäre, aber auch wieder nicht. Es schrie in seinen Ohren. Die Musik war lebendig, wie eine Person, die durch einen langen Tunnel oder Flur läuft und sich vorwärts heult, mit den Instrumenten vor sich und dem schweren Chor hinter sich.

Er stand vor der U-Bahn-Station und hatte den Viadukt rechts von sich. Der Viadukt war grün und weinrot oder hellrot. Genau gegenüber in der Brixton Road lag *Red Records.* Nur sachte, dachte er, es kommen noch mehr Tage.

Der Zeitungskiosk vor ihm hatte schwarze Kundschaft und schwarze Zeitschriften. *Ebony, Pride, Essence. Blues & Soul.*

Er roch Düfte, die er noch nie gerochen hatte. Menschen schleppten Tierteile, die er nie gesehen hatte, oder Obst und Gemüse. Plötzlich war er hungrig, so hungrig, wie er in seinem ganzen Leben noch nicht gewesen war. Er war an einem fetzigen Lokal vorbeigekommen, so wie es aussah, auf dem Coldharbour Lane. Aunty irgendwas. Cuisine irgendwas. Er ging zurück und bog in die Electric Avenue ein. Das war der beste Straßenname, den er jemals gesehen hatte.

31

Es war Morgen, und Winter ging durch die Polizeigarage und die schmalen Treppen hinauf zu den Räumen der Fahnder. Zwei Männer, die kugelsichere Westen trugen und Automatikwaffen in den Händen hatten, kamen ihm entgegen. Die Wände im Treppenhaus waren ohne Farbe, als ginge die normale Welt zu Ende, wenn man von der Parchmore Road eintrat. Ein Ventilator summte. Er hörte ununterbrochen Telefone läuten.

Auf dem Flur nach der Treppe herrschte ein ständiges Kommen und Gehen von Männern und Frauen. Die Wand links von der Treppe war von einem graphischen Bild bedeckt, das eher in ein Weltraumlabor zu gehören schien als in ein Revier der regionalen Kriminalpolizei; von einem Zentrum liefen Tausende von Linien in alle Richtungen zu einem größeren Kreis. Das Bild sah aus wie ein Sonnensystem mit dem Planeten Erde in der Mitte.

Macdonald hatte es ihm am Vortag erklärt. Jeder Strich auf dem Bild war ein Gespräch von dem Telefon in der Mitte, vom Telefon eines Mordopfers. Sie arbeiteten an einem großen Fall im Drogenmilieu mit Verbindungen nach Westindien und in die

USA. Gespräche kreuz und quer über London, Großbritannien, die westliche Hemisphäre.

Den Flur entlang lagen die Türen zu den Zimmern der Kommissare. Die übrigen Fahnder arbeiteten in zwei ziemlich großen Büros und in der offenen Landschaft, die am weitesten von der Treppe entfernt war. Hier hatte man die Schreibtische zu größeren Arbeitsflächen zusammengeschoben.

Überall Computer, Schreibmaschinen, Archivschränke, Telefone, Stapel von Papier: Aussageprotokolle, ins reine geschriebene Notizen; Fotografien ragten aus den Stapeln, wie Schattierungen gegen das Weiß und Gelb. Alles vermittelte den Eindruck einer irgendwie altmodischen Tüchtigkeit, hatte Winter gedacht, es erinnerte ihn daran, wie es zu Hause ausgesehen hatte, als er in seinen Beruf eintrat ... wenn man sich nur die Computer hinzudachte.

Das hier ist eine suggestivere Arbeitsweise, dachte Winter, als er auf dem Flur stand. Hier gibt es ein Gefühl von Anarchie und Freiheit und eine Nähe zu den Entscheidungen, die uns fehlt. Wir sitzen nicht dicht genug aufeinander in der Festung an der Skånegatan.

Macdonald hatte es mit sich selbst ziemlich eng in seinem Zimmer, zehn Quadratmeter, Berge von Dokumenten, Telefone, schwere Schutzausrüstung, eingeklemmt hinter der Tür, wo sie im Notfall unmöglich zu erreichen wäre, die Dienstwaffe in ihrer abgenutzten Lederhalfter auf dem Schreibtisch. Das englische Licht rieselte durch die Jalousien und malte Streifen auf Macdonalds Gesicht.

»Möchten Sie Tee?« fragte er.

»Ja, gern.«

Macdonald ging hinaus auf den Flur und sagte etwas, das Winter nicht verstand, zu jemandem, den er nicht sah. Der Kollege kam zurück, setzte sich auf seinen Stuhl und zeigte mit der Hand auf den Besucherstuhl, der wacklig war, Winters Gewicht aber am Vortag ein Weilchen ausgehalten hatte.

»Der Tee kommt«, versprach Macdonald.

»In Göteborg müssen wir ihn selbst holen«, sagte Winter.

»England ist immer noch eine Klassengesellschaft, die Schwachen holen Tee für die Starken.«

»Wir befinden uns auf dem Weg zurück in diese Zeit, das weltberühmte schwedische Modell paßt nicht mehr.«

»Sie machen nicht den Eindruck eines Klassenkämpfers.«

Eine jüngere Frau, wie eine Kellnerin in weißer Bluse und schwarzem engem Rock, kam mit einem Tablett herein. Darauf standen Teetassen aus weißem Porzellan, eine weiße Kanne, eine Zuckerschale und eine Milchtüte. Macdonald dankte ihr und bat sie, das Tablett auf den Tisch zu stellen, nachdem er einen Haufen Formulare beiseite geschoben hatte. Sie stellte den Tee ab, lächelte Winter an und ging hinaus.

»Sehen alle Kriminalpolizisten in Schweden wie Sie aus?« fragte Macdonald und hob eine Tasse in Winters Richtung.

»Nur auf Dienstreise.«

»Hier kommen wir, wie wir sind, und in dieser Gegend ist das wohl am besten. Dieses Revier hat eine sehr gute Lage, und wie Sie gesehen haben, sind wir nicht so sehr daran interessiert, mit unserer Tätigkeit hausieren zu gehen. Wir sind hier unter uns, aus dem Weg, wir kommen nach der Arbeit draußen im Smog immer so schnell wie möglich hierher zurück. Hier haben wir unsere Computer. Hier denken wir und reden miteinander.«

»Und beantworten das Telefon.«

Winter hatte das gerade gesagt, als das Telefon vor Macdonald läutete. Er meldete sich, murmelte eine halbe Minute hinein und legte auf.

»Hilliers Eltern haben morgen für uns Zeit.«

»Gut.«

»Das werden wir sehen.«

»Kann man die Gegend hier, in der Sie arbeiten, irgendwie beschreiben... das südöstliche Viertel von London... gibt es irgendwas Allgemeines zu sagen?«

»Nein«, antwortete Macdonald, »nicht mehr, als daß es um so angenehmer wird, je weiter man sich von London entfernt. Weniger Verbrechen, schönere Häuser, nettere Menschen. Es ist nicht so übel in Croydon, hier gibt es ein großes Stadtzentrum, wo Geld in Umlauf ist, aber gerade hierherum ist die Verbrechensrate ziemlich hoch, das ist der arme Teil von Croydon. Dann wird es noch schlimmer nach Norden zu... Brixton, Peckham... viele Verbrechen, wenig oder kein Geld, hoher Anteil ethnischer Minderheiten an der Bevölkerung, die nie eine Chance bekommen.«

»Ja.«

»Ich bin schon so viele Jahre dabei und habe hier im Süden gearbeitet, und eine Sache ist klar, und zwar, daß diejenigen, die früher schon geringe Chancen hatten, jetzt überhaupt keine mehr haben«, sagte Macdonald.

»Das bedeutet Verbrechen.«

»Das bedeutet Verbrechen, und das bedeutet Schweigen. Früher war es so, daß die Reichen es für sich behielten, einigermaßen diskret waren, aber heute gibt es eine offene Verachtung in dieser Gesellschaft, in der wir leben. Diejenigen, die haben... die scheißen offen und arrogant auf die, die nicht haben. Das kann ich täglich sehen.«

»Aber es liegt wohl nicht nur an der Armut und Hautfarbe.«

»Was?«

»Das ist die ganze Ausgrenzung. Die Abweichung... auf vielfache Weise.«

»Ja.«

»Wir sehen davon auch die ersten Anzeichen«, sagte Winter.

»In Schweden? Sie wissen nicht, wovon Sie reden.«

»Ich glaube schon.«

»Daß es wie hier werden sollte? Gott bewahre euch.«

»Spricht da der zynische Polizist?«

»Ich weiß nicht«, sagte Macdonald und schlürfte einen Mundvoll Tee.

»Aber es ist dieses Gefühl als Bulle...« sagte Winter, »das aus einem eine zynische Person macht... man bekommt das Gefühl, daß es nur einen selbst gibt, daß man allein ist, daß sich kein anderer einen Scheiß darum kümmert. Man entdeckt, daß die Menschen so verdammt viel lügen, die ganze Zeit. Nicht nur der Verdächtige... ein Verbrecher, der überführt ist, zweifelsfrei überführt durch Zeugen... sondern auch andere.«

»Und dann kommen die Schuldigen, die sie ja nun sind, zu leicht davon. Ich versuche, diese Gedanken zu verdrängen, aber das fällt schwer. Solche Gedanken sind es, die einen zum Zyniker machen«, sagte Macdonald.

»Und die grauenhaften Sachen.«

»Wie bitte?«

»Was man sieht.«

Macdonald antwortete nicht.

»Die Auswirkungen von Gewalt. Das erzeugt Zynismus.«

»Ja.«

»Und trotzdem ist der tägliche Kontakt mit den Menschen das einzig Wichtige, das, was uns in Gang hält.«

»Wir arbeiten viel damit«, sagte Macdonald, »wenn Menschen ermordet worden sind, wenn sie verschwunden sind. Wir bringen überall Zettel an, wie Sie gesehen haben, und wir bekommen Tausende Anrufe von der Allgemeinheit, wie Sie gerade im Moment hören.«

Macdonald machte eine Armbewegung zum Flur hin. Aus den Zimmern waren die Rufzeichen zu hören, schwach, aber deutlich.

»Vor einigen Jahren hatten wir einen Fall«, sagte Macdonald, »ein Junge, nicht älter als zwölf, war vergewaltigt und ermordet worden, und uns allen zusammen standen die Haare zu Berge. Was zum Teufel hatten wir da auf den Hals bekommen, wer zum Teufel lief da frei herum?«

»Das Gefühl ist bekannt.«

»Wir bekamen einen Anruf von einem Mann, der sagte, er sei

in der Gegend, wo der Jungen gefunden worden war, als Kind Zeitungsausträger gewesen. Da hat ein Mann gewohnt, der hat mich angefaßt, sagte der Anrufer. Es gab Geschichten über ihn, aber man hat nichts unternommen. Heute bin ich 32, aber ich habe dieses Scheusal nie vergessen, sagte er.«

»Hatte er den Namen?«

»Er hatte den Namen und die Adresse, und wir machten eine Routineüberprüfung, ja, der Alte wohnte da, und er war nicht gerade uralt. Wir kratzten an ihm und, ja, er war es. Er brach direkt zusammen.«

»Das kommt nicht so häufig vor«, sagte Winter.

»Nein, aber es geht dabei nicht nur um Glück. Nicht, wenn man es in einer größeren Perspektive betrachtet. Wären wir nicht zugänglich gewesen und wäre es den Leuten nicht bewußt gewesen, daß wir zugänglich sind, wenn auch ein wenig versteckt, dann hätte dieser junge Mann nicht angerufen.«

»Auf so einen Anruf warten wir jetzt«, sagte Winter. Er hatte vergessen, seinen Tee zu trinken. Macdonald redete die ganze Zeit.

»Möchten Sie frischen?«

»Das wäre schön.«

»Es macht keine Umstände.«

»Für Sie nicht.«

Macdonald sah ihn an und rieb sein Knie.

»Was macht die Fußballverletzung?« fragte Winter.

»Die ist am Sonntag weg und am Montag wieder da. Übrigens, möchten Sie mitmachen?«

»Wobei?«

»Ein Match mit dem Pubteam spielen?«

»Wo?«

»Richtung Farningham. Das ist in Kent, drei Meilen down the road. Ich wohne dort. Dort liegt auch der Pub.«

»Wenn ich dann noch da bin.«

»Sie sind noch da«, sagte Macdonald.

»Ich kann auf jeden Fall noch eine Tasse nehmen«, sagte Winter, um das Thema zu wechseln.

Macdonald stand auf, ging auf den Flur hinaus und blieb eine Weile fort. Er kam selbst mit dem Tablett zurück.

»Die Frau ist am Computer beschäftigt.«

»Also mußte es der Sohn machen«, sagte Winter.

»Bitte?«

»Der Sohn der Magd«, sagte Winter und hoffte, daß »The Servicewoman's Son« genügte.

»Das ist ein Buch eines der weltberühmten Autoren Schwedens«, sagte er.

»Strindberg«, sagte Macdonald.

»Wer ist das hier, der alles kann?«

»Ich habe es in der Übersetzung, und ich werde es in einem der ersten Jahre gleich nach der Pensionierung lesen.«

Winter trank Tee. Er war stark und süß. Die Wärme von draußen war durchs Fenster zu spüren, direkt auf seinem Rücken. Macdonald hatte Linien im Gesicht, die nicht mehr von den Jalousien herrührten. Der Kollege hatte sich rasiert. Die Haut spielte ins Blaue. Die schwarzen Augenbrauen wuchsen fast zusammen. Eine Lesebrille lag neben dem Dokumentenstapel. Als Macdonald an ihr herumfingerte, sah sie wie für ein Kind gemacht aus, denn sie verschwand ganz in seiner Hand. Auf dem Fußballplatz muß er furchtbar sein, dachte Winter, schlimmer als ich.

»Haben Sie Zeugen für diesen Mann?« fragte Winter.

Macdonald ließ die randlose Brille los. Die Linien im Gesicht vertieften sich, als er sich vorbeugte.

»Einige«, sagte er, »und der beste Zeuge glaubt, daß unser Mann wie ich aussieht.«

»Wie Sie?«

»Das hat er gesagt.«

»Was hat er gemeint?«

»Wie ich es verstanden habe, handelt es sich um einen großen Burschen, der langes dunkles Haar hat.«

»So weit sind wir auch gekommen«, sagte Winter. »Groß und dunkel.«

»Es kann ein Bekannter sein und nichts weiter«, sagte Macdonald.

»Nein.«

»Nicht?«

»Glauben Sie es selbst?« fragte Winter.

»Eigentlich nicht.«

»Der Mann, der mit Per Malmström durch den Park ging, ist unser Mann. Welchen Grund hätte er sonst, sich zu verstekken?«

»Es gibt andere Gründe, eine abweichende sexuelle Veranlagung könnte einer davon sein.«

»Daß der Mann schwul ist? Daß er nicht will, daß es seine Familie erfährt?«

Macdonald zuckte die Achseln.

»Ihre Vermutung ist so gut wie meine«, sagte er. »Wir haben mehrere, die sich selbst angezeigt haben, aber das sind unsere üblichen Spinner gewesen.«

»Ich habe die Anschläge gesehen«, sagte Winter.

Er hatte sie an der Station Clapham High Street gesehen, wo Macdonald ihn am Abend zuvor abgesetzt hatte: Pers Bild, das Macdonald aus Schweden bekommen hatte. Der Text über den Mord, den Ort, den Park; die Fakten, die weiterzugeben die Polizei unschlüssig gewesen war. Die Aufforderung, Angaben zu machen.

Der Anschlag sah aus wie ein absurdes Plakat, wie etwas aus einem Film. Winter hatte eine blitzschnelle Übelkeit verspürt.

Er hatte es ohne Vorwarnung zu sehen bekommen.

Das Papier war an der Unterkante ausgefranst. Es hatte schon den bleichen Belag bekommen, der besagt, daß alles zu spät ist. Die Anschläge hingen an drei Pfeilern und waren alle im gleichen Zustand, da sie zum selben Zeitpunkt festgeklebt worden waren. Die Züge kamen und gingen, und manche lasen den Text und riefen Thornton Heath an, aber bislang vergebens.

Als Winter zur Victoria Station kam, entdeckte er an einem der Pfeiler am Ausgang die untere rechte Ecke eines Anschlags über Per Malmströms Tod. Sie flatterte im Wind der Züge, die immer noch kamen und gingen. Das war das einzige, was von dem Plakat übrig war, der Rest war weg. Als hätte jemand den größten Teil eines Plans von London weggerissen und nur die südöstliche Stadt übriggelassen.

Es war ein merkwürdiges Zusammentreffen, als ob es etwas bedeutete, als ob es in sich eine Mitteilung wäre.

32

Lars Bergenhem wartete draußen. Die Männer kamen und gingen. Die Tür pendelte, und wenn sie aufging, schlug ein Lichtstrahl heraus durch den Abend.

Er stand auf der Seite, auf die Licht vom Haus fiel. Hinter ihm knackten die Güterzüge auf ihrem Eisen. Es klang wie Seufzer nach langen Tagen draußen auf den Schienen. Der Bahnhof war spärlich beleuchtet. Das Licht stammte von Glühlampen an Pfählen, die in großen Abständen zwischen den Wagen aufragten. Eine Lok rollte irgendwo mitten in dem stillen Verkehr ein. Er hörte einen Ruf und eine Antwort, ein Knirschen von Bremsen, dann Geräusche wie von Schlägen mit einem schweren, stumpfen Gegenstand.

Die Tür schwang wieder, und sie kam heraus. Sie war allein. Er wartete, aber sie ging nicht über die Straße zum Parkplatz.

Sie trat schnell hinaus auf die Odinsgatan und wandte sich in Richtung Polhemsplatsen. Bergenhem folgte ihr. Sie überquerte die Straße, als die Straßenbahn vorbei war, und ging schräg über den Parkplatz. Bergenhem spürte Kälte vom Wasser des Fattighusån aufsteigen, als sie über die Brücke schritten. Sie ging am Vallgraven entlang weiter. Sie begegneten keiner Menschenseele.

Der Trädgårdföreningens Park auf der anderen Seite des Grabens war dunkel. Sie ging schnell und schaute sich nicht um. Bergenhem mußte schneller ausschreiten, um sie nicht zu verlieren, als sie am Bastionsplatsen um die Ecke bog.

Als er selbst die Ecke erreichte, sah er ihre Gestalt im Licht vom Kungsportsplatsen. Sie hob den Arm in einem Winkel, als blickte sie auf ihre Armbanduhr. Sie ging über die Kungsportsbron weiter, kam am Stora Teatern vorbei und wartete vor der Nya Allén auf Grün. Bergenhem verglich die Zeit. Er ging zögernd auf den Zebrastreifen zu. Sie stand dort zusammen mit vier oder fünf anderen. Es war eine Minute nach Mitternacht, und der Verkehr erschien ihm dicht in Anbetracht der späten Stunde.

Sie bewegte sich in die Schatten der Vasastaden. Die Häuser verdeckten den Himmel. Bergenhem folgte ihr um das Röhsska Museet, aber sie war fort.

Er wandte sich um. Hier gab es keine Cafés, die noch offen hatten. Vor ihm lag ein Torweg, aber der war still und leer. Weiter weg lag ein Restaurant, aber so weit konnte sie nicht gekommen sein. Es war ohnehin geschlossen und nur von einer Röhre über der Speisekarte an der Wand neben dem Fenster beleuchtet.

Fünfzehn Meter weiter weg sah er ein Auto halten. Die Innenbeleuchtung des Autos ging an, als die Tür auf der Beifahrerseite geöffnet wurde. Er sah verschwommen ein Gesicht über dem Lenkrad und einen Mann, der ausstieg. Der Mann duckte sich in die Öffnung der Autotür und sagte etwas. Dann schloß er die Tür, und das Auto schoß nach Norden davon, hinunter in Richtung Vasagatan. Der Mann wandte sich um, ging direkt in die Wand hinein und war weg.

Teufel auch, dachte Bergenhem.

Er ging dorthin und sah die Tür im Sockel des Patrizierhauses. Sie war grob wie der Stein ringsum, mit grünlichen Eisenbeschlägen, wie ein Eingang zu einem Keller. Sie muß sich nach innen öffnen, dachte Bergenhem. Er hatte kein Licht gesehen, als das geschah. Hier gab es keine Schilder, nichts ringsum. Kein Laut durch die Mauer.

Jetzt sah er den Knopf auf der rechten Seite, wie ein Teil des Scharniers. Er drückte mit dem Zeigefinger darauf und wartete. Er drückte noch einmal. Die Tür tat sich auf.

»Ja?«

Er sah die Umrisse eines Gesichts und eines Körpers vor sich, ein schwaches Licht, das eine Treppe heraufdrang, hinter der Gestalt.

»Ja?« wiederholte die Stimme.

»Ist hier ... geschlossen?«

»Was?«

»Gibt es keine Show?« fragte Bergenhem.

Viele Fragen, aber keine Antworten, dachte er. Ich bin mir sicher, daß sie hier hineingegangen ist. Warum hat Bolger dieses Lokal nicht erwähnt? Ist es gerade erst eröffnet worden? Viele Fragen und keine Antworten, dachte er noch einmal.

»Ich habe einen Tip von einem Kunden bekommen. Er hat nichts davon gesagt, daß man Mitglied sein muß.«

»Mitglied wovon?« fragte die Stimme.

»Ja, zum Teufel, was weiß ich, darf man reinkommen und die Show sehen, oder ist es geheim?«

Die Gestalt trat auf die Straße, vor Bergenhem. Er sah ein Gesicht, das er noch nie gesehen hatte.

»Was wollen Sie?«

»Nur ein bißchen Spaß haben.«

»Sind Sie betrunken? Wir lassen keine Betrunkenen ein«, sagte das Gesicht.

»Ich trinke nicht.«

Ein anderer Mann tauchte neben Bergenhem auf, und der

Türhüter zeigte mit dem Kopf auf den Neuankömmling. Er ging durch die Tür hinein, Bergenhem konnte ihn die Treppe hinabgehen sehen, und das veranlaßte den Gorilla vor ihm anscheinend, eine Entscheidung zu treffen.

»Okay«, sagte er, »aber ich werde Sie kontrollieren.«

»Wie bitte? Warum?«

»Wir haben respektable Gäste«, sagte der Gorilla wie zu einem Obdachlosen, als wäre Bergenhem mit einem Karton bekleidet gekommen.

»Darf ich eintreten?« fragte Bergenhem.

Der Mann sah sich um, rückte ein wenig beiseite, damit Bergenhem sich durch die Türöffnung zwängen konnte. Der Mann kam nach und schloß ab. Das Licht von unten wurde stärker. Bergenhem hörte leise Musik. Sie klang irgendwie arabisch oder als würden die Töne in den Kellerwindungen verzerrt.

Am Fuß der Treppe saß eine Frau hinter einem Tisch. Eine altmodische Registrierkasse stand vor ihr.

»250«, sagte sie.

Bergenhem bezahlte, bekam aber keine Quittung. Er hängte die Jacke in einem Gang rechter Hand auf einen Plastikbügel.

»Ein Drink ist inbegriffen«, sagte die Frau, lächelte hübsch und gab ihm eine Marke, die ebenfalls aus Plastik war.

Sie tanzte auf einem der Tische, und Bergenhem setzte sich daran. Er sah ihre Rippen, aber sie war sehr schön, dachte er, ihre Brust war größer, als er sie vom *Riverside* in Erinnerung hatte, und er meinte, daß sie ihn anschaute, als würde sie ihn wiedererkennen.

Die Musik war schwarz, aber es war nicht Tina Turner. Sie wurde lauter, und die Frau bewegte sich im Tanz aufwärts. Ihre Augen waren schwarz, darunter hatte sie dunkle Halbmonde.

Die beiden anderen Männer am Tisch tranken und folgten ihren Bewegungen. Auch auf den drei anderen Tischen im Raum tanzten Frauen. Es war wie in einer Grotte.

Bergenhem roch eine Mischung aus Alkohol und Schweiß und Parfüm und aus Angst, Furcht und etwas von ihm selbst, das er nicht einordnen konnte... mehr als das, was ihn dazu gebracht hatte, hierher zu kommen.

Er wußte nicht, wo die Ermittlung aufhörte und wo das andere hier anfing.

Als die Musik verstummte, hörte sie sofort auf zu tanzen, und das Lächeln auf ihrem Gesicht trocknete zu einem Strich ein. Sie sah plötzlich doppelt nackt aus, dachte er, als wäre die Soulmusik ihre Kleidung und ihr Schutz gewesen. Er streckte eine Hand aus, und sie scheute zurück.

»Ich will Ihnen nur herunterhelfen«, sagte er.

Sie sah ihn an und streckte die Arme vor, und er stützte sie, als sie vom Tisch auf den Stuhl stieg. Sie ging weg, ohne etwas zu sagen, sie sah ihn nicht einmal an. Einer der Männer am Tisch sagte etwas, aber er verstand nicht, was. Sie bewegte sich geschmeidig auf den hohen Absätzen über den Boden. Sie verschwand durch eine Tür hinter der Bar. Dort stand der Gorilla mit den Augen auf Bergenhem. Er wandte den Blick ab und setzte sich.

Er saß lange so. Eine Frau kam von der Bar herüber. Sie steckte sich eine Zigarette an, und er spürte jetzt einen rauhen Schmerz im Hals vom Rauch in dem Raum.

»Willst du mich nicht bitten, mich zu setzen?« fragte sie.

Bergenhem stand wieder auf und zog den Stuhl neben sich vor.

»Natürlich«, sagte er.

Die beiden anderen Männer waren zur Bar gegangen, wo sie Gesellschaft bekommen hatten.

»Es ist gestattet, zu etwas einzuladen«, sagte sie.

Ihre Hand war auf einer Höhe mit ihrem Gesicht. Es war breit und unter Schminke verborgen. Das Haar, das sie nun trug, war blond. Bergenhem erkannte sie zuerst nicht.

»Ich hab' dich gar nicht erkannt«, sagte er.

Sie antwortete nicht.

»Was willst du trinken?« fragte er.

»Das hier.« Sie hielt das Glas hoch, das ein Mann von der Bar vor sie gestellt hatte.

»Kennst du die Spielregeln nicht?« fragte sie und sah ihn über den Rand des Glases an.

»Was kostet das? Tausend Mäuse?«

»Fast«, sagte sie und stellte den Drink auf den Tisch. »Ich kann privat für dich tanzen.«

»Nein«, sagte er.

»Ist es nicht das, was du willst?«

»Was?«

»Willst du keine private Vorstellung haben?«

»Nein.«

»Was willst du dann eigentlich?«

»Was?«

»Mich. Wofür willst du mich?«

»Dich? Ni... nichts.«

»Nichts? Glaubst du, ich hätte dich nicht erkannt? Ich bin keine bekiffte Hure. Du hast unten im *Riverside* gesessen, ich weiß nicht, wie viele Abende.«

»Nur ein paarmal.«

»Ich kenne dich noch«, sagte sie, ließ den Rauch aus dem Mund wie aus einer Röhre entweichen und drückte die Zigarette in einer Tasse auf dem Tisch aus, »und ich mag es nicht, wenn man mich verfolgt.«

»Verfolgt?«

»Meinst du, ich hätte dich nicht vor dem *Riverside* gesehen? Meinst du, ich hätte nicht gemerkt, daß du mir bis hier gefolgt bist?«

Bergenhem sagte nichts, trank sein Bier.

»Was willst du?«

»Nichts«, sagte er wieder.

Sie zündete mit schnellen, gezwungenen Bewegungen eine neue Zigarette an.

»Ich weiß, daß du ein Bulle bist.«
Er antwortete nicht.
»Oder nicht?«
»Doch.«
»Ich habe nichts getan, wenn du darauf aus bist, diesen Klub anzuzeigen, dann bitte sehr, aber die machen in ein paar Tagen wieder auf.«
»Darum geht es nicht.«
»Ach nee.«
»Wir untersuchen zwei Mordfälle.«
Oder eigentlich mehr, dachte er.
Sie sah ihn an, rauchte wieder, rührte den Drink nicht an.
»Ich weiß«, sagte sie.
»Was?«
»Du hast Leute im *Riverside* gefragt oder nicht?«
»Ja.«
»Sie zeigen hier Filme.«
Er umfaßte sein Bierglas, saß still, wünschte sich aber, er könnte sich vorbeugen über sie.
»Es ist kein Geheimnis für die Gäste oder in der Stadt, aber es ist etwas, das man anderswo nicht sieht.«
»Was sind das für Filme?«
»Bondage«, sagte sie. »Weißt du, was das ist?«
»Ja.«
»Das ist nicht verboten.«
Er antwortete nicht, weil er sich nicht ganz sicher war.
»Keine Kinder, dann würde ich nicht hier arbeiten. Auch Stripperinnen haben eine Moral.«
»Wo ist er?«
»Wer denn?«
»Der Filmraum.«
»Wieso?«
»Ich will das sehen«, sagte er.
»Das fängt erst später an, und da bin ich sowieso weg.«

»Warum?«

»Das geht dich wohl nichts an?«

Bergenhem spürte Schweiß auf dem Rücken. Er hoffte, daß er sich nicht auf der Stirn zeigte. Es zerrte im Schritt, als wären seine Boxershorts aus Sandpapier. Er trank Bier und merkte, daß seine Hand ein wenig zitterte. Er sah, daß es ihr aufgefallen war.

»Weißt du, was du untersuchst?« fragte sie.

Er setzte sein Glas wieder ab, fuhr sich mit dem Handrücken über den Mund.

»Es war ... wichtig für mich, dir zu folgen, aber es ist nicht, was du denkst. Wir versuchen, uns ein Bild davon zu machen, was sich in den Klubs abspielt. Wenn du so eingesetzt wirst, verstehst du warum.«

Sie blickte ihn lange an.

»Ich will dir eines sagen«, begann sie, »aber dann mußt du mich zu noch einem Drink einladen. Sonst muß ich gehen. Wir dürfen für jeden Drink nur eine bestimmte Zeit hier sitzen.«

»Okay.«

Sie mußte ein Zeichen gemacht haben, das er nicht gesehen hatte. Ein neues Glas stand vor ihr. Der Kellner nahm das alte unangerührt mit.

»Du scheinst ein netter Junge zu sein, und deshalb will ich dich warnen«, sagte sie ganz leise, wie zwischen den Zähnen. Er hörte durch den Rauch zu.

»Hier und im *Riverside* kommt es einem friedlich vor, aber es ist lebensgefährlich«, sagte sie, »das ist Business und nur Business, und keiner ist sicher.«

»Hat dir jemand aufgetragen, mir das zu sagen?«

»Du kannst glauben, was du willst«, sagte sie und wandte sich ihm zu und lächelte, als spielte sie Theater für jemanden, der sie beobachtete. Es ist, als spräche sie von etwas anderem, dachte Bergenhem.

»Was ist denn so lebensgefährlich?«

»Du bist ein lieber Junge, halte dich von mir fern.«
»Wie bitte?«
»Ich weiß nicht, ob du zu Hause Probleme hast oder was es ist«, sagte sie, und er sah, daß sie auf den Ring an seinem linken Ringfinger schielte, »aber für den Nachtdienst, den du gerade machst, kannst du wohl nicht zu deinem Chef gehen und dafür Überstunden anschreiben lassen.«
»Das ist meine Arbeit.«
»Bin ich deine Arbeit?«
»Nein.«
»Was ist es dann?«
»Ich weiß nicht. Wie heißt du?« fragte er, aber sie antwortete nicht.

Als er sich ins Bett legte, bewegte sich Martina im Schlaf; sie blickte hastig auf und murmelte etwas, daß es spät sein müßte. Er antwortete nicht, und sie fiel wieder in ihre tiefen regelmäßigen Atemzüge.

Er merkte den Rauchgeruch vom Haar und von der Gesichtshaut. Der Mund war rauh, wie eine Höhle aus Zement, als er mit der Zunge über den Gaumen fuhr. Martina lag auf dem Rücken, der Bauch wie ein kleines Zelt über ihr. Ihn überkam Sehnsucht, die Hand daraufzulegen, aber er ließ es sein.

Die Gefriertruhe in der Diele röchelte. Er konnte nicht schlafen, er lauschte auf alles, alle Geräusche.

Er schlüpfte aus dem Bett und ging die Treppe hinunter. In der Küche öffnete er den Kühlschrank und trank fettarme Milch direkt aus der Packung. Er trank lange, bis sie leer war. Er hatte immer noch Durst, als würde es in ihm brennen. Er machte eine Packung Orangensaft auf und schenkte sich ein Glas ein. Er trank. Es schmeckte süß und scharf nach der Milch.

Was zum Teufel ist mit mir los, dachte er.

»Kannst du nicht schlafen?« sagte Martina, als er sich wieder ins Bett legte.

»Jetzt geht es wohl«, antwortete er.
»Mhm.«
»Gute Nacht«, sagte er.
»Mhm«, sagte sie, schon wieder im Einschlafen.
 Er hatte sich noch einmal geschrubbt, härter mit der stärkeren Seife, aber der Rauchgeruch wollte nicht weggehen. Er glaubte, ihr Parfüm hier im Schlafzimmer zu riechen. Es spielt keine Rolle, wie sie heißt, dachte er. Warum habe ich das gefragt?
 Er konnte nicht schlafen. Nun achtete er auf die Möwen, die anfingen, die Zeitungen zu zerreißen und über die Neuigkeiten zu lachen. Bei jedem Morgengrauen traf eine Hubschrauberdivision Möwen von der Basis am offenen Meer ein.

33

Sie saßen im Zug nach Norden. Es war früher Nachmittag, und sie waren allein im Wagen. Winter sah im Wandsworth Common einen Jogger in kurzer Hose und kurzärmeligem Sweatshirt, das sich mit Wind füllte und am Rücken flatterte. Er glaubte den Mann von der Fahrt hinunter am Vortag und an diesem Morgen zu kennen. Vielleicht war es ein Wahnsinniger, der hier rannte, hin und her, Stunde um Stunde.
 Geoff Hilliers Eltern hatten im letzten Moment nein zu dem Gespräch gesagt. Der Mann habe nicht die Kraft dazu. Ein andermal. Winter fuhr nun aufs neue durch die südliche Stadt. Er war Pendler geworden.
 »Wann kommt Jamie Robertsons Mutter nach Hause?« fragte er und sah eine Station kommen und gehen.
 »In zwei Wochen«, antwortete Macdonald.
 »Und den Vater können Sie nicht auftreiben?«
 »Nein«, sagte Macdonald. »Das ist nicht ungewöhnlich.«

Als sie an Victoria ausstiegen, zeigte Winter auf den zerfetzten Anschlag. Macdonald riß ihn ab und warf ihn in einen Papierkorb.

»Hängen Sie einen neuen auf?«

Macdonald zuckte die Achseln.

»Wahrscheinlich«, sagte er. »Zerfetzte Bilder sind wie zerfetzte Erinnerungen. Nichts, woran man sich halten kann.«

»Sie sind unter die Dichter gegangen«, sagte Winter.

»Poet of Crime«, sagte Macdonald, »ich bin ein Poet des Verbrechens geworden.«

Sie fuhren mit der U-Bahn weiter bis Green Park, stiegen aus und schlenderten durch die Katakomben zur Rolltreppe. Sie kamen in die Sonne hinaus.

»Dort wohnt die Königin«, sagte Macdonald und nickte zum Park hin. »Sie ist für alle Untertanen da, sowohl Schotten als auch Engländer.«

»Und Iren und Waliser?«

»Die auch.«

Sie nahmen ein Taxi die Piccadilly hinauf und hinein nach Soho. Frankie saß in seinem Zimmer, und der Computerschirm war schwarz.

»Er ist kaputtgegangen«, sagte er, nachdem Macdonald ihn Winter vorgestellt hatte.

»Billiger Mist«, sagte Macdonald, »ich hab' dir geraten, einen Bogen um englische Hardware zu machen.«

»Als ob die Schotten es besser könnten«, sagte Frankie.

»Das können wir.«

»Gib mir ein Beispiel«, sagte Frankie.

»Macintosh.«

»Haha.«

Macdonald lächelte Winter zu.

»Darf man zu einem exklusiven westindischen Tee einladen?« fragte Frankie.

»Was du nicht sagst«, meinte Macdonald. »Tee aus Westindien? Das wäre ungefähr so, wie wenn man sagte, der Kaffee hier werde in Schweden angebaut.«

Frankie warf wieder einen Blick auf Winter, aber Winter schlug mit den Händen aus, als wisse er von nichts.

»Ich habe mich ein bißchen umgehört«, sagte Frankie, der beschlossen hatte, gar nichts anzubieten. Vielleicht später, aber jetzt nicht, nicht solange Steve eine so unangenehme Haltung gegen seine Wurzeln und Ursprünge an den Tag legte. »So diskret ich konnte«, fügte er hinzu.

Macdonald nickte.

»Ich war verwundert«, sagte Frankie, »verwundert über die Menschheit.«

»Hör mit dieser Heuchelei auf«, sagte Macdonald.

»Hier hält man sich an den rechten Weg, und das geht nicht, ohne daß man sich fragt, warum die Kunden nicht mehr kommen, wie sie das früher taten.«

Die zwei Männer von der Polizei warteten. Winter hörte einen Ruf vom Flur, wie um Hilfe. Darauf folgte Lachen und ein Kommentar, den er nicht verstand.

»Ich rede nicht von Kinderpornographie«, fuhr Frankie fort.

»Wovon redest du dann?« fragte Macdonald.

»Ich rede von Folter hier«, sagte Frankie.

»Folter?«

»Ja.«

»Was denn für Folter?«

Frankie antwortete nicht. Er hatte begonnen, mit kleinen Bewegungen hin und her zu schaukeln, als ob er sich zum Rhythmus eines schwarzen Liedes bewegte.

»Frankie«, sagte Macdonald.

»Ich will nicht mehr darüber reden«, sagte Frankie.

Macdonald wartete. Er folgte den Bewegungen des Schwarzen mit den Augen. Winter tat das gleiche. Winter spürte eine Kälte über dem Hinterkopf. Es war vollkommen still um sie herum. Von draußen war kein Laut zu hören.

»Frankie«, sagte Macdonald noch einmal.

»Ich sage nur, was ich gehört habe, und das ist, daß jemand in London Filme anbietet, die Folter von Menschen beinhalten, und das soll echt sein.«

»Namen.«

»Nie im Leben.«

»Das kann gefährlich für dich werden«, sagte Macdonald. »Das mußt du verstehen.«

»Ich verstehe«, sagte Frankie, »aber in dem Fall muß ich es sein, der sich weiter umsieht. Du hast es verstanden, Steve. Du weißt, daß ich nicht dich und deinen umwerfenden Blonden hier auf meine Kontaktpersonen ansetzen kann. Die wissen nicht mehr als ich, und wenn die mehr wüßten, würden sie niemals in diesem Leben etwas zu euch sagen.«

»Aber du kannst ja nicht noch einmal hingehen und mehr fragen. Oder weitergehen zu anderen Namen.«

»Wenn es laufen soll, dann auf meine Art.«

Macdonald antwortete nicht. Winter hörte wieder Geräusche um sich, als könnte die Welt den Atem nicht länger anhalten.

»Glaubt mir«, sagte Frankie, »das ist etwas, was ich nicht in meiner Stadt oder meiner Branche haben will. Das gilt für alle von uns, die sauber sind. Aber es sorgt für viel Unruhe, wenn die Bullen hier hereinstürmen und bei uns und unseren sauberen Kunden Gefühle aufrühren.«

»Und unterdessen stirbt vielleicht einer«, sagte Macdonald.

»Das Risiko ist geringer, wenn ich oder wir uns um die Sache kümmern.«

»Morgen.«

»So schnell ich kann.«

»Morgen«, wiederholte Macdonald und wandte sich an Winter. »Irgendwelche Fragen?«

»Das, wovon du sprichst, wird nicht in Soho gezeigt, vermute ich?« sagte Winter und sah Macdonalds Kontaktperson an.

Frankie antwortete nicht, aber Winter merkte, daß er recht hatte.
»Es ist privat«, sagte Winter. »Etwas für Privatwohnungen.«
»Ja«, gab Frankie zu.
»Sei vorsichtig«, sagte Winter.
»Danke, o großer weißer Mann«, sagte Frankie, und die Zähne blitzten in seinem Gesicht auf, »deine Fürsorge ist groß.«
Winter kam sich wie ein Idiot vor. Macdonald sah seinen Gesichtsausdruck. Frankie hielt das Lächeln an, als imitierte er einen Baumwollpflücker auf einem Feld in Mississippi.
»Ein Tee würde jetzt guttun«, sagte Macdonald.
»Ich habe schottischen, aus getrockneten Haferflocken gemacht«, sagte Frankie.
»Mmmm«, sagte Macdonald.

»Ich bin gestern hineingegangen und habe die Computerlinks nachgeprüft«, sagte Macdonald, als sie das Cinema Paradiso verlassen hatten und durch das Viertel spaziert waren. Es war mild in der Sonne, kühl in den Schatten zwischen den Häusern.
Sie setzten sich auf eine sonnige Bank mitten auf dem Soho Square. Winter ließ den Mantel locker um den Körper hängen. Das vorzeitige Frühjahr wärmte sein Gesicht. Ein englischer Vogel trällerte einen Originalsong für ihn.
»Wir haben ein besonderes Datensystem für Mord, für das ganze Land«, erklärte Macdonald. »Es wurde nach einer katastrophalen Ermittlung 1987 geboren, eine Mordserie, und die Fahnder tappten umeinander herum, als spielten sie Blindekuh. Wir verließen uns zu sehr auf das alte Karteikartensystem, zu wenig auf die Datenbanken. Es waren auch damals Jungen, die starben, und man hat uns schwere Vorwürfe wegen Inkompetenz gemacht.«
Der Vogel auf dem Ahorn hinter ihnen hatte Gesellschaft bekommen, denn nun gab es ein Publikum da unten auf der Bank. Der Chor ging seine Frühlingsklassiker durch.

»Es gab Gründe dafür«, fuhr Macdonald fort.

»Aber jetzt stellt ihr Verbindungen her«, sagte Winter.

»Es heißt HOLMES.«

»Wie?«

»Das Computersystem. Es heißt Holmes nach unserem großen literarischen Vorläufer. Aber jede Initiale steht für etwas, in diesem Fall Home Office Large Major Enquiry System.«

»Wir sind in dieser Branche verliebt in Initialen«, sagte Winter.

»Ich kann direkt hineingehen und in die Dateien der anderen Bezirke gucken und darauf hoffen, daß außerdem eine wache Person oben im Yard sitzt.«

»Welche Rolle spielt Scotland Yard in diesem Fall für Sie oder uns?«

»Der Yard ist heute vor allem eine Verwaltungseinheit, es hat zum Beispiel in den letzten fünfundzwanzig Jahren kein Morddezernat mehr bei Scotland Yard gegeben. Sie haben nur noch wenige Dezernate, zum Beispiel die Antiterrortruppe. Aber ansonsten geht es vor allem um Papierarbeit, darum, das Herz im Datensystem, im Indexsystem zu sein.«

»Keine aktive Ermittlungsrolle bei Mord?«

»Wenn es notwendig ist, bestellen wir eine besondere Technikergruppe beim Yard«, sagte Macdonald. »Die haben Spezialistenkompetenzen und eine Ausrüstung, die es in den Bezirken nicht gibt. Die holen Fingerabdrücke heraus, die zehn Jahre auf der Wand gesessen haben, na ja, Sie wissen schon.«

»Ja.«

»Unten in Clapham waren sie mit dabei.«

»Ich verstehe.«

»Unsere eigene FSHU macht Fingerabdrücke, Muster, Quetschungen und Bißspuren, und die vom Yard kommen für die richtige Feinarbeit.«

»Haben Sie Vertrauen zu dieser Bande?«

Die Sonne verbarg sich hinter einer Wolke, und es zog im

Nacken. Die Vögel hielten still, warteten. Ein offener Lastwagen, hoch mit Bierkästen beladen, schepperte um den Platz und hielt vor einem italienischen Restaurant an einer der südlichen Ecken. Zwei junge Frauen gingen im Park an ihnen vorbei und blickten beide zu der Bank. Macdonalds Augen waren hinter der schwarzen Brille verschwunden. Er sieht aus wie ein Dealer, und ich sehe aus wie sein Kunde, dachte Winter. Wenn es nicht umgekehrt ist.

»Vertrauen? Ich glaube wohl«, sagte Macdonald. »Es sind Kriminalinspektoren, die Chefs der Technikereinheiten. In England sind Techniker sonst zivil, aber in London sind die Chefs Bullen. Es gibt nur zehn. Wir nennen sie Laborinspektoren. Sie kommen mit ihren Leuten und ihrem Zeug zum Tatort. Es sind also dieselben Leute, die alle wirklich schwierigen technischen Untersuchungen durchführen. Sie kommen zu allen Orten des Verbrechens. Das schafft natürlich Kontinuität.«

»Hört sich gut an«, sagte Winter.

»Außerdem liegt das Labor in Kennington, und das ist südlich des Flusses«, sagte Macdonald schmunzelnd. »In seltenen Fällen fordern wir auch einen Pathologen zum Tatort an, besonders wenn es sexuelle Hinweise gibt.«

Sexuelle Hinweise, dachte Winter. Das klang wie ein Filmtitel.

»Wie lange müßt ihr euch voll damit befassen?« fragte er.

»Mit diesem Fall? Ich lasse ihn nicht fallen. Für meinen obersten Chef in unserem Bereich ist die Richtschnur, daß er uns zwölf Wochen gibt, je nachdem, was wir sonst noch zu tun haben. Wenn sich nichts Neues tut und wir keine neuen Anhaltspunkte bekommen, werfen wir den Fall nach zwölf Wochen in eine Schublade und machen uns an einen neuen. Aber wie ich bereits gesagt habe, lösen wir unsere Mordfälle im Südosten.«

»Im schlimmsten Fall wissen wir, wer es getan hat, aber wir können den Teufel nicht förmlich überführen«, sagte Winter.

»Wie das?«

»Wir wissen in unserem Herzen, wer es getan hat, aber der Apparat reicht nicht, um ihn zu Fall zu bringen.«

»Das macht einen zum Zyniker, was?«

»Nicht immer, man kann das Gefühl mit sich herumtragen, daß man recht gehabt hat und daß früher oder später etwas passiert, was das letzte kleine Stück ergibt, nach dem man gesucht hat.«

»Ja.«

»Dann ist man bereit, man ist immer bereit.«

»Allzeit bereit«, sagte Macdonald.

»Sind Sie Scout gewesen?« fragte Winter.

»Scout? In der Bedeutung... Boy-Scout, Pfadfinder? Oder Fahnder?«

»Boy-Scout.«

»Diese paramilitärische, versteckt faschistische Bewegung, die von dem südafrikanischen Rassisten Baden-Powell gegründet wurde? Nein, bei denen bin ich nicht gewesen.«

»Aber ich«, sagte Winter. »Da hat man gelernt, sich korrekt zu benehmen.«

»Und deshalb sind Sie als Erwachsener Kriminalkommissar geworden?«

»Natürlich.«

Es war wieder warm im Gesicht. Die Sonne befand sich zwischen zwei Gebäuden und würde binnen einer halben Stunde fort sein, in der Themse versunken. Macdonald nickte quer über den Platz, zur Greek Street hin.

»Dort liegt *Milroy's*, der weltbeste Laden für Malt-Whisky.«

»Ich weiß.«

»Natürlich.«

»Ich möchte, daß wir morgen in die Musikalienläden unten in Brixton gehen«, sagte Winter. »Ich muß diese Zeugen, die Sie vernommen haben, selbst hören.«

»Sie müssen allein hingehen«, sagte Macdonald, »ich schaffe es nicht.«

»Das ist nicht zulässig, ich bin nur als Beobachter hier.«

»Sie sind genauso sehr Polizist wie ich und englischer, als ich jemals sein werde, also wer könnte dagegen protestieren?«

»Dann sage ich, daß Sie dabei waren.«

»Sagen Sie, was Sie wollen.«

»Dann sage ich, daß heute mein Geburtstag ist«, sagte Winter.

Es war ihm gerade eingefallen, wie eine alte Erinnerung oder ein Name, der plötzlich im Bewußtsein auftaucht.

»Darf ich gratulieren? Um wie viele Jahre geht es?«

»Siebenunddreißig.«

»At the age of thirty-seven, she realised she'd never ride through Paris in a sportscar, with the warm wind in her hair«, sang Macdonald. »Oder so ähnlich.«

»Wer hat das festgestellt?«

»Lucy Jordan, haben Sie nie *Ballad of Lucy Jordan* gehört?«

»Nein.«

»Wo zum Teufel kommen Sie eigentlich her?«

»Jedenfalls nicht aus derselben Stadt wie Lucy Jordan.«

»Das ist ein Klassiker«, sagte Macdonald, »aber in der Version von Marianne Faithfull geht er einem durch und durch.«

»Von wem?«

»Marianne Faithfull. Eine singende Unschuld von dieser Welt.«

»At the age of thirty-seven«, wiederholte Winter.

»Da sieht man, was man hat und was man nie bekommen wird«, sagte Macdonald. »1960. Das Jahr, in dem die moderne Welt geboren wurde. Komischerweise ist es auch mein Geburtsjahr.«

»Ihr altert schneller in Großbritannien...«

»Gerade hatte ich daran gedacht, ein Gläschen unten in *The French* zu spendieren, aber jetzt weiß ich nicht mehr so recht.«

»...mit gewissen deutlichen Ausnahmen.«

»Wollen wir dann gehen?« Macdonald stand von der Bank auf.

Sie hatten in *The French* über einem Gläschen gesessen, Winter mit einem Gefühl des Stillstands im Kopf. Er war müde von den Eindrücken, Gedanken und Gesprächen mit Macdonald und seinen Leuten, mit Zeugen.

Er war die Straßen abgegangen, auf denen der Junge geschlendert war oder geschlendert sein mochte, er hatte mit seinem Kollegen verglichen und diskutiert. Sie waren früh zu einem Einvernehmen gelangt.

Er hatte den richtigen Beschluß gefaßt, als er rübergekommen war. Gleichzeitig hatte ihn ein Gefühl der Niederlage übermannt. Es würde wieder geschehen.

Ganz kurz hatte er am Abend zuvor an Angela gedacht und überlegt, ob er sie anrufen sollte. Er hatte darauf verzichtet. Was bedeutete sie für ihn? Warum dachte er so? Da saß eine blonde Frau ein Stück weiter, mit einem Versprechen im Körper. War es deshalb? Sie war wie Angela, ein perfektes Geschöpf: ein breiter roter Mund, dieses Versprechen in den Linien des Körpers, wie eine Einladung.

»Sie merken, wie still ich werde, wenn ich in eine Bar komme«, sagte Macdonald.

Winter nickte, die Augen aber noch auf der Frau. Wartete sie auf einen Mann?

»Wir Schotten haben mehr mit dem Kontinent gemeinsam als mit England«, sagte Macdonald.

»Ihr schweigt und leidet über dem Glas.«

»Sie verstehen«, sagte Macdonald.

»Ihr neigt den Kopf vor und begrabt ihn in den Händen und schweigt und laßt euch von der traurigen Musik mit süßer Verzweiflung erfüllen. Ihr lauscht auf die Seufzer vom Herzen.«

»Sie verstehen wirklich.« Und nach einer kleinen Weile, mit halb erhobenem Glas: »Ich bin übrigens Steve.«

»Okay. Erik.«

Sie trennten sich am Piccadilly Circus. Macdonald verschwand im Untergrund, und Winter ging in östlicher Richtung zurück, überquerte den Cambridge Circus und ging auf der Shaftesbury einige hundert Meter weiter bis zur Nummer 180. Er betrat *Ray's Jazz Shop*. Hierher ging er seit seiner Teenagerzeit. Was es nirgendwo sonst gab – hier fand man es immer.

Winter erkannte die Gerüche von den Wänden, den alten LP-Hüllen: Staub, Tinte, altes steifes Papier, wie eine blaue Schleife, wie etwas Säuerliches oder Süßsaures, das aus der stummen Musik hinter der Pappe kam.

Die Regale mit CD-Scheiben waren seit dem letztenmal mehr geworden, aber das war die einzige Veränderung. Der schwarze Junge hinter der Theke in der Mitte legte eine CD-Scheibe ein, und die Musik begann. Winter erkannte sie auf Anhieb: New York Eye and Ear Control vom 17. Juli 1964, Ayler und Cherry und Tchicai und Rudd und ein unheimlich starker Sound, wie ein erotisches Erlebnis.

Es war ein eigenartiges Zusammentreffen. Er hatte die Musik vor kurzem gehört, auf die gleiche Art wie jetzt, von den Wänden. Es war keine Musik, die man jeden Tag hörte. Er sagte das zu dem Jungen an der Theke.

»Es sind nicht mehr viele davon da«, sagte der Junge. Er trug eine schwarze Brille. »Die reinkommen, gehen gleich wieder weg.«

»Meine eigene ist irgendwo verschwunden«, sagte Winter.

»Da haben Sie jetzt Glück.«

»Ich komme aus Schweden, und das ist die Belohnung.«

»Ich kann mich nur erinnern, daß wir in den letzten Wochen eine Scheibe hatten, vor dieser hier, und die ging auch an einen aus Skandinavien.«

»Ach ja?«

»Bei dem Akzent kann man nicht schiefliegen«, sagte der Junge, »ich habe nämlich mal in Stockholm gewohnt, und ich erkenne ihn wieder. Ich war wegen einer von euren Frauen dort«, fügte er hinzu und grinste. »Aber bei Ihnen hört man es nicht so.«

»Das kommt, weil ich mit allem so wählerisch bin«, sagte Winter. Weil ich so ein verdammter Snob bin, dachte er.

»Da sind Sie richtig gekommen. Das hier ist das Beste, was man in Skandinavien kennt.«

»Ach ja?«

»Der, der hier war, hat das gesagt.«

»Aha.«

»Kommt ein Blondschopf herein, dann spielst du das, dann verkaufst du es, hat er gesagt.«

»Aha.«

»Oder es kommt irgendein Skandinavier und fragt danach.«

Winter kaufte die Aylerscheibe und die neueste vom Julian Argüelles Quartet, Django Bates' Human Chain, ein paar andere mit modernem britischem Jazz. Es war schwarze Musik, die ihm immer schwerer in der Hand wurde, als er sie bei Ray's herumtrug.

Er ging auf der Shaftesbury zurück, über Piccadilly und in die Jermyn Street. Das war die Straße der Männer. Er war viele Male hier gewesen. Es war sein Geburtstag oder nicht? Ich darf mir etwas gönnen, dachte er.

Er würde zum Knaresborough Place zurückfahren, um etwas aufzuschreiben und ein wenig nachzudenken, aber erst wollte er bei *Harvie & Hudson* vorbeischauen und ein paar Hemden kaufen.

Er kam bei *Herbie Frogg* vorbei und ging zurück und hinein. Er könnte einen Cerruti-Anzug für weniger als 7 000 Kronen kaufen, aber nach kurzem Zögern ließ er es sein. Es war ein guter Preis, aber er brauchte ihn nicht.

Eigentlich brauchte er neue Schuhe und ging zu *Foster & Son*, spürte aber nicht genügend innere Ruhe, um einzutreten. Drinnen hatten sie seine eigenen Leisten. Auf die Idee war sein

Vater gekommen, und viele von Winters Schuhen waren hier angefertigt worden. Ich bin zu nervös, dachte er noch einmal, ich kann jetzt nicht hineingehen.

Er kaufte zwei Hemden bei Thomas Pink und eines bei *Harvie & Hudson* und ging weiter bis zur Ecke Jermyn und St. James's. Dann betrat er *Davidoff Fine Cigars* und kaufte bei einer Frau hinter der verzinkten Theke eine kleine Kiste Havana Cuaba Tradicionales.

»Herr Winter«, sagte ein älterer Mann in Nadelstreifen. Er war lautlos an Winters rechter Seite aufgetaucht.

»Herr Baker-Baker.«

»Ihr Vater war vor gar nicht langer Zeit hier«, sagte der Tabakhändler, »vielleicht vor einem halben Jahr. Kurz vor Weihnachten.«

»Davon wußte ich nichts.«

»Er schien in blendender Verfassung zu sein.«

»Das macht der warme spanische Wind.«

»Es ist lange her, daß wir das Vergnügen hatten, Sie hier zu sehen.«

»Leider.«

»Wir vermissen immer die treuen alten Kunden.«

»Zigarren sind jetzt groß im Kommen, wie ich das sehe«, sagte Winter.

Baker-Baker machte große Augen und lächelte ein schmales Lächeln. »Die Amerikaner können gar nicht genug bekommen«, sagte er. »Wie Sie sehen können, füllen sie den Cigar Room.«

Winter folgte seiner diskreten Aufforderung und blickte durch die Glastüren ins Allerheiligste. Er sah mehrere junge Männer mit Koteletten und saumäßig teuren Miro-Mänteln in eifriger Diskussion über Zigarren.

»Amerika hat die Zigarre entdeckt«, sagte Winter.

»Wir freuen uns natürlich darüber«, bemerkte Baker-Baker trocken.

Winter lachte auf. »Natürlich.«

»Am beliebtesten sind jetzt Cohiba Esplendidos, eine Kiste mit 25 Stück zu 525 Pfund. Und die neuen Kunden können nicht genug davon bekommen.«

6 500, dachte Winter, das ist ein stilvoller Preis.

»Bitte, treten Sie ein«, sagte Baker-Baker, »ich möchte Ihnen etwas zeigen.«

Er hielt die Tür auf, und Winter trat in den Cigar Room. Es duftete wie in einem anderen Land.

Baker-Baker klappte eine Kiste mit 15 Corona Especial auf.

»Soeben eingetroffen«, sagte er, und Winter nahm eine der kleinen torpedoförmigen Zigarren heraus, zog den Duft ein und rollte sie vorsichtig zwischen den Fingern. Es war ein Kunstwerk, was er da in der Hand hielt.

Es ist schließlich mein Geburtstag, dachte Winter, und das sagte er auch.

»Das hier ist ein Geschenk«, sagte Baker-Baker. Das Gesicht das alten Herrn war ernst und schön.

»Auf keinen Fall.«

»Wir bestehen darauf«, sagte Baker-Baker, als stünde das übrige Personal hinter ihm stramm.

»Auf keinen Fall«, wiederholte Winter, wußte aber, daß er verloren hatte.

»Ich werde etwas suchen, um die Schachtel einzuwickeln«, sagte Baker-Baker und ging in den Laden zurück.

Denn wer hat, dem wird gegeben, dachte Winter.

34

Winter hatte seinen Laptop auf den runden Tisch in der Kochnische gestellt und saß nun darübergebeugt da. Das Licht war am Fenster besser, aber der Tisch war zu niedrig. Er hatte es fünfzehn Minuten lang probiert, und dann war ihm gewesen, als könne er den Rücken nicht mehr gerade richten. Das ist der Preis, den man bezahlt, wenn man siebenunddreißig wird, hatte er gedacht, war mühsam aufgestanden und hatte die Musik der Sehnen und Muskeln im Körper gehört.

Er faßte den Tag, die Eindrücke zusammen. Die Stadt war ermüdend, überwältigend in ihrem Gewicht. Er war gezwungen, sie im Kopf verklingen zu lassen, bevor er daran denken konnte, weshalb er hier war.

Er sah die Gesichter der toten Jungen, als er sich über den Schirm beugte. Solange er das tat, könnte er etwas leisten. Danach bliebe nur Müdigkeit übrig. Er trank seinen Tee. Der Lärm der Stadt murmelte dumpf jenseits des Innenhofs, den er durchs Fenster sehen konnte, aber es war ihm nun gelungen, die Stadt auf diese Wohnung in der Knaresborough Place zu reduzieren.

Er arbeitete mit einer Skizze mit drei Polen, die drei Gesichter darstellen sollten. Er schrieb die letzten Minuten im Leben der Jungen auf. Er dachte an Frankie und dann an Bolger, gleichsam als Parallele, und da läutete das Telefon, das hinter ihm auf der Arbeitsfläche lag, und es war Bolger.

»Bist du im Zimmer?« fragte Bolger.

»Ich bin in meiner Suite.«

»Bist du allein?«

»Ja.«

»Findest du dich in der Stadt zurecht?«

»Manche Örtlichkeiten gibt es noch.«

»Es ist lange her, daß man dort war.«

»War das Manchester, wo deine Tante wohnt?«

»Bolton«, antwortete Bolger, »mein Alter hat einen Teil des Namens von dort abgeleitet. Und du guckst dich wohl wie üblich nach Jazzplatten um, fahndest nach Raritäten?«

»Natürlich.«

»Gehst du in die richtigen Geschäfte?«

»*Ray's*«, sagte Winter, »und ein neuer kleiner Laden in Soho.«

»Zu meiner Zeit gab es was Interessantes im Süden«, sagte Bolger, »das hieß *Red Records* und lag in Brixton.«

»Brixton?«

»Ja. *Red Records*. Probier's dort.«

Winter wartete, daß Bolger noch mehr sagte, und speicherte währenddessen sein Dokument auf dem Schirm ab. Der leuchtete jetzt schärfer, seit die Dämmerung über den Innenhof fiel. Das Appartement wurde langsam dunkler. Es begann in der hinteren Ecke, wo Winter saß.

Er hörte, wie ein lautes Geräusch auf der Treppe vor der Tür vorbeipolterte, der Lärm von schweren Koffern, die hinaufgeschleppt wurden.

»Ich wollte dich eigentlich nicht stören, aber ich war mir nicht sicher, wann du zurückkommst«, fuhr Bolger fort.

»Bin ich mir auch nicht«, sagte Winter. »Noch ein paar Tage vielleicht.«

»Ich dachte, ich sollte kurz mit dir sprechen.«

»Bertil Ringmar ist für die Untersuchung verantwortlich, solange ich hier bin.«

»Ich kenne Ringmar nicht, und wenn du willst, kannst du dieses Gespräch hier wie von einem Kumpel betrachten.«

Winter wartete. Er reckte sich schräg nach hinten und schaltete die Beleuchtung über dem Herd ein. Er konnte den Abzug und die Neonröhre im Computerschirm gespiegelt sehen.

»Erik?«

»Ich bin noch dran.«

»Da war einer, der sich bei mir erkundigt hat.«

»Ja?«

»Es ging um deinen jungen Mitarbeiter.«

»Bergenhem?«

»Der, den du zu mir geschickt hast, damit er sich ein paar Tips abholt. Bergenhem, ja, genau der.«

»Erkundigungen bei dir?«

»Ein alter Bekannter. Er meinte, dein Kollege sei zu nah gekommen.«

»Zu nah woran?«

»An eine Tätigkeit, die sauber und legitim ausgeübt wird.«

»Es ist verdammt noch mal so gedacht, daß er nahe kommt. Dann macht er seine Arbeit.«

»Viele Gäste haben begonnen, Fragen zu stellen, könnte man sagen. Worum es geht. Weshalb die Polizei da ist.«

»Es geht um eine Morduntersuchung.«

»Ich weiß.«

»Bergenhem hatte doch wohl keine Uniform an?«

»Soviel ich weiß, nein.«

»Vielleicht war er rechthaberisch«, sagte Winter, »aber ich scheiß' darauf, wenn nur etwas dabei herauskommt. Vielleicht bringt es was. Ich kann keine Sympathie für die Kunden eines Pornoklubs empfinden.«

»Es scheint, daß Bergenhem sich zu sehr interessiert«, sagte Bolger.

»Wie bitte?«

»Er hat sich einer von den Tussis zu sehr aufgedrängt.«

»Was für Tussis?«

»Den Stripperinnen.«

»Wer sagt das? Die Gäste oder wie man sie nennen soll? Oder dein Bekannter oder wie man ihn nennen soll?«

»Es ist bloß, was ich gehört habe.«

»Was willst du damit sagen?«

»Verdammt, Erik, du kennst mich. Du hast den Burschen zu mir geschickt. Ich werde unruhig.«

»Bergenhem weiß, was er tut. Trifft er eins von den Mädchen, dann verfolgt er einen Zweck.«

»So ist es gewöhnlich.«

»Davon spreche ich jetzt nicht.«

»Ich glaube, der Junge ist ein bißchen vom Weg abgekommen.«

»Er weiß, was er tut«, sagte Winter.

»Es ist nicht ungefährlich.«

»Sprechen wir nicht von einer Tätigkeit, die sauber und legitim ausgeübt wird?«

»Ja, schon.«

»Dann gibt es doch wohl nichts Gefährliches?«

»Du weißt, was ich meine. Ist etwas Wahres an deinem Verdacht, dann ist es gefährlich«, sagte Bolger.

Es soll gefährlich sein, dachte Winter, die Gefahr ist der eigentliche Sinn dabei. Bergenhem soll der Gefahr nahe kommen und sich dann herausziehen. Er kommt damit zurecht, und das wird ihn zu einem guten Polizisten machen.

»Ich bin dankbar, daß du das im Blick behältst.«

»Ich halte bloß die Ohren offen«, sagte Bolger.

»Hörst du noch mehr, dann laß es mich wissen.«

»Du verstehst doch den Ernst?«

»Ich verstehe.«

»Und was machst du heute abend?«

Winter blickte auf seine Skizze. Sollte es sein Abend werden? Oder ein Fernsehabend? Er warf einen Blick in die Ecke, wo der Fernseher stand. Er hatte ihn noch nicht eingeschaltet, seit er hier war. Er schaute auf die Uhr. Die Nachrichten müßten jetzt beginnen, wenn er sich richtig erinnerte.

Bolger schien die Stille allmählich satt zu haben.

»Kümmern sich die Kollegen nicht um dich?«

»Ich mußte heute abend allein sein.«

»Und was machst du da?«

»Ein bißchen später geh' ich aus und esse.«

»Indisch?«

»Es muß was hier in der Nähe sein. Chinesisch, glaube ich. Es gibt ein altes gutes Lokal hier in der Querstraße.«

Winter sah die Nachrichten. Es waren die gleichen blanken Bilder wie zu Hause, schmutzig und angefressen, wie nachträglich und flüchtig gefärbt.

Die Lokalnachrichten boten die gleichen geschwätzigen Reporter vor Ort, ein vom Wind gequältes Gesicht am Ort eines Verbrechens oder Unglücks oder Treffens, die Journalisten eine Art reproduzierender Künstler alltäglicher Ereignisse. Ein Großmarkt war Ziel eines Raubüberfalls gewesen; ein Auto lag verkehrt herum im Fluß; etwas war im Parlament passiert; ein Bild von Diana, wie sie den Kensington Palace verließ, nicht weit von dem Ort, wo Winter nun mit den Füßen auf dem Tisch saß, in einem Zimmer, das vom Fernsehbild beleuchtet wurde.

Das Wetter sollte sich halten. Das Gesicht der Wetterfrau strahlte mit der Sonne auf dem Bild hinter ihr um die Wette.

Nichts über irgendeinen Mord. Hatte ich ein Bild von Per Malmström erwartet, dachte Winter. Einen zerrissenen Anschlag wie den an dem Pfeiler, der an der Victoria Station das Dach stützt? Einen Durchbruch bei den Ermittlungen?

Wieder läutete das Telefon. Er überlegte, ob er das Gespräch vom Anrufbeantworter aufnehmen lassen sollte, dachte aber an Macdonald.

»Winter.«
»Erik! Mit einer einzelnen Tulpe zum Gedenk...«
»Hallo, Mutter.«
»Ich gratuliere zum Geburtstag!«
»Das ist nett von dir, daß du anrufst.«
»Was wäre das für eine Mutter, die ihr Kind nicht zum Geburtstag anruft? Auch wenn die ganze Welt zwischen ihnen ist.«
»Ja.«
»Papa läßt grüßen.«
»Grüß ihn wieder.«
»Was für Wetter habt ihr in dieser gräßlichen Stadt?«
»Strahlende Sonne.«
»Das glaube ich nicht.«

Winter kommentierte es nicht. Auf der Mattscheibe hatte eine Show begonnen. Zwei Personen verulkten sich gegenseitig auf einer Bühne. Die Menschen im Publikum lachten. Es war schwierig zu verstehen, was die beiden auf der Bühne redeten, weil das Publikum so laut lachte. Winter hob die Fernbedienung hoch und stellte es leiser.

»Hier ist es ein strahlender Tag gewesen.«
»Natürlich.«
»Habt ihr den Fall gelöst?«
»Wir sind nahe daran.«
Winter hörte eine Stimme dicht neben seiner Mutter.
»Papa wüßte gern, ob du Zigarren gekauft hast.«
»Das habe ich getan.«
»Du mußt Lotta anrufen.«
»Ja.«
»Sie hat wieder von sich hören lassen, Erik. Sie hat es nicht leicht.«
»Nein.«
»Und wie feierst du deinen großen Tag?«
»Ich trinke Tee und schreibe ein bißchen auf meinem Laptop hier in meinem Zimmer.«
»Das hört sich schrecklich langweilig an.«
»Das ist das Leben, das ich mir ausgesucht habe.«
»Wohnst du im selben Hotel?«
»Ja.«
»Da hast du wenigstens mehrere Zimmer.«
»Ja.«
»Aber der Verkehr auf der Straße draußen ist scheußlich.«
»Ich erwarte jetzt noch ein anderes Gespräch von meinem Kollegen hier«, sagte Winter.
»An deinem Geburtstagsabend?«
»Ich bin zum Arbeiten hier, Mutter.«
»Du mußt auch mal ein wenig ausspannen, Erik.«
Er hörte das Wasser im Rohr hinter der Wand im Flur rauschen. Die Gäste im Appartement über ihm waren auf der Toilette gewesen. Es war, als hätten sie dem Gespräch heimlich ge-

lauscht und nun genug davon, und nun spülen sie die Scheiße fort, dachte Winter.

»Danke, daß du angerufen hast, Mutter.«

»Mach was Schönes heute abend, Bub.«

»Wiedersehen«, sagte Winter und drückte auf Aus.

Er hob die Fernbedienung hoch und stellte lauter. Die Show ging weiter. Auf der Bühne waren nun mehr. Zwei Paare kämpften damit, sich gegenseitig einen Fußballdreß anzuziehen, während gleichzeitig ein Fußball unter dem Trikot gehalten werden mußte. Die Wettkämpfer lachten wie Wahnsinnige. Das Publikum lachte. Der Showmaster lachte. Und Winter lachte, immer mehr lachte er. Er lachte immer weiter, als brauchte er es. Er spürte die Tränen in den Augen, den Schmerz im Zwerchfell.

Die Lachmuskeln brauchen Training, dachte er, es ist höchste Zeit, verdammt noch mal.

Das Lachen flaute zu einem kurzen Schluckauf und einem Seufzer ab.

Er stand auf und ging zum Kühlschrank, um eine Flasche Cava herauszunehmen. Er hatte sie in dem *Oddbins*-Laden in der Marloes Road gekauft, ein paar hundert Meter vom Hotel. Er öffnete den spanischen Sekt mit einem Knall und goß ein wenig in eines der Trinkgläser.

Es ist armselig, aber dieses Leben habe ich gewählt, dachte er und trank, und die Bläschen rollten über die Zunge.

Mit dem Glas in der Hand ging er zum Sofa zurück. Der Computerschirm leuchtete auf dem Tisch in der Kochnische, wie eine Erinnerung an die Bosheit auf der Welt. Er ging am Sofa vorbei und öffnete das Fenster. Der Abend war Ruß und Gold vom Licht hinterm Haus. Er hörte den Verkehr auf der Cromwell Road wie einen Dunst aus Geräuschen. Er roch einen grünen Duft. Der war mild und gleichzeitig kühl, als ob die Luft in Schichten gelegt wäre.

Eine Sirene begann im Norden zu heulen und wurde nach wenigen Sekunden abgeschaltet. Das war die Musik der Stadt.

Der Himmel war ein Viereck in Indigo, als er den Blick hob. Das ist ein Abend für Jazz, dachte er und zündete eine Especial an. Er stand im Rauch, der nach Leder und getrockneten tropischen Früchten duftete. Er hielt die Düfte im Mund zurück und blies sie dann durch das offene Fenster in den Abend hinaus. Der Rauch stieg und war fort.

Durch ihn hatte er geglaubt, einen Täter zu sehen. Das undeutliche Bild eines eiskalten Mörders.

Ich muß von diesem Gedanken wegkommen, dachte er. Tätern mangelt es nicht an Gefühlen. Erinnerungen können ihnen fehlen, aber die Gefühle gibt es irgendwo. Sie haben gelernt abzuschalten. Die unangenehmen Gefühle werden abgewehrt. Es findet sich immer ein Bodensatz. Wir müssen bis zum Boden vordringen. Anstatt nach unten zu gehen, verfolgen wir nur, was mit den Gefühlen geschieht, was nachher geschieht. Wir verstärken ein stereotypes Bild.

Das Verbrechen ist für alle ein Trauma. Das muß so sein, sonst wären wir für alle Zukunft verloren, dachte er und tat einen Zug.

Er glaubte, im Nebel, den er erzeugt hatte, wieder ein Gesicht zu sehen, es war nun deutlicher, aber es floß mit den Kringeln davon und löste sich auf. Die Erinnerungen, dachte er wieder. Es gibt etwas in der Erinnerung, das mir bei diesem Fall helfen kann. Was ist es? Ist es etwas, woran ich selbst mich erinnere? Sind es verlorene Erinnerungen? Was sagte Macdonald noch? Er sagte etwas von Erinnerungen und Fragmenten. Ein anderer hat etwas zu mir gesagt. Die Erinnerung, dachte er und griff sich an die Stirn: Ich bin unzulänglich, ich habe eine Antwort, aber ich bin unzulänglich, ich kann nicht einmal eine richtige Frage stellen.

Er ging zum Tisch und schenkte sich Sekt nach. Er trank, aber es schmeckte wie kohlensäurehaltiger Essig in seinem Mund. Ich kann nicht mit mir selbst leben, wenn ich das hier nicht löse, dachte er und ließ das Glas stehen. Dann schaltete er den Fernseher aus und wählte Bertil Ringmars Nummer.

»Möllerströms Computer ist explodiert«, sagte Ringmar.

»Was bedeutet das?«

»Das bedeutet, daß er uns andern beweisen konnte, wie weit voraus er ist, wie vorausschauend er gewesen ist, daß er alles in andern Computern und auf Disketten und in andern Programmen gespeichert hat.«

»Ein großer Tag also für Janne«, sagte Winter.

»Aber das war ein Zeichen«, sagte Ringmar, »unsere Kisten beulen sich buchstäblich aus von all den Informationen.«

»Ich weiß.«

»Es lastet jetzt ein unerhörter Druck auf uns, und du bist nicht hier, um mit der britischen Presse englisch zu reden.«

»Bis jetzt habe ich mich hier davor gedrückt, aber jetzt geht es nicht mehr, meint Macdonald.«

»Wie ist er?«

»Gut.«

»Ist es sinnvoll?«

»Ich glaube schon. Ich werde morgen einige Gespräche führen, Verhöre.«

»Wir haben neue Zeugenaussagen.«

»Und?«

»Wir haben den Wert noch nicht überprüfen können, aber es gibt eine interessante Sache.«

Winter wartete. Die Zigarre war in seiner Hand ausgegangen, und er legte sie in einen gläsernen Aschenbecher. Das Fenster glitt mit einem weichen Kratzen zu.

»Die Unterwelt fühlt sich verpflichtet«, sagte Ringmar.

»Wir arbeiten doch wohl die ganze Zeit mit ihnen zusammen?« sagte Winter.

»Wir bekamen heute einen Brief von einem Einbrecher, der schreibt, er sei in eine Wohnung eingebrochen, in der sich blutige Kleidungsstücke befanden.«

»Du lieber Gott.«

»Mhm.«

»Wie viele Wohnungen in Göteborg haben in den letzten Woche blutige Kleidungsstücke enthalten?«

»Frag mich nicht.«

»Viele«, sagte Winter.

»Dieser Bursche scheint aber kein Spinner zu sein«, sagte Ringmar.

»Ist das alles? Blutige Kleider?«

»Er schreibt, daß die Zeit stimmt.«

»Die Zeit? Für welchen Mord?«

»Den ersten.«

»Ein Einbrecher? Hat er uns die Wohnungsadresse gegeben?«

»Ja.«

»Nichts über den, der dort wohnt?«

»Nur, daß es ein Mann ist.«

»Mehr nicht?«

»Nein.«

»Warum vergeuden wir Zeit damit, überhaupt davon zu reden?«

Ringmar antwortete nicht.

»Bertil?«

»Ich weiß nicht ... vielleicht weil es einen Ton in diesem Brief gibt ... oder vielleicht ganz einfach, weil ihn ein Dieb geschrieben hat. Er scheint etwas von dem zu verstehen, was er gesehen hat, wenn man so sagen darf.«

»Mhm.«

»Wir legen es beiseite ... aber sichtbar«, sagte Ringmar.

»Du kannst die Adresse und den Mieter diskret überprüfen, wenn du es schaffst«, sagte Winter.

»Ich habe Halders geschickt.«

»Diskret, sagte ich.«

Ringmar grinste vor sich hin.

»Wie geht es Bergenhem?« fragte Winter.

»Bitte?«

»Lars. Wie läuft es bei ihm?«

»Ich weiß es praktisch nicht, er kommt und geht. Er scheint tief darauf konzentriert, Ermittlungen in der Branche anzustellen, auf die du ihn angesetzt hast.«

»Sprich mal mit ihm, ich glaube, er braucht das.«

»Ich glaube nicht, daß er das will. Er scheint zu glauben, daß er jetzt was Besonderes ist, seit du ihn auf die Fährte gesetzt hast. On a mission from God oder so.«

»Sag ihm, ich will, daß er jetzt *dir* berichtet.«

»Okay.«

»Hej.«

Winter drückte aus und ging in die Dusche. Er trocknete sich mit harten Zügen ab, kleidete sich in Hemd, Hose und Sakko und ließ den Schlips hängen. Er zog die leichten Schuhe an und ging die 250 Meter zum Crystal Palace. Das Essen war noch immer gut. Er dachte weiter über Erinnerungen nach.

35

Beinahe jedesmal, wenn er sein Zimmer verließ oder von der Straße ins New Dome Hotel ging, begegnete der Junge dem Sohn des Besitzers auf der Treppe. Der Sohn mußte über dreißig sein und wirkte etwas gestört. Er lief die Wendeltreppe durch sieben Etagen hinauf, machte oben kehrt und ging wieder hinunter und durch die Halle auf die Straße hinaus, wo er kehrtmachte, und alles begann von vorn.

Er lächelte ein merkwürdiges Lächeln, wenn sie sich begegneten. Das Gesicht zersplitterte, und es war, als kehrten sich die Augen nach innen. Es sah verdammt unheimlich aus, und der Junge ging so schnell er konnte vorbei.

Wenn er in seinem Zimmer lauschte, hörte er die Schritte des Idioten. Sie liefen mit präziser Regelmäßigkeit ab.

Seitdem er sich angemeldet hatte, hatte er den Besitzer nicht mehr gesehen. Die Halle war immer leer. Nie befand sich jemand an der Rezeption. Man mußte klingeln, aber er klingelte nie. Er hatte keine Fragen, er brauchte nichts. Er konnte sich auf das rote Kunststoffsofa vor der gegenüberliegenden Wand setzen und warten, daß der Idiot vorbeikäme, aber so lustig wollte er es gar nicht haben.

Er hatte einen Blick in die beiden griechischen Restaurants auf der anderen Straßenseite geworfen, oder griechisch-zypriotisch, wenn man genau sein wollte. Er war auf der Straße, die bei den Restaurants begann, nach Süden gegangen. Er hatte nie so tolle Häuser gesehen, vielleicht hundert Jahre alt, aber ausgebaut. Es wuchs viel Grün auf den Häusern. An manchen Stellen standen Leute draußen und wuschen ihre Autos. Es war eine lange Straße, und ein Stück weiter oben gab es einen Pub, der *Grove House Tavern* hieß. Es standen drei Tische draußen und Stühle. Die Sonne schien direkt darauf, über die Häuser auf der anderen Seite. Er ging hinein und bestellte ein Glas Bier, ging damit hinaus und setzte sich hin.

Es war sonst niemand draußen. Drinnen saßen drei alte Männer, und sie waren alle weiß. Diese Straße war eine typisch weiße Straße. Man konnte es an den Häusern sehen.

Es war lustig, daß das so war, denn unten auf der Straße, wo er wohnte, und auf dem breiten Weg hinunter ins Zentrum von Brixton wurde es immer schwärzer und schließlich ganz schwarz. Er schmunzelte. Es war, als käme er heim, dachte er. Hier war es irgendwie anders. Er saß allein hier draußen, umgeben von dem Weißen.

Ein schwarzer Junge in einem weißen Pub.

Ich bin außen schwarz und innen weiß, und nun werde ich auch innen ein wenig schwarz, dachte er.

Es war ein komisches Gefühl, als Tourist herumzulaufen und sich wie die anderen Weißen zu fühlen, aber dennoch wie einer in der Menge zu sein. Es war das erstemal, daß er so empfand. Er hatte einen weißen Namen, aber er sah nicht wie ein Christian Jaegerberg aus. Ich sehe mehr aus wie ein Beenie Man oder ein Bounty Killer, dachte er und trank wieder. Er fühlte sich cool.

Er saß in der Stille der Bäume entlang der Straße. Die Musik steckte in der Tasche.

Er war bei *Red Records* gewesen und hatte nach ein paar Sachen gefragt. Der Junge hinterm Ladentisch hatte ein erstauntes Gesicht gemacht, weil er nicht wie ein Eingeborener sprach. Rastalocken, aber ein schwedischer Akzent. Es klang vielleicht komisch, aber er schämte sich nicht. Er schämte sich auch nicht wegen des Göteborger Tonfalls in der Aussprache. Einmal hatte Peter erzählt, daß er in einem Reisebüro auf Mallorca oder wo gestanden hatte und ein Junge hereingekommen war und gesagt hatte »do joo hävv änni äspiriiin«, und das Mädchen im Reisebüro hatte gesagt, »Aha, du kommst aus Göteborg«, und der Junge hatte erstaunt dreingeblickt, weil er doch englisch gesprochen hatte. Aber geschämt hatte er sich nicht.

Im *Red Records* hatte ein weißer Bursche gestanden. Der Mann hatte ihn gehört. Er hatte etwas gesagt, als er hinausgehen wollte oder als sie gleichzeitig hinausgingen. Er war groß und vielleicht fünfunddreißig, vierzig.

»Schwede?« hatte der Mann gefragt.

»Hört man das?«

»Der da drinnen war jedenfalls erstaunt.«

»Ein Schock.«

Der Mann hatte gelacht.

»Hier bleibt man sonst cool«, hatte er gesagt.

Selbst hatte er nicht geantwortet, sondern war cool geblieben. Sie waren auf dem Gehweg stehengeblieben, auf der Brixton Road direkt gegenüber der U-Bahn-Station.

»Hast du da gute Musik gefunden?«

»Zuviel.«

»Somma?«

»Woher zum Teufel weißt du das?«

Der Mann hatte mit den Armen ausgeschlagen, aber es war mehr ein Zucken von den Schultern aus und nach unten. Er ist stark, hatte er gedacht, wie ein Gewichtheber, der vom Fitneßcenter frei hat.

»Du hast ausgesehen, als wüßtest du über das Neueste Bescheid.«

Er hatte sich geschmeichelt gefühlt.

»Deshalb bin ich hier.«

»Ich verstehe.«

Er hatte sich nach links in Bewegung gesetzt, zum Zebrastreifen.

»Ich reise ab und zu her, um Musik aufzukaufen«, hatte der Mann gesagt.

»Aufkaufen?«

»Ich habe eine Vertriebsagentur in Skandinavien.«

»Für Reggae?«

»Für alle schwarze Musik.«

»Und da reist du her?«

»This is the place.«

»Was für Titel hast du diesmal besorgt?«

Er hatte den Mann testen wollen.

Der Mann hatte das Beste aufgezählt.

»Kaufst du viel?«

»Ja, aber ich nehme kaum etwas mit nach Hause.«

»Göteborg?«

»Ja. Das merkt man wohl.«

»Aber du hast kein Geschäft oder so?«

»Nur den Vertrieb, in ganz Skandinavien und ein wenig in Europa. Ich habe ein paar gute ... Muster, können wir sie nennen, die ich dir zeigen oder sogar geben könnte, zum Testen sozusagen ... aber jetzt geht es nicht.«

»Nein?«

»Ich bin in einer halben Stunde verabredet.«

»Okay.«

Er wußte nicht einmal, ob er interessiert war. Aber es klang schon interessant, nach etwas richtig Neuem vielleicht.

»Wäre nett, sich wiederzusehen«, hatte der Typ gesagt. »Viel Spaß mit der Musik.«

»Danke.«

»Und der Sprache.«

Die Musik steckte immer noch in der Tasche. Er hörte die Stille in den Bäumen. Er spürte, wie es im Gesicht kälter wurde, als wäre die Sonne in Wolken verschwunden, und öffnete die Augen. Jemand stand vor der Wärmequelle. Er mußte warten, bis die Augen mitmachten, und da sah er, daß es der Vertretertyp war.

»Ich dachte doch, daß ich dich kenne«, sagte der Mann.

»Ha ... hallo.«

»It's a small world.«

Der Vertreter war beiseite getreten, und der Junge hatte nun das Licht im Gesicht. Er blinzelte erst, dann hielt er die Hand vor die Augen. Das Gesicht des Mannes lag im Schatten. Es sah aus, als lächelte er, es glänzte von den Zähnen. Was machte er hier?

»Einer von meinen Kontakten wohnt in dieser Straße«, sagte der Typ als Antwort auf die nicht gestellte Frage. »Ein echter Westinder. Oben beim Krankenhaus, hast du das gesehen? Das größte in Londons Süden, glaube ich.«

»Nein, das hab' ich nicht gesehen. Ich dachte, hier wohnen keine Schwarzen.«

»Er ist schwarz, aber das ist ein komischer Stadtteil. Wie ein Schachbrett. Weiß, schwarz, weiß, schwarz.«

»Ja.«

»Jetzt bin ich auf dem Weg zu einem andern Typ unten in der Coldharbour, und der ist weiß«, sagte der Mann, und es blitzte wieder auf zwischen den Zähnen. »Ich hätte dich gern gebeten mitzukommen, aber er mag nicht mehr als einen Besucher auf einmal.«

»Okay.«

»Ich hab' gerade noch Zeit für ein Bier. Willst du noch eins?«

»Okay.«

Der Mann ging in den Pub. Die Sonne schickte sich an, in einen Schornstein auf dem Haus gegenüber zu sinken. Sie war wie eine Fackel um den Schornstein. Eine Ambulanz fuhr langsam vorbei, und der Junge dachte an das Krankenhaus oben auf der Höhe, oder wo es lag.

Ein Mann und eine Frau waren aus der Richtung gekommen, in der der Junge wohnte, und hatten sich an den Tisch neben ihm gesetzt. Nach einem Augenblick stand der Mann auf und ging hinein. Die Frau blieb sitzen und blinzelte zum Schornstein, der sich nun mit Sonne füllte. Der Vertreter kam mit zwei Pints heraus. An den Gläsern rann ein wenig Schaum herab. Der Junge nahm ihm seines ab, und es fühlte sich kalt in der Hand an. Er setzte es ab und griff nach der Brieftasche in der Innentasche der Jacke.

»Das spendiere ich«, sagte der Mann.

»Okay.«

»Dann kannst du von deinen Lieblingssängern erzählen, während ich das hier runterkippe.«

Der Junge erzählte.

»Prima«, sagte der Typ, »laß mich das aufschreiben.«

Er holte ein kleines Notizbuch und einen Stift heraus und bat den Jungen, ein paar Titel zu wiederholen, während er schrieb.

»Einer wie du könnte einem helfen«, sagte er.

»Ach was«, meinte der Junge.

Der Mann, der in Gesellschaft der Frau war, kam mit einem Glas Bier und einem Glas, in dem Wein sein mochte, aus dem Pub. Er stellte es vor die Frau.

Der Junge hörte, daß sie sagte, sie seien zu spät von zu Hause weggegangen. Die Sonne sei weg. Jedenfalls ist es warm, sagte ihr Begleiter. So warm war es noch nie um diese Jahreszeit, soweit ich mich erinnern kann, sagte er.

»Ich muß gehen«, sagte der Vertretertyp.

»Okay.«

Der Mann stand auf. Er hatte eine kleine Aktentasche.

»Wohnst du in der Nähe?«

»Nicht weit.«

»Entschuldige, wenn ich aufdringlich klinge, aber du könntest mir einen Gefallen tun.«

»Ich?«

Der Vertreter öffnete seine Aktentasche und holte einen Stapel CDs heraus, mindestens acht oder mehr. Er setzte sich wieder.

»Morgen treffe ich einen andern von meinen Kontakten, und wir sprechen unter anderem über die hier«, sagte er, »und meine Absicht war, sie heute abend oder heute nacht zu hören. Eigentlich ist es vielleicht nicht so wichtig, aber er ist etwas... tja, er möchte gern, daß die Kunden wissen, was sie bekommen. Ich muß etwas dazu sagen können.«

Der Junge hörte zu. Das Paar nebenan hatte die Gläser genommen und war hineingegangen. Es war kühler geworden.

»Nun ist es so, daß ich eine Dame hier in London kenne, die ihren Mann fordert, wenn du verstehst, was ich meine.«

»Ich verstehe.«

»Könntest du nicht mal in die Scheiben reinhören?«

»Jaaa...«

»Ein Expertenrat sozusagen.«

»Tja.«

»Wenn ich es schaffe, komme ich spät am Abend vorbei und hole sie ab, aber da habe ich die Tussi am Arm«, sagte der Mann, »am besten gibst du sie an der Rezeption ab.«

»Aber dann erfährst du nicht, was ich davon halte.«

»Herrgott, wo hab' ich meinen Kopf.«

»Ist die Tussi daran schuld?«

»Ja, da ist es ja nicht der Kopf, womit man denkt«, sagte der Mann und lachte auf.

»Nein.«

»Ich kann das Treffen mit dem Kontakt verschieben, und dann können wir sagen, daß ich morgen abend kurz bei dir vorbeikomme, und dann plaudern wir ein bißchen über Musik.«

»Ich weiß nicht, ob ich eine Hilfe sein kann.«

»Die Musik gehört selbstverständlich dir. Du kannst alle behalten.«

»Um welche Zeit dann?«

Der Mann holte wieder sein Notizbuch vor.

»Ich habe um acht ein Essen«, sagte er, »wir könnten uns also eine Weile danach treffen. Ist elf zu spät?«

»Nein.«

»Bestimmt?«

»Klar.«

»Vielleicht kommt diese Dame mit, aber sie kann sich in eine Ecke setzen, während wir uns unterhalten.«

»Klar.«

»Du kannst meine Handynummer haben, wenn was ist«, sagte der Mann, riß einen Zettel aus dem Notizbuch und schrieb sie auf.

»Verdammt, das Telefon funktioniert ja hier aus irgendeinem Grund nicht«, sagte er und stopfte den Zettel in die Tasche. »Jetzt fällt mir die Nummer von meinem Hotel nicht ein, aber ich rufe dich oder bei deiner Rezeption an und gebe denen die Nummer, wenn ich zurück bin.«

»Okay.«

»Ich muß gehen«, sagte der Mann.

Dem Jungen war schwindlig von den zwei Bier. Er hatte angefangen, den Mann zu mögen. Ein bißchen überdreht, aber so sind wohl Geschäftsleute.

Dieser hatte sich erhoben.

»Eine Kleinigkeit noch«, sagte er.

»Was?«

»Ich muß doch wissen, in welchem Hotel du wohnst.«

36

Sie hatten sich seit dem erstenmal in dem Striplokal in der Vasastan dreimal getroffen.

Bergenhem war zwei Menschen geworden – oder drei. Die verschiedenen Gewissen stießen sich in ihm wie Eisschollen.

Wenn er zu Hause bei Martina war, verstand er nicht, was er bei Marianne machte. Wenn der Murkel trat, haßte er den Kerl, der er war, den anderen Menschen, der auch Lars Bergenhem war.

Sie hieß Marianne, aber wenn sie tanzte, hieß sie Angel. Sie hatte ein Paar kleine Flügel zwischen den Schulterblättern befestigt. Sie waren weiß und glänzten wie Fischschuppen. Alles paßte zu dem Schmutz ringsum. Der Name und das Bühnenkostüm, wenn man es so nennen konnte. Er kam auf nichts anderes. Alles war schmuddelig, wie die Welt durch die Scheiben eines Autos.

Der dritte Mensch, der er war, war Polizist. Irgendwo in den dürftig beleuchteten Räumen unter der Erde verschwand der Polizist in ihm. Deshalb hatte er Marianne getroffen. Wenn jemand fragte, war es so, aber der einzige, der fragte, war er selbst. Der Zweifel saß in ihm drinnen, stellte Fragen. Er hatte auch eine Frage in Martinas Augen gesehen, als ob sie wüßte und als ob wüßte, daß sie wußte.

Es war windig wie auf einer Bergspitze. Er befand sich auf dem Weg zu Marianne. Sie wohnte auf einem Boot am Gullbergskajen. Anfangs hatte er ihr nicht geglaubt, aber es stimmte.

Sie war nicht allein am Kai, aber sie besaß ein eigenes Boot, das er noch nicht gesehen hatte. Ein Fischerboot, das keinen Fisch mehr fing, vertäut am Kai der Träumer.

Er hatte den Namen gehört, war aber nie dort gewesen. Tatsächlich bin ich nie dort gewesen, dachte er.

Eigentlich soll man im Sommer kommen, hatte sie gesagt. Die Boote, die sich bewegen konnten, legten vom Kai ab zur einzigen Segelfahrt des Jahres, zur Festung Älvsborg und zurück. Es sei wie ein Wettkampf, hatte sie gesagt.

Als Regatta der zerbrochenen Illusionen hatte sie es bezeichnet.

Bergenhem wartete am Übergang über die Autostraße. Der Wind zerrte an ihm, wie er da stand, allein. Er sang in den Gebäuden. Alles war hier neu. Die Wände der Häuser waren wie aus Aluminium. Sie glänzten, konnten aber auf die Straße stürzen.

Er ging auf der Gullbergs Strandgata an der Fassade des NNC-Hauses vorbei und nach rechts in die Stadtjänaregatan. Ein Mann hockte vor Holmens Krog, als wartete er auf Gesellschaft. Eine Tür öffnete sich in der Fassade des Provinziallandtags, und einige Beamte kamen heraus, um endlich nach Hause zu gehen.

Bergenhem stand am Wasser. Es floß träge, wie Schweröl. Der Winter zeigte sich in Eisbrocken unterhalb der halb gefrorenen Kaikante. Zur Linken zerschnitt die Götaälvsbron den Himmel. Der Horizont sah aus wie etwas, das er als Kind gemalt hatte, wenn er alle roten und gelben Farbtöne mischte.

Im Osten rostete das Restaurantboot G A Skytte vor sich hin. Er ging daran vorbei. Er hörte den einsamen Schlag eines Vorschlaghammers oder eines anderen schweren Gegenstands aus der Gotenius-Werft jenseits des Flusses. Die Werft sah wie ein Hangar aus, der über dem Wasser schwebte.

Ein Schild aus Holz vor ihm, abgewetzt vom Wind, hieß einen beim Schiffsverein Gullbergskajen willkommen.

Plötzlich roch er den Duft von Kautabak, kräftig und feucht. Rechts, hinter dem Gestrüpp auf der anderen Seite der Torsgatan, schrien zehntausend Dohlen über der riesigen Vertriebszentrale von *Swedish Match*. Die Vögel waren eine schwarze Wolke über dem dunklen Gebäude mit seinem chinesischen Dach. Es nahm den ganzen Häuserblock dort auf der anderen Seite ein, und der Duft hätte nicht kräftiger sein können, wenn er die Nase direkt in eine Dose General gesteckt hätte.

Er ging an ruhenden Trawlern und zweimastigen Segelschiffen vorbei, die zu Wohnungen geworden waren. Eine Albin G 62. Und etwas anderes, das er nicht erkannte.

Ein Passat stand neben der Reling eines der Holzsegler, als hätte jemand versucht, das Auto an Bord zu fahren, es aber nicht geschafft. Der Passat war ein Fremdkörper in dieser Wasserwelt. Oder Küstenwelt, dachte Bergenhem.

Es rauchte aus Schornsteinrohren. Briefkästen hingen in Reihen. Er verweilte vor einem Anschlagbrett, als wollte er seinen Besuch hinausschieben. Noch konnte er umkehren. Er dachte daran.

Eine mit Klarsichtfolie überzogene Mitteilung war mitten auf der Tafel befestigt: Ein Holzboot zum Verkauf, lackiertes Kiefernkernholz, Heckspiegel in Mahagoni, 9,15 × 2,40. 25 000 Mäuse.

Zwei Parkbänke standen daneben, an der Hecke, wie ein kleiner Park für Sommerabende.

Sie wohnte vielleicht fünfzig Meter weiter weg. Der Gasbehälter lag vor ihm, als er darauf zuging.

Was für ein Boot das war, davon hatte er keine Ahnung, und er fragte sich, ob ein anderer es sagen könnte. Der Rumpf war aus Holz und vielleicht fünfzehn Meter lang. Ein Hausboot, das nie an der Regatta teilnehmen könnte. Aus dem Rohr stieg Rauch. Inzwischen war es draußen so dunkel geworden, daß er das Licht drinnen sah. Vorsichtig ging er über die rutschige Kaikante und stieg an Bord.

»Du sprichst nicht viel von deiner Vergangenheit«, sagte Bergenheim, als sie bei einer Tasse Kaffee saßen.

»Das hier ist unglaublich«, sagte sie.

»Was?«

»Ich kapier' nicht, daß ich mit dir zusammen hier sitze.«

Er sagte nichts. Er meinte, man müßte etwas von draußen hören, Wasser gegen die Kaimauer oder so, aber es war still.

»Du nutzt mich aus«, begann sie wieder.

»Nein.«

»Warum sitzt du sonst hier?«

»Weil ich hier sein will«, antwortete er.

»Alle nutzen einen aus.«

»Ist das dein Milieu?«

»Darüber will ich nicht sprechen.«

»Wie lange hast du das Boot schon?«

»Lange.«

»Es gehört dir?«

»Es gehört mir.«

»Kennst du welche von den andern, die hier wohnen?«

»Was meinst du?«

Er antwortete nicht, trank Kaffee und achtete auf das Wasser. Jetzt war ein Schiff draußen auf dem Fluß zu hören.

»Hörst du deine Kollegen?« fragte sie.

»Was?«

»Das ist die Wasserpolizei, die eine Runde fährt, man weiß nie, worauf man stößt oder wie?«

»Die können auf mich stoßen.«

»Was würden sie dann sagen?«

»Die kennen mich nicht.«

»Genau wie ich«, sagte sie, »ich kenne dich auch nicht.«

»Und ich kenne dich nicht.«

»Sitzt du deshalb hier?«

»Ja.«

»Das ist verrückt.«

»Du weißt nicht mehr von der Sache mit den Filmen?« fuhr er hastig fort, als wolle er in seine andere Rolle schlüpfen.

»Nein.«

»Nichts über die Geheimnisse der Branche, oder wie man es nennen soll?«

»Nein«, sagte sie wieder, aber er hörte etwas anderes aus der Antwort heraus.

»Hast du Angst?«

»Warum sollte ich Angst haben? Eine kleine Stripperin?«

»Ist es gefährlich?«

»Es ist gefährlich, daß wir gesehen werden.«

»Was weißt du?«

Sie schüttelte den Kopf, als wolle sie die Fragen über Bord werfen. »Glaubst du, es weiß keiner, daß du mich getroffen hast? Vielleicht ist dir jemand hierher gefolgt, um zu kontrollieren, was passiert.«

»Ja.«

»Hoffst du das?«

»Das weiß ich genaugenommen nicht.«

»Du willst etwas provozieren, und dafür benutzt du mich.«

»Nein.«

»Aber sicher tust du das.«

»Ich säße nicht hier, wenn du mir direkt gesagt hättest, daß wir uns nie mehr sehen sollten.«

»Das hab' ich gesagt.«

»Nicht oft genug«, sagte er und lächelte.

Sie schien über etwas nachzudenken, worüber sie gesprochen hatten. Sie kaute auf der Unterlippe; er hatte selten jemanden gesehen, der das tat.

Sie steckte sich eine Zigarette an und öffnete eine der Lüftungsklappen. Im schwachen elektrischen Licht waren ihre Augen tief und dunkel, als sie das Kinn hob, um den Rauch hinauszublasen. Die Hand zitterte, aber das mochte an der naßkalten Luft draußen liegen.

Als sie an der Zigarette zog, zitterte sie wieder. Es ist, als würde sie an einem Eiszapfen saugen, dachte Bergenhem. Ihre Haut ist blau. Die Hände sind kälter als Schnee.

»Ich will, daß du jetzt gehst«, sagte sie.

Sie hat Angst, dachte er, sie weiß mehr, als daß etwas Furchtbares geschehen ist und wieder geschehen kann. Sie kennt vielleicht einen Namen oder einen Vorfall oder etwas, das jemand gesagt hat, aber sie weiß es nicht mehr. Und das macht ihr angst.

Wie hat sie davon erfahren? Was ist es? Wer ist es? Hat das hier mich näher an das Gesuchte herangeführt ... oder ist es nur eine Hoffnung ... wünsche ich mir ihre Angst und ihr Wissen, damit ich mich verteidigen kann ... dafür, daß ich hier sitze?

»Laß mich nachdenken«, sagte sie.

»Bitte?«

»Laß mich nachdenken, verdammt, aber geh jetzt.«

Bergenhem rief Bolger an, aber die Rufzeichen wurden unterbrochen, er war nicht da. Bergenhem hinterließ eine Nachricht.

Bolger hatte ihm noch ein paar Namen gegeben, und die meisten hatten sich anscheinend amüsiert, als der Bulle kam, eine Unterbrechung des Alltags.

Bergenhem kam sich wie ein entgleister Zug vor. Er dachte an Marianne und dann an Martina.

Es kann ihr scheißegal sein, was ich mache, dachte er. Das ist meine Arbeit.

Er wollte mit Bolger reden. Vielleicht könnte Bolger ihm einen Rat geben, er war ein alter Freund von Winter, und Winter vertraute ihm. Bolger konnte einen säuerlichen Kommentar über Winter abgeben, wie es nur alte Freunde wagten.

»Er ist so verdammt tüchtig«, hatte Bolger gesagt, als sie sich vor ... zwei Tagen gesehen hatten.

»Er *ist* gut«, sagte Bergenhem.

»Das war immer so«, sagte Bolger.

Bergenhem hatte nicht geantwortet. Bolger hatte gelacht.

»Das meiste kreist um deinen Chef«, sagte Bolger. »Wir hatten einen Kumpel, den Mats, und der ist diesen Winter gestorben, und er war auch ein Kumpel von mir.«

»Ja?«

»Aber Erik trauert so, daß kein Platz für einen andern bleibt. Er nimmt so ungeheuer viel Raum ein.«

Bergenhem wußte nicht, was er darauf sagen sollte. Gleichzeitig hatte er das Gefühl, daß ihm Vertrauen entgegengebracht wurde, und das gefiel ihm.

»Das ist ein Beispiel«, sagte Bolger und lachte wieder.

Er erzählte noch ein paar Dinge über die Stadt zu der Zeit, als sie aufgewachsen waren.

»Habt ihr nah beieinander gewohnt?«

»Nein.«

»Aber ihr habt euch getroffen.«

»Mitten in der Teenagerzeit. Oder am Anfang.«

»An so was erinnert man sich kaum«, sagte Bergenhem, »alles verschwindet so schnell, und wenn man Bescheid wissen soll, wie es war, dann erinnert man sich verflixt nicht, oder man erinnert sich völlig falsch.«

Bolger sagte etwas, das er nicht mitbekam. Er fragte nach.

»Nichts«, sagte Bolger.

37

»Schwarze stehen nicht mehr auf der Rechnung«, sagte J W Adeyemi Sawyerr, der eine Consultfirma in Räumen über Pizza Hut an der Brixton Road betrieb.

Winter hatte ihn unten im Geschäft getroffen und war mit ihm nach oben gegangen. Sawyerr war vor Jahren aus Ghana gekommen.

»Früher war es besser. Heute wird nichts mehr für die Schwarzen getan. Die Zuschüsse für den Berufseinstieg sind weggefallen«, erklärte J W.

»Aber es wohnen nicht nur Schwarze hier«, sagte Winter.

»Die meisten. Aber es gibt auch Weiße, die an den Straßenecken herumhängen.«

»Das haben Sie unten schon gesagt.«

»Ich kann sie von diesem Fenster aus sehen. Kommen Sie, sehen Sie selbst.«

Winter ging hinüber und stellte sich neben ihn. J W stand auf den Zehenspitzen, und Winter mußte sich ducken.

»Da hängen ein paar Typen vor Red Records rum, den Sie auf der anderen Straßenseite sehen«, sagte J W, »das ist einer von den neuen Läden.«

»Ich gehe nachher rüber«, sagte Winter.

»Die sagen nichts dort drinnen.«

»Dann höre ich eben Musik.«

»Keiner sagt was in Brixton.«

»Die gleiche Angst gibt es auch an anderen Orten.«

»Schon möglich.«

»Zeigen Sie mir einen hier, der sich traut, ein paar Worte zu sagen«, bat Winter.

J W Adeyemi Sawyerr zuckte die Achseln. Er sprach von seiner Welt, auf seine Weise.

»Hier gibt es so viele Möglichkeiten ... aber das lokale Können wird nicht ausgenutzt, obwohl die Kraft, die es hier gibt, groß ist. Hier ist Europas größtes Zentrum für schwarze Kultur. Die Leute müßten herkommen und sich das ansehen.«

Winter verabschiedete sich und ging die knarrende Treppe hinunter. Es roch stark nach Gewürzen und Desinfektionsmitteln. Detto, dachte Winter. In allen armen Ländern am Mittelmeer und in den Tropen verwenden sie Detto.

Er war in den Arkaden gewesen, auf dem lauten Markt, dem größten in Europa für Afrikaner, Westinder und alle übrigen. Es roch nach Blut und Fleisch. Der Boden war glänzend und glitschig vom Blut und den Innereien der Tiere. Soul food, dachte er: Kuhfüße, Ziegenmagen, Schweinedärme, Tierhoden in haarigen Klumpen; die Farben, die von den Bergen aus Mango, Okra und Chili auf den Tischen explodierten; die Rufe voller fremder Worte.

Bei *Red Records* fragte er nach Per Malmström und hielt das Foto hin.

»Es kommen so viele Touristen«, sagte der junge Mann.

»Es können zwei gewesen sein«, sagte Winter.

Der Mann schüttelte den Kopf, während er die Karte festhielt.

»Kann ich nicht sagen«, sagte er, »wir sind wieder der Mittelpunkt der Welt geworden, und es kommen viele Leute her.«

»Viele Weiße?«

»Sehen Sie sich um«, sagte der Junge, und er hatte recht.

Am Nachmittag fuhren sie zu Geoff Hilliers Eltern. Die Stadtlandschaft wurde Winter allmählich vertraut, aber das beruhte vielleicht darauf, daß die Häuser sich im Charakter immer gleich blieben.

»Man ist der Ansicht, daß ich zu Hause bleiben und lesen soll, aber du weißt, wie das ist«, sagte Macdonald.

»Monoton«, bemerkte Winter.

»Monoton wie die Hölle. Wenn wir so lang wie jetzt an einem Fall gearbeitet haben, kommt ein schöner Haufen Papierkram zusammen. Man kann nur eine gewisse Menge Informationen auf einmal aufnehmen. Bleibt man länger darüber sitzen, stumpft man den Instinkt ab.«

»Folgst du ihm? Dem Instinkt?«

Macdonald lachte kurz auf. Es klang, wie wenn jemand einen Kratzer über Autolack zieht.

»Warum bist du selbst in London?« fragte er und warf einen raschen Seitenblick auf Winter. »Der Instinkt ist vielleicht das

Wichtigste, was wir bei dieser Arbeit haben. Die Intuition, in der Bedeutung von Vermögen, unmittelbar oder allmählich zu erfassen, was hinter den Worten liegt.«

»Die Routine kann uns nur über den halben Weg helfen«, sagte Winter. »Danach ist etwas mehr gefragt, etwas anderes.«

»Das hört sich tiefsinnig an«, meinte Macdonald.

»Aber du mußt am Ort des Verbrechens sein oder wie?«

»Wir haben ein Bereitschaftsdienstsystem«, erklärte Macdonald, »wir rotieren im Acht-Wochen-Rhythmus. Acht Schichten mit Acht-Wochen-Rotation. Von sieben Dienstag morgen bis sieben am nächsten Dienstag morgen.«

»Das ist wohl nicht immer ideal?«

»Nein, aber die Leute können nicht immer dasein.«

»Sie können auch mitten in einer anderen Morduntersuchung stecken.«

»Ja.«

»Aber wenn du Bereitschaftsdienst hast und dann nach vier, fünf Stunden an eine andere Gruppe übergibst, dann sind das verlorene Stunden.«

»Kann schon sein«, sagte Macdonald.

»Sie sind verloren.«

»Es ist nicht gut, nein.«

»Wer ist diese Woche dran?«

»Macdonald, in der Tat«, sagte Macdonald.

»Und noch hat sich nichts Neues ereignet«, sagte Winter.

Die Züge kamen und gingen vor Hilliers Haus. Alles war wie zuvor. Der Mann saß auf dem Sofa, und im Zimmer roch es nach Alkohol. Die Frau trug ein Tablett herein. Der Mann holte drei Gläser heraus und schenkte Whisky ein. Macdonald nickte Winter verstohlen zu. Sie setzten sich. Der Mann stellte die Gläser vor sie. Sie waren randvoll.

»Ich habe nichts mehr zu sagen«, begann er.

»Wir tun alles, was wir können, und es wird etwas dabei herauskommen«, sagte Winter.

»Das sagt er auch«, sagte der Mann und zeigte auf Macdonald.

»Er hat recht«, sagte Winter.

»Sind das Sie gewesen, mit dem wir schon einmal am Telefon geredet haben?« fragte der Mann.

»Nein, ein Kollege«, antwortete Winter.

»Hat gut englisch gesprochen. Die Begegnung mit der Polizei ist wichtig, Untersuchungen haben ergeben, daß die Begegnung mit Polizisten einen kritischen Punkt für Verbrechensopfer und Hinterbliebene darstellt.«

Winter nickte und sah Macdonald an.

»Stützende Haltung der Polizei scheint ein Schutzfaktor gegen Depression zu sein«, fuhr der Mann fort, »während negative Reaktionen seitens der Polizei in dem akuten Abschnitt mit eine Ursache zur Ausbildung von Depressionen zu sein scheinen.«

Der Mann sprach mit monotoner Stimme, den Blick an Winter vorbei nach rechts gerichtet, als läse er von einem Teleprompter ab, der neben einer Kamera auf dem Boden neben dem schwedischen Kriminalpolizisten lief.

»Fühlen Sie sich schlecht behandelt, Mr. Hillier?« fragte Winter.

»Die Polizei scheint in gewissen Fällen auch die Schwierigkeiten für das Verbrechensopfer zu verschlimmern, indem sie es indirekt dazu bringt, sich schuldig zu fühlen oder Angst zu haben«, leierte der Mann herunter.

Macdonald wandte sich an die Frau, Geoff Hilliers Mutter.

»Sie haben nichts mehr gefunden, was ... Geoff gehört hat ... etwa einen Brief ...«

»Der Kontakt kann zur Kollision zwischen gefühlsmäßigen Bedürfnissen des Verbrechensopfers und der Suche der Polizei nach detaillierten Angaben zum Verbrechen werden«, sagte der Mann und trank wieder.

»Es gibt da keine gegensätzliche Sachlage«, sagte Winter, aber Macdonald schüttelte sachte den Kopf und blickte zur Tür.

»Wir bitten um Entschuldigung«, sagte die Frau.

»Sehen Sie«, sagte der Mann, »jetzt haben Sie meine Frau dazu gebracht, sich zu entschuldigen.«

»Wir hatten es wirklich versuchen wollen«, sagte die Frau.

»Was denn? Was denn?« sagte der Mann.

Sie standen auf.

»Wir kommen gern wieder«, sagte Macdonald leise.

»Eher spanne ich meine Flügel aus und fliege nach Coventry«, sagte der Mann.

Sie saßen im Auto, Macdonald scherte aus.

»Ein Pub?« fragte er und sah Winter an.

»Warum nicht.«

»Verbrechensopfer, denen kompetentes Personal begegnet, das dafür geschult ist, Menschen entgegenzukommen, die Verbrechen oder deren Folgen ausgesetzt waren, können ihrerseits auch eine Hilfe für die Polizei sein«, sagte Macdonald.

Er konnte den tragbaren CD-Player an den Fernsehlautsprecher anschließen. Beenie Man war bis zu dem Idioten draußen auf dem Flur zu hören, wenn er vorbeiging. Der Idiot tat ihm leid. Er hatte ihm freundlich zugenickt, aber der arme Kerl hatte starr geradeaus geblickt, als ginge er an einer Leine.

Der Junge hörte die neue CD, die er von dem Vertretertypen bekommen hatte, aber nach einer Weile wurde er müde. Sie war gut, aber das hatte er vorher gewußt.

Es wurde langsam spät. Der Typ würde nicht mehr kommen, und das war auch gut.

Er konnte am Abend ausgehen, runter zur Brixton Academy oder ins *The Fridge*. Sie hatten heftige DJs im Fridge. Er war zweimal dort gewesen. Er konnte dem Vertreter den Tip geben, wenn er noch auftauchte, aber der war sicher selbst schon dort gewesen.

Jetzt hörte er den armen Irren wieder vorbeischlurfen. Er muß draußen dem Treppengeländer ausweichen, das vor der Tür um neunzig Grad abbiegt, und dabei stößt er an die Tür. Ich habe die Spuren gesehen, das muß seit Jahren so gehen.

Es klopfte an die Tür. Er war doch noch gekommen, dachte er. Möchte wissen, ob er die Tussi dabei hat. Ich habe Bier gekauft.

Er machte auf, und der Typ stand da und lächelte. Zuerst dachte der Junge, es sei ein Irrtum, die falsche Tür oder so. Er erkannte den Mann nicht wieder. Dann sah er, daß er eine beschissene Rastaperücke auf dem Kopf hatte oder eine schwarze Perücke mit langem Haar, in die er ein paar Rastalocken gedreht hatte. Das war ein verdammt komischer Scherz.

Der Typ war nun drinnen, und er schloß die Tür hinter sich und begann in der Tasche zu wühlen, die er dabei hatte.

38

Es war Mitternacht, als Winter vor seinem Hotel aus dem Taxi stieg. Er bezahlte, ging die wenigen Stufen hinauf und öffnete die Außentür mit seinem Schlüssel. Als er in der Halle stand, hörte er Stimmen aus einer der Suiten über ihm. Ein Fernseher leistete jemandem Gesellschaft.

Sein Kopf war leer, gleichsam inwendig gereinigt von der Musik im *Bull's Head* unten in Barnes. Dort hatte er das Taxi genommen, sofort nachdem das Alan Skidmore Quartet seine letzte Zugabe gespielt hatte.

Alan Skidmore spielte eine stark von Coltrane beeinflußte Musik auf dem Tenorsaxophon und manchmal auf dem Sopran. Besser kann britische Musik nicht klingen, hatte Winter gedacht.

Er hatte die Stunden im *Bull's Head* gebraucht. Sein Hirn fühlte sich gereinigt an. Er hatte genau in der Zugluft gesessen.

Die Musik war wie Sex gewesen, dachte Winter, als er die Suite betrat: Wenn es gut ist, ist es phantastisch, und wenn es nicht so gut ist, ist es trotzdem phantastisch.

Er hatte geglaubt, er würde in London Sex brauchen, aber die Musik hatte ihm gegeben, was er brauchte. Er hatte sich nicht nach den Frauen im Klub umgesehen. Das Päckchen Kondome steckte unangebrochen in seiner Brieftasche.

Er öffnete das Fenster und zog die Vorhänge zu. Er merkte, daß er nach Rauch und Schweiß roch.

Als er sich das Gesicht wusch, war der Kopf immer noch wie von innen gereinigt. Er zog sich aus und stellte sich unter die Dusche. Es war, als käme die Härte in den Körper zurück, als das Wasser an ihm hinablief, es war ein angenehmes und starkes Gefühl.

Danach zog er frische Boxershorts an und blieb auf dem Sofa sitzen. Er schmeckte immer noch Rauch im Mund, und so stand er auf und putzte noch einmal die Zähne. Dann setzte er sich wieder hin und lauschte der Musik nach, die allmählich in ihm verklang. Dann wurde es still. Er versuchte, sich immer weiter zurückzuerinnern. Als er sich hinlegte, hielten die Erinnerungen an, Teile von Gesprächen.

Mitten im Tiefschlaf schrie ihm ein Tenorsaxophon etwas zu, wie eine wahnsinnige Meditation von Coltrane. Die Schreie versuchten, seine Bewußtlosigkeit zu zerspalten.

Wieder schrie es. Es schrillte und heulte, und Winter wachte auf und hörte das Handy auf dem Fußboden läuten, wo es mit dem Kabel in der Steckdose zum Aufladen lag. Das Zimmer lag im Dunkeln. Es war noch Nacht.

Er wälzte sich auf den Boden, griff zum Telefon und drückte auf den Antwortknopf.

»Winter.«

»Steve hier. In zehn Minuten ist ein Wagen bei dir.«

Winter schob sich über den Boden und griff nach der Armbanduhr auf dem Tisch neben dem Bett. Sie zeigte drei.

»Es ist passiert«, sagte Macdonald.

»Nein.«

»Zieh dir schnell was über und geh auf die Straße, dann kommt einer von meinen Wagen.«

»Wo?«

»Camberwell, zwischen Peckham und Brixton.«

»Ein Hotel?«

»Ja.«

»Schwede?« fragte Winter.

»Ja.«

»Du lieber Gott.«

»Zieh dich jetzt an.«

»Wann?«

»Heute nacht, aber jetzt spute dich, verdammt, Erik.«

Das Zimmer war voller Menschen, als Winter ins New Dome Hotel kam. Alles war entsetzlich bekannt.

»Ich konnte nicht warten«, sagte Macdonald.

Winter antwortete nicht. Macdonald war blaß.

Die Arbeit im Zimmer ging weiter. Das Blut klebte an allen Flächen. Im Schein der starken Lampen glänzten die Plastikbeutel der Polizei in obszönen Schattierungen.

»Wir wissen noch nicht, ob es Hitchcock ist«, sagte Macdonald.

»Nein.«

»Es ist gestern spät abends passiert. Hier habe ich den Namen des Jungen«, sagte Macdonald und hielt einen Zettel hin. Winter las den Namen.

Der Junge war weggetragen worden. Winter sah Spuren auf dem Boden, Schuhe in Bewegung, ein Muster von der Tür zum Hocker mitten im Zimmer.

Das Bett sah unberührt aus. Ein kleiner Stapel CDs lag darauf. Ein heruntergezogenes Rollo sperrte die Nacht aus. Stimmengewirr in leiser Professionalität. Kamerablitze.

Überall Plastikbeutel, mit Ziffern und Buchstabenkombinationen gekennzeichnet und gefüllt mit Haaren, Zähnen, blutiger Haut, Menschenfleisch und Körperabsonderungen.

Wir sind in der Hölle, dachte Winter.

Die Hölle auf Erden ist hier, in diesem Zimmer.

Er bewegte den Kopf hin und her. Die Leere war nun von seinem Blut gefüllt. Es wogte unter dem Stirnbein, klopfte in den Gehörgängen.

Macdonald berichtete, was er bereits wußte.

Es war eine kritische Stunde, ein kritischer Zustand für alle.

»Er wurde unterbrochen«, sagte Macdonald.

»Was?«

»Ein Junge ist an der Tür vorbeigegangen und hat was gehört. Er hat gegen die Tür gehämmert und nicht mehr aufgehört.«

»Was?«

»Er sitzt unten in einem Zimmer hinter der Rezeption. Es ist der Sohn des Besitzers, und er ist geistig behindert und außerdem furchtbar geschockt. Er sitzt bei seinem Vater. Ich habe versucht, mit dem Jungen zu sprechen, aber wir mußten aufhören, und jetzt will ich noch einen Versuch machen.«

»Das ist verdammt eilig, Steve.«

»Ich habe gesagt, ich versuche es noch einmal. Ein Arzt ist unten auch dabei.«

Sie gingen in den Vorraum hinaus. Es roch nach Erbrochenem. Winter war der Gestank vorher nicht aufgefallen.

»Unsere Constables«, erklärte Macdonald, »das passiert ständig.«

»Es ist eine menschliche Reaktion«, sagte Winter.

»Wir haben zehntausend Mann, die jetzt im ganzen Viertel an Türen klopfen.«

Vater und Sohn saßen wie festgeschraubt auf ihren Stühlen. Der Mann hielt seinen Sohn an der Hand. Der Sohn war ein Mann um die Dreißig, konnte aber auch jünger sein, dachte Winter. Die Krankheit vergröberte seine Gesichtszüge. Die Augen bewegten sich ohne Halt. Er wollte aufstehen, aber der Vater hielt seine Hand so fest, daß er sitzen blieb.

»Ich will geeehn«, sagte er mit einer Stimme, die von Steinen beschwert schien.

»Bald, James«, beruhigte ihn der Vater.

»Geeehn«, wiederholte der Sohn.

»Er macht die Runde durchs Hotel«, sagte der Vater, »das ist das einzige, was er tut.«

Macdonald nickte und stellte Winter vor. Sie setzten sich auf zwei Stühle, die ein uniformierter Polizist aus der Halle geholt hatte.

»Berichten Sie noch einmal, was passiert ist«, forderte Macdonald den Vater auf.

»James ist heruntergekommen und hat geschrien und mit den Füßen auf den Boden gestampft. Er hat an mir gezerrt, und nach einer Weile bin ich mit ihm nach oben gegangen.«

»Es war sonst niemand auf der Treppe?«

»Nein.«

»Keine Tür, die geöffnet wurde?«

»Da nicht.«

»Und dann?«

»Bitte?«

»Was ist dann passiert?«

»Dann waren wir oben, und da habe ich es gesehen. Das ganze ... Blut.«

»Was hat James gemacht?«

»Er hat nur geschrien.«

»Hat er etwas oder jemand gesehen?«

»Ich habe versucht, mit ihm zu sprechen.«

»Sie selbst haben niemanden hinaufgehen sehen?«

»Nein. Ich sitze wohl nicht so viel draußen am Schalter, wie ich eigentlich müßte.«

»Kein Gerenne auf der Treppe ... danach?«

»Nein.«

»Gar nichts?«

»Nichts, was ich gehört hätte.«

»Aber James hat etwas gehört?«

»Das muß er wohl«, sagte der Vater, »und es muß etwas ... Seltsames gewesen sein, denn er bleibt nie stehen, belästigt nie die Gäste.«

»Er hat es unterbrochen«, sagte Winter.

Der Sohn wandte Winter das Gesicht zu, und seine Augen fanden Halt.

»Eeeer ist rauuus«, sagte der Sohn.

»Er ist herausgekommen?« fragte Winter.

Der Sohn nickte heftig, umklammerte die Hand seines Vaters.

»Ist der Junge herausgekommen?« fragte Winter, »der Junge, der da gewohnt hat?«

Keine Antwort.

»Ist ein großer Mann herausgekommen?«

Die Augen des Sohns waren wieder auf Wanderschaft, kehrten zurück und machten bei Winter halt.

»Ich haaab geschlaaagen«, sagte der Sohn.

»Ja.«

»Ich haaab auf die Tür geschlaaagen.«

»Ja.«

»Eeer ist rauuusgekommen.«

»Wer ist herausgekommen, James?«

»Eeer.«

»Der Junge?«

Der behinderte Sohn schüttelte immer heftiger den Kopf.

»Eeer.«

»Ein anderer? Nicht der Junge?«

»Eeer«, sagte der Sohn und zitterte am ganzen Leibe.

»Es muß jemand anders sein, den er meint«, sagte der Vater. »Irgendein Besucher. Nicht dieser Junge.«

Er wandte sich an seinen Sohn.

»War er weiß wie er?« fragte er, indem er Winters Arm packte und mit dem Finger auf die Haut zeigte.

Der Sohn antwortete nicht. Er hörte nicht auf zu zittern, während er sich hin und her bewegte wie zu einem Lied.

»James. War der, der nicht in dem Zimmer gewohnt hat, weiß wie die beiden, die da auf den Stühlen sitzen?«

Der Sohn antwortete nicht.

»Ich glaube, er muß jetzt ins Krankenhaus gebracht werden«, sagte der Vater.

»Schwaaarz«, sagte der Sohn plötzlich und faßte sich an den Kopf, zog die Hände nach unten, strich sich über die Schläfen.

»Schwarz?« sagte der Vater, kniff sich in die eigene Haut und hielt seinem Sohn den Arm vors Gesicht. »Schwarz wie du und ich?«

»Schwaaarz«, wiederholte der Sohn und schüttelte den Kopf und zog die Hände über die Seiten des Gesichts.

»Schwarzes Haar. Hatte er schwarzes Haar?« fragte Macdonald und strich über seine rechte Schläfe.

Der Sohn fuhr zusammen.

Macdonald nahm den Gummiring um den Pferdeschwanz ab und ließ sein Haar über die Schultern fallen.

»Schwarzes langes Haar?« fragte er noch einmal und zog an seinen langen Strähnen.

Der Sohn zuckte, wiegte sich hin und her wie in tiefer Trauer. Die Augen glichen schwarzen Löchern.

»Schwaaarz«, sagte er wieder und zeigte auf Macdonald.

»Und weiß?« fragte Macdonald und strich sich übers Gesicht, drückte beide Backen.

»Weiß? Ein weißer Mann? Weiße Haut?«

»Weiiiß«, sagte der Sohn.

39

Sie saßen in Macdonalds Zimmer, zum erstenmal seit zwölf Stunden allein. Macdonalds Augen ähnelten Koksstückchen. Die Haut im Gesicht sah aus, als wäre sie direkt auf die Backenknochen geklebt. Das Haar fiel immer noch offen auf die Schultern. Die Lederjacke hing über dem Stuhl.

Winter trug einen Sakko und schwarze Jeans, ein graues Button-down-Hemd, keinen Schlips, schwarze Boots. Stoppeln warfen einen Schatten auf Kinn und Backen.

Aus mit der skandinavischen Eleganz, dachte Macdonald.

»Du bist jetzt mehr als ein Beobachter, aber das weißt du selbst«, sagte er.

»Wann treffen sich alle?« fragte Winter.

Macdonald hob den Arm und sah auf die Uhr.

»In einer Stunde.«

Es dämmerte. Macdonalds Gesicht war vom letzten Licht durch die Jalousien in blaue Streifen geschnitten.

»So nah kommen wir nie mehr heran«, sagte Winter.

»Wenn es unser Mann ist.«

»Andernfalls haben wir ein neues Problem, oder?«

»Also ist es unser Mann«, meinte Macdonald.

Es schrillte unter irgendwelchen Papieren. Macdonald schob die Dokumente fort und griff zum Telefon. Winter sah, daß es ein Teil einer Reinschrift von Macdonalds Richtliniendossier war. Ich halte mich streng an diesen Ordner, hatte Macdonald früher einmal gesagt, der wird alles rechtfertigen, was ich tu'. Ich will den Rücken frei haben, will meine Entscheidungen begründen können, wenn ich einmal im Monat den DSI zu einer Durchsicht treffe.

»Ja?«

Winter sah, wie Macdonalds Stirn sich vor Konzentration in Falten legte. Der Kollege griff zu einem Stift und schrieb auf seinen Block. Winter hörte ihn ein paar kurze Fragen stellen.

Er erkannte alles wieder in diesem Kreislauf des Bösen, von dem er und Macdonald und alle anderen Mordermittler rund um die Welt ein Teil waren. Er hätte selbst da sitzen können, das Telefon an ein schmerzendes Ohr gepreßt, Macdonald hätte sitzen können, wo Winter saß, oder sie hätten zwei andere Bullen in einem engen Zimmer in Singapur oder Los Angeles oder Stockholm sein können. Oder in Göteborg. Es war alles gleich, und alles war austauschbar im Kreislauf des Bösen. Es war überlebensgroß: Es war da, bevor wir kamen, es ist noch da, wenn wir fort sind.

Winter sah Macdonald mit dem Stift in der Hand erstarren.

»Das war Kennington«, erklärte Macdonald. »Labor des Yard.«

»Ich erinnere mich.«

»Die gleiche Vorgehensweise«, sagte Macdonald.

»Genau?«

»Nach allem, was sie bisher sehen können.«

»Abdrücke auf dem Boden?«

»Ja.«

»Mein Gott«, sagte Winter.

»Er hatte es eilig.«

Winter wartete auf die Fortsetzung. Die Dämmerung war vorbei, und Macdonalds Gesicht war eine Silhouette.

»Unser armer Zeuge hat an die Tür gehämmert und ein verrücktes Lied geheult, und das hat der Sache ein Ende gemacht«, sagte Macdonald. »Es hat keine Panik ausgelöst, aber ein Ende gemacht.«

»Auch keine Unvorsichtigkeit?«

»Was meinst du?«

»Hat es dazu geführt, daß er unvorsichtig wurde oder dazu gezwungen wurde?«

»Ja.«

»Inwiefern?«

»Sie haben eine lose Metallhülse von einem Stativbein gefunden.«

Winter erstarrte zu Eis, übergangslos, als säße er in einem Tiefkühlcontainer. Sein Haar sträubte sich. Die Finger wurden zu Gummi.

»Gott ist doch auf unserer Seite.«

»Du glaubst an den großen Vater?« fragte Macdonald.

»Ja.«

»Es gibt ihn vielleicht gerade jetzt.«

»Diese Hülse, das kann nichts sein, was im Zimmer liegengeblieben ist?«

»Du unterschätzt einige der besten Kriminaltechniker der Welt.«

»Entschuldigung.«

»Das Ganze hat einen Zug von Arroganz, daß ich mich frage, ob es wirklich Nachlässigkeit war.«

»Darüber habe ich auch nachgedacht.«

»Die Arroganz?«

»Ja. Und daß es eine Mitteilung oder ein Gruß sein kann.«

»Oder ein Hilferuf«, sagte Macdonald, »aber dafür müssen wir uns an die Gerichtspsychologie wenden.«

»Nicht Hilfe«, sagte Winter, »es ist etwas anderes. Das liegt nahe. Ich komme nicht auf das Wort.«

»Es reicht, wenn du es in dir hast, also das schwedische Wort.«

»Ich komme nicht darauf, in keiner Sprache.«

Der Wind kam von Norden, und Bergenhem spürte zum erstenmal, wie das Boot hin und her schaukelte. Es pfiff durch die Lüftung wie durch eine Flöte.

»Die Lüftungsklappe ist undicht«, sagte er.

»Das Geräusch stört mich nicht«, sagte sie.

»Ich kann das in Ordnung bringen.«

»Es wäre komisch, es nicht mehr zu hören«, sagte sie.

»Wenn du Angel bist...«, begann er nach einer Weile Stille.

»Was?«

»Wenn du... arbeitest.«
»Ja?«
»Wenn du von den Tischen mit einem weggehst.«
»Verdammt, was soll das? Was willst du?«
»Was macht ihr... wenn einer von einem Tisch mitkommt und hinter die Bar oder wo das ist.«
»Was willst du eigentlich?«
»Ich möchte nur wissen... was passiert.«
»Ob ich mit denen ficke?«
»Nee... ich dachte, sie sagen das eine oder...«
»Du willst wissen, ob ich eine richtige Hure bin?«
»Nein!«
»Du glaubst, ich bin eine Hure.«
»Nein, verdammt.«
»Ich bin keine Hure. Ich habe es nie für Geld gemacht, nicht das, wovon du redest.«

Bergenhem sagte nichts, er dachte nichts mehr, außer daß er nun ein anderer war. Seine Hände waren verknotet, und sie gehörten einem andern.

»Hallo!? Ist jemand zu Hause?« fragte sie und kam näher.
»Bleib dort«, sagte er.
»Bitte?«
»Komm nicht so nah.«
»Du glaubst, daß ich so was bin.«
»Das ist es nicht.«
»Was ist es dann, wovon du redest?«

Er antwortete nicht. Er trank wieder vom Wein. Es war die zweite Flasche. Diesen Abend hatte er offiziell frei, aber für Martina war er im Dienst. Ich wünschte, du wärst heute abend zu Hause, hatte sie gesagt. Ich habe so ein Gefühl, als wäre es jeden Augenblick soweit mit dem Wasser.

»Ich tanze für die Kerle«, sagte die Frau vor ihm jetzt. »Ich tanze.«

Bergenhem hatte das Interesse an seiner Frage verloren. Er

schloß die Augen. Er sah ein Kind auf einem Tisch hinter einem Schirm. Er stand mit Martina davor. Angel tanzte für sie, und sie lächelte etwas an, das sie an der Hand hielt ...

Jetzt spürte er die Bewegung im Schiffsrumpf stärker, als ob ein Orkan am Hausboot zerrte, es hochhob und wieder in den Fluß warf. Ihm wurde plötzlich übel. Es pulsierte in seinen Händen, hundert Liter Blut brausten im Sturm durch die Finger. Das waren nicht seine eigenen Hände. Der Kopf war nicht sein eigener.

»Wie damals, als ich klein war«, fuhr sie fort. »Habe ich erzählt, wie lustig es war, als ich klein war?«

Sie hatte von dem Kind erzählt, das sie gewesen war, und das war einer der Gründe gewesen, warum er geblieben war. Er hatte an die oben und die unten gedacht. Natürlich gab es keine Gerechtigkeit. Das würde nicht besser werden. Alle Signale, die ins dritte Jahrtausend hineinglühten ... sie waren grell rot, mit dem gleichen Schimmer wie in den Pornoklubs, dachte er, ein falsches Licht für eine angenehme Reise der Menschen in die Unterwelt.

»Was für ein Star ich auf den wilden Festen von Mama und Papa war«, fuhr sie fort, und Bergenhem sprang vom Bett auf und versuchte, auf Deck zu fliegen, und oben hängte er den Kopf über die Reling und übergab sich ins Wasser. Die Augen füllten sich mit Tränen, und er sah nur noch ein schwarzes Loch. Er spürte eine Hand am Rücken. Sie sagte etwas, das er nicht verstand.

»Nicht weiter runter. Wenn du dich noch weiter vorbeugst, rutschst du ins Wasser.«

Sein Atem wurde ruhiger. Er konnte sehen. Der Fluß war dunkel unter ihm zwischen dem Boot und den Steinen des Kais. Das Boot stieß gegen die Steine. Da unten gab es keinen Ausweg, das verstand er.

Sie trocknete ihm die Stirn mit einem feuchten Handtuch ab. Jetzt spürte er den Regen auf dem Körper. Er war dicht und stark, das Hemd klebte auf der Haut, als hätte er im Wasser gelegen. Sie stützte ihn auf dem Weg unter Deck. Seine Füße rutschten auf den Planken nach allen Seiten weg.

Winter goß das heiße Wasser aus dem Schnellkocher auf. Es war acht Uhr, und der Londoner Morgen war in vollem Gang. Vögel, deren Namen er nicht wußte, hatten sich auf dem Hinterhof durch sein offenes Fenster schon heiser gesungen.

In einigen Stunden würde er mit Macdonald und unbekannten englischen Journalisten in einem Fernsehstudio sitzen. Der Programmchef von *Crimewatch* hatte wieder angerufen, und Macdonald hatte sofort zugesagt.

Am Abend zuvor hatten sie in einem der größeren Räume in der Parchmore Road gesessen, vierzehn Fahnder einschließlich Winter. Auf dem Tisch hatte eine Flasche Whisky gestanden. Alle berichteten von ihren Gedanken. Macdonald versuchte, aus allen das Beste herauszuziehen.

Konnten sie ein Destillat davon vor die britische Öffentlichkeit bringen? Winter war nicht nervös, und er hoffte auf einen Durchbruch nach der Fernsehsendung.

»Wir haben das Angebot vor längerem bekommen, und jetzt ist es soweit«, hatte Macdonald am Abend gesagt, »wir hoffen, daß irgendwelche anonymen Mitbürger draußen etwas gesehen haben.«

»Ja.«

»Fernsehen ist ein paradoxes Medium«, hatte Macdonald gesagt.

»Die anonyme Öffentlichkeit«, hatte Winter bemerkt.

Aneta Djanali hatte eine schwarze Haut, aber eine helle Seele. Deshalb habe ich so ein flinkes Mundwerk, dachte sie. Wer das Licht sieht, kann daraus auch Selbstvertrauen schöpfen.

Ich weiß, daß ich das hier besser als die Jungs hinkriege, dachte sie, als sie mit dem Zeugenprotokoll vor sich im Auto saß. Ich habe nichts zu verteidigen. Ich bin nicht weiß. Fredrik ist weiß, aber das ist auch das einzige, was er ist. Obwohl er nett ist, wie so viele dumme Menschen. Also solche, die auf angenehme und harmlose Art dumm sind, die vielleicht sogar in manchen Situationen bauernschlau sind.

Als Bulle hatte man den Vorteil, daß man im Team arbeitete. Aber das war auch der große Nachteil, wenn man bei denen landete, die nicht so anpassungsfähig waren. Sie und Fredrik hatten sich aneinander angepaßt, was durchaus zu Ergebnissen führen konnte. Er war dumm und manchmal pfiffig, auf eine etwas kleinliche Art, und sie war zu hundert Prozent intelligent. Das wußte er.

Da war noch eine andere Sache. Sie besaß die Fähigkeit, sich bei der Arbeit auszuruhen. Nicht so, daß ich im Sitzen einschlafe, dachte sie. Aber manchmal kann ich das Böse ausblenden, kann ihm ausweichen, damit ich nicht durch und durch schwarz werde. Das ist eine notwendige Eigenschaft. Alle gräßlichen Berichte, denen wir ausgeliefert sind, müssen auch ein Licht und eine Hoffnung enthalten. Es gibt immer einen Epilog, und wenigstens der kann eine Hoffnung für die Zukunft enthalten.

Sie waren auf dem Weg zu einer Adresse im Westen.

»Was ist der Sinn des Lebens?« fragte Aneta Djanali.

»Was?«

Fredrik Halders kurvte durch den Verkehrskreisel im Industriegebiet Högsbo. Er drehte das Radio leiser, um zu verstehen, was die schwarze Königin jetzt auf dem Herzen hatte.

»Der Sinn des Lebens. Was ist der Sinn davon, daß es dich gibt, Fredrik?«

»Ich bin froh, daß du diese Frage gestellt hast.«

»Laß dir Zeit, über die Antwort nachzudenken.«

»Nicht nötig.«

»Du hast die Antwort?«

»Natürlich«, sagte Halders und fuhr am Flatås entlang. Er

bremste hinter einem Bus und ließ eine Frau mit einem Kinderwagen vorbei.

Städtische Arbeiter fällten Bäume längs der Straße. Oder sie schnitten nur die Äste zurück; es kommt trotzdem das gleiche dabei heraus, dachte Aneta Djanali.

»Und wie ist die Antwort?«

»Das erzähle ich heute abend.«

»Du weißt es nicht.«

»Heute abend, habe ich gesagt.«

»Du hast zwei Stunden Zeit«, sagte sie.

»Okay.«

Sie fuhren am Kiosk vorbei.

»Willst du ein Würstchen?« fragte Halders.

»Das nützt dir nichts.«

»Das habe ich nicht gefragt.«

»Ich bin nicht hungrig.«

»Ich will eins.«

Halders bremste, wendete und fuhr zum Kiosk zurück.

»Die haben umgebaut«, sagte er.

»Wir müssen hineingehen«, sagte sie.

»Kommst du mit rein?«

»Ich habe Durst, und außerdem bin ich ein bißchen steif. Das sind keine guten Sitze.«

Sie parkten und gingen in den Kiosk, der in ein Restaurant verwandelt worden war. Eine Wand verdeckte die Sicht zur Straße. Es roch nach Fett und ... Fett, dachte Aneta Djanali. Fredrik ist der Typ, der etwas bestellt, das in der Imbißbude Klops heißt und etwas Unbeschreibliches enthält.

Halders las die Tafel. Die Gerichte waren mit Tusche geschrieben, leicht wegzuwischen, gegen etwas anderes Gutes auszuwechseln, das à la minute zubereitet wurde.

»Ich glaube, ich nehme einen Klops«, sagte er.

»Eine gute Wahl.«

»Was?«

»Das ist mehr Nahrung als in einem Würstchen... mehr von allem, könnte man sagen.«

»Ist es nicht fein genug für dich?«

»Ich habe nichts gesagt.«

»Das hier ist richtiges Essen für Menschen, die sich nicht so haben.«

»Vergiß nicht die Gurkenmayonnaise.«

»Was?«

»Gurkenmayonnaise. Dann wird es noch richtiger.«

Halders rümpfte die Nase, bestellte seine Zwischenmahlzeit.

»Ich nehme auch ein Pucko«, sagte er, und sie mußte laut lachen.

Sie gingen hinaus, und das Auto war verschwunden.

»Was zum Teu...« sagte Halders und ließ den Klops fallen.

Aneta Djanali brüllte vor Lachen.

»Lach du nur dein verda...«

Aneta Djanali versuchte, zwischen den Lachanfällen etwas zu sagen.

»Was sagst du?« sagte Halders und starrte mit irrem Blick.

Sie trocknete sich die Tränen.

»Jetzt glaub' ich dir«, sagte sie, »du wirst verfolgt.«

»Bitte? Was?«

»Du wirst verfolgt, Fredrik. Das ist ein Komplott. Alle Autos, die du fährst, werden geklaut.«

»Worauf du dich verlassen kannst«, sagte Halders und rief bei der Polizei an.

Sie warteten und beobachteten die Baumschänder auf der anderen Straßenseite.

»Der Sinn des Lebens ist, Autodiebe zu schnappen«, sagte Halders und gönnte sich eine Portion Lutschtabak.

»Ist das alles?«

»Das ist alles.«

»Da kommen die Kollegen.«

»Das Leben geht weiter.«

Winter röstete zwei Scheiben Brot und bestrich sie mit Butter und Orangenmarmelade, die von den vielen Schalen bitter schmeckte. Früher am Morgen war er von der Hogarth Road zu einem Zeitungsstand an der Earl's Court Road gegangen und hatte den *Guardian,* den *Independent,* die *Times* und den *Daily Telegraph* gekauft.

Das Handy läutete. Bertil Ringmar war dran.

»Ich weiß, daß ihr eine Stunde früher habt, aber ich habe mir gedacht, daß du auf bist«, sagte Ringmar.

»Hier ist heller Tag.«

»Wir haben noch einen Brief von diesem Einbrecher bekommen.«

Winter brauchte ein paar Sekunden, um die Gedankenkette zurückzuverfolgen. Einbrecher. Wohnung. Blutige Kleider. Zeit, die stimmte. Weit hergeholt. Verdammt weit hergeholt.

»Erik?«

»Ich bin noch da«, sagte Winter und spülte das Marmeladenbrot mit einem Mundvoll Tee hinunter.

»Er war rechthaberisch«, sagte Ringmar, »wie wenn er seine Säumigkeit jetzt rechtfertigen oder etwas einrenken wollte.«

»Ja?«

»Also haben wir uns diese Person etwas näher angesehen. Fredrik und Aneta haben noch ein wenig Zeit dazubekommen, weil ihr Auto...«

»Zum Kuckuck, Bertil, pfeif auf die Reihenfolge und sag, was passiert ist.«

Winter saß ruhig auf dem Stuhl. Das war etwas Wichtiges. Ringmar bereitete etwas für den Chef vor, ein Geschenk.

»Wir bestellten ihn zur Vernehmung.«

»Ja?«

»Es kam keine Antwort, aber dann bekamen wir Kontakt.«

»Bertil!«

»Okay, okay. Hör genau zu. Der Bursche war zuerst nicht in Göteborg, weil er in London war.«
»Was?«
»Ich sag doch, du sollst genau zuhören. Er war in London.«
»Woher wißt ihr das?«
Winter spürte wieder das Kältegefühl im Körper. Es steckte im Haarboden. Er machte reinen Tisch, fegte die Zeitungen auf den Boden, ging drei Schritte zur Anrichte und griff zum Notizblock. Er setzte sich mit dem Kuli in der Hand hin.
»Woher wir das wissen?« antwortete Ringmar. »Das sind keine Geheimnisse, der Bursche arbeitet als Chefsteward bei SAS und ziemlich häufig auf der Linie Göteborg-London.«
»Du lieber Gott.«
»Und das ist noch nicht alles. Er hat eine Wohnung in London. Er wohnt dort und hat eine Übernachtungsgelegenheit in Göteborg, oder es ist umgekehrt.«
»Ist er Brite?«
»Urschwedisch anscheinend, zumindest heißt er Carl Vikingsson.«
»Vikingsson?«
»Ja. Und er arbeitet in einem Flugzeug, das obendrein Viking noch was heißt.«
»Haben wir was gegen ihn?«
»Nix. Völlig sauber.«
»Wo ist er jetzt?«
»Er ist hier bei uns«, sagte Ringmar.
Winter bekam plötzlich einen trockenen Hals. Er trank seinen lauwarmen Tee, schmeckte aber überhaupt nichts von dem Getränk. Es hätte Petroleum oder Heidelbeersuppe sein können.
»Wir haben ihn noch nicht verhören können«, sagte Ringmar.
»Kein Alibi?«
»Wissen wir nicht, wie gesagt. Es kann schwierig werden.«

»Gib mir die Adresse hier«, sagte Winter. »In London.«

»Er wohnt in einer Straße, die Stanley Gardens heißt, Nummer 32, Stanley Gardens.«

»Einen Moment«, sagte Winter, legte das Telefon hin, ging zum Couchtisch, nahm sein A-Z und schlug das Straßenverzeichnis auf. Er hielt das Handy wieder ans Ohr. »Es gibt sechs Stanley Gardens in London.«

»Oh, verdammt.«

»Ich muß die Kennziffer für die Gegend haben, wie NW 7 oder so ähnlich.«

»Warte«, sagte Ringmar, und Winter wartete. Er nahm noch einen Schluck Petroleum, spürte das Jagdfieber im Körper. Es kratzte im Hörer.

»Wir haben eine Visitenkarte hier, das ist... gleich haben wir's... Stanley Gardens W 11.«

Winter sah im Register nach. W 11. Die Adresse lag auf 7 H 59. Er blätterte bis zum Blatt 59 vor und suchte in dem Quadrat: Notting Hill, Kensington Park Rd, Stanley Cr... da. Eine kurze Querstraße zur Hauptstraße.

»Oben nahe Portobello«, sagte er.

»Whatever you say«, sagte Ringmar.

»Halte ihn sechs plus sechs fest.«

»Wir haben ihn noch nicht verhört.«

Winter hatte sich entschieden. Wenn sich beim Verhör ergab, daß sie das Gespräch mit dem Verhörten fortsetzen wollten, konnten sie den Betreffenden sechs plus sechs Stunden zu Gast behalten, mit der »nötigen Ruhe und Verköstigung«, wie es hieß.

»Sechs plus sechs«, sagte Winter, »scheiß auf eventuelle Alibis.«

»Mir soll's recht sein«, sagte Ringmar, »und Gabriel kann sich kaum noch zurückhalten.«

Der Vernehmungsleiter. Gabriel Cohen. Er hatte gewartet und gelesen, gewartet und gelesen und geseufzt.

»Warte mit Gabriel«, sagte Winter.
»Bitte?«
»Spiel es zuerst herunter, mach es zuerst selbst.«
»Er muß doch dabeisitzen.«
»Aber nur als guter Freund, das hier muß von Anfang an perfekt sein.«
»Sanft und ruhig«, sagte Ringmar.
»Keine Fehler«, sagte Winter.
»Beleidige mich nicht. Wahrscheinlich sind wir nicht weiter als bis zu den Wetteraussichten für morgen gekommen, wenn du nach Hause kommst.«
»Gut.«
»Wann kommst du übrigens?«
»Ich weiß nicht. Die Fernsehaufnahme, über die wir gestern gesprochen haben, ist heute nachmittag. Wir müssen sofort diese Adresse überprüfen. Ich weiß nicht. Wir hören in ein paar Stunden voneinander.«
»Erik?«
»Ja?«
»Eines wissen wir. Vikingsson war in London, als das letzte passiert ist. Der Junge Jaegerberg. Christian Jaegerberg. Er war in London. Vikingsson.«
»Nicht in einem Flugzeug, in der Luft?«
»Klar, das kann auch sein. Aber er war nicht in Schweden.«
Sie legten auf. Winter tippte die Ziffern für Thornton Heath ein. Jemand meldete sich.
»Kriminalkommissar Erik Winter. Ich suche Steve Macdonald.«
»Einen Augenblick.«
Winter wartete. Er hörte die Stimme des Kollegen.
»Erik hier. Ich hatte ein Gespräch aus Göteborg. Sie haben einen Mann zum Verhör geholt, und er hat eine Wohnung in London. Vielleicht ist es nur eine vage Vermutung, aber wir müssen sie überprüfen.«

»Die Wohnung hier?«

»Oben in Notting Hill.«

»Aha. Schöne Gegend.«

»Ich weiß nichts über den Burschen, aber wir müssen die Wohnung überprüfen.«

»Von außen?«

»Bitte?«

»Ich kenne ein paar gute Richter, aber keiner würde uns ohne eine gewisse Stärke in den Argumenten in eine Wohnung gehen lassen.«

»Ich will trotzdem hinfahren. Ich mache mich jetzt auf die Socken. Wir treffen uns an der Ecke zur Kensington Park Road.«

»Ecke wovon?«

»Entschuldige. Der Mann hat eine Wohnung in Stanley Gardens.«

»Okay.«

»Dann sehen wir uns in einer Stunde.«

»Ich fliege«, sagte Macdonald.

40

Winter hielt auf der Earl's Court Road ein nach Norden fahrendes Taxi an. Bis Notting Hill Gate dauerte es fünfzehn Minuten über die kleineren Straßen am Holland Park vorbei. Er war ab und zu darin spazierengegangen, in einem jüngeren Leben.

Die Häuser an der Kensington Park Road glänzten wie Marmor. An der Kreuzung mit der Pembridge Road deckte ein Cafébesitzer die Tische draußen mit karierten Tischtüchern. Die Leute warteten schon auf den ersten Cappuccino des Jahres im Freien.

Die Gebäude der Stanley Gardens lagen ruhig, im Schatten.

Nummer 32 hatte ein Portal, wo jeder ein und aus gehen konnte. Winter ging die Straße bis zum Ende weiter und dann zurück zur Kensington Park Road. Er stand ruhig an der Ecke. Ein Paar in seinem Alter kam vorbei und blieb stehen. Der Mann sprach ihn an, mit schwedischem Akzent.

»Could you tell us the way to Portobello Road?«

»It's the parallel street«, sagte Winter und zeigte quer über die Kensington Park Road, »you just turn right down there.«

»Thank you«, sagte das Paar im Chor, und Winter lächelte sein anonymes englisches Lächeln.

Er stand in einer Art Schwedenviertel. Wenige Minuten zu Fuß nach Osten lag Bayswater, die Gegend, wo die meisten schwedischen Pauschaltouristen wohnten, in den Hotels rund um Queensway.

Ein Taxi hielt vor Winter. Der Kollege wand sich heraus.

»Zug bis Victoria und dann Taxi«, sagte Macdonald, »das geht am schnellsten.«

»Es ist dort drüben«, sagte Winter und nickte zur Haustür.

»Bist du im Haus gewesen?«

»Nein.«

»Ich habe für Überwachung gesorgt, von dem Augenblick an, wenn wir hier weggehen«, sagte Macdonald.

»Gut.«

»Ich habe mit einem widerstrebenden Richter gesprochen, der selbstverständlich nein gesagt hat, also werden jetzt schnelle Resultate vom Verhör gebraucht.«

Sie gingen zur Haustür hinein, und Winter las die Namensschilder. Er zog an der schweren Tür zum nördlichen Treppenhaus. Sie war abgeschlossen.

»Ich setze voraus, daß du den Code hast.« Der Schotte, wieder mit ordentlichem Pferdeschwanz, nickte.

»Wir wissen, wo wir unsere Hausmeister haben«, sagte er.

Der Vorraum roch nach Schatten und poliertem Holz. Das Licht kreiste in einer Spirale nach oben, die Treppe entlang zum

Dach. Sie folgten dem Licht und blieben im zweiten Stock stehen. Macdonald zog ein paar Handschuhe an und schlug den löwenköpfigen Türklopfer an.

»Ein Überbleibsel aus der Kolonialzeit«, sagte er entschuldigend.

Sie warteten. Macdonald klopfte wieder, Messing auf Holz.

»Kein Untermieter«, sagte er.

»Das wissen wir nicht«, sagte Winter.

»Augenblicklich keiner.«

Winter zuckte nervös die Achseln. Es klapperte von unten. Die Aufzugstrommel zischte neben ihnen. Er fuhr hinunter, und sie warteten. Nach einer Minute kam er auf dem Weg nach oben an ihnen vorbei. Der oder die, die im Aufzug fuhren, konnten die beiden Kommissare nicht sehen. Sie standen im toten Winkel der Treppe.

Macdonald warf Winter ein Paar Handschuhe zu.

»Zieh die an«, sagte er.

»Ich hätte nie geglaubt, daß du das machen würdest.«

»Es ist verdammt gefährlich.«

»Der Zweck heiligt die Mittel.«

»Bitte?«

»Eine schwedische Redensart.«

»Wir haben etwas Ähnliches.«

»Mach auf.«

Macdonald warf Winter ein Paar Krankenhausschuhe aus blauem Plastik zu. »Zieh die an.«

Einbrecher in einem früheren Leben, dachte Winter.

Er spürte den Druck des Blutes in der Brust.

Es war still auf der Treppe. Kein Laut aus anderen Wohnungen. Sie gingen schnell hinein, nachdem Macdonalds Dietrich das Schloß mit einem weichen Klick geöffnet hatte.

Der Zweck, dachte Winter. Die Mittel. Wir arbeiten zum Besten der Menschheit, brechen ein, um zu überleben. Das unterscheidet uns von anderen Einbrechern.

Sie kamen direkt in ein Wohnzimmer. Es war warm in der Wohnung. Die Sonne lag von außen darauf, auf den heruntergezogenen Rollos aus gezwirntem Bast. Die ausgesperrte Sonne genügte ihnen als Beleuchtung.

Macdonald nickte nach rechts, und sie gingen hintereinander weiter. In der Küche gab es keine Reste, kein Geschirr, das gespült werden mußte. Die Handtücher hingen in einer Reihe. Ein Gestell Messer an der Wand, der Stahl matt.

»Alle Messer an ihrem Platz«, sagte Winter.

»Kein einziges davon ist zweischneidig«, sagte Macdonald.

Wir haben den Hausfrieden verletzt, und er kostet alles bis zum letzten aus, dachte Winter. Wir haben vor nichts mehr Respekt. Ich bin froh, daß wir hier sind. Wir bewegen uns, in irgendeiner Richtung.

Sie hoben alles hoch und drehten alles um, was sich in der Wohnung befand, eine professionelle Durchsuchung.

»Hier wohnt ein verdammter Pedant«, bemerkte Macdonald.

»Er hat einiges an Musik«, sagte Winter.

»Reggae.«

»Das sehe ich.«

»Ziemlich viel.«

»Und viele verschlossene Schubladen.«

»Und Schränke.«

»Ja.«

»Es gibt irgend etwas in dieser Wohnung«, sagte Macdonald, »spürst du es?«

»Ich weiß nicht.«

»Da ist ein Bild von ihm.« Macdonald beugte sich über den Schreibtisch. Der Mann auf dem Bild lächelte ungezwungen in die Kamera. Sein Haar war blond, glatt und kurz.

»Weiiiß«, sagte Macdonald, ohne zu lächeln.

Winter stellte sich neben ihn.

»Wie kann sich ein Steward eine Wohnung in Notting Hill leisten?« fragte Macdonald.

»Ich kenne die Gehälter bei SAS nicht.«

»Ich könnte mir das nicht leisten.«

»In der Luft zu sein wird besser bezahlt.«

»Du scheinst es dir leisten zu können, wenigstens wenn es nach deiner Kleidung geht.«

»Ja.«

»Du bist nicht auf das Kommissarsgehalt angewiesen?«

»Eigentlich nicht.«

»Pfui Teufel.«

»Es ist eine Kombination von altem und neuem Geld«, sagte Winter mit einer komischen Geste.

»Du bist wie ein englischer Offizier«, sagte Macdonald, »deren Sold reicht ungefähr für die Kasinorechnung.«

»Wir müssen die finanziellen Verhältnisse dieses Knaben überprüfen«, lenkte Winter ab, »er hat ja auch die Wohngelegenheit in Göteborg.«

Sie öffneten Kleiderschränke. Die Sachen lagen ordentlich gestapelt.

»Pedant«, wiederholte Macdonald.

»Was hattest du erwartet? Einen Müllsack mit blutigen Kleidern?«

»Einmal ist keinmal.«

»Wir kommen wieder.«

»Dann bist du nicht dabei.«

»Ich werde dennoch bei dir sein.«

»Wann geht das Flugzeug?«

»Um sieben.«

»Ist der Bursche noch bei euch? Wenn du landest, meine ich.«

»Gerade noch. Wenn es zu keiner Verhaftung kommt.«

»Wer wird den Staatsanwalt überreden?«

»Alle sind jetzt nervös«, sagte Winter. »Das können wir ausnutzen.«

»Oder der Bursche ist sauber, wenn du nach Hause kommst.«

»Dann ist es ja gut.«
»Ausschluß«, sagte Macdonald, »das ist unser Geschäft.«

Sie traten auf die Stanley Gardens hinaus und gingen zur Kreuzung. Macdonald nickte jemandem in einem Vauxhall zu, der schräg über der breiten Straße parkte.

Winter rief in Göteborg an.

»Ringmar.«

»Hier ist Erik. Wie geht es?«

»Durchwachsen, wie gehabt.«

»Wie wirkt er?«

»Gelassen.«

»Zu gelassen?«

»Nein, aber er hat was angestellt.«

»Gut.«

»Irgend etwas verheimlicht unser Knabe. Es kann Gott weiß was sein.«

»Ich komme um zehn.«

»Zu spät.«

»Wir sind also weit entfernt von einem angemessenen Verdacht?«

»Wir haben nichts«, sagte Ringmar.

»Es geht schnell, aber ich *will*, daß es schnell geht«, sagte Winter. »Sieh zu, daß es etwas gibt, wenn ich lande, ich rechne mit Resultaten.«

Winter drückte aus. Macdonald wartete. Es war später Vormittag, und es waren mehr Menschen unterwegs. Sie waren auf dem Weg zu den Marktstraßen. Winter hörte fröhliche skandinavische Stimmen.

»Kein Geständnis«, sagte er. »Spaß beiseite, genaugenommen überhaupt nichts.«

»Natürlich nicht«, sagte Macdonald.

»Das kommt noch.«

»Die Fernsehshow wartet.«

»Die hatte ich vergessen.«
»Sie hat uns nicht vergessen.«

Winter war Macdonalds Beisitzer. Das Studio war klein. Die Lampen leuchteten kräftig, doch Macdonald schwitzte nicht.

Der Fall wurde durchleuchtet. Auf eine Weise ist das gut, dachte Winter.

Von dem Einbruch sagten sie nichts.

Sie erwähnten nicht das Verhör in Göteborg. Wäre es doch in drei Tagen oder fünf gewesen, dachte Winter. Dann hätten wir ein Gesicht zum Vorzeigen haben können, mit blondem, glattem und kurzem Haar.

Sie zeigten andere Gesichter. Die Zuschauer konnten während der Sendung anrufen. Das Personal sammelte die Gespräche. Als Macdonald später die Bänder durchhörte, sollte er nichts hören, was unmittelbare Maßnahmen erforderte.

Winter dachte an den Chefsteward Carl Vikingsson. Es fiel ihm schwer, sich zu konzentrieren. Es wirkte ablenkend, beruhigend.

Danach saßen sie vor dem Studio im Auto. Macdonald ließ den Motor an. Sie fuhren zum Lunch zu einem Pub. Hinter der Drehtür roch es nach Bier und gebratener Leber und Zigarettenrauch. Sie bestellten.

»Diesmal werden wir einige Zeugenaussagen bekommen«, sagte Macdonald.

»Zu Christian Jaegerberg?« sagte Winter, während er sich eine Corps ansteckte.

»Ja.«

»Wegen seiner Hautfarbe?«

»Völlig richtig.«

»Diesmal ist ein schwarzer Ausländer das Opfer. Die Angst wird geringer«, fuhr Macdonald fort, »und wenn der Täter dann noch ein Weißer ist...«

»Wie wir vermuten.«

»Wir haben nichts anderes gesagt.«
»Da kommt das Bier.«
»Und deine Pie.«
»Nun treffe ich deine Familie doch nicht.«
»Da geht es mir genauso.«
»Erkennen dich die Kinder wieder?«
»Solange ich mir die Haare nicht schneiden lasse.«
»Hast du ein Foto?«

Macdonald setzte das Glas ab und zog unauffällig die Brieftasche aus der Innentasche. Der Halfterriemen spannte sich wie eine Lederbandage über der Brust. Das Metall des Revolvers glänzte in der Achselhöhle.

Das Bild zeigte eine dunkelhaarige Frau und zwei Mädchen von zehn Jahren. Sie saßen im Profil. Alle drei trugen einen Pferdeschwanz.

»Sie wollen es so haben«, sagte Macdonald lächelnd.
»Wie für das Verbrecheralbum.«
»Eine merkwürdige Bande.«
»Zwillinge?«
»Ja.«
»Sie ähneln deiner rechten Seite.«
»Das liegt am Pferdeschwanz.«

Sie aßen schweigend. Macdonald spendierte Kaffee. Dann fuhr er Winter zurück nach Süden, zum Hotel. Der Verkehr war dicht geworden. Sie krochen auf der Cromwell Road.

»London ist die Hölle«, sagte Macdonald, »wenigstens wenn man Auto fährt.«

»Ich komme immer wieder hierher«, sagte Winter, »es ist eine der wenigen wirklich zivilisierten Städte auf der Welt.«

»Wegen der Zigarren?«
»Wegen der Vielfalt.«
»Wegen der Vielfalt der Mörder und Vergewaltiger und Zuhälter und Fixer?«
»Und Fußballmannschaften und Restaurants und Musikloka-

le und Leute, die aus der großen Welt kommen«, sagte Winter.

»Das ist wahr. Das ewige Empire, auch wenn wir es jetzt Commonwealth nennen.«

»Kannst du dir vorstellen, woanders zu wohnen?«

»Als in London? Ich wohne nicht in London. Ich wohne in Kent.«

»Du weißt, was ich meine, Steve.«

»Nein.«

»Nein was?«

»Ich kann mir nicht vorstellen, an einem anderem Ort zu wohnen.«

»Und ihr habt Frühling, wenn wir Winter haben.«

Winter holte sein Gepäck, als sie beim Hotel anlangten. Macdonald fädelte wieder auf die A4 ein, fuhr durch Hammersmith und südlich vom Gunnersbury Park auf die M4. Winter saß schweigend neben ihm und betrachtete die Stadtlandschaft. Im Osterley Park spielten Kinder mit zerzaustem Haar Fußball. Es war wie immer. Alte schleppten Golftaschen mit sich herum. Er sah drei Pferde in einer Reihe weiter unten, konnte aber von weitem nicht feststellen, ob die Reiter Frauen oder Männer waren. Er konnte sehen, daß das letzte Pferd sich entleerte, elegant, ohne aus dem Schritt zu fallen.

In Landvetter wartete Ringmar mit dem Auto. Winter spürte die Kälte, als er aus dem Terminal kam. Der Frühling zauderte über den westlichen Meeren, reichte noch nicht bis Skandinavien.

»Wir haben ihn laufenlassen«, sagte Ringmar.

Winter antwortete nicht.

»Aber er hat keine Alibis.«

»Das ist gut.«

»Für keinen der Tatzeitpunkte.«

»Okay.«

»Wir haben uns genau bei der Fluggesellschaft erkundigt, und er war zu den Tatzeiten nicht im Dienst.«

»Ich höre«, sagte Winter.

Sie waren auf der Schnellstraße, fuhren mit 130 durch die Ortschaft Landvetter. Die Lichter von Göteborg leuchteten zwanzig Kilometer vor Winters Augen zum Himmel.

»Er war in London, als ... als es dort passierte, und in Schweden, als die Morde hier begangen wurden«, sagte Ringmar.

»Was sagt er?«

»Daß er alles mögliche gemacht hat. Wäsche gewaschen. Essen gekocht. Kino.«

Ringmar trommelte mit den Fingern auf das Lenkrad, als wollte er das Tempo steigern.

»Keine Risse?«

»Er ist immer noch gelassen.«

»Habt ihr überprüft, ob er gearbeitet hat, als die Jungen geflogen sind?« fragte Winter.

»Ja.«

»Und?«

»Er war auf allen Flügen dabei.«

»Das ist zu schön.«

Ringmar antwortete nicht, fuhr, blinkte sich an einem weiteren Auto vorbei. Sie kamen an Mölnlycke vorbei, ein Bündel Licht zur Linken.

»Warst du nicht derjenige, der schnelle Ergebnisse wollte?«

»Wir haben schon früher an jemand gedacht, der auf einem der Flüge dabei war ... mit den Jungen ... und hier haben wir einen, der auf allen war«, sagte Winter.

»Und das ist also zu schön?« fragte Ringmar.

Winter antwortete nicht. Er rieb sich die Augen. Er hatte im Flugzeug eine halbe Stunde gedöst und auf Essen und Kaffee verzichtet.

»Alles baut auf dem Verdacht dieses Einbrechers auf«, sagte Winter.

»Es wäre nicht das erstemal, daß wir einen Fall auf diese Weise lösen«, bemerkte Ringmar.

»Wie diskret seid ihr gewesen?«

»Wir vermasseln keine Konfrontation.«

»Das können wir uns nicht leisten.«

»Ich sage ja, daß wir nichts riskiert haben.«

Es war eine Todsünde, Fotos zu schwenken, bevor eine regelrechte Zeugenkonfrontation stattgefunden hatte. Da würde man sein Pulver verschießen, vielleicht für immer. Sie hatten es einmal mit einer Fotokonfrontation versucht, zehn Bilder in einer Reihe vor dem Zeugen, aber das war ein großes Risiko.

»Wir müssen es genau nach dem Lehrbuch machen«, sagte Winter und dachte an Stanley Gardens.

»Wir haben seine Schlüssel ausgeliehen, aber bei ihm zu Hause nicht mehr als oberflächlich suchen können«, sagte Ringmar.

»Ich gehe direkt hin. Wir müssen Zeit haben.«

»Wollen wir mehr über diesen Burschen wissen, müssen wir ihn wohl verhaften, damit wir ein bißchen mehr Zeit haben, um ausführlich zu reden.«

»Was meint Birgersson?«

»Er hat zu Wälde gesagt, daß er nie mehr ein Wort mit ihm redet, wenn er Vikingsson nicht verhaftet.«

»Eine Drohung also.«

»Sture geht da ein Risiko ein«, sagte Ringmar. »Wälde kann das auch als Versprechen sehen. Aber Wälde sieht sich immerhin unsere angemessenen Verdachtsgründe an.«

»Wir hatten nicht genug«, sagte Winter.

Ringmar parkte vor dem Polizeipräsidium. Winter war wieder zu Hause. Er fühlte sich steif, als er ausstieg.

»Wie steht es übrigens mit Bergenhem?« fragte er, während Ringmar die Autotüren mit der Fernbedienung verriegelte.

»Er sieht aus wie ein Jagdhund.«

»Was hat er erreicht?«
»Er wartet auf einen Namen, sagt er.«

Winter ging in Vikingssons Zweizimmerwohnung herum. Die Zimmer atmeten Zufall und kurzes Leben. Aufbruch.

Warum braucht er das, dachte Winter. Irgend etwas stimmt hier nicht. Etwas ist durch und durch falsch. Ich spüre hier den unmittelbaren Instinkt, und ich habe recht.

Er durchsuchte die Schubladen. Die Zimmer in London waren bewohnt, Vikingssons Zimmer in Stanley Gardens... aber diese Wände und Fußböden und Zimmerdecken in Göteborg waren ohne Bewußtsein.

Die Zimmer stießen ihn von sich weg. War der Dieb hier drinnen gewesen? Die sind verdammt frech, dachte Winter.

Wonach suche ich, dachte er.

Wo würde ich etwas aufbewahren, was wichtig für mich ist, auch wenn es nur vorübergehend wäre?

Papiere? Filmrollen? Adressen? Quittungen? Wo, wo?

Wohin lege ich Dinge, die ich nicht zeigen will, obwohl ich keinen Grund habe zu glauben, daß jemand ungebeten in meine Wohnung gestiefelt kommt?

Winter schaute sich um. Er stand in dem leeren Schlafzimmer. Es gab ein Bett, eine Kommode, einen Hocker und ein Telefon auf dem Hocker. Ein Bücherregal.

Ein Telefon auf dem Hocker. Ein T-e-l-e-f-o-n auf dem Hocker.

Menschen hatten hier angerufen. Vikingsson hatte von hier telefoniert. Winter schloß die Augen und sah das Sonnensystem auf Macdonalds Wand vor sich. Die Telefongespräche wie Satellitenbahnen über der westlichen Halbkugel. Ein Nachspüren hinunter bis zum kleinsten Schnauben im Hörer.

Das war eine Möglichkeit. War Vikingsson ohne Schuld, würden sie ihm helfen, das zu beweisen, dachte Winter.

Er öffnete die Augen und bewegte sich im Schlafzimmer.

Nichts an den Wänden. Die Kommode stand wie hingeworfen vor der Wand gegenüber. Winter ging hin und zog die Schubladen auf, eine nach der andern. Sie kratzten, während sie aufgezogen wurden, ließen sich nicht gern bewegen.

Die unterste bekam er nicht auf. War nicht vorher der Bulle dagewesen und hatte sie aufgezogen?

Er zog fester, und die Schublade gab nach, und er flog auf den Rücken und kam sich wie ein Idiot vor. Er sah sich um, ob er Zuschauer hatte. Er fühlte sich beobachtet. Die Schublade war leer.

Er lag auf dem Boden und sah sich das Zimmer von unten an. Es war eine sonderbare Perspektive. Ein Spiegel hing an der Wand über der Kommode, der nun die unterste widerspenstige Schublade fehlte. Winter lag zweieinhalb Meter vom Spiegel entfernt, schräg nach links unten, und er sah das Glas des Spiegels, aber er sah auch etwas *hinter* dem Spiegel. Dieser hing frei, und das machte ihm möglich zu sehen, daß etwas aus der Rückseite des Spiegels herausragte. Er sah es deutlich, weil das Licht durch den Zwischenraum sickerte. Was da herausragte, war wie eine Silhouette.

Gott sei Dank, dachte Winter und stand auf und ging zum Spiegel. Er faßte ihn an, drehte ihn um und betrachtete die Silhouette im richtigen Licht.

Sie war weg. Was zum..., dachte er. Er sah auf dem Boden nach. Nichts, kein Papier oder Foto. Keine Quittung. Ein Stück Gewebe hing aus der Rückseite des Spiegels. Winter sah nichts dahinter.

Er hängte den Spiegel zurück und legte sich wieder auf den Boden, suchte denselben Winkel wie vorher. Er sah wieder den Zwischenraum und die Silhouette. Es war das lose Gewebe. Ich habe mich zu stark von dem hier packen lassen, dachte er.

Er hatte die Fotografie bis zuletzt aufgehoben. Es war eine Fotocollage, die an ein kleines Pinbrett über dem Küchentisch gesteckt war. Ringmar hatte gesagt, daß Vikingsson ein eitler

Kerl war. Solche Menschen hielten es nicht gut ohne Spiegel oder Fotos von sich selbst aus.

Die Collage war das einzige Persönliche in der Wohnung. Winter stand über den Tisch gebeugt davor. Sie bestand aus sieben... acht Bildern, zählte er. Das eigenartige war, daß außer Vikingsson keine andere Person auf den Fotografien war. Sie zeigten ihn in unterschiedlichen Umgebungen, die kaum zu unterscheiden waren. Winter betrachtete die Bilder eingehend, eins nach dem andern.

Sie waren in einem Kreis angeordnet. Winter betrachtete sie im Uhrzeigersinn, folgte ihnen, kehrte mit dem Blick auf zwölf Uhr zurück: Vikingsson saß an einer Theke, sie sah aus wie eine Bartheke. Er füllte fast das ganze Bild aus. Man konnte hinter seine Schultern und ein oder zwei Meter die Theke entlang sehen. Jemand hinter der Theke hatte das Bild mit einem Weitwinkelobjektiv aufgenommen. Winter ließ den Blick darauf ruhen, sah hinter Vikingsson, folgte der Theke zur Seite hin.

Er fand sich in dem Lokal zurecht. Das Fenster hinter Viki... Winter schloß die Augen und sah im Kopf dasselbe Fenster. Er sah dieselbe Theke. Er sah sich selbst dort sitzen und etwas zu dem Mann sagen, der auf der anderen Seite stand.

Ganz ruhig, dachte er. Das ist Zufall. Die Stadt hat beliebte Lokale und solche, die nicht so beliebt sind.

41

Winter roch das Adrenalin, das durch das Sitzungszimmer strömte. Eine andere Stimmung als die, die er vor London zurückgelassen hatte. Die Fahnder machten den Eindruck, irgendwohin unterwegs zu sein. Es gab etwas, woran man sich festhalten konnte.

Winter berichtete über die Ereignisse in London. Das dauerte zehn Minuten.

»Ich will eure unmittelbaren Gedanken hören«, sagte er, »macht euch nichts draus, wenn alles durcheinandergeht. Redet drauflos. Das Band läuft. Bertil schreibt.«

Sie saßen im Halbkreis mit Winter in der Mitte. Es war wie ein halbes Uhrwerk, wie wenn sie die andere Hälfte der Zeit hinter sich gelassen hätten. Wie wenn sie damit rechneten, den Fall zu lösen, bevor der Zeiger einmal herumgegangen wäre.

»Willkommen zu Hause, Chef«, sagte Fredrik Halders.

Verdammter Speichellecker, dachte Aneta Djanali. Er versucht, es wie Ironie klingen zu lassen, aber alle wissen, daß es Kriecherei ist.

»Sara?« sagte Winter.

»Die Spuren zeigen eine große Stärke und eine große Wut«, sagte Sara Helander.

»Wut?«

»Das glauben wir. Die Abdrücke, die Bewegungen.«

»Mhm.«

»Da ist etwas Unerlöstes, das in volle Freiheit entlassen wird.«

»Der Teufel läuft Amok«, sagte Halders.

»Habt ihr Leute auf Vikingssons Umfeld angesetzt?« fragte Winter mit einem Blick zu Bertil Ringmar.

»Klar.«

»Es scheint ruhig zu beginnen, wie ein System oder ein Muster, und dann läuft es aus dem Ruder«, sagte Sara Helander.

»Ja, das kann man sagen«, sagte Halders.

»Halt die Klappe, Fredrik«, sagte Winter, »sag etwas, wenn du konstruktiv sein willst.«

Die Haut an Halders Hals rötete sich. Er warf einen Seitenblick auf Djanali, die zwinkerte. Er blieb still.

»Es sieht jedesmal gleich aus«, sagte Sara Helander, »ein Plan, der aus dem Ruder läuft, aber das eigentlich Unheimliche ist, daß er jedesmal auf genau die gleiche Weise aus dem Ruder läuft.«

»Wie meinst du das?« fragte Janne Möllerström.

»Die Muster«, sagte Sara Helander. »Sie sehen alle gleich aus. Als wäre es ein Roboter, der verrückt geworden oder jedesmal auf den gleichen Wahnsinn programmiert worden ist.«

»La Folie«, murmelte Halders wie ein ungezogenes Kind, das nicht still sein kann.

Kann er französisch, dachte Aneta Djanali. Vielleicht geht er in einen Abendkurs?

»Außer bei diesem letzten Fall in London«, fuhr Sara Helander fort. »Die Bilder, die ich von Erik bekam, zeigen ein anderes Muster, als ob ein paar Stufen fehlten.«

»Er wurde unterbrochen«, sagte Winter.

»So sieht es aus.«

Sie waren still, sannen über die Bilder nach. Es ist die gräßliche Wiederholung, dachte Aneta Djanali. Sie ist widerlich, und gleichzeitig bringt sie einen dazu weiterzumachen. Die Wiederholung ist es, die es uns ermöglicht weiterzumachen. Polizeiarbeit ist die Kunst der Monotonie.

Sie räusperte sich.

»Aneta?«

»Wir haben ein wenig mit Vikingssons Nachbarn gesprochen, aber es ist eine anonyme Gegend«, sagte sie. »Wie alle Mietwohnungsviertel, aber als wir uns nach seinen Gewohnheiten erkundigten, war da einer, der sagte, daß er viel zu trainieren scheint.«

»Trainieren?«

»Ich weiß nicht, ob er das nur so hingeworfen hat, aber bei den beiden Malen oder so, die er Vikingsson traf, hatte er so eine große Sporttasche dabei.«

»Bertil?« wandte sich Winter an seinen Stellvertreter.

»Das ist von heute«, sagte Ringmar. »Wir wußten es gestern noch nicht und haben also auch nicht danach gefragt.«

»Ich meine, was ihr bei ihm zu Hause gefunden habt«, sagte Winter.

Ringmar griff einen Ordner vom Tisch, schlug eine Seite auf und las von einer Liste ab.

»Keine Sporttasche«, sagte er.

»Nichts? Handkoffer? Rucksack?«

»Nein, nur die Tasche von der Fluggesellschaft. Aber wir hatten ja keine Zeit, Boden und Wände aufzubrechen.«

»Und jetzt ist er zu Hause und putzt«, sagte Halders.

»Überprüf, ob er eine Trainingskarte für irgendein Fitneßstudio hat«, sagte Winter zu Halders.

»Okay.«

»Überprüf alle Sportanlagen, Slottskogen, Ruddalen, alle, die es gibt.«

»Klar.«

»Was macht er übrigens jetzt?« fragte Möllerström.

»Er fliegt«, sagte Ringmar.

»Da ist noch eine Sache, die betrifft den Hintergrund der Jungen oder wie man sagen soll«, sagte Halders.

Alle warteten.

»Wir sollten uns doch nach Gemeinsamkeiten umschauen, und das hat bedeutet, hundert Stunden mit Kumpeln und Freundinnen und Freunden zu plaudern.«

»Eventuellen Freunden«, sagte Winter.

»Das ist wohl so.«

»Weiter.«

»Es gibt ein Lokal, in das Robertson und Malmström und Hil... Hillier tatsächlich allesamt mehr oder weniger regelmäßig gegangen sind«, sagte Halders.

»Jaegerberg nicht?«

»Das wissen wir noch nicht. Dieses Lokal ist aber vielleicht eines, wohin die meisten in dem Alter gehen.«

Er nannte den Namen des Klubs, und Winter warf einen Blick auf Möllerström.

»Fredrik hat es heute morgen berichtet«, sagte Möllerström.

»Ein paar Sachen sind gestern abend klargeworden«, sagte Halders. »Aber das neue Opfer ... Christian Jaegerberg, also da habe ich noch nichts überprüfen können.«

Winter schwieg, überlegte. Er sieht schrecklich müde aus, dachte Aneta Djanali. Wenn er müde aussieht, möchte ich wissen, wie ein Außenstehender uns andere sehen würde.

»Besitzt Vikingsson ein Auto?« fragte Winter, an Ringmar gewandt.

»Nein, nicht laut Register.«

»Das Register ist nur die eine Sache. Wir müssen alle Parkplätze und Anwohnerscheine für die Straßen und die Parkplätze um seine Wohnung herum kontrollieren. Dort könnte ein Auto stehen, das keinem gehört, und das könnte Vikingssons sein.«

»Es könnte meines sein«, warf Halders ein.

»Was?«

»Es ist schon wieder passiert, mir ist wieder das Auto geklaut worden, und diesmal habe ich den verdammten Hund nicht eingeholt.«

Sie dachten zwei Sekunden lang über die steigende Zahl der Autodiebstähle nach. Winter bekam Lust auf Kaffee und einen Zigarillo.

»Wir bestellen ihn noch einmal zum Verhör«, sagte er.

»Gut«, stimmte Ringmar zu.

»Wir haben neue Fragen zu stellen«, erklärte Winter.

»Er ist nicht zu Hause«, sagte Möllerström.

»Schafft ihn her, er ist nicht aus der Ermittlung gestrichen, auch wenn er das glaubt. Im schlimmsten Fall müssen wir es mit einer Fotokonfrontation probieren, um ihn vielleicht zu verhaften, und wir müssen sein Privatleben durchleuchten. Freunde, Bekannte. Abendbeschäftigungen. Klubs. Bars. Kinos.«

Er dachte an die Fotos an Vikingssons Küchenwand.

Er warf einen Blick auf Bergenhem. Der junge Inspektor

machte einen kranken Eindruck. Er konnte sich nicht erinnern, daß Bergenhem so dünn war. Hatte er ihn auf eine unmögliche Spur angesetzt? Oder war er ein Nervenbündel... wegen des Kindes, das bald kommen sollte? Davon hatte Winter keine Ahnung. Er hatte viel erlebt, aber Vater war er nicht geworden.

»Lars?«

Bergenhem sah ihn an, aber irgendwie an ihm vorbei.

»Ja?«

»Was meinst du?«

»Ja... ich habe einen Kontakt, und der könnte was ergeben«, sagte Bergenhem.

Winter wartete auf die Fortsetzung. Bergenhem sprach weiter, mit Mühe. Als ob er einen Kater hätte, dachte Winter. Oder nur wie ein Nervenbündel.

»Es scheint, daß etwas läuft... oder gelaufen ist in dieser Branche... also etwas Neues.«

»Etwas Neues?«

»So eine Unruhe oder wie man sagen soll. Ich glaube, nicht nur, weil ich einige Fragen gestellt habe. Als ob jemand wüßte, wonach ich frage.«

»Hat dir das jemand gesagt?«

»Ich kann vielleicht einen Namen bekommen.«

Alle warteten. Es war, als würde Bergenhem den Namen hier und jetzt sagen. Nur einen Namen, und sie könnten Kaffee trinken gehen und eine letzte Seite in Ringmars Ordner und Möllerströms Computer einfügen.

»Einen, der Bescheid weiß«, sagte Bergenhem. Das war alles.

Er fuhr über die Brücke und überraschte Martina. Sie stand in der Küche und blickte auf den Boden hinunter, als wartete sie darauf, daß das Wasser aus ihrem Körper hinabplätschern würde und es Zeit wäre. Es war jederzeit soweit.

Er küßte sie, hielt sie fest. Sie roch nach Äpfeln und Baumwolle. Er legte die Hand auf den Murkel.

»Bist du nicht im Dienst?«

»Du zeigst mich doch nicht an?«

Sie lachte.

»Willst du was zu essen haben?«

»Gibt es Bauchfleisch?«

»Bauchfleisch?«

»Ich möchte gebratenes Bauchfleisch. Mir ist, als hätte ich ein ganzes Jahr lang keinen Appetit gehabt.«

»Du *hast* keinen Appetit gehabt.«

»Gebratenes Bauchfleisch mit Zwiebelsauce und Salzkartoffeln und auf keinen Fall Gemüse.«

»Das ist nicht politisch korrekt.«

»Was denn?«

»Das Gemüse wegzulassen.«

»Ich kann zum Supermarkt runtergehen.«

»Wenn du Bauchfleisch haben willst, mußt du auch hingehen. Wir haben keines.«

Er ging, bog an der wohlbekannten Ecke ab. Drei Kinder von zehn Jahren sausten auf Skateboards vorbei. Die schwänzen auch, dachte er.

Der Himmel war erschreckend blau. Es gab keine Wolken. Er ging an den Schulgebäuden vorbei und hörte ein scharfes Klingelzeichen. Das klingt genauso wie früher, dachte er, die Schulreformen kommen und gehen, aber keiner macht sich über die Schulklingel her. All die Stunden, die ich damit verbracht habe, auf das Klingelzeichen zu warten. Wenn ich dort in der Bank saß und nur wartete.

Es war, als hätte seine Verwirrung nachgelassen, als wäre er aus einem Traum aufgewacht. Dieser neue Kälteeinbruch zerstreute sich dunkel in ihm.

Lag es an Winter? Daß er wieder da war? Bin ich so verdammt abhängig? Wer bin ich? Es ist nicht mehr so undeutlich, aber es sind die gleichen Fragen. Mir ist, als müßte ich mir und andern etwas beweisen. Ich werde es ihnen zeigen und... ich werde es ihnen zeigen.

Wer bist du, Junge, dachte er und sah das Geschäft oben auf der rechten Seite. Die Aushänge hatten die gleiche Farbe wie Huflattich. Zwei oder drei Jahre, und der Murkel würde mit der ersten Handvoll kommen, die sie in eine Vase stellen und dann zwischen dem A- und B-Teil der Enzyklopädie pressen würden.

Was bist du mehr als ein Bulle, der leicht gesalzenes Bauchfleisch kaufen wird und ein furchtbar schlechtes Gewissen wegen etwas hat, das du eigentlich nicht getan hast.

Er dachte an sie als Angel, als Marianne, wieder als Angel. Er wußte nicht mehr, ob er oder sie zog, wer wen zu sich zog. Entzug, dachte er nun. Das ist eine Droge. Ist es vorbei? Was ist vorbei?

Ich weiß, was ich gerade tu' sagte er zu sich. Niemand kann etwas anderes sagen, als daß ich meine Arbeit mache. Ich habe einen Bericht geschrieben.

Hanne Östergaard hörte Maria in Französisch ab. Die Aussprache des Mädchens war perfekt, soweit die Mutter es hören konnte.

Vielleicht sollten sie im Sommer für zwei Wochen ein Haus in der Normandie mieten. Sie hatte die Formulare bereit und ausgefüllt. Das Dorf hieß Roncey, und die Stadt in der Nähe hieß Coutances. Sie war dort gewesen, bevor Maria kam. Die Kathedrale stand auf dem höchsten Punkt, war aber den Bomben entgangen. Es war die einzige Kirche in der nördlichen Normandie, die im Krieg unbeschädigt geblieben war. Sie stand dort und streckte Gott einen Finger entgegen. Sie wollte hineingehen und noch ein Licht anzünden, nach siebzehn Jahren oder wie viele es waren. Eine Dienerin Gottes aus Göteborg und ihre Tochter.

Sie waren mit den Vokabeln fertig. Das Mädchen las das Stück und übersetzte es dann. Sie beherrschte die Sprache schon besser als ihre Mutter. Sie würde im Dorfgasthaus bestellen müssen. Un vin blanc, une orange. Würde die Picknickzutaten kaufen müssen für die Stunden an den breiten, leeren Stränden. Wenn das Wasser sich zurückzog, glitzerten die Austernbänke in der Sonne. Sie konnten auf dem weißen Sand hinauslaufen und mit den Zehen nach französischsprachigen Krabben wühlen.

Das Mädchen verschwand aus der Küche. Hanne hörte den Fernseher im Wohnzimmer anlaufen.

Un vin blanc. Sie machte die Kühlschranktür auf, nahm eine offene Flasche heraus und schenkte sich ein Glas Weißwein ein. Vor Kälte lief das Glas an. Sie trank einen kleinen Schluck. Er war zu kalt. Sie stellte das Glas hin und ließ die Flasche auf der Arbeitsplatte stehen.

Es war Donnerstag abend. Das Thermometer stand bei minus drei. Vorige Woche sind die Krokusse gekommen, und nun gefrieren sie zu Eis, dachte sie. Die Frage ist, wie das dem Sommerflieder bekommt.

Sie hörte wieder Sirenen vom Korsvägen unten. Das ist wie ein Trainingslager dort unten, dachte sie.

Morgen würde Maria mit der Handballmannschaft in ein Trainingslager fahren, übers Wochenende. Hanne freute sich auf das Alleinsein. Ein freies Wochenende, so ungewöhnlich für eine Pfarrerin. Sie würde ins Kino gehen, lesen, eine Fischsuppe kochen, sich in mehrere Schichten kleiden und die große Runde um Delsjön gehen und mit einer roten Hitze im Gesicht, die den ganzen Abend bleiben würde, nach Hause kommen.

»Hast du den Trainingsanzug geflickt?« rief das Mädchen vom Fernsehsofa.

»Jaaa.«

»Das weiße Sweatshirt, ist das gewaschen?«

»Alles, willst du mehr, mußt du herkommen.«

»Was?«

»WILLST DU MEHR, MUSST DU HERKOMMEN.«

Sie hörte die Tochter drinnen vor sich hin kichern, wieder gefesselt von einem Familiendrama.

Die Woche war schwierig und bedrückend gewesen, sie hatte ihre Tätigkeit diese Woche nicht in den Griff bekommen. Sie kam von den Treffen mit den Polizisten nicht los.

Ein Verkehrsunfall am Dienstag, die Gespräche danach.

Eine große Müdigkeit am selben Nachmittag, das konnte eine von den jüngeren Frauen dazu bringen, die Arbeit aufzugeben. Sie hatte gesagt, daß sie immer müde war.

War das eine Arbeit für Frauen? Genauso könnte man freilich sagen, daß es auch keine Arbeit für Männer war, dachte Hanne. Es war keine Frage der Muskeln, der Körpergröße. Es war eine Frage an alle. Manchmal hatten sie Zweifel, ob es eine Arbeit für Menschen war.

Sie stand auf und ging zur Tochter hinein.

»Ich nehme ein Bad«, sagte sie, »du mußt ans Telefon gehen, wenn es läutet.«

Das Mädchen nickte, die Augen auf dem Drama. Hanne warf einen Blick auf den Bildschirm. Vier Personen redeten gleichzeitig. Alle sahen aufgeregt aus. Eine Familie.

Sie nahm das Weinglas mit ins Bad. Sie setzte den Stöpsel ein und mischte das Wasser heiß, zog sich aus und legte Kleidungsstück für Kleidungsstück in den Wäschekorb. Sie trank ein wenig Wein und stellte das Glas auf den Badewannenrand, wandte sich um und blickte in den hohen Spiegel auf der Innenseite der offenen Schranktür.

Sie trat näher, betrachtete sich kritisch. Ich bin eine Frau, noch keine fünfunddreißig, und das hier ist mein Körper, dachte sie, legte die Handflächen unter die Brüste und stand still. Sie spürte den schweren Widerstand, noch immer ein Widerstand. Sie strich sich über den Bauch, noch immer gab es da eine Taille, aber sie war etwas schwerer geworden. Verglichen mit wann, dachte sie und drehte sich zum Profil. Der Po hing ein wenig, aber das hatte seinen Grund einzig und allein im Winkel.

Das Wasser rauschte weniger, je mehr sich die Wanne füllte. Sie drehte den Hahn zu und steckte einen Fuß ins Wasser. Es war heiß und angenehm.

Sie lag lange im Wasser, die Haut wurde wie Sanddünen an den Fingern und unter den Füßen. Sie dachte wieder an Frankreich, ganz kurz, an die Strände. Sie trank den letzten Schluck Wein und schloß die Augen, Schweiß auf der Stirn.

Am schlimmsten war der Besuch bei den Eltern des Jungen gewesen, bei der Mutter. Jaegerberg, vor dem Reihenhaus ein Briefkasten wie ein Vogelhaus. Der Mann war schon in London, ein spontaner Beschluß nach der Benachrichtigung.

Der Junge war adoptiert. Bedeutete das etwas, war das anders? Eine Sekunde war es ihr so vorgekommen. Hinterher, im Auto, hatte sie Erik gefragt, aber er konnte nicht antworten oder hatte nicht die Kraft dazu. Er war auf der Fahrt zurück nach Süden still gewesen. Das einzige, was man hörte, war das Geräusch der Wischerblätter auf der Windschutzscheibe. Es fiel ein Niederschlag, der weder Regen noch Schnee war. Die Häuser in der Altstadt verloren ihre Farben unter dem nördlichen Himmel.

»Das war der Anfang vom Ende«, hatte Erik plötzlich gesagt.

»Was sagst du?«

»Jetzt geht es los«, hatte er gesagt und eine Jazzkassette in den Recorder geschoben. »Sei bereit.«

Im Dämmerlicht nahm Winter den Schärendampfer nach Asperö. Er stieg an Alberts Brygga aus und stieg die Anhöhe hinauf. Er nahm den Pfad nach rechts und setzte seinen Weg zur höchsten Stelle fort. Bolger saß vor der Hütte.

»Ist das nicht verdammt schön?« sagte Bolger und hob die Arme hoch.

Der Schärengürtel lag vor ihnen, weiter weg der Nadelwald.

Durch den Lichtschein über Styrsö und Donsö konnten sie das wartende Kattegat sehen. Winter sah eine der Stenafähren auf dem Danafjord zwischen den Klippen.

»Und das alles gehört mir«, sagte Bolger, »mein Reich komme.«

»Ist es ein Jahr her?« fragte Winter.

»Warst du nicht im Sommer hier?«

»Nein.«

»Ich wollte, daß du das siehst«, sagte Bolger. »Die Schönheit.«

»Ja.«

»War an der Zeit, dich einzuladen. Ende März ist es am schönsten.«

»Warum?«

»Kein grüner Scheiß, der alles zudeckt. Nur Wasser und Klippen und Himmel.«

»Keine Segelboote?«

»Die vor allem nicht.«

»Ich habe gehört, daß du wieder Angst um Bergenhem hattest«, sagte Winter.

»Du sollst die Aussicht genießen«, sagte Bolger.

»Hat er sich an etwas Großem die Finger verbrannt, Johan?«

»Nichts Größeres als das hier«, sagte Bolger und schlug mit dem einen Arm aus.

Winter roch den Duft des Seewindes. Eine plötzliche Bö fuhr in die Büsche vor der Hütte.

»Kommst du oft her?« erkundigte sich Winter.

»Immer häufiger«, sagte Bolger.

»Schläfst du hier?«

»Manchmal. Wenn ich den Motor nicht in Gang bekomme.«

Bolgers Boot hatte im Schatten von Alberts Brygga gelegen, offen und aus dem gleichen Holz wie die Hütte.

»Der Junge hat sich mit einer Stripperin eingelassen«, sagte Bolger.

Winter antwortete nicht.

»Eine von den beliebten.«

»Er wird seine Gründe haben, und du hast es schon gesagt. Als ich in London war.«

»So bin ich«, sagte Bolger.

»Wer ist sie?«

»Nur eine Stripperin.«

»War das der Grund, warum ich herkommen sollte?«

»Du hast selbst gesagt, daß du frische Luft im Schädel brauchst.«

»Wer ist sie?« wiederholte Winter.

»Die Braut hat gedealt, und die können auf Gott weiß was für Ideen kommen.«

»Du kennst sie gut?«

»Nein.«

»Aber du hast Angst.«

»Das ist nie ungefährlich, Erik.«

»Was soll ich machen?«

»Stell fest, was er vorhat.«

»Ich weiß, was er tut.«

»Du weißt alles«, sagte Bolger.

»Was?«

»Wo ist...«

»Was sagst du?«

»Mats ist...«

»Was zum Kuckuck brummelst du da, Johan? Was ist mit Mats?«

Bolger blickte auf, sah Winter an.

»Nichts.«

»Was meinst du?«

»Nichts, zum Teufel, Erik«, sagte Bolger und erhob sich. »Komm rein, trinken wir einen Kaffee mit Schuß.«

Winter sah den Abend über das Meer fallen und die Lichter von zwei Schiffen auf dem Fjord. Sie näherten sich einander und waren für einen Augenblick eins, wie eine starke Lampe.

Bolger und Winter tranken Kaffee und Branntwein. Bolger hatte Feuer gemacht, es war das einzige Licht in der Hütte.
»Wann geht die Fähre zurück?«
»Um acht.«
»Du kannst hier schlafen, wenn du willst.«
»Keine Zeit.«
»Das ist was anderes«, sagte Bolger.
Winter trank Kaffee, spürte die Schärfe des heimischen Branntweins. Er biß auf ein Stück Zucker.
»Ich habe noch mal ein bißchen nachgedacht, und ich glaube nun, daß einer oder einige von den Jungen in meinem Lokal gewesen sein können«, sagte Bolger.
»Das sagst du jetzt?«
»Ich habe sie nicht selbst gesehen, aber die meisten in dem Alter tauchen das eine oder andere Mal im Monat dort auf. Es ist so eine Art Treffpunkt an den Donnerstagabenden geworden.«
»Mhm.«
»Kann eine Überprüfung wert sein.«
»Sicher.«
»Vielleicht habe ich einen von denen bedient, daran habe ich vorher gar nicht gedacht.«
»Mhm.«
»Laß mich die Bilder noch mal sehen.«
Bolger machte in einer neugebauten Feuerstelle auf der Klippe Feuer. Er hatte darauf bestanden. Der Abend wölbte sich über ihnen. Die Flammen schlugen hoch, und Winter sah die Farben von Blut zu Feuer wechseln. Bolgers Gesicht verschwand und kam im Licht zurück. Die Flammen stiegen mit dem Rauch aufwärts, und für einen Augenblick glaubte Winter, eine Bewegung im Feuer zu sehen, wie Gestalten, Körper.

42

Winter las beide Briefe des Einbrechers. Es lag eine suggestive Kraft in der Beschreibung der blutigen Kleidungsstücke im Zimmer und in der Wiedergabe des heimlich belauschten Telefongesprächs.

Sie hatten in der Wohnung in Göteborg Blutflecken gefunden. Macdonald hatte in der Wohnung in London Blut gefunden. Das war neu. Blut, das auf den Boden tropft, auch wenn man vorsichtig ist, dachte Winter.

Das Blut in Göteborg kam von einem Menschen und von einem Tier oder von mehreren. Es konnte von den blutigen Sachen kommen, von denen der Einbrecher schrieb, aber das war unsicher. Über das Blut von Stanley Gardens wußten sie noch nichts.

Es war ein eigenartiges Telefongespräch, das der Einbrecher beschrieb. Winter las. Zelluloid. Was zum Teufel bedeutete das über das hinaus, was das Wort bedeutete? Vikingsson hatte Zelluloid ins Telefon gesagt, während der Einbrecher unter dem Bett lag.

Sie hatten die Gespräche überprüft. Vikingsson telefonierte nie nach London. Er rief auch selten jemanden in Göteborg an. An dem Tag, an dem der Einbrecher das Telefongespräch gehört haben wollte, hatte Vikingsson einen Münzfernsprecher im Zentrum angewählt.

Wenn überhaupt etwas in dem Brief stimmte. Wenn der Schreiber nicht bloß einer unter vielen Irren war. Er wirkte nicht so, aber man konnte nie wissen.

Vikingsson war zurückgekommen, und sie hatten Wällde dazu gebracht, ihn zu verhaften. Der Beschluß sorgte für ein Gefühl der Ruhe und Konzentration. Winter spürte, daß er Zeit zum Denken bekam.

Sie versuchten, die Tage bis zur Haftprüfung hinauszuziehen, eine Entscheidung des Richters konnte binnen eines Tages kommen, aber er hoffte auf die äußersten vier. Mit dem, was wir haben, bekommen wir ihn nicht in Haft, dachte Winter und legte die Briefkopie auf den Schreibtisch.

Wir haben vier Tage, im besten Fall.

Sie würden Vikingsson in einer Gegenüberstellung auftreten lassen. Beckman würde auf der anderen Seite der Glaswand stehen. Sie würden die gespeicherte Information des Straßenbahnfahrers hervorholen.

Winter hatte die Psychologie des Gedächtnisses studiert. Der wichtigste Punkt in vielen Prozessen war die Konfrontation mit Zeugen.

Soviel war auf Grund von Plumpheiten, von Unkenntnis in die Binsen gegangen. Die Polizei hatte ihre Chancen zunichte gemacht. Viele Untersuchungen innerhalb der Psychologie des Gedächtnisses wiesen darauf hin, daß der Mensch besonders gut Gesichter wiedererkennen kann.

Es gibt ein gesondertes System für die Speicherung und Bearbeitung gerade von Gesichtsinformationen, dachte Winter und rief Ringmar an.

»Kannst du kurz rüberkommen, Bertil?«

Ringmar kam mit Zeichen der Aufregung im Gesicht.

»Du siehst eilig aus«, sagte Winter.

»Vielleicht ist es das Licht am Ende des Tunnels.«

»Welchen Tunnels?«

»Der am Anfang des Lichts liegt.«

»Ich habe das Verhör mit Beckman durchgelesen«, sagte Winter, »und ich glaube, daß er nun mehr zu sagen hat.«

»Mhm. Aber das ist ja nicht so viel als Zeuge. Er hat ja kein wirkliches Verbrechen gesehen.«

»Wir führen ein neues Verhör durch, ein mehr kognitives.«

»Genau meine Meinung.«

Winter sah Ringmar an. Manche Wörter gefielen Ringmar nicht. Winter verstand nicht, warum.

Sie würden Beckman neue Fragen stellen, offenere Fragen.

Mehr Pausen lassen. Die kognitive Methode zielte darauf ab, den Zeugen dazu zu bringen, Techniken zur Verbesserung des Erinnerns anzuwenden. Sie würden Beckman dazu bringen, jedes Detail zu beschreiben, wiederzugeben, was er gesehen hatte, in unterschiedlicher Anordnung, aus verschiedenen Perspektiven.

»Wir müssen alles richtig machen«, sagte Winter.

»Du wiederholst dich«, meinte Ringmar.

»Ich will sieben Statisten für die Gegenüberstellung haben«, sagte Winter.

»Okay.«

Das bedeutete, daß Beckman acht Personen vor Augen haben würde, den Verdächtigen und sieben Nebenpersonen, die sie aufstellen würden.

Das gleiche würden sie mit Douglas Svensson machen, dem Barbesitzer, Jamie Robertsons Arbeitgeber. Svensson hatte ein Gesicht gesehen, das er vielleicht wiedererkennen würde.

»Wir müssen uns bemühen, die richtigen zu finden«, sagte Winter.

»Die Statisten? Die unschuldigen Mannequins?«

»Ja.«

»Selbstverständlich.«

Sie würden Vikingsson nicht neben sieben Obdachlose stellen. Es war verdammt schwer, die richtige Zusammensetzung zu finden.

»Gabriel verhört Vikingsson noch mal«, sagte Ringmar.

»Ich weiß«, sagte Winter, »ich stoße gleich dazu.«

»Über sein Umfeld oder Privatleben haben wir wenig herausbekommen.«

»Er hat keine Familie, soweit ich sehe.«

»Weder Frau noch Kind, wenn es das ist, was du unter Familie verstehst.«

»Ja.«

»Er ist nicht homosexuell.«

»Das habe ich auch geglaubt«, sagte Winter, »wenigstens zuerst.«

»Ach ja?«

Winter verriet nichts von der Haussuchung, die er und Macdonald in London durchgeführt hatten. Das war nicht notwendig, zumindest noch nicht. Aber er hatte Zeichen gesehen, Details, die er wiederzuerkennen glaubte. Er dachte an Mats.

»Das bedeutet ja an sich nichts«, sagte er.

»Nicht mehr, als daß es Jungen sind, die ermordet wurden«, sagte Ringmar.

»Und daß es vielleicht ein sexuelles Motiv gibt, das wir nicht erkennen können«, sagte Winter.

Er glaubte, daß es ein solches gab oder zumindest eine indirekte Ursache. Der Mörder hatte die Verwirrung oder Suche der Jungen ausgenutzt. Es war manchmal eine unerhört einfache Sache, furchtbar einfach... selbst wenn manche in der jüngeren Generation sich als zynisch bezeichneten, oder wenn die Erwachsenen sie so nannten... selbst wenn sie an der Oberfläche cool waren, so gab es doch ein Suchen bei den Jungen, dachte Winter. Es gab immer einen Glauben an etwas. Das war eine Rettung und eine Lebensgefahr.

»Bei jungen Menschen gibt es so viel, was einer ausnutzen kann«, sagte Winter.

»Nur bei den jungen?«

»Da ist es am leichtesten.«

»Du bist auch noch jung«, meinte Ringmar.

»Ich werde ausgenutzt, aber nicht auf diese Art.«

»Der Fehler liegt also bei der Gesellschaft.«

»Natürlich.«

»Ist das immer so?«

»Die Gesellschaft bekommt die erwachsenen Mitbürger, die sie verdient. Heute ist das deutlicher denn je.«

»Dann gibt es also keine Hoffnung?«

»Ich weiß nicht, Bertil.«

»Was machst du zu Silvester 1999?«

»Wenn du wissen möchtest, ob ich irgendwo einen Tisch bestellt habe, dann lautet die Antwort nein.«

»Du sitzt zu Hause und legst für eine hübsche Frau Coltrane auf.«

»Wahrscheinlich läuft es darauf hinaus.«

»Apropos ... wir haben schon mit weiblichen Bekannten von Vikingsson in Göteborg gesprochen. Es kamen einige zusammen.«

»Ich habe es im Protokoll gesehen. Ist er promiskuitiv?«

»Die Zeiten sind vorbei.«

»Wann waren diese Zeiten?«

»Die waren, bevor ein homosexueller Steward das Aidsvirus von Afrika nach New York mitbrachte«, sagte Ringmar.

»Hast du ihn an *die* Sage erinnert?« fragte Winter.

Carl Vikingsson starrte Winter an, als er in den Vernehmungsraum kam. Vikingsson war ein großgewachsener Mann. Das kurze, glatte blonde Haar war länger als auf den Fotografien. Er sah aus, als könne er über sein Tun Rechenschaft ablegen. Er hat ein gutes Gedächtnis, dachte Winter.

Der Verhörspezialist Gabriel Cohen pusselte mit seinen Papieren herum. Er war ein gründlicher Mann. Winter setzte sich mit einem Nicken hin. Vikingsson drehte und wendete sich auf seinem Stuhl, als suchte er eine gute Verteidigungsstellung.

»Das ist Kriminalkommissar Erik Winter«, erklärte Cohen. »Er verfolgt das Verhör.«

Winter nickte. Vikingsson hob einen Zeigefinger zum Gruß, als habe er beschlossen mitzuspielen.

Cohen begann mit dem Verhör, einem von vielen. Winter hörte zu. Die Fragen drehten sich darum, was Vikingsson zur Tatzeit gemacht hatte. Bei mehreren Gelegenheiten bedauerte er, daß er kein Tagebuch dabeigehabt hatte, festgeschnallt an einem Pult auf der Brust. Das Verhör ging weiter.

GC: Die Freundin, die Sie am Samstag getroffen haben wollen, hat nicht bestätigt, daß Sie den ganzen Abend zusammen waren.

CV: Das Gedächtnis läßt jeden mal im Stich.

GC: Sie behaupten, daß sie sich nicht erinnert?

CV: Ja.

GC: Wir kommen darauf zurück. Berichten Sie, was Sie am 24. gemacht haben.

CV: Ich war von London zurückgekommen und habe ein paar Sachen aus der Wohnung geholt.

GC: Was waren das für Sachen?

CV: Toilettenartikel.

GC: Sie haben zwei Haushalte?

CV: Das wißt ihr ...

GC: Ich habe die Antwort nicht verstanden.

CV: Das wißt ihr doch alles.

GC: Seit wann haben Sie zwei Wohnungen?

CV: Ich würde es nicht Wohnung nennen.

GC: Was würden Sie nicht Wohnung nennen?

CV: Die Bude in Göteborg. Das ist mehr eine ...

GC: Ich habe die Antwort nicht verstanden.

CV: Das ist vor allem eine Übernachtungsbude.

GC: Wie lange haben Sie die schon?

CV: Eine Weile. Das könnt ihr besser nachprüfen als ich.

GC: Ich frage Sie noch einmal, wie lange Sie die Wohnung schon haben.

CV: Vielleicht ein halbes Jahr.

GC: Warum haben Sie sie angemietet?

CV: Die Bude in Göteborg?

GC: Ja.

CV: Ich wollte hier manchmal Leute treffen, wenn ich frei hatte.

GC: Aber Sie haben keine Leute getroffen.

CV: Bitte?

GC: Sie können nicht bestätigen, daß Sie bei den Gelegenheiten, nach denen wir fragen, jemand getroffen haben.

CV: Pech für euch.

Eher Pech für dich, dachte Winter. Er beobachtete Vikingsson. Der Mann schwitzte nicht, wand sich nicht auf dem Stuhl, ließ keine Spuren von Nervosität erkennen, und Winter fragte sich, wie geisteskrank der Steward war.

GC: Sie haben berichtet, daß Sie die Wohnung angemietet haben, um Freundinnen zu treffen.

CV: Das ist wahr.

GC: Wo treffen Sie Ihre Freundinnen?

CV: Was ist das für eine blöde Frage?

GC: Nennen Sie ein Beispiel, wo Sie Ihre Freundinnen treffen.

CV: Zu Hause bei einer, nicht bei mir, weil das nicht so groß ist.

GC: Haben Sie nie eine zu sich eingeladen?

CV: Nur eine oder zwei Frauen, die keine Lust hatten, zu ihren Männern nach Hause zu gehen.

GC: Ihre Nachbarn sagen, daß Sie oft Besuch bekommen haben.

CV: Jedenfalls nicht, wenn ich da war.

GC: Trainieren Sie viel?

CV: Was?

GC: Trainieren Sie viel? Körperliches Training?

CV: Nein.

GC: Überhaupt nicht?

CV: Ich habe alles Training, das ich brauche, in der Kiste.

GC: In der Kiste?

CV: Im Flugzeug. Bei der Arbeit. Ich laufe verdammt viel.

GC: In einem Fitneßcenter trainieren Sie nicht?

CV: Das ist vorgekommen, aber das ist lange her. Wenn jemand behauptet, er hätte mich dort getroffen, dann lügt er.

GC: Das hat niemand gesagt.

CV: Gut.

GC: Aber Sie sind bei mehreren Gelegenheiten mit einer großen Sporttasche gesehen worden.

CV: Was?

GC: Sie sind mehrfach gesehen worden, wie Sie eine große Sporttasche getragen haben.

CV: Ach so. Die habe ich für meine Sachen zwischen Göteborg und London.

GC: Wir haben sie in Ihrer Wohnung nicht gefunden.

CV: Ich habe sie in London.

GC: Wir haben sie dort auch nicht finden können.

CV: Ihr seid in meiner Wohnung in London gewesen?

GC: Der stellvertretende Fahndungsleiter Bertil Ringmar hat Ihnen mitgeteilt, daß wir eine Haussuchung in Ihrer Wohnung in London durchgeführt haben.

CV: Zum Teufel auch, wenn mir jemand was gesagt hat!

GC: Sie haben jede notwendige Information erhalten.

CV: Das ist doch nicht normal!

GC: Können Sie erklären, wo Ihre Sporttasche ist?

CV: Was?

GC: Wo ist die Sporttasche?

CV: Ihr habt sie wohl geklaut.

GC: Gibt es einen anderen Ort, wo sie aufbewahrt wird?

CV: Natürlich nicht. Sie ist in London. Meine Kollegen können bestätigen, daß ich sie dabeihatte, als ich zuletzt dort war. Gestern also.

GC: Sie ist nicht in Ihrer Wohnung.

CV: Dann haben die Bullen sie geklaut.

GC: Keiner von Ihren Kollegen sagt, daß er Sie mit einer großen Sporttasche gesehen hat.

CV: Die hatten wohl an anderes zu denken.

GC: Gibt es zwei Taschen?

CV: Was?

GC: Gibt es zwei Sporttaschen?

CV: Seht ihr bei der Kripo schon doppelt?
GC: Antworten Sie nur auf die Frage.
CV: Die Antwort ist nein.
GC: Besitzen Sie ein Auto?
CV: Nein.
GC: Gibt es ein Auto in Göteborg, über das Sie verfügen?
CV: Ob ich ein Auto leihe? Das kommt vor.
GC: Gibt es ein besonderes Auto?
CV: Ich verstehe nicht, wovon Sie reden.

Du verstehst es, du Schwein, dachte Winter. Bald kommt der Knall, und dann verstehst du noch besser.

GC: Gibt es in Göteborg ein besonderes Auto, über das Sie regelmäßig verfügen?
CV: Nein.
GC: Sie fahren nicht ein kürzlich wieder angemeldetes Auto der Marke Opel Kadett Caravan mit dem amtlichen Kennzeichen ANG 999, Farbe weiß?
CV: Was?
GC: Antworten Sie nur auf die Frage.
CV: Wie war noch die Frage?
GC: Ein wieder angemeldeter weißer Oper Kadett Caravan mit dem Kennzeichen ANG 999, Farbe weiß, Jahrgang 88. Sie haben das Auto nicht gefahren?
CV: Nein.
GC: Es stand siebenhundert Meter von Ihrer Wohnung entfernt geparkt, auf einem bezahlten Parkplatz in der Distansgatan in Flåtås im Westen Göteborgs.
CV: Ach ja?
GC: Der Parkplatz gehört einem Bekannten von Ihnen namens Peter Möller, und er hat im Verhör bei uns behauptet, daß Sie ihn in zweiter Hand mieten.
CV: Das ist eine Lüge.
GC: Es ist eine Lüge, daß Sie ihn gemietet haben?
CV: Das ist eine Lüge.

GC: Das betreffende Auto haben Sie also nie gesehen?
CV: Nein.
GC: Es ist auf den Namen Viking Carlsson zugelassen.
CV: Ach ja?
GC: Ist das ein Zufall?
CV: Was denn?
GC: Der Name des Besitzers. Ist das ein Zufall, daß er so heißt?
CV: Wie hieß er noch?
GC: Viking Carlsson.
CV: Keine Ahnung.
GC: Sie sind nicht der Besitzer des betreffenden Autos?
CV: Nein, zum x-tenmal. Sie haben doch gerade gesagt, wie der Besitzer heißt.
GC: Wir haben in dem betreffenden Auto Fingerabdrücke gefunden, die mit Ihren übereinstimmen.
CV: Das ist eine Lüge.
GC: Wir haben auch Blutspuren im Kofferraum und an anderen Stellen im Auto gefunden.
CV: Davon weiß ich nichts.
GC: Sie wissen nicht, woher die Blutflecken im Auto stammen?
CV: Nicht den blassesten Schimmer.
GC: Warum finden sich Ihre Fingerabdrücke im Auto?
CV: Ich kann es mir nur so erklären, daß ich einmal in dem Auto gefahren sein muß. Ich bin öfter mal schwarz Taxi gefahren, und das ist wohl eines davon gewesen.
GC: Sie sagen, daß Sie mit dem Auto gefahren sein können?
CV: Das muß ich wohl getan haben, wenn meine Fingerabdrücke da drin sind, oder wie? Und die einzige Erklärung, die ich habe, ist ein schwarzes Taxi.
GC: Warum lügt Ihr Freund wegen des Parkplatzes?
CV: Was?

GC: Warum behaupten Sie, daß Ihr Freund lügt, Sie hätten den Parkplatz von ihm gemietet?

CV: Jetzt fällt mir ein ...

GC: Ich habe die Antwort nicht verstanden.

CV: Herrgott, stimmt ja! Ich hatte es vergessen. Es ist so, daß ich ihn von ihm in zweiter Hand miete, und dann vermiete ich ihn meinerseits an einen andern!

GC: Sie vermieten den Parkplatz in dritter Hand?

CV: Ja sicher!

GC: Dann können Sie uns den Namen der Person geben.

CV: Natürlich. Aber das Problem ist, daß ich von dieser Person seit Monaten nichts gehört habe. Ich habe auch kein Geld bekommen.

GC: Aber Ihren Zweitehandvertrag haben Sie weiter bezahlt?

CV: Ja. Ich wollte den Platz nicht verlieren, falls er gebraucht würde.

GC: Und die Person, die ihn ihrerseits von Ihnen gemietet hat, läßt nichts von sich hören?

CV: Seit Monaten nicht.

GC: Und gleichzeitig steht ein Auto auf einem Parkplatz geparkt, das Sie nicht kennen, ein Auto, das Ihre Fingerabdrücke am Lenkrad und an den Türen hat.

CV: Es ist merkwürdig, was es für Zufälle gibt.

GC: Die Analysen, die wir gemacht haben, zeigen, daß die Blutflecken im Auto zum Teil mit dem Blut übereinstimmen, das wir in Ihrer Wohnung in Göteborg gefunden haben.

CV: Wie viele Blutgruppen gibt es? Drei?

GC: Wir haben auch Zeugenaussagen, daß sich blutige Kleidungsstücke in Ihrer Wohnung befanden.

CV: Wer sagt das?

GC: Wir haben Zeugenaussagen, daß blutige Kleidungsstücke in einem schwarzen Plastiksack in Ihrer Wohnung lagen.

CV: Das ist eine Lüge.

GC: Woher kommt das Blut?

CV: Welches Blut?
GC: Die Blutflecke...
CV: Ich kann es wohl genausogut sagen.

Erik Winter fuhr zusammen, wie aus einem Halbschlaf. Er wechselte einen Blick mit Gabriel Cohen, wartete auf die Fortsetzung.

GC: Was wollen Sie sagen?
CV: Ich bin kein Mörder.
GC: Sie werden sich besser fühlen, wenn Sie gestehen.
CV: Was?
GC: Wenn Sie gestehen, empfinden Sie eine große Erleichterung. Alle diese Verhöre werden vorbei sein.
CV: Zum Teufel, ich habe *das* nicht getan.
GC: Was haben Sie dann getan, Carl?
CV: Ich habe...
GC: Ich habe die Antwort nicht verstanden.
CV: Ich bin...
GC: Ich habe die Antwort nicht verstanden.
CV: Es gibt eine Erklärung für den ganzen Scheiß. Es ist so, daß ich und ein Kumpel uns nebenbei ein wenig mit der Jagd beschäftigen.
GC: Ihr beschäftigt euch nebenbei ein wenig mit der Jagd?
CV: Ja.
GC: Was für eine Art von Jagd ist das?
CV: Elch, Reh, Hase, Waldvögel.
GC: Ihr betreibt Wilderei?
CV: Ja.
GC: Verstehe ich Ihre Antwort richtig als Bejahung der Frage, ob Sie Wilderer sind?
CV: Die Antwort ist ja.
GC: Wann findet diese Jagd statt?
CV: Immer wenn ich zu Hause bin. Deshalb habe ich keine... Alibis.
GC: Wo findet diese Jagd statt?

CV: In den Wäldern im Norden. Dalsland, Värmland. Es ist nicht wegen...

GC: Ich habe die Antwort nicht verstanden.

CV: Es ist nicht wegen des Geldes. Auch wenn es...

GC: Ich habe die Antwort nicht verstanden.

CV: Auch wenn es ganz schön was dafür gibt.

GC: Was ist der Grund, daß Sie, wie Sie sagen, Wilderei betreiben?

CV: Die Spannung.

GC: Sie jagen wegen der Spannung?

CV: Wissen Sie, wie das ist, ein verdammter lächelnder Kellner für all die nörgligen Touristen zu sein?

GC: Nein.

CV: Sie sollten es mal ausprobieren.

GC: Sie gehen also auf die Jagd, wenn Sie in Schweden sind.

CV: Ja.

GC: Sie benutzen das Auto, von dem wir vorhin gesprochen haben?

CV: Ja.

GC: Einen weißen Opel Kadett Caravan, Jahrgang 88, amtliches Kennzeichen ANG 999?

CV: Ja.

GC: Woher stammen die Blutflecken?

CV: Von der Jagd natürlich.

GC: Von der Jagd?

CV: Wenn wir schlachten, Teufel auch.

GC: Es gibt Blut von Menschen im Auto und in Ihrer Wohnung.

CV: Dann hat sich wohl einer geschnitten.

GC: Wer hat sich geschnitten?

CV: Mein Kumpel, das weiß ich.

GC: Wie heißt er?

CV: Muß ich das sagen?

GC: Ja.

CV: Peter Möller.
GC: Dieselbe Person, von der Sie den Parkplatz mieten?
CV: Ja.
GC: Haben Sie jemanden geschnitten, Carl?
CV: Was?
GC: Haben Sie diese Jungen getötet, Carl?
CV: Nein, verdammt. Das wissen Sie genau.

Sie warteten, bis Carl Vikingsson zurück in die Zelle geführt wurde.

Gabriel Cohen schaltete das Tonbandgerät aus, suchte die Papiere zusammen. Das Zimmer wirkte größer, nachdem Vikingsson hinausgegangen war, als wäre seine Stimme ein Teil der Einrichtung gewesen.

»Was sagst du?« fragte Cohen.

»Ich bin sprachlos«, sagte Winter, »das ist ein besonderer Mensch.«

»Unbedingt«, sagte Cohen.

43

Vikingsson wurde nach drei Tagen verhaftet. Es war ein widerwilliger Haftbefehl, aber es war einer. Als Wälldle aus dem Saal kam, sah er aus, als ob er ein Gefäß suchte, um darin seine Hände zu waschen. Sie hatten einen Monat gewünscht. Bekommen hatten sie vierzehn Tage U-Haft.

Vikingsson hatte den Kopf geschüttelt, ein mieser kleiner Gauner, der plötzlich in der Premier League gelandet ist. Sein Kopfschütteln war eine Botschaft: Ich gehöre nicht hierher.

Sie stellten ihn neben sieben andere Blonde oder Aschblonde von einsneunzig, und Winter hätte selbst dastehen können oder Bolger oder Bergenhem, oder Macdonald mit Perücke.

Oder die Jungen, dachte Winter. Sie hätten dastehen können,

mit dem Daumen in der Hosentasche, schon mit ein wenig Hunger, weil es noch ein paar Stunden bis zum Lunch war. Unsterbliche.

Kein Zeuge konnte auf Vikingsson zeigen. Vielleicht waren sie während der Vorbereitungen zu genau gewesen. Winter hatte sogar eine Testgruppe vorgeschlagen, aber das war abgelehnt worden.

Er hatte mit Macdonald gesprochen; sie waren mit der Fotogegenüberstellung in Clapham fertig. Anderton, Macdonalds früher Zeuge, konnte Vikingsson nicht als den Mann identifizieren, den er mit Per Malmström zusammen im Park gesehen hatte. Das Haar war falsch.

Es gab auch noch etwas anderes, aber Anderton konnte nicht sagen, was es war. Er hatte von einer Jacke gesprochen.

Das Ganze war von Anfang an unmöglich gewesen. Sie klammerten sich an das Vorhandene, und gleichzeitig verstrich die Zeit, dachte Winter.

McCoy Tyner spielte die Einleitung zu *I Wish I Knew*. Es war nach Mitternacht. Winter saß im Dunkeln und wartete, daß die Dämmerung durch die Nacht zu ihm käme. Das John Coltrane Quartet spielte die Musik der frühen Morgenstunden.

Winter stand auf und ging im Kreis durchs Zimmer. Der Computerschirm glänzte auf dem Tisch hinter ihm, er spiegelte sich im Fenster wie ein Viereck aus fließendem Licht.

Er hatte ein neues Szenario geschrieben und war aufgestanden, als sich der schauerliche Bericht dem Ende näherte. Coltrane spielte *It's Easy To Remember*. Von wegen, dachte Winter, als das kurze Musikstück frei im Zimmer schwebte. 1966. Da hatte Coltrane es aufgenommen. Winter war sechs gewesen.

Er ließ die Platte bis zum Ende laufen und wechselte dann zu Charlie Haden und Pat Metheny, das schwebende Gefühl unverändert. Das war Musik für Erinnerungen, sogar solche, die ihn veranlaßten, im Kreis durchs Zimmer zu gehen.

Er setzte sich wieder an seinen Bericht. Er rollte ihn auf dem Schirm. Er schnitt ein Stück aus und fügte es drei Seiten weiter unten ein. Es wurde ein Teil des Schlusses. Er arbeitete am Schluß des Berichts weiter.

Er versenkte sich dorthin, wo er nicht hingelangen wollte. Seine Gedanken waren nun in Johan Bolgers Bar. Vikingsson saß an der Theke. Warum saß er da? Winter hatte versucht, eine Verbindung zwischen ihnen, zwischen Bolger und Vikingsson, zu eliminieren, aber es war ihm nicht gelungen.

Er zwang sich, an Bolger zu denken. Er kannte Bolger, und er kannte ihn nicht. Er hatte Bolger in diesen Fall hineingezogen, als eine Art... Berater. Oder etwa nicht? Er hatte sich an seinen alten Klassenkameraden gewandt.

Er mußte seine Gedanken umstellen, von dem einen zum andern, mußte sein analytisches Talent gebrauchen. Falls er noch darüber verfügte.

Warum hatte Bolger von einem Musikladen in Brixton gesprochen... daß es den schon lange gab... wo er doch neu eröffnet war? Winter hatte es nachgeprüft. Bolger hatte gesagt, er sei viele Jahre nicht mehr in London gewesen. Er hatte es wiederholt. Mehrere Male hatte er es gesagt.

Winter stand auf, ging zum CD-Player und legte eine neue Platte auf den Teller. Der wahnsinnige Free Jazz füllte das Zimmer. New York Eye und Ear Control, Albert Ayler und Don Cherry.

Bolger hatte für Winter Musik gespielt. Es kam ihm vor, als wäre es vor Jahren gewesen.

Ein Mann in einem Londoner Plattenladen hatte eine CD für ihn gespielt, für Winter. Ein Skandinavier war vorher im Geschäft gewesen. Es war, als hätte der Mann hinter dem Ladentisch Instruktionen bekommen, die CD für mich zu spielen, dachte Winter.

Der andere Skandinavier hatte die CD gekauft.

Bolger hatte Winter gefragt, ob er in den Jazzläden gewesen

sei. Er hatte Winter angerufen, als dieser in London war, in seiner Hotelwohnung.

Winter drehte die Lautstärke zu einem Höllenlärm auf. Er ging mit den Abrechnungen von Europolitan in den Händen zum Schreibtisch zurück. Er hatte sie am Vortag bekommen, und er konnte selbst nicht sagen, warum er reagiert hatte.

Winter sah sich die Abrechnungen von neuem an. Die festen Gebühren für das Handy, die einzeln aufgeführten Gebühren. Inlandsgespräche. Einzelne Gespräche. Das ist Telefonservice, dachte er.

Die Gespräche im Ausland, was als Roaming bezeichnet wurde. Und die Gespräche aus anderen Ländern an sein Handy. Solche Gespräche zahlte er selbst.

Das Gespräch in sein Hotelzimmer am Knaresborough Place. Er hatte am Vortag über den Zahlen gesessen, und sie stimmten nicht. Er und Bolger hatten ein ziemlich langes Gespräch geführt. Die Rechnung stimmte nicht. Sie war völlig falsch. Die Summe war zu niedrig. Winter hatte die Serviceabteilung von Europolitan angerufen und Bescheid bekommen.

Bolger hatte nicht aus Schweden angerufen. Er hatte ein Ortsgespräch geführt. Er war in London gewesen, als er anrief.

Bergenhem betrat das Deck. Das einzige Licht fiel durch Mariannes Lüftung.

Sie machte auf, und er drückte sie an sich.

Unten gab es etwas zu trinken. Es war warm in der Kombüse.

»Das ist das letzte Mal«, sagte er.

»Urlaub zu Ende?« fragte sie.

»Du weißt, was ich meine.«

»Also Schluß mit dem Dienst.«

»Das ist meine Arbeit.«

»Ich dachte, es wäre mehr.«

»Ja. Es ist mehr gewesen. Aber jetzt nicht mehr.«
»Dann meine ich, du solltest gehen.«
»Ich möchte eine Weile hier sitzen.«
»Du weißt verdammt nicht, was du willst.«
»Ja.«
»Willst du, daß ich dir etwas gebe, oder willst du nicht?«
»Was?«

Er spürte das Rollen im Boot, inzwischen vertraut, als ob sein Körper sofort die richtigen Muskeln aktivierte, wenn sich das Boot im Fluß neigte.

»Du hast eine Arbeit oder wie?«
»Ich habe viel«, sagte Bergenhem, »mehr, als ich früher begriffen habe.«
»Herrgott.«
»Es ist so.«
»Du hast mich ausgenutzt.«
»Nein nein nein.«
»Sicher hast du das, verdammt noch mal.«
»In diesem Fall auch mich selbst.«
»Willst du einen Namen haben?« sagte sie. Es war, als ob sie die Worte hinausschleuderte, verzweifelt von sich stieß. »Sind es nicht Namen, wonach du suchst?«

Bergenhem hatte ein trockenes Gefühl im Mund.

»Es gibt einen, den ihr nicht kennt, obwohl ihr ihn gut kennt. Ich weiß nicht, was er mit diesem ... Fall zu tun hat, aber er macht mir angst. Und ich glaube, er ist nicht ... allein.«
»Was?«
»Ach nichts.«

Bergenhem wartete, spürte wieder das Rollen. Draußen waren plötzlich die Dohlen zu hören, Gekreische über dem Tabakhaus. Die Vogelschreie nahmen an Stärke zu.

»Ich weiß nicht alles, aber ich habe ihn gesehen ... gesehen mit einem von den Jungen.«
»Was?«

»Vielleicht mit zwei von ihnen.«

Wieder wartete Bergenhem. Das Gekreische draußen hörte plötzlich auf.

»Wann war das?«

Sie zuckte die Achseln.

»Er ist nachts unterwegs. Wie ich.«

»Nachts?«

»Er ist nachts unterwegs«, wiederholte sie. »Er ist ja auch ein Teil von ... ein Teil des Gewerbes.«

»Er arbeitet in der Pornobranche?«

»Genau. Er ist völlig verrückt, ein Psychopath oder wie das heißt.«

»Wie heißt er also?«

Sie sagte es, und Bergenhem fragte noch einmal nach, und sie wiederholte den Namen.

Der Rausch packte ihn. Er wußte, was er zu tun hatte, aber er hörte nicht auf die Stimme. Er war allein, er wollte es allein tun. Bergenhem wollte jemand sein, endlich.

»Warum hast du das nicht schon früher gesagt?« fragte er.

»Ich wußte nicht, ob ich mich richtig erinnere. Und nur ein Gesicht oder was man sagen soll. Alles war so ... verworren, wie auch mit dir. Und dann will ich noch nicht sterben.«

»Niemand wird mehr sterben.«

Bergenhem klingelte an der Tür. Es war eine Wahnsinnstat, der einsame Held, er sah den Finger, der drückte, aber es war nicht seiner. Er drückte noch einmal, wartete.

Der Mann öffnete, so etwas wie mildes Erstaunen in den Augen. Er trug einen Mantel aus dickem Frottee.

»Hallo, Lars.«

»Hallo.«

»Es ist ein bißchen spät, was?«

»Ich würde gern kurz reinkommen.«

»Können wir nicht morgen reden?«

»Lieber jetzt.«

Bolger öffnete ganz, und Bergenhem trat über die Schwelle.

»Du kannst die Jacke dahin legen«, sagte Bolger und nickte zu einem groben Hocker unter einem Spiegel.

»Willst du eine Tasse Kaffee oder so?«

»Nein, danke.«

»Hier entlang«, sagte Bolger und zeigte durch die kurze Diele. »Bitte sehr.« Er machte eine Geste zu einem Sessel und setzte sich genau gegenüber, auf die andere Seite eines Glastisches.

Bergenhem sah sich im Zimmer um, konnte es aber nicht in sich aufnehmen. Das Herz klopfte. Vielleicht könnte ich aufstehen und wieder gehen, dachte er, es darauf schieben, daß die Entbindung bevorsteht. Nein. Ich fange jetzt an.

»Du willst mir etwas sagen«, sagte Bolger.

»Wie bitte?«

»Du hast etwas, was du mir sagen willst, oder nicht?«

Bergenhem suchte nach den richtigen Worten. Er wollte gerade einige davon anbringen, aber da redete Bolger weiter.

»Du hast mit dieser Tussi geplaudert, der Stripperin. Sie hat gesagt, daß ich verdächtig bin. Es wundert mich, daß du nicht früher gekommen bist und mich nach dem gefragt hast, was sie sagt.«

»Jetzt bin ich hier.«

»Habe ich recht?«

»Ich habe ein paar Fragen.«

»Du kommst mitten in der Nacht und willst ein paar Fragen stellen? Sieht ganz so aus, als wärst du auf etwas gestoßen«, sagte Bolger. »Du kannst nicht abwarten, bis es hell wird.«

»Wir haben mit einem Zeugen gesprochen«, sagte Bergenhem.

»Wir? Du meinst, du hast das getan. Die Stripperin?«

»Ich brauche etwas Hilfe von dir.«

»Es ist zu spät, um dir eine Taktik zurechtzulegen.«

»Wie?«

»Du kommst nicht um Hilfe hierher. Du kommst her, um mich mit Schmutz zu bewerfen.«

»Nnnein.«

»Ich habe dir geholfen, du verdammter Stümper, ich habe über dich gewacht, als du dieser verrückten Tussi nachgelaufen bist. Glaubst du, ich hätte das nicht gesehen. Du bist kein Bulle, du bist ein Kind. Sie sagt was, und du kommst direkt her. Darüber werde ich ein Wörtchen mit Erik reden.«

»Ich habe mit ihr nicht über dich gesprochen.«

Bolger antwortete nicht. Er saß still in den Schatten, die eine Lampe in der anderen Ecke des Zimmers warf. Wenn er den Kopf bewegte, verbarg er die Lampe.

Es sieht aus, als trüge er einen Heiligenschein, dachte Bergenhem.

»Du hast es getan«, sagte Bergenhem.

»Was zum Teufel?«

»Ich war vorher nicht ganz sicher, aber jetzt bin ich es.«

»Wie ist denn die Einsatzstärke?«

»Du Teufel.«

Bolger lachte. Der Mantel sprang über der Brust auf, Haar glänzte im Dunkeln.

»Du bist zu gut, Junge.«

»Du hast die Jungen ermordet.«

Bolger lächelte. Er antwortete nicht.

»Ich weiß nicht warum, aber das werden wir feststellen. Bei Gott, das werden wir feststellen«, sagte Bergenhem.

»Bist du blau, oder hat dir die Dealerstripperin was gegeben?« fragte Bolger.

»Kommst du mit?«

»Was?«

»Ich möchte, daß du mitkommst. Du stehst unter ...«

»Ich will, daß du hier verschwindest, und wir vergessen das«, sagte Bolger.

»Ich gehe nicht«, sagte Bergenhem.
»Dann rufe ich Erik an.«
»Ich rufe selbst an.«
»Tu das. Du hast sicher ein Handy«, sagte er.
»Nein.« Bergenhem stand auf. Er sah das Telefon auf einem halbmondförmigen Schreibtisch neben dem Fenster. Er ging zwischen dem Sessel und dem Tisch durch, und Bolger stand auf, als er an ihm vorbei wollte. Sie waren gleich groß. Bergenhem sah Bolger in die Augen.
»Ich rufe selbst an«, sagte Bolger.
»Mach Platz«, sagte Bergenhem, schob Bolger weg und machte eine Bewegung mit der Hand nach seiner Schulter. Bolger machte eine Gegenbewegung, wie einen Schlag, dann noch einen, und Bergenhem wankte rückwärts. Beinahe hätte er das Gleichgewicht verloren, fing sich und bewegte sich wieder vorwärts.
»Komm her«, sagte Bolger und stieß mit der Hand nach Bergenhems Schulter. Bergenhem verlor den Halt, die Beine wurden ihm weich, und er stürzte und schlug mit dem Hinterkopf auf der Glaskante des Tisches auf, mit einem Krachen wie von Eisen auf Eisen. Das dicke Glas zerbrach nicht. Bergenhem lag wie in der Luft schwebend, nur mit dem Kopf an den Tisch geklebt. Er verdrehte die Augen. Er rutschte ab und fiel auf den Boden. Er lag neben dem Tisch, es zuckte in seinem Körper, eine Bewegung vom Kopf hinunter zu den Beinen. Es zuckte wieder, wiederholte sich.

Bolger hörte Laute aus Bergenhems Mund, aus seiner Kehle. Er beugte sich über ihn. Wieder hörte er den Laut, ein eintöniges Stöhnen, das nicht zu dem Verletzten zu gehören schien.

Bergenhem war anscheinend nicht bei Bewußtsein. Seine Augen waren geschlossen. Dann schlug er sie auf, aber Bolger wußte nicht, ob er etwas sah. Dann schlossen sich die Augen wieder. Der Laut aus Bergenhems Mund kam wieder. Es war ein schrecklicher Laut. Bolger wollte ihn nicht hören. Er hatte nicht darum gebeten, er hatte niemanden eingeladen. Er hob Bergenhems Kopf an und legte seinen Unterarm auf diesen Kehlkopf, der den unheimlichen Laut von sich gab. Er drückte nach unten, verlagerte sein Gewicht zu dem Hals unter ihm, spürte eine seitliche Bewegung des Mannes auf dem Boden und drückte fester.

Er blieb so liegen, und nach einer Weile kam überhaupt kein Geräusch mehr. Bergenhems Augen waren nun offen, sie rollten auf merkwürdige Weise hin und her.

Bolger erhob sich, zog an Bergenhems Beinen. Sie zuckten unaufhörlich. Bolger hob ihn hoch.

Er hatte sich nie für ihn interessiert. Nie. Er bedeutete nichts. Darum ging es nicht. Es ging um etwas viel Größeres. Alle können etwas werden.

Bolger ging mit seiner Last auf die Treppe hinaus, als wäre er allein auf der Welt.

44

Erik Winter kletterte eine überhängende Klippe hinauf und sah einen Teil des Lautsprechers, der über den Stein hinausragte. Das Stück war *What's New,* und Coltrane spähte über die Klippe hinab, nahm das Mundstück von den Lippen, steckte sich eine Gitanes an und fragte Winter mit gesprochenen Worten anstatt mit den Tönen: What's New, What's New, und das Handy, das auf das Tenorsaxophon montiert war, schrillte gegen die gerade Röhre. Ein Tenorsaxophon muß gebogen sein, dachte Winter, das Sopransaxophon ist gerade, und er wollte es sagen, aber nun war es Macdonald, der das Telefon festhielt und schrie: Antworte, du Snob, geh ans Telefon, ehe der Junge auflegt! Es ist der Junge, der anruft! Winter versuchte, das Telefon zu nehmen, aber es saß auf dem Instrument fest. Es läutete und läutete.

Winter wachte auf, und das Telefon läutete auf dem Nachttisch. Das wird allmählich zur Gewohnheit, dachte er. Die Träume sind die Wirklichkeit.

Es hörte auf, dann fing das Handy an zu läuten, das auf dem Schreibtisch im Schlafzimmer lag. Er sprang auf und griff danach, bekam aber keine Antwort. Das Telefon am Bett fing wieder an zu läuten. Er stürzte zurück, schlug mit dem großen Zeh hart gegen den Bettpfosten, und nach den ersten toten Sekunden schoß der Schmerz durch den Körper.

»Ha... hallo!?«

Der Schmerz im Zeh trieb ihm Tränen in die Augen. Er versuchte, den Zeh anzufassen, aber der stieß ihn zurück. Er begriff, daß er gebrochen war.

»Ist dort Erik? Erik Winter?«

Die Frau hörte sich ungefähr so an, wie er sich fühlte, ein rauher Wind aus Schmerz durch den Telefonhörer. Er hörte die Musik im anderen Ohr, Coltrane drehte sich draußen auf dem CD-Player im großen Zimmer auf repeat. Wie so oft war er eingeschlafen, bevor alles ausgeschaltet war, fertig für die Nacht.

Der Schmerz im Zeh oder aber im ganzen Fuß war von rotglühend zu dumpfer Bosheit übergegangen. Er konzentrierte sich auf die Stimme im Telefon.

»Hier ist Erik Winter.«

»Entschuldige den Anruf, aber hier ist Martina Bergenhem.«

Sie waren sich bei mehreren Gelegenheiten begegnet. Winter konnte sie gut leiden. Sie war ruhig, besaß eine Reife, von der Bergenhem lernen konnte.

»Hallo, Martina.«

Winter beugte sich über den Tisch und schaltete die Lampe an. Er blinzelte zweimal und gewöhnte die Augen ans Licht. Er hielt die Armbanduhr hoch. Sie war kalt in der Hand und zeigte vier.

»Ich kann Lars nicht ausfindig machen«, sagte Martina Bergenhem.

»Wie bitte?«

»Er ist heute nacht nicht nach Hause gekommen, und jetzt muß ich fah...«

Winter hörte, wie sie zu weinen begann – oder weiterweinte, dachte er.

»...ich muß zur Entbindung.«

»Hat er nicht angerufen?«

Es war eine Frage ohne Sinn. Vielleicht waren es gerade solche Fragen, die auch hier gebraucht wurden, dachte er.

»Nein. Ich dachte, er wäre draußen auf irgend...«

»Ich weiß nicht«, sagte Winter, »aber es ist möglich.«

»Du weißt nicht?« fragte sie.

»Ich weiß nicht, Martina, aber ich stelle es fest, so schnell es geht.«

»Ich bin so unruhig.«

Du lieber Gott, dachte Winter.

»Ist niemand bei dir?« fragte er.

»Nee... nein. Ich habe meine Mutter angerufen, aber sie ist in Västerås.«

Sie hätte genausogut Westindien sagen können, dachte er.

»Ich habe nach einem Taxi telefoniert«, sagte Martina.

»Gibt es keinen Nachbarn, der dir helfen kann?« fragte Winter, »oder eine Freundin in der Nähe?«

»Ich wollte nicht anru...«

»Ich schicke ein Auto.«

»Aber das Ta...«

»Kannst du einen Moment warten, Martina?«

»Was?«

»Bleib kurz dran. Ich will es auf meinem anderen Telefon überprüfen.«

Er ließ den Hörer los, machte einen Schritt zur Seite und schrie von dem Stich im Fuß auf. Er hüpfte auf einem Bein zum Schreibtisch, schaltete das Handy ein und sprach kurz.

»Martina?«

Winter war zurück, den verletzten Fuß über den Teppich erhoben.

»Ja?«

»Innerhalb zehn Minuten kommt ein Wagen, der dich ins Sahlgrenska fährt. Du kannst dich darin hinlegen, wenn es nötig ist. Ich habe eine Freundin gebeten, mitzufahren und dir zu helfen. Sie heißt Angela und ist Ärztin. Sie kommt mit dem Wagen mit.«

»Ja...«

»Mach dich bereit, sie sind gleich da und holen dich ab. Währenddessen sehe ich zu, daß Lars direkt zur Entbindung kommt. Ich kümmere mich sofort darum.«

Winter saß still da. Er drehte vorsichtig den Fuß nach oben und befühlte den Zeh. Der tat weh, aber er sah noch keine direkte Schwellung. Vielleicht war er doch nicht gebrochen. Es spielte keine größere Rolle, niemand schiente einen Zeh.

Er würde in Clogs gehen, wenn es sein müßte.

Mit einem Gefühl des Untergangs im ganzen Körper humpelte er ins Bad hinaus.

Er untersuchte den Zeh unter den grellen Lampen, als es im Zimmer wieder läutete. Er humpelte zurück. Es war eine Frau, die sich als Marianne Johnsén vorstellte. Winter hörte zu.

Lars Bergenhem wurde am Morgen um acht Uhr entdeckt. Ein ungeduldiger Segelbootsbesitzer war zum Bootshafen Tångudden hinuntergefahren, um das neue Boot vor Beginn der Saison zu streicheln.

Bergenhem steckte verkeilt zwischen zwei Klippen in Hästevik. Unter den Möwen ging es lebhafter zu, als es sonst zu dieser Tageszeit üblich war. Der Bootsbesitzer hatte die Beine herausragen sehen und seine eigenen Angelegenheiten sausen lassen. Ein Polizist der Streife, die sich auf seinen Alarm meldete, hatte den Kriminalinspektor erkannt.

Winter hatte seinen schlimmen Zeh über die Wiese geschleppt, hinunter zwischen die Klippen. Er stand neben der Stelle, an die der Körper wie zum Schutz gelegt worden war. Die großen Fragen des Lebens könnten für deinen Teil vorbei sein, Junge. Für mich mit.

Der Vormittag war blau und weiß über dem Älvsborgsfjord, das Licht rein und klar, wie gescheuert. Stena setzte Leute nach Dänemark über, als wäre nichts geschehen. Die Wiesen auf Stora Billingen würden in Monatsfrist voller Wachsen und Leben sein. Der Bus fährt drüben auf der Straße, als wäre eigentlich nichts passiert, Leute steigen ein. Heute abend gibt es wieder Abendessen, Fernsehen.

»Es ist meine Schuld«, sagte er. »Sag, daß es meine Schuld ist.« Er sah Bertil Ringmar an.

»Es ist, als würdest du mich anflehen«, sagte Ringmar.

»Sag es einfach.«

»Er ist dein Mann.«

»Mehr. Sag mehr.«

»Du bist sein Chef.«

»Ich will alles hören.«

»Reiß dich verdammt noch mal zusammen.«

Winter blickte über die Wiese nach Süden. Sie hatten sie vom Weg abgesperrt. Die Radspuren waren frisch, aber in den letzten Tagen waren viele ans Wasser gefahren. Angler, Bootsbesitzer, Liebespaare.

»Wir können hier nichts mehr tun«, sagte er und beugte sich zur Klippe hinunter. Er stützte sich auf das rechte Knie.

»Er hat im Genick geblutet«, sagte Ringmar.

»Würgemale«, sagte Winter. »Frag die Ärzte später, dann wirst du sehen, daß man versucht hat, ihn zu erwürgen.«

Ringmar antwortete nicht. Um sie herum war die Arbeit im Gang.

»Wir können hier nichts mehr tun«, wiederholte Ringmar Winters Worte von vorher.

Winter blickte weiter auf die Steine. Er war sich nicht sicher, wie alt Bergenhem war. Sechsundzwanzig? Die Frau war einige Jahre älter. Martina.

»Er hat eine Tochter bekommen«, sagte Winter und blickte zu Ringmar auf.

»Du hast es im Auto gesagt.«

»Es ist alles gut gegangen. Angela war die ganze Zeit dabei, und heute nachmittag kommt ihre Mutter. Aus Västerås. Also die Mutter der Mutter, Lars' Schwiegermutter.«

Ringmar schwieg.

»Warum sagst du es nicht?« fragte Winter und richtete sich auf.

»Was?«

»Warum fragst du nicht, wann ich es ihr mitteile?«

»Herrgott, Erik, es ist gerade ...«

»Ich muß es wohl heute sagen«, sagte Winter. »Wir können die Medien aus dieser Sache nicht raushalten.«

»Nein.«

»Heute.«

»Nimm Hanne mit.«

»Ich mach' das allein. Hanne muß sich hinterher um mich kümmern.«

Sie fuhren durch Kungstens altes Zentrum zur Stadt zurück. Der Långedragsvägen war durch die Jahrhunderte immer wieder ausgebessert und geflickt worden. Ringmar lenkte unter den Viadukt und fuhr über Sandarna weiter. Winter zuckte zusammen, wenn das Auto auf der Fahrbahn holperte.

»Was macht der Fuß?«

»Es ist der Zeh.«

»Du kannst gehen?«

»Das ist die Hauptsache.«

»Ja.«

»Und das Mädchen ist also verschwunden?«

»Wir setzen Himmel und Hölle in Bewegung«, sagte Ringmar.

»Sie ist einfach weg.«

»Es ist erst ein paar Stunden her.«

»Glaubst du, sie ist tot?«

»Nein. Sie hat Angst. Bergenhem war nicht professionell«, sagte Ringmar. »Er hat sich nicht gemeldet und uns nicht über alles unterrichtet, was ihn beinahe das Leben gekostet hätte.«

Winter antwortete nicht, starrte hinüber zum Friedhof.

»Darum handelt es sich«, sagte Ringmar.

»Es handelt sich darum, daß man ermordet wird, wenn man nicht professionell ist. Da haben wir ein gutes Resümee unseres Berufs.«

Sie fuhren über den Mariaplan. Göteborg, das sind fünfundzwanzig Kleinstädte, und es ist überall gleich gefährlich, dachte Winter.

»Glaubst du, er schafft es?« fragte Ringmar.

»Er ist über den Berg«, antwortete Winter. »Kopfschmerzen, aber noch am Leben. Bergenhem ist jung und stark.«

»Aber kein Held.«

»Wenigstens nicht dieses Mal.«

»Sie weiß Bescheid«, sagte Ringmar.

»Was sagst du? Das Mädchen?«

»Sie weiß Bescheid.«

»Darum kümmere ich mich.«

»Was meinst du?«

»Es ist bald vorbei«, sagte Winter.

Winter rief in der Bar an und lauschte der Stimme eine Sekunde. Er nahm ein Taxi zum Viertel bei der Kirche und ging so ungezwungen er konnte um die Ecke.

Er klingelte an der Tür und wartete. Er klingelte noch einmal. Dann ging er die zwei Treppen hinunter und stellte sich auf die andere Straßenseite. Die Geschäfte hatten schwarze Fenster.

Die Dunkelheit kam schnell, fast überraschend für einen Aprilabend.

Ich bin blind und taub gewesen, dachte er. Vielleicht bin ich schuldig oder ohne Schuld. Es hat Mitteilungen gegeben, aber wer ko...

Er schüttelte die Gedanken ab. Er war das alles schon durchgegangen.

Bolger parkte vor seiner Haustür und stieg aus dem Auto, und Winter hörte durch den stillen Abend, wie sich die Verriegelung schloß, als er die Fernbedienung hob. Er verschwand in der Haustür.

Vielleicht bin ich es, der verrückt ist, dachte Winter. Mein Bericht ist die Phantasie eines Verrückten. Es gelten keine Regeln mehr, es hat sie nie gegeben. Die Gedanken zerbrechen in Stücke. Alles macht sich los in verschiedene Richtungen und vereint sich zum Teil oder einmal ganz und gar. Nichts läßt sich polieren oder in die Symmetrie zwingen. Nichts ist schön, nicht einmal an der Oberfläche.

Er spürte einen Windzug in dem Gang, der von der Straße kam und hinter ihm abbog.

Bald kommt der Teufel heraus, dachte er. Ich kann ihn umbringen, dann ist es mit der Karriere einstweilen vorbei.

Bolger kam fünf Minuten später heraus. Er streckte den Arm vor, und Winter hörte die Riegel knacken. Er schob sich in den BMW und fuhr weg.

Merkwürdig, daß kein einziger Mensch vorbeigegangen ist, während ich hier stand, dachte Winter. Als wäre die Gegend abgesperrt, wie in einem Film, wo tausend Menschen vor den Absperrungen stehen und beobachten, was sich abspielt. Oben sitzt die Kamera auf einem Spezialgerüst.

Er trat aus dem Gang und hinkte über die Straße, ging die Treppen hinauf und klingelte noch einmal. Dann nahm er den dünnen Bund Dietriche heraus und prüfte das Schloß. Der Stahl des Schlüssels fühlte sich durch den Handschuh weich an.

Es knackte im Schloß, und er war drinnen. Er bewegte sich durch die Wohnung, durch alle Räume.

Danach begann er mit der Kommode, aber sie enthielt nur Kleidungsstücke. Bolger hielt auf Ordnung.

Die Kleiderschränke enthielten Schuhe und Kleidung, Gürtel, Schlipse.

In der dritten Schreibtischschublade von oben lag ein dicker Umschlag, offen, eine fast arrogante Geste. Er enthielt drei Pässe, auf drei verschiedene Personen ausgestellt. Alle trugen Bolgers Gesicht, aber keiner seinen Namen. Keine Stempel, die verwendete man im neuen Europa nicht mehr. Von der Sorte gibt es einige, dachte Winter.

Einer der Pässe lautete auf den Namen einer Person, die unlängst in einem Flugzeug nach London gesessen hatte. Das Flugzeug war einen Tag nach Christian Jaegerbergs Ankunft dort gelandet.

Sie hatten Hilfskräfte an die Passagierlisten gesetzt und diesen Tag, den Tag davor und den Tag danach überprüft.

Winters Entdeckung war sensationell, aber er registrierte sie bloß als einen weiteren Faden, der für ihn ausgelegt war. Ich bin blind gewesen, aber nun sehe ich, dachte er. Ich halte diesen Paß in meinen Händen, und meine Hände zittern.

Oder es ist nur einer von diesen unerklärlichen Zufällen.

Er fand noch mehr Dokumente, aber sie waren für ihn ohne Interesse: Buchführung, Lieferscheine, Rechnungen, Papiere für den Betrieb. In einer Schublade im Schlafzimmer lag ein netter Stapel pornographischer Zeitschriften, Standardmodelle und Standardübungen.

Keine Quittungen, keine Kopien von Flugkarten, keine Kopien von Bons.

Er ging zum Schreibtisch zurück und nahm einen Stapel Papiere, die auf einem breiten Brett darüber lagen. Es waren mindestens zwanzig Blatt, und sie waren mit einer spitzen, eckigen Handschrift vollgekritzelt. Sie sahen aus wie ein in maßlosem Zorn geschriebenes Manuskript. Er konnte die Wörter nicht lesen. Plötzlich entdeckte er seinen eigenen Namen, ganz deutlich. Er blätterte zu einem neuen Bogen weiter. Wieder sein Name. Er konnte nichts anderes lesen. Die Wörter stürmten über das Papier.

Er spürte eine rauhe Kälte im Nacken. Nie zuvor hatte er ein stärkeres Gefühl des Schreckens empfunden.

Ein kleines Tuch hing über etwas, das vor ihm auf dem Schreibtisch stand, ein Rechteck, wie ein Rahmen.

Er hob das Tuch an und sah sein eigenes Porträt, an einem der letzten Tage vor dem Abitur aufgenommen, unter Glas, wie neu.

45

»Wo ist er bloß?« fragte Ringmar. »Wir waren im Haus und in der Bar. Keiner weiß es.«

»Ich weiß es«, sagte Winter, »ich weiß, wo er ist.«

Es blies im Kreis über dem Fjord. Die Winde waren wie wahnsinnig. Winter stand im Bug des Polizeiboots und bildete sich ein, Bolgers Gestalt auf der Anhöhe zu sehen, Bolgers Schatten über Skutviken. Er zog die Mütze fester über die Ohren. Er fror im Hirn.

»Ich gehe allein«, sagte er, als das Boot anlegte.

Die Strandheide lag über den Berg geneigt wie im Gebet.

Bolger stand bei seiner neuen Feuerstelle und stocherte mit einem Schürhaken in den Kohlen. Winter hatte gesehen, wie Bolger an die Feuerstelle getreten war, als er sich über den Hang genähert hatte.

»Erst kommst du nie, und jetzt kommst du immerzu«, sagte Bolger, als Winter neben ihm stand. Er hörte nicht auf, in der Schwärze herumzustochern, blickte nicht einmal auf. Er klopfte mit der Eisengabel die gemauerten Seiten ab, schlug auf die Ziegel.

Jetzt ist es soweit, dachte Winter.

»Wir haben Bergenhem gefunden«, sagte er.

»Wo war er? Bei seiner Stripperin?«

»In einer Felsspalte bei Tångudden.«

»Er tut wohl alles, um sich zu drücken.«

»Ich möchte, daß du jetzt mitkommst, Johan.«

»Was sagst du?«

»Es ist vorbei«, sagte Winter.

»Habt ihr den Mörder gefunden? Sag bloß nicht, es war Bergenhem.«

»Ich habe ein Boot unten am Anlegesteg.«

»Ich kann vielleicht einiges dazu sagen, was Bergenhem vorhatte«, sagte Bolger und schleuderte den Schürhaken auf den Boden. Der prallte zurück und schlug mit einem klingenden Laut gegen die Ziegel. »Aber du willst nicht zuhören, du hast mir nie zuhören wollen, du tüchtiger Kerl.«

»Jetzt gehen wir, Johan.«

»Du bist immer so verdammt tüchtig gewesen, Erik. Immer immer immer *immer*.«

»Schließ die Hütte ab.«

»Wenn du jetzt so furchtbar clever bist, frage ich mich, warum du diesen Fall nicht gelöst hast, mit dem du befaßt bist! Warum hast du ihn nicht gelöst? Du bist keinen Schritt weitergekommen, seit du mich vor dreihundert Jahren besucht und um Hilfe gebeten hast. *Meine* Hilfe.«

Winter antwortete nicht. Bolger rührte sich kaum. Ein Kreischen im Wind, wie ein Ruf von der anderen Seite des Wassers.

»Es hat Dinge gegeben, von denen du dir hättest helfen lassen können, aber du warst blind, Erik. Du bist nicht clever.«

Sie gingen den Abhang hinunter, Bolger wie im Schlaf.

»Während wir hier gehen, kann es wieder geschehen«, sagte er, »hast du daran gedacht?«

Sie hatten Bolger drei Stunden lang verhört, als Winter ans Telefon gerufen wurde. Es war Marianne. Sie hörte sich an, als riefe sie von einer Telefonzelle an, mit dem Rauschen des Verkehrs um sie herum.

»Ich bin sehr froh, daß Sie anrufen«, sagte Winter.

»Es ist furchtbar«, sagte sie, »ich habe darüber gelesen. Er war ein feiner Mann.«

»Er wird es überleben«, sagte Winter.

»Was? Was sagen Sie? Lebt er?«

»Ja.«

Winter hörte ein Geräusch wie von Wasser, das über ein Trottoir gespritzt wird, wenn ein Auto durch die Pfützen fährt. Er blickte zum Fenster hinaus. Über Göteborg hatte es angefangen zu regnen.

»Sie brauchen keine Angst zu haben«, sagte er.

»Und warum nicht?« sagte die Frau, die manchmal Angel war.

»Wir haben ihn hier«, sagte Winter.

»Ihn?«

»Ja.«

»Bolger?«

»Ja.«

»Sie wußten es«, sagte sie. »Es war, als hätten Sie es gewußt, bevor ich es Ihnen sagte. Bevor ich das erstemal anrief.«

»Er hat es selbst erzählt.«

»Jetzt?«

»Viel früher.«

»Ich verstehe nicht.«

»Ich werde es Ihnen erklären, aber dazu müssen wir uns sehen.«

»Ich weiß nicht.«

»Es ist sehr wichtig«, sagte Winter. »Es besteht ein großes Risiko, daß er sonst herauskommt.«

»Aber Sie haben doch gesagt...«

»Ich erkläre es Ihnen, wenn wir uns treffen«, wiederholte Winter.

Vier Stunden später bekamen sie einen Haftbefehl gegen Johan Bolger wegen begründeten Mordverdachts. Bolger stritt alles rundheraus ab. Er wiederholte, daß er ausruhen müsse. Vielleicht kann ich mich an mehr erinnern, wenn ich ausruhen darf, hatte er gesagt.

Winter hatte die Frau getroffen, die für Männer tanzte. Sie hatte ihm berichtet, daß sie Bolger mit zwei von den Jungen, die gestorben waren, gesehen hatte.

Woher sie das wußte? Sie hatte sie später auf Bildern wiedererkannt. Wo hatte sie das gesehen? Irgendwo, wohin nicht viele gingen. Warum hatte kein anderer etwas gesagt? Das wußte sie nicht. Direkt gab es keinen andern, der es hätte sehen können, hatte sie gesagt, und Winter fragte nicht weiter danach, nicht in diesem Moment.

Es war etwas an ihr... ein Zaudern, wenn er von Bolger sprach. Über seine Person. Winter behielt das im Kopf, während er von anderem sprach.

»Aber hat er nicht gesagt, daß er sich direkt auf den Weg zu Bolger machen wollte, als Sie ihn das... letzte Mal trafen?«

»Dorthin ist er gegangen.«

Winter hatte die Zeiten parat. Es stimmte, konnte stimmen.

Wo war Bergenhem verletzt worden? An welchem Ort? Zwischen den Klippen war es nicht passiert. Dorthin war er getragen, über die Wiesen gefahren worden.

Sie gingen von Bolgers Wohnung aus.

»Kann er herauskommen?« hatte sie gefragt.

»Nein«, hatte Winter gesagt.

»Kommt er in U-Haft?«

»Morgen.«

»Wer glaubt, was ich sage?«

»Es gibt noch anderes.«
»Reicht das?«
»Ja.«

Aber die richtige Antwort auf die Frage wußte er nicht. Sie hatten starke Indizien, aber um die Beweise stand es schlechter. Sie brauchten etwas Konkretes. Winter wußte im Innersten, daß es nicht genug war. Er glaubte, Bolger würde gestehen, aber er konnte sich nicht sicher sein. Plötzlich hatte er gespürt, daß Bolger nie gestehen würde.

»Wir werden Sie brauchen«, hatte er zu der Frau gesagt.

Sie hatte genickt. Sie hatten sich in der Stadt getrennt.

»Ich gehe nicht zum Boot zurück«, hatte sie gesagt.

»Es ist nicht noch etwas anderes?«

»Was sollte da noch sein?«

»Ihre Angst.«

»Ist das so merkwürdig?«

»Haben Sie Angst vor ... jemand anderem?«

»Gibt es einen andern?«

»Ich weiß es nicht.«

»Gibt es mehrere Mörder in dieser Geschichte?«

»Wir wissen es nicht.«

»Herrgott.«

Winter hatte abgewartet, ob sie mehr sagen würde.

»Ich weiß nicht, wohin ich gehen soll«, hatte sie gesagt. »Er hat einen Kumpel oder was das ist. Obwohl ich mir nicht sicher bin.«

»Wissen Sie, wer es ist?«

»Nein.«

Macdonald rief an. Die Stimme war gespannt und gleichzeitig erleichtert.

»Genügt es?« fragte er.

»Früher oder später«, sagte Winter. »Wir haben vielleicht sogar eine Waffe.«

»Dein Wikinger wird sich freuen.«

»Er muß als Zeuge auftreten, wenn wir nicht mit etwas anderem Glück haben«, sagte Winter, »wenn Bolger unter einem seiner anderen Namen in einem von den Flugzeugen gesessen hat.«

»Hast du nicht gesagt, daß der Wikinger geisteskrank ist?«

»Was sollen wir mit diesem Flieger anfangen? Er hat Bolger nie im Leben gesehen, sagt er. Er ist in der Bar gewesen, aber wer ist das nicht? Wie sollte er sich wohl an den Barkeeper erinnern?«

Macdonald antwortete nicht.

»Wir haben den Kumpel erwischt. Diesen Peter Möller«, sagte Winter.

»Ja?«

»Weiß von nichts, sagt er.«

»Der Wilddieb?«

»Er sagt nur, daß Vikingsson nicht richtig im Kopf ist, daß er nicht weiß, wovon der Kerl redet«, sagte Winter. »Wie geht es selbst?« fragte er nach drei Sekunden Pause.

»Wir schaffen es«, antwortete Macdonald.

»Sind alle Papiere fertig?«

»Fast.«

»Wie viele wissen Bescheid?«

»Nicht mehr als notwendig.«

»Gut.«

»Vielleicht muß es nicht sein.«

»Doch, es wird nötig sein.«

»O Gott.«

»Hast du die Fotografien bekommen?«

»Ihr seht alle verdammt geklont aus in Schweden«, sagte Macdonald. »Wie zum Henker soll man Fotogegenüberstellungen durchführen, wenn alle gleich aussehen?«

Winter antwortete nicht. Er hörte das atmosphärische Rauschen über der Nordsee.

»Es ist doch der gleiche Himmel und der gleiche nördliche Wind«, sagte Macdonald, »aber ihr seht so anders aus als die Briten. Das ist schwer zu erklären.«

»Aberdeen liegt auf gleicher Höhe mit Göteborg«, sagte Winter.

»Auf der Karte?«

»Wo sonst?«

»Wir hören voneinander, Gott sei bei uns.«

Gabriel Cohen hatte angeboten, daß Winter das bevorstehende Verhör führen sollte, aber er hatte abgelehnt. Er saß im Hintergrund, wie ein Schatten vergangener Zeiten. Er konnte aufstehen und gehen, wenn er im Weg war.

Bolgers schlafwandlerisches Benehmen hatte sich geändert. Er war lebhaft, höhnisch, aggressiv geworden. Winter erkannte in ihm den harten Teenager wieder. Damals war Bolger ständig in Bewegung gewesen, hatte immerzu von allem geredet, was er machen wollte, was er werden wollte. Von seinem Erfolg. Er hatte von seinem Erfolg geredet. Er war clever. Er konnte zeigen, daß er cleverer als alle andern war.

Winter hatten stundenlang gesessen und darüber nachgedacht, was Bolger vor so vielen Jahren gesagt hatte, was er selbst gemacht hatte und wie er und Bolger im Lauf der Jahre geworden waren, der Jahre, die immer näher herangestürmt waren und die am Ende alles in diesem Verhörszimmer eingeholt hatten.

GC: Sie haben nicht zufriedenstellend über Ihr Tun am Freitag, dem dreizehnten März, berichten können.

JB: Wie ich gesagt habe. Es war ein Unglückstag, und ich wollte keinen Menschen sehen. Ich bin zu Hause geblieben.

GC: Sie haben niemanden, der das bestätigen kann?

JB: Das müßt ihr feststellen. Ihr seid doch die Bullen.

GC: Es wäre besser für Sie, mit uns zusammenzuarbeiten.

JB: Zusammenarbeiten? Mit wem? Ich bin unschuldig.

GC: Sie wiederholen das oft.

JB: Ihr großer Chef da hinten in der Ecke glaubt sowieso nicht an mich. Bei solchen Freunden braucht man keine Feinde.

GC: Wir haben drei Pässe in Ihrer Wohnung gefunden. Sie sind auf folgende Personen ausgestellt.

Gabriel Cohen las die Namen vor, und Bolger hörte zu.

GC: Kennen Sie diese Dokumente?

JB: Nie gesehen.

GC: Sie haben diese Reisedokumente nie gesehen?

JB: Jemand hat sie dorthin gelegt. Dort eingeschmuggelt.

GC: Wer sollte die Dokumente in Ihre Wohnung gelegt haben?

JB: Ihr Chef. Erik Winter.

GC: Sie behaupten, der stellvertretende Chef des Fahndungsdezernats der Provinzialkripo habe diese Dokumente in Ihre Wohnung geschmuggelt?

JB: Er ist eingebrochen, nicht wahr? Das ist ungesetzlich. Von da ist es kein großer Schritt, Beweise unterzuschieben oder wie zum Teufel Sie das nennen wollen.

GC: Wir wissen nichts davon, daß jemand in Ihre Wohnung eingebrochen ist.

JB: Aber *ich* weiß es.

GC: Wofür sind die Pässe gebraucht worden?

JB: Hören Sie nicht, was ich sage? Ich habe keine Ahnung.

In diesem Stil ging es weiter. Winter sah Bolgers Profil, ein schwereres Profil verglichen mit dem Jungen, den er vor so vielen Jahren gekannt hatte. Ihr Umgang war damals offen und nah gewesen, über mehrere Jahre. Er hatte über die Jahre fortbestanden. Sie waren beide Junggesellen geblieben, hatten sich gegen Familie entschieden, falls es nicht die Familie war, die sich gegen sie entschieden hatte. Winter dachte an Macdonalds Familie mit den Pferdeschwänzen. Vielleicht hatte er empfunden, daß ihm etwas fehlte, wenn er später an das Bild dachte. Er hatte keine Familie, möglicherweise einen Rest von Familie, aber das war alles. Wann hatte er zuletzt von seiner Schwester gehört?

Er überlegte, was Bolger vermissen mochte. Er hörte die Stimmen vom Verhör, die Fragen, die kurzen Antworten, einige längere. Die Stimmen flossen in der Mitte des Zimmers zusammen, und er konnte nicht mehr erfassen, wer was sagte.

Cohen schloß das Verhör ab, und Bolger wurde abgeführt, ohne einen Blick auf Winter.

»Ein psychologisches Profil von diesem Burschen wäre wünschenswert«, sagte Cohen.

»Es gibt schon mehrere«, sagte Winter.

46

Macdonald rief wieder an. Winter saß da, preßte die Handflächen an die Stirn, hielt seine Gedanken in den Händen. Tage waren vergangen, Licht und Dunkel und andere Windrichtungen, wenn er über Heden gegangen war.

Am Tag zuvor war er einem Auto ausgewichen, das ohne Fahrer abzubiegen schien, und ihm war die Frau eingefallen; irgendwo hatte er ihre Telefonnummer. Er hatte ihr Auto gerettet. Er hatte versucht, sich an ihr Gesicht zu erinnern, aber es war weg, er hatte daran gedacht, als er die Aveny überquerte, aber ihre Gesichtszüge waren mit anderen zusammengeflossen.

Er saß mit seinen Gedanken da. Das Läuten veranlaßte ihn, die Hände vom Kopf zu nehmen. Gerade als er zum Hörer griff, erinnerte er sich, wie sie ausgesehen hatte, als sie ihm den Zettel mit der Nummer gab. Die Belohnung für einen Helden.

»Die Anzeige hat Resultate erbracht«, sagte Macdonald, »was immer sie wert sein mögen.«

»Gestern hast du gesagt, ihr kommt nicht zum Aussieben«, sagte Winter.

»Das war gestern.«

»Also was ist passiert?«

»Ein Paar hat von sich hören lassen. Sie wohnen nicht weit vom Hotel des Jungen und sagen, daß sie den Jungen mit einem Mann vor einem Pub in der Camberwell Grove gesehen haben.«

»Wo ist das?«

»Camberwell Grove? Das ist diese schmucke Straße mit den georgianischen Häusern. Wir waren dort, ich habe sie dir gezeigt, die Jungs sind dort von Tür zu Tür gegangen, aber dieses Paar war sicher fort, und wir haben es nicht geschafft, einen zweiten Durchgang zu machen.«

»Okay.«

»Sie haben also einen schwarzen Jungen um die Zwanzig gesehen, der mit einem Mann Bier trank, der fünfzehn Jahre älter gewesen sein könnte. Blond, groß.«

»Und sie sind sich sicher?«

»Sie sind sich sicher, daß es dein alter Freund ist.«

»Sag das nicht.«

»Was?«

»Benutze nicht diesen Ausdruck.«

»Okay. Wie auch immer, die Frau ist sich sicherer, sie saß da und sah heimlich zu, als der Mann drinnen war und die Getränke holte.«

»Es ist nur eine Fotografie.«

»Sie sagt auch, es sei so ungewöhnlich, daß ein Schwarzer in diesem Pub sitzt, so daß sie vermutet hat, der Junge sei Ausländer.«

»Eure eigenen Schwarzen wagen sich wohl nicht dorthin.«

»Nein.«

»Und sie meint, sie hätte Bolger wiedererkannt?«

»Ja. Aber ich bin mir über eine richtige Gegenüberstellung unschlüssig«, sagte Macdonald.

»Dann platzt es«, sagte Winter.

Am anderen Ende war es still. Das Rauschen war wie Bruchstücke von Macdonalds Gedanken, dachte Winter, als ob die Gedanken deutlich im Weltraum zu hören wären.

»Wie laufen die Verhöre im Moment?« fragte Macdonald.

»Er sagt nichts. Bestenfalls sagt er, daß er sich nicht erinnert. Er hat in den letzten Tagen viel von Gedächtnisverlust geredet.«

»Es ist nicht ungewöhnlich, daß ein Tatverdächtiger sich bei schweren Verbrechen auf Gedächtnisverlust beruft.«

»Ich habe meine Zweifel«, sagte Winter. »Irgendwie weiß ich es, aber ich zweifle. Wie die Dinge liegen, sollte ich die Ermittlung vielleicht lieber in kompetentere Hände übergeben. Oder kühlere.«

Am anderen Ende war es still. Winter hörte den eigenen Atem.

»Ich habe mit den Experten gesprochen«, fuhr Winter fort, »sie arbeiten an einem... Profil.«

»Ich persönlich habe großen Respekt vor der Gerichtspsychologie«, sagte Macdonald.

»Ja.«

»Aber Gedächtnisverlust kann simuliert sein, wie du weißt, ein Versuch, einem Geständnis zu entkommen.«

»Ja.«

»Oder er kann echt sein. Dann wird es ein wenig schwieriger für uns, nicht wahr? Da begeben wir uns auf eine neue unbekannte Reise.«

Winter antwortete nicht.

»Ist es nicht so, Erik?«

»Er wird nie während eines Verhörs gestehen«, sagte Winter. »Ich weiß, wer er ist, und er wird nie gestehen.«

»Bist du dir da sicher?«

»Ich weiß warum.«

»Dann mußt du es mir berichten.«

»Bald. Wenn ich die Gedanken fertig gedacht habe. Ins reine geschrieben.«

»Ins reine geschrieben?«

»Den Bericht hier ins reine geschrieben.«

Macdonald wartete, aber Winter sagte nichts mehr. Winter hörte das Atmen des Kollegen, als ob Macdonald mitten im englischen Frühling eine Erkältung aufgelesen hätte.

»Wie sieht es bei Frankie aus?« fragte Winter.

»Glaube nicht, daß er sich in etwas hineinziehen läßt, das gefährlich für die Gesundheit ist«, sagte Macdonald.

»Aber wie steht es um ihn? Wonach sucht er? Dieses Gerede von Folter?«

»Ich weiß es tatsächlich nicht«, sagte Macdonald, »aber er hat heute morgen eine Nachricht für mich hinterlassen. Ich habe zurückgerufen, aber er war nicht da.«

»Möglich, daß er etwas gefunden hat«, sagte Winter.

»Frankie? Man kann nie wissen.«

»Vertraust du ihm?«

»Kommt darauf an, was du meinst.«

»Du weißt, was ich meine.«

»Frankie mag schwarz sein, aber er hat eine schneeweiße Seele.«

»Würde er dieses Urteil schätzen?«

»Wenn er Abstand dazu gewonnen hat. Aber ich melde mich sofort, wenn er etwas zu sagen hat, was du wissen mußt.«

»Gut.«

»Das mit der Erinnerung«, sagte Macdonald. »Wir haben Zahlen, die zeigen, daß ungefähr dreißig Prozent von denen, die die schwersten Gewaltverbrechen begehen, behaupten, sie könnten sich nicht erinnern, was passiert sei.«

»Ich glaube, das ist bei uns genauso«, sagte Winter, »ähnliche Zahlen.«

»Wir haben viele Simulanten, man meint, sie hätten eine naive Hoffnung, der Verantwortung zu entgehen.«

»Ja.«

Aber Winter wußte, daß man Gedächtnislücken ernst nehmen mußte. Er war ein professioneller Ermittler, und wenn man der Wahrheit bei der Ermittlung so nahe wie möglich kommen wollte, mußte die Gedächtnislücke diagnostiziert werden. Die psychogene Amnesie, dachte er. So hieß das. Psychogene Amnesie.

»Aber viele Schuldige mit Gedächtnisverlust hatten irgendwann früher im Leben psychische Probleme«, sagte Winter.

Er hatte mit Leuten gesprochen, die sich auskannten. Die Amnesie konnte den Zeitpunkt des Verbrechens umfassen. Oder sie konnte sich als Identitätsverlust mit einer Veränderung der Persönlichkeit über mehrere Tage äußern. Oder als Persönlichkeitsspaltung.

Winter war während des Gesprächs mit dem Experten erschrocken. Er hatte die beschriebenen Blätter übergeben, die er bei Bolger zu Hause gefunden hatte. Die Fotografie. Von anderem berichtet, im Verborgenen gesucht.

Er hatte erfahren, daß die Ursache für wirklichen Gedächtnisverlust ein früher erlebtes Trauma oder ein tiefgehender, stark gefühlsbefrachteter Konflikt des Täters sein konnte. Daß das Verbrechen mit starken Gefühlen und extremem Streß verbunden war und daß der Täter keine Angst wegen des Gedächtnisverlustes zeigte.

Bolger zeigte keine Angst. Er schwankte zwischen Desinteresse und Hohn, bekam dunkle Augen und behauptete, vergebens in der Erinnerung zu suchen, bewegte sich wie im Schlaf.

Aber es gab auch sichtbare Merkmale eines gespielten Gedächtnisverlustes. Winter hatte es während eines langen Nachmittags diskutiert, hatte es im *Christianson och Wentz* nachgeschlagen.

Man mußte aufpassen, ob der Verlust des Gedächtnisses unmittelbar nach dem Verbrechen auftrat. Und ob die Amnesie bei verschiedenen Verhörsgegebenheiten variierte.

So verhielt es sich bei Bolger. Sie variierte. Auch war er auffallend hartnäckig in seiner Einstellung zum eigenen Gedächtnisverlust, dachte Winter. Bolger glaubte, er könnte sich auch nicht an mehr erinnern, wenn er mehr Zeit bekäme oder mehr Leitfäden zur Stütze der Erinnerung.

Es ist wie ein Dauerfrost über der Welt, dachte Winter. Als einziges kann uns eine gewaltige Explosion im Hirn retten, die Opfer vor der großen Unwissenheit retten.

»Bist du noch da?« fragte Macdonald.
»Ich bin noch da.«
»Also kein Zurück.«
»Es ist die einzige Möglichkeit.«
»Weißt du, was das kostet?«
»Geld bedeutet mir nichts«, sagte Winter.
»Das hatte ich vergessen«, sagte Macdonald.

Er suchte nach einem besonderen Ereignis, und wenn ihm das einfiele, fände er die Antwort. Dann wäre alles vorbei.

Wie viele Stunden hatte er nun den vergangenen Jahren gewidmet? Die ersten Jugendjahre, als er und Bolger so eng zusammen waren...

Wie war das gewesen?

Es war ein Wettkampf gewesen. Keiner hatte etwas gesagt, aber es war ein Wettkampf gewesen. Und er, Winter, hatte immer gewonnen. Oder er hatte immer recht bekommen, was vielleicht auf das gleiche hinauslief.

Er saß in der Stille der Nacht. Das einzige, was zu hören war, waren die spärlichen Geräusche der Stadt, als Stütze für seine Erinnerung aus den Jahren in diesem Göteborg, dort unten hinter dem Balkon.

Er wußte, daß Bolger wegen psychischer Schwierigkeiten eingewiesen worden war, daß er behandelt worden war, aber nur während einer kurzen Zeit, wie im geheimen. Nein. Es war geheim gewesen, niemand hatte es erfahren dürfen. Bolger hatte einen Vater, der war wie Stacheldraht, der war in Schichten um die Geheimnisse der Familie gerollt.

Winter und Bolger waren immer zusammengewesen, und Bolger hatte immer einen Schritt schräg hinter ihm gestanden. Winter hatte sich selten umgesehen. Was für ein Gefühl war es gewesen, dort zu stehen?

War das eine Vereinfachung? In diesem Fall war sie das, was er suchte, die Vereinfachung. Die Erklärung.

Die sehen mich komisch an im Palast, dachte er. Oder waren es die Gespenster in seinem Hirn, die bewirkten, daß er sich Dinge einbildete?

Es mochte eine nachträgliche Erklärung sein, als ein Teil des Gespenstes, aber Winter konnte den Zeichen der letzten Monate wie einem dünnen, aber deutlichen Faden von Mitteilungen rückwärts folgen. Einem Leitfaden.

Es waren Worte gewesen und Musikstücke, als hätte Bolger alles lange im voraus geplant: Wenn du so phantastisch bist, müßte das hier dir einen Gedanken in Richtung voraus geben. Jetzt dachte Winter wieder daran.

Der Kamerad hatte ihn herausgefordert. Falls das das richtige Wort war. Es lag etwas Unausgesprochenes in den Handlungen, deutlich, aber beiseite gestellt. Einen Schritt schräg dahinter.

Bolger hatte gewußt, daß er nach London kommen würde.

Er durchschaute ihn.

Alles, was gesagt worden war. Es gab keine Zufälle. Alles fand sich im Bericht.

Oder ich träume, dachte Winter, es sind Tage und Nächte von Träumen gewesen. Vielleicht ist das alles eine große Illusion. Alles ist unbegründet, eine irrige Meinung. Die Hoffnung, daß die Arbeit gelungen ist, daß wir den richtigen Täter haben, hat keinen Sinn.

Wünsche ich mir, daß ich richtig oder falsch liege? Ich weiß es nicht.

Winter versuchte, mit sich selbst zu sprechen. Es geht nicht um dich. Du bist austauschbar. Es geht um etwas, das wir noch nicht kennen. Du bist nur ein Objekt. Es könnte jeder x-beliebige sein. Es sind Taten, die von deiner Hand nicht ungeschehen gemacht werden können.

Er erinnerte sich wieder. Die Erinnerungen waren wie ein Fotoalbum und ein Tagebuch nebeneinander. Er ließ die Ereignisse hinter sich, die nicht die richtigen waren. Etwas war geschehen, aber er sah es nicht. Ich bin auch nur ein Mensch, dachte er und stand auf.

Zwei Tage noch, wenn unterdessen nichts anderes passierte.

Er spritzte sich Wasser ins Gesicht und fiel ins Bett. Keine Träume.

47

Sie führten Bolger zum ersten Stock hinunter. Winters Hals war wie zugeschnürt, er fühlte sich, als reichte die Luft um ihn herum nicht aus.

Einmal stützte sich Bolger gegen die Flurwand. Er hatte Winter mit Augen ohne Pupillen angesehen. Dann hatte er gesprochen, wie zu einem Kameraden, beide draußen auf einer Wanderung zum Meer.

Er hatte Winter gefragt, was sie machen wollten, wenn dieser Scheiß hier vorbei wäre.

Vor der Tür zu dem Zimmer wurde er wieder verschlossen, in sich selbst eingesperrt. Er sagte etwas, das keiner hören konnte. Er stützte sich gegen die Wand. Winters Nackenhaar war kalt vor Schweiß. Die Waffe in der Achselhöhle scheuerte. Bolger begann, sich auf den Fersen zu wiegen und dann den Kopf vor und zurück zu schieben. Die Männer hielten ihn fester.

Die Tür wurde geöffnet. Winter sah Macdonald gleich links, den Pferdeschwanz, die Lederjacke. Macdonald sah ihn nicht an, er verfolgte Bolgers Bewegungen. Die Männer führten Bolger über die Schwelle, auf die Seite.

Macdonald näherte sich Bolger, nur zwanzig Zentimeter trennten sie. Winter sah, daß sie genau gleich groß waren.

Das Licht war hier drinnen weicher als auf dem Flur, es hatte seine Quellen im Frühling draußen und in einer Stehlampe, die drei Meter tief im Zimmer stand. Männer standen an den Wänden entlang. Sie waren bereit für die Gegenüberstellung. Der Spiegel nahm eine der Wände ein.

Ein rauher Laut war aus Bolgers Kehle zu hören. Er zitterte, die Muskeln seiner Oberarme spannten sich. Winter ließ den Blick auf seinem Oberkörper, alles war in diesem einen Augenblick erstarrt.

Winter ging hinaus und in das Zimmer, das sich auf der anderen Seite der Spiegelwand befand.

Das Bett stand in einer Ecke des Zimmers. Die Räder waren blockiert, das Bett sah aus, als wäre es von der älteren Art, die früher in schwedischen Krankenhäusern verwendet wurde, aber es war modern, eigens für Lufttransporte konstruiert. Männer standen hinter dem Kopfende.

Ein Mensch lag im Bett, und das schwarze Gesicht sah vor dem Weiß wie eine Maske aus. Es war mit Gazebinden umwickelt, aber an manchen Stellen schien die Haut durch.

Es war Christian Jaegerbergs Gesicht. Es war Christian Jaegerberg, der in dem Bett lag.

Winter hatte den Jungen nie leibhaftig gesehen, nur auf Fotos.

Die Augen des Jungen glänzten. Er sah Bolger an, keinen andern. Er sah durch die Wand, die ein Fenster war. Bolger konnte ihn nicht sehen. Es schien, als versuchte der Junge den weißen bandagierten Arm zu heben, der längs den Konturen des Körpers im Bett lag.

Jetzt bewegte er den Kopf, vor und zurück, wie Bolger sich vorher vor dem Zimmer bewegt hatte. Er blickte auf Bolger, wie ein Opfer seinen Mörder ansieht, und nickte dann.

Winter trat ans Bett vor und lauschte auf seine leise Stimme. Es gab keinen Zweifel mehr.

Winter ging auf den Flur und betrat den Raum, in dem Bolger längs der Wand gegenüber dem Spiegel stand. Sieben Männer standen neben ihm, aber sie waren für Winter unsichtbar. Bolger war still, regungslos. Er blickte auf Winter, dann zum Spiegel und nickte. Er weiß es, dachte Winter. Er weiß, wer dahinter liegt. Er bewegt sich jetzt nicht. Er ist ruhig.

Was hatte ich erwartet, dachte Winter. Daß er zittern würde, daß der Mund weiß und rot würde vor Schaum, wenn er begriffe?

Winter schloß die Augen und sah im Geist Bolger vor sich, wie er sich mit voller Kraft vorwarf und die Männer mit furchtbarer Stärke hinter sich herschleifte, und Wint...

Er öffnete die Augen und sah Bolger mit geschlossenen Augen dort stehen. Niemand rührte den Mörder an. Bolger rührte sich nicht, sein Blick war nun auf Winter geheftet, mit einer Schärfe, die Winter kein einziges Mal gesehen hatte, seit sie ihn zum Verhör abgeholt hatten.

»Es ist nie vorbei, und es ist nicht zu Ende«, sagte Bolger plötzlich, und die Schärfe im Blick war verschwunden.

Sie saßen in Winters Zimmer. Winter spürte den Schweiß kalt auf dem Körper. Macdonald war blaß, die Haut spannte sich über den Wangenknochen.

»Ich dachte, er würde für immer in Wahnsinn versinken«, sagte Winter.

»Mhm.«

»Er ist noch da«, sagte Winter. »Es war ein Risiko.«

Er zündete eine Corps an. Die Hände zitterten leicht wie in einem Nachklang.

»Er hat gesagt, daß es nicht zu Ende ist«, fuhr Winter fort, als er den ersten Rauch zur Decke geblasen hatte. »Bolger hat gesagt, daß es nie vorbei ist.«

»Ich weiß, was er meint«, sagte Macdonald.

»Bitte?«

»Ich glaube, ich weiß, was er meint. Wenigstens zum Teil.«

Winter wartete auf die Fortsetzung, er rauchte wieder, ohne etwas zu schmecken.

»Laß mich an die Enttäuschung erinnern, als ihr Vikingsson laufenlassen mußtet ... oder davor ... der ganze Scheiß mit der Wilderei«, sagte Macdonald.

»Ja.«

»Er ist ja wieder frei.«

Winter war still, bleich.

»Deine Fotocollage.«

»Worauf willst du hinaus, Steve?«

»Keiner von uns hat doch den Wikinger aus den Gedanken fallenlassen oder aus der Ermittlung oder wie wir die jetzige Lage bezeichnen wollen.«

»Natürlich nicht.«

»Ich habe sie auch empfunden. Die Enttäuschung. Wir haben mit dem Burschen gesprochen, als er wieder in London war, und ich habe sie gespürt. Es war, wie du einmal gesagt hast. Da war irgend etwas, ich habe es gespürt. Ich habe getan, was du gesagt oder gewünscht hast.«

»Wovon redest du eigentlich, Steve?«

»Hör zu. Es klingt merkwürdig, aber es ist wahr. Zu Hause auf der Wache hast du zu mir gesagt, daß du an Gott glaubst. Hier kommt die Belohnung dafür. Es ist gestern passiert, spät, in der Nacht, ich mußte damit warten, es dir zu sagen, bis wir herüberkamen.«

»Was sagen?«

»Vikingsson, Carl Vikingsson. Wir haben die Überwachung nicht eingestellt. Es war irgend etwas mit dem Teufel ... noch etwas anderes ... ja, das habe ich gesagt. Okay, wir hatten zwei Mann auf ihn angesetzt, ihn einige Tage beobachtet. Da war auch etwas, was Frankie gesagt hat ...«

»Steve!«

»Nein, hör zu. Ich muß das zuerst sagen. Frankie hat etwas

gefunden. Es gab einen, der etwas zu verkaufen hatte. Nichts, was in Soho in manchen Pornokinos landet. Aber wie das so geht, landet der Mist immer dort. Das ist immer so.«

»Vikingsson landete in Soho?«

»Ein blonder Teufel ist durch die Stadt gegangen und hat ein Angebot vorgelegt«, sagte Macdonald. »Das ist diskret geschehen, unerhört diskret, aber doch nicht diskret genug für Frankie und seine Kontaktpersonen.«

»Wer ist das?«

»Frag mich nicht, wir wollen das beide nicht wissen.«

»Und was ist dann passiert?«

»Noch nichts auf dem Markt, sagt Frankie.«

»Wie können wir also weiter vorgehen?«

»Wir sind schon weiter.«

»Ihr seid schon weiter«, wiederholte Winter.

»Er wurde unvorsichtig, als er beim letzten Mal zurückkam. Er war ja frei, die ganze Welt gehörte ihm. Wir folgten ihm nach Heathrow, aber er wollte nicht arbeiten gehen, nicht auf diese Weise.«

Macdonald beugte sich auf dem Stuhl vor. Die Jacke spannte über den Schultern. Er war blasser denn je, die Stimme war dünn, gequält.

»Die Angestellten haben dort draußen ihre Schließfächer, und er ging zu seinem«, fuhr Macdonald fort. »Er nahm einen kleinen Sack mit etwas darin heraus, und wir traten vor und halfen ihm, es herauszunehmen. Es war das Stativ.«

»Was?«

»Es war das *Stativ*, nach dem wir gesucht haben. Ich bin mir sicher, und weißt du, warum? Die Antwort ist, daß bei dem Scheißding, das der Flugbegleiter hatte, an einem der Beine eine Hülse fehlte. Die Techniker beim Yard sind mit der Arbeit noch nicht fertig, aber ich bin mir sicher.«

»Du nimmst mich auf den Arm«, sagte Winter.

»In so einer Situation? Nach allem, was wir erlebt haben?«

»Nein.«

»Nein was?«

»Nein, du nimmst mich nicht auf den Arm.«

»Es gibt andere, die glauben, sie können das machen«, sagte Macdonald. »Aber es gelingt nie.«

»Das Stativ«, sagte Winter und spürte einen Geschmack von Blut und Essig im Mund.

»Außerdem sagen die Hexenmeister in Kennington, daß sich auf jeden Fall Fingerabdrücke an dem Stativ befinden und daß es keine Rolle spielt, wie alt sie sind.«

Winter sagte nichts. Er spürte den Schweiß wieder.

»Und das ist nicht alles«, fuhr Macdonald fort. »An der Decke des Fachs war ein Umschlag festgeklebt, und im Umschlag befand sich ein Schlüssel zu einem Bankfach.«

»Bankfach«, wiederholte Winter. Der Zigarillo in seiner Hand war vor Jahren ausgegangen.

»Vikingssons Bankfach in London.«

»Habt ihr hinfahren können?«

»Darauf kannst du dich verlassen. Dort fanden wir noch einen Schlüssel.«

»Noch einen Schlüssel«, wiederholte Winter mit einer Stimme, die kaum die Wörter trug.

»Der paßt zu einem Schließfach auf einer der Londoner Eisenbahn- oder U-Bahn-Stationen.«

»Wie viele gibt es davon?«

»Schließfächer? Millionen und hunderte Bahnhöfe. Aber wir werden es finden.«

»Hat Vikingsson etwas gesagt?«

»Vikingsson sagt keinen Mucks«, sagte Macdonald. »Er scheint zu glauben, daß er morgen wieder fliegt.«

»Wo ist er?«

»Im HQ in Eltham.«

»Und er sagt nichts.«

»Noch nicht.«

»Glaubst du, es reicht? Das mit dem Stativ?«
»Wir sind auf einem guten Weg«, sagte Macdonald.
»Es wären also zwei.«
»Das erklärt manches.«
»Was?«
»Wie sie entkamen, die Sachen wegbekamen.«
»Es kann auch ein merkwürdiger Zufall sein.«
»Nein.«
»Wir haben noch keinen weiteren Zusammenhang zwischen Vikingsson und Bolger gefunden, aber wir haben nicht auf die richtige Art und Weise danach gesucht.«
»Das finden wir jetzt heraus, das ist immer so.«
»Auf jeden Fall brauchen wir mehr Beweise«, sagte Winter, »oder Beweise statt Indizien. Wollen wir Vikingsson zu Fall bringen, dann brauchen wir mehr.«
»Wir setzen ihm ordentlich zu«, sagte Macdonald.
»Das reicht nicht. Außerdem bin ich nicht so optimistisch wie du.«
»Wir setzen ihm ordentlich zu«, wiederholte Macdonald.

Winter spazierte allein durch den Park vor dem Polishuset. Während des Gesprächs mit Macdonald hatte ein Splitter eines Gedankens ihn im Hinterkopf gekratzt.

Er dachte an die Gespräche, die er mit der Frau geführt hatte, mit Marianne Johnsén. Die Stripperin. Es war die ganze Zeit etwas dagewesen ... ein anderer ... als hätte sie zuerst verwirrt gewirkt, als er von Bolger sprach. Oder als er *nur* von Bolger sprach. Als wäre da ein anderer gewesen ... auch ... als hätte er sie verwirrt, als hätte sie an sich selbst gezweifelt und das andere fallenlassen ... falls es tatsächlich noch mehr gab. Dann hatte sie es selbst erwähnt.

Das Gefühl, das er gehabt hatte, hinterher, war wie ein Kratzen gewesen. Er mußte sie noch einmal verhören oder vielmehr mit ihr sprechen.

Aber das war es nicht, was ihm Sorgen bereitete, nicht jetzt, wo er eine halbe Stunde nach dem Gespräch mit seinem schottischen Kollegen spazierenging.

Es war wieder Bolger. Bolger wollte ihm etwas zeigen. Wieder dachte Winter an die Mitteilungen, die Bolger in den letzten Monaten hinterlassen hatte.

Es gab noch etwas. Etwas, das groß war. Das juckte wie verrückt im Schädel, Winter kratzte sich im Haar, als säße dort der Gedankensplitter fest.

Bolger sagte... sie standen auf d... er sagte etwas von der Schönheit und dem Dunkel und sie sta...

Winter hielt inne. Er starrte vor sich auf den Boden, ohne zu sehen. Jetzt kommt es. Die Gedankenreste im Kopf fügten sich zu einem Ganzen. Er sah Bolger in der Hütte, vor der Hütte.

Sie waren hinausgegangen. Bolger hatte von seinem Neubau gesprochen. Er hatte das Feuer angezündet. Er hatte sich darum herumbewegt.

Und als Winter zum letztenmal zur Insel hinausgefahren war, hatte Bolger den Schürhaken gegen die roten Steine geworfen.

Die Feuerstelle.

Das Denkmal aus Ziegelstein auf dem Gipfel des Berges.

Winter schlüpfte unter der Absperrung durch. Die Hütte war leer im Gegenlicht, ohne Konturen. Er sagte ein paar Worte zu dem Polizisten, der den Ort bewachte, und schickte ihn zum Boot hinunter.

Winter legte den Mantel auf den Boden, zog die Arbeitshandschuhe an und griff zum Vorschlaghammer. Er schlug die Ziegel entzwei, von links nach rechts, und spürte die Hitze im Rücken, als das Blut in die Armmuskeln strömte. Die Ziegelsteine barsten mit schweren Klängen, wurden vom Hammer gespalten. Die Feuerstelle fiel langsam ein, und Winter machte eine Pause, trocknete den Schweiß ab und warf dann den Sakko ins Gras. Sofort kühlte ihm der Wind den Rücken. Er hob den

Hammer wieder auf und schlug weiter. Von der Anstrengung schmerzte es in dem wunden Zeh.

Der Herd war doppelt gemauert und wurde immer mehr zur Ruine unter den Schlägen. Als er eine Stunde lang mit dem Hammer geschlagen und mit einer Brechstange gebohrt hatte, sah er den Zipfel eines Beutels aus Ölzeug. Er lag in einem etwas breiteren Raum zwischen den Ziegelsteinen. Er packte ihn, aber er saß fest. Er fühlte es in den Schläfen klopfen, und das kam nicht nur von der Anstrengung. Ich hätte eine Tablette nehmen sollen, bevor ich herausfuhr, dachte er, eine Handvoll Beruhigungsmittel.

Er stocherte vorsichtig im Mörtel um den flachen, groben Beutel und zerrte mit den behandschuhten Händen, aber das Päckchen saß noch immer fest. Er zielte mit dem Hammer einige Dezimeter tiefer, schlug zu, und der Beutel lag frei.

Er atmete tief durch, stützte sich auf den Hammer und stand still. Der Wind kühlte wieder und hatte die Strandheide auf dem Hang aufgerichtet.

Winter nahm das Päckchen in die Hand. Es fühlte sich leicht und zerbrechlich an. Er ging zum Haus und öffnete die Tür.

In der Küche wickelte er das kräftige Papier auf. Es fühlte sich wie Birkenrinde an. Darin lag die Videokassette. Ein handgeschriebenes weißes Schreibmaschinenblatt war mit Klebeband an der Kassette befestigt. Große Buchstaben rauf und runter, und er drehte die Kassette um und las: AN ERIK.

Nur diese Worte. Er schloß die Augen, machte sie wieder auf, und die Mitteilung war noch da, mit blauer Tusche geschrieben.

Er riß das Papier ab und drückte es in der Hand zusammen, warf es wie einen Stein zu Boden.

Es fand sich anderes in dem Beutel, Zettel, die aussahen wie Quittungen und Restaurantrechnungen, U-Bahn-Fahrscheine, Zug- und Busfahrkarten.

Alles aus London. Winter stocherte vorsichtig in dem Haufen, als wäre er etwas Lebendiges. Zuoberst lag eine Taxiquittung. Jemand hatte mit derselben Tuschfeder *Stanley G.* quer darüber geschrieben.

Da lag ein Brief von einem schwedischen Freund an Geoff Hillier.

Einer der letzten Fäden, dachte Winter, und noch bleibt die Videokassette übrig.

Es ist soweit, dachte er. Jetzt ist es soweit.

Er hatte den Fernseher bei seinem letzten Besuch hier gesehen, einen von diesen kleinen modernen Monitoren mit eingebauter Videofunktion. Er sah nach, ob der Strom im Haus eingeschaltet war, und schaltete das Gerät an.

Vater unser, der du bist im Himmel, geheiligt werde dein Name, dachte er und schob die Kassette hinein.

Es rauschte und schrie aus dem Lautsprecher, und er drehte die Lautstärke leiser und starrte auf die wahnsinnigen Bewegungen der Pünktchen auf dem Bildschirm. Plötzlich hörte er Musik, und er erkannte sie mit einem unmittelbaren Gefühl der Übelkeit wieder. Albert Ayler, Don Cherry. New York Eye und Ear Control.

Das Bild zeigte eine Innenansicht von Bolgers Bar. Die Kamera mußte im Barspiegel versteckt gewesen sein. Winter sah sich selbst auf dem Bild. Ein Rauschen und ein Schnitt. Per Malmström saß an der Theke. Rauschen und Schnitt. Winter wieder, ein Glas Bier in der Hand. Rauschen und Schnitt. Per Malmström. Rauschen und Schnitt. Winter. Schnitt. Jamie Robertson. Schnitt. Winter. Das Bild blieb stehen. Drei Meter hinter Winter saß ein Mann und lächelte. Es war Vikingsson. Das Bild zoomte Vikingsson heran. Schnitt. Geoff Hillier. Schnitt. Winter, der jemanden vor sich anlächelte. Schnitt. Carl Vikingsson an der Theke. Schnitt. Winter. Schnitt. Vikingsson. Schnitt. Per Malmström wieder. Schnitt. Ein schnelleres Tempo der Schnitte jetzt.

Dann Schwärze. Keine Geräusche mehr.

Danach ein Zimmer. Ein Junge saß auf einem Stuhl. Er war

nackt. Ein Mann kam ins Bild, am Oberkörper nackt, ein Stück Stoff um die Hüften. Die Augen des Jungen... Winter sah die Augen und hörte die Laute, die der Junge durch den Lappen, der ihm in den Mund gedrückt worden war, hervorzubringen versuchte.

Der Mann trug eine Maske, und nun nahm er sie ab und blickte in die Kamera. Es war Bolger.

Gleichzeitig hörte Winter eine Stimme.

Es war eine Stimme.

Es war nicht der Mann auf dem Bild, der etwas sagte, seine Lippen waren steif. Es war nicht der Junge, er konnte kein Wort herausbringen.

Winter spürte, wie die Kiefer zu schmerzen begannen. Er versuchte, den Mund zu öffnen, aber es ging nicht. Er griff sich ans Kinn und drückte es nach unten, um den Krampf zu lösen. Der Schmerz verging, als sich der Mund öffnete. Es war ein Gefühl, als hätte er sämtliche Zähne zerbissen.

Er hielt das Band an und spulte es zurück, drückte wieder auf Start. Da. Wieder hörte er die Stimme. Es klang wie eine Feststellung. Winter spielte es noch einmal. Da. Etwas mit *runter* oder etwas Ähnliches.

Es befand sich noch jemand im Zimmer. Es gab da eine Stimme, und es konnte dieselbe sein, die sie auf ihren eigenen Bändern von den Verhören hatten. Vikingssons Stimme. Diesmal war er dabeigewesen. Das wollte Bolger mitteilen. Sie hatten die Möglichkeit, die Stimmen zu messen, abzuwägen und zu vergleichen. Es kostete nur Arbeit und Zeit. Die ewige Prozedur.

Diesmal ließ Winter das Band laufen. Er sah noch drei weitere Minuten zu, schaltete dann ab und ging schnell aus dem Haus, um allen Wind zu schlucken, den er auf dem Gipfel des Berges finden konnte.

48

Alle versammelten sich bei Winter zu Hause. Es war eine leise Gesellschaft. Sie waren da, weil sie das Bedürfnis verspürten, zusammen zu sein, hinterher. Einige tranken, aber Winter nicht. Er hatte Stunden unter der Dusche gestanden. Das mußte genügen.

»Ihr dürft euch gern vollaufen lassen«, hatte er gesagt, als sie kamen. Er hatte sie in das Zimmer gebeten, wo die Flaschen standen.

Bergenhem war da, mit einem dicken Verband um den Kopf. Winter umarmte ihn, dann umarmte er Martina, die auch da war, und sie umarmte ihn.

Alle versammelten sich um das Kind, das auch dabei war.

»Wie heißt sie?« fragte Aneta Djanali für alle andern.

»Ada«, antwortete Martina.

»Åååda«, sagte Halders.

»Souverän«, sagte Aneta.

»Meinst du?« fragte Bergenhem und sah Aneta an.

»Souverän«, antwortete Halders an ihrer Stelle.

»Ihr gestattet«, sagte Winter, der mit einer Kiste Cuaba Tradicionales kam, die er bei Davidoff gekauft hatte.

»Sollte nicht ich etwas anbieten?« sagte Bergenhem.

»Selbstredend«, sagte Winter. »Aber du hast Kopfschmerzen gehabt, und unterdessen biete ich diese traditionellen Zigarren an, wie die Tradition es gebietet.«

Halders schenkte sich noch einen Whisky ein und einen für Macdonald.

Winter sprach mit Möllerström und Bergenhem, die beide ein Glas Wein in der Hand hatten. Sie standen an den Fenstern, blickten hinaus in die Abenddämmerung. Aneta Djanali stand auch da und Martina Bergenhem.

»Es bestand eine Chance, daß der Junge überleben würde,

und wir beschlossen sofort, es geheimzuhalten«, sagte Macdonald zu Halders. »Wir haben mit den Eltern und den übrigen, die es wissen mußten, gesprochen und dann abgewartet.«

»Du lieber Gott«, sagte Halders. »Mir ist ganz flau geworden, als Erik zurückkam und berichtete.«

Die Stunden verstrichen. Das Kind schlief in Winters Schlafzimmer. Macdonald saß bei Möllerström, sprach von HOLMES und hörte sich das Neueste an. Hanne Östergaard, Aneta Djanali und Martina Bergenhem standen wieder mit Gläsern in den Händen am Fenster. Fredrik Halders sann vor den Flaschen nach. Gerade hatte er Macdonald vom Autodiebstahl in Göteborg erzählt.

»In so einer schönen kleinen Stadt?« hatte Macdonald gefragt.

»Sie hat die größte Autodiebstahlquote in der EU«, hatte Halders geantwortet.

Winter und Ringmar saßen in der Küche. Ringmars Stimme begann in den Konturen zu verschwimmen. Ein Bier und ein halber Whisky-Soda standen vor ihm.

»Du meinst, daß er Tierblut in seinen Wohnungen vergossen hatte«, sagte Ringmar.

»Er hat gestanden«, sagte Winter.

»Was für ein Teufel von einem Wikinger«, sagte Ringmar und warf das Whiskyglas um, als er nach der Bierflasche griff. Der Inhalt floß über den Tisch. »Verdammt.« Er machte eine ungeschickte Bewegung, als wollte er einen Lappen suchen.

»Laß nur«, sagte Winter.

»Was für ein Teufel«, wiederholte Ringmar.

»Er hatte den endgültigen Kick gefunden.«

»Aber trotzdem.«

Eine Weile sagten sie nichts. Die Musik aus dem Zimmer war hier draußen zu hören.

»Und du glaubst nicht, daß er Kassetten in den Handel gebracht hat?«

»Ich glaube, daß er noch nicht dazu gekommen war. Falls das jemals seine Absicht war.«

»Warum sollte es nicht seine Absicht gewesen sein?«

»Das war vielleicht nicht das Wichtigste.«

»Ich glaube, wir sprechen von enorm viel Geld«, sagte Ringmar. »Das sind Geschäfte, wovon wir reden, und man soll sich doch nicht vormachen, daß das hier keine Rolle gespielt hat.«

»Vielleicht für Vikingsson«, sagte Winter.

Ringmar antwortete nicht.

»Macdonald sagt, in dem Fall wird er es rauskriegen. Er hat einige Kontakte, die einige Kontakte haben«, fuhr Winter fort.

»Und Bolger hatte seine Motive«, sagte Ringmar, ohne Winter anzusehen.

Winter antwortete nicht.

»Sie haben sich gegenseitig ausgenutzt«, sagte Ringmar. »Zwei Wahnsinnige, aber aus verschiedenen Richtungen.«

»Ich habe meine Mutter angerufen«, sagte Winter.

»Was?«

»Ich habe meine Mutter angerufen und sie nach diesen letzten zwanzig Jahren gefragt, und sie war plötzlich messerscharf«, sagte Winter mit so etwas wie Staunen in der Stimme.

»Messerscharf?«

»Ich habe sie nach Dingen gefragt, die ich aus dieser Zeit nicht weiß oder für die ich zu jung war, um sie zu beachten, und sie hat mir einige Antworten gegeben.«

»Über dich und ... Bolger?«

»Wie er damals war. Was damals passiert ist. Und danach.«

»Was passiert war?«

»Wie krank er war.«

»Hat er dich wirklich gehaßt?« fragte Ringmar und dachte, das frage ich nur, weil ich nicht nüchtern bin.

»Darauf kann ich nicht antworten«, sagte Winter.

Sie saßen still da. Ringmar trank Bier.

»Aber er wollte mir auf meinem eigenen Gebiet entgegentreten«, sagte Winter nach einer halben Minute. »Das war das einzige, was seine Gedanken beschäftigt hat, er ... hat mich auf meinem eigenen Gebiet getestet. Glaub' ich.«

Ringmar wollte dazu nichts mehr sagen.

»Die Musik ist aus«, sagte Winter.

»Was sagst du?«

»Ich geh' und leg' wieder ein wenig Musik auf.«

»Was ist das?« fragte Halders.

»Charlie Haden und sein Quartet West«, antwortete Winter.

»Das ist wirklich gut.«

»Ja.«

»Obwohl es Jazz ist. Das da heißt doch wohl auch Jazz?«

»Das sind die ewigen Melodien aus den amerikanischen vierziger Jahren«, sagte Winter, »und aus den Fünfzigern.«

»Was?«

»Jazz. Das ist Jazz.«

Janne Möllerström berichtete von seinem letzten Verhältnis. Hanne Östergaard und Aneta Djanali hörten zu. Sara Helander hielt Möllerström die Hand, als Stütze.

Winter saß neben Hanne auf dem Boden.

»Von meiner Seite war es doch bloß Spaß«, sagte Möllerström. »Sie hatte diesen Stein aufgehoben und ihn vom Strand hineingeworfen.«

»War Mondschein?«

»Bitte?«

»War es ein Mondscheinabend?« wiederholte Aneta Djanali.

»Das weiß ich nicht einmal. Aber wie gesagt. Sie warf den Stein hinein, und darauf sagte ich, ›weißt du, daß der Stein zehntausend Jahre gebraucht hat, um auf diesen Strand hinaufzuklettern?‹ oder so was Ähnliches.«

»Au weia!« sagte Sara Helander.
»War das so schlimm?« fragte Möllerström.
»Das war nett, Janne«, sagte Aneta Djanali.
»Das war überhaupt nicht nett. Sie war beleidigt oder sauer. Danach war es nie mehr so wie früher.«
»Kann ich mir diese CD leihen, Chef?« sagte Halders, der in die Runde getreten war.

Winter und Hanne Östergaard fuhren mit dem Aufzug runter und gingen über die Straße und in den Park am Vasaplatsen. Die Fontäne lag wie ein Eisenamboß in der Nacht. Als er sich umdrehte und nach oben blickte, sah er die Lichter in seiner Wohnung. Er glaubte Steves Pferdeschwanz auf dem Balkon schlenkern zu sehen.

Sie hielten nach dem Kometen Ausschau und sahen ihn sofort.

Der April ging dem Mai entgegen. Es wurde nicht mehr richtig schwarz.

Erik hob einen Stein auf und warf ihn mit einer weichen Handbewegung nach Norden, tief über die Rasenfläche.

»Dieser Stein hier brauchte zehntausend Jahre, um sich vom Obelisken zu den Bänken hier zu schleppen«, sagte Hanne, und im Schein der Laternen blitzte es von ihren Zähnen auf.

»Wir gehen dorthin«, sagte er.

»Warte einen Moment«, sagte sie.

»Warum?«

»Wie geht es dir, Erik?«

»Na ja. Morgen ist ein neuer Tag und so weiter.«

»Ich meine, wie es dir *geht*.«

»Besser als ich geglaubt hatte. Tatsächlich.«

»Woran hast du in diesen letzten Tagen gedacht?«

»An das Leben, und vor einer Stunde hat mir Fredrik den Sinn des Lebens erklärt.«

»Das war zur rechten Zeit.«

»Ja, wirklich.«
Ein Auto fuhr vorbei.
»Einen Augenblick lang glaubte ich, daß ich mich für alles schuldig fühlen müßte, aber so kam es nicht. Indirekt bin ich vielleicht schuldig, aber nichts hätte ihn aufhalten können... Johan Bolger, aber am Ende haben wir es doch getan. Sonst wäre es weitergegangen.«
»Ja.«
»Er wollte, daß es weiterginge, aber auch, daß es ein Ende fände.«
Hanne antwortete nicht.
»Ich glaube, die Betäubung hat nachgelassen«, sagte Winter.
Sie gingen zum Segerstedtdenkmal hinunter und einmal herum.
»Hat ein Obelisk sechs Ecken?« fragte Winter.
»Vielleicht vier«, sagte Hanne.
»Der hier hat sechs.«
»Aber er sieht wie einer aus«, sagte sie und las mit Mühe den Text auf dem Stein laut vor: Die freien Vögel ziehen ihre Bahn durch den Weltraum. Viele von ihnen erreichen vielleicht nicht ihr fernes Ziel.
Sie gingen zu den Bänken zurück. Hanne setzte sich. Winter legte seinen Kopf auf ihren Schoß. Vom Boden her war ihm kalt an den Knien. Er hörte ein Flattern in der Luft über ihnen.
»Willst du beten?« fragte sie.
»Ich bete schon. Die freie Form.«
Wieder flatterte es über ihnen.
»Erklär es mir«, sagte er.
»Später«, antwortete sie.
»Ich möchte, daß du mir alles erklärst.«
»Es ist viel wärmer geworden«, sagte sie.

Der brutale Mord des elfjährigen Daryll an seiner Ziehmutter liegt bereits einige Jahre zurück, als die Privatdetektivin Laura Principal den Auftrag erhält, den Fall noch einmal aufzurollen: Was als Untersuchung über die Motive der vermeintlichen »Kinder-Bestie« begann, entwickelt sich jedoch schon bald zu einem hochkomplizierten Fall, in dem fast jeder Befragte auch ein Verdächtiger ist. Ein bis zur letzten Seite fesselnder und atmosphärisch dichter Krimi aus der Universitätsstadt Cambridge!

Michelle Spring

Darylls Geständnis
Roman

»Springs subtiles und spannungsgeladenes Heraufbeschwören der Bedrohung zeugt von außergewöhnlichem Können.«
Washington Post

Econ | **Ullstein** | List

Würden Sie Ihrer besten Freundin helfen, wenn sie eine Leiche im Keller hat? Für Irmi und Hannah ist das Ehrensache. Und sie stellen fest: Hat man einmal einen Mann beseitigt, ist es vorbei mit der vornehmen Zurückhaltung. Zumal wenn sich herauskristallisiert, daß eine ungeheure Nachfrage auf dem Gattenmordsektor zu verzeichnen ist. Für Irmi, Ira und Hannah läuft alles wie geschmiert. Aber dann erhält Irmi den Auftrag, ihren neuesten Lover ins Jenseits zu befördern ...

»Eine hochamüsante Krimikomödie: Auch Mörder sind nur Frauen.«
NDR

Angelika Buscha

Wie der Tod so spielt
Roman
Originalausgabe

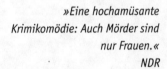

November in Venedig. Nebel senkt sich über die »Serenissima«. Die Contessa da Capo-Zendrini gibt ein Fest in ihrem prächtigen Palazzo. Nach Jahrzehnten möchte sie sich bei einem Familientreffen mit der Verwandtschaft ihres verstorbenen Mannes aussöhnen. Doch schon bald entwickelt sich das Fest zu einem Alptraum für alle Beteiligten ...

Endlich ein neuer, unwiderstehlicher Venedig-Krimi von Edward Sklepowich!

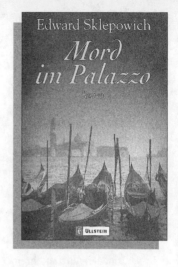

Edward Sklepowich

Mord im Palazzo
Roman

Econ | ULLSTEIN | List

Die Suche nach seinem wahren Vater, einem verruchten Künstler und Orchestermusiker, führt Wilhelm Beck in das Hotel eines kleinen norwegischen Dorfes. Hier hat sein Vater seiner Mutter immer das Märchen vom Mond erzählt, der in einer stillen Nacht für den Blumentopf auf der Fensterbank ein Konzert gibt. Hat Wilhelm seine Leidenschaft für den Mond vielleicht von seinem Vater geerbt?

Eine wunderbar poetische Geschichte über einen »mondsüchtigen« Mann auf der Suche nach seiner Vergangenheit.

Unni Lindell

Das Mondorchester
Roman
Deutsche Erstausgabe

Econ | **ULLSTEIN** | List